Élise Fischer

LA PROMESSE DU SEL

Les femmes des terres salées, II

Roman

Collection
« France de toujours et d'aujourd'hui »
dirigée par
Jeannine Balland

CALMANN LEVY

COUVERTURE
Maquette : Le Petit Atelier
Photographie : © Rekha Garton / Arcangel Images

ISBN 978-2-7021-6497-6
ISSN 2107-2639

Cher Roger Bichelberger,

Le 10 août 2018 dans l'après-midi, après avoir dédicacé à toi et à ton épouse le premier volume des *Femmes des terres salées*, mon cœur s'est serré…

J'ai appris en rentrant à Fontenoy-la-Joûte que tu t'en étais allé en cet instant, toi l'auteur et le porteur de lumière vers ce Dieu que tu espérais.

Le 16 août, en l'église Saint-Rémi de Forbach, nous célébrions tes funérailles. Ce fut le jour où le facteur déposait l'ouvrage dans ta boîte aux lettres.

Si tu lis ce livre, ce sera du haut du ciel… cher Roger, toi qui m'as donné la confiance et l'audace de montrer mes textes à des éditeurs.

Ce volume II, *La Promesse du sel*, je te l'offre, ainsi qu'à Denise, vous avez toujours fait un. Et la séparation ne peut rien contre vous.

Songeant à *La Ténèbre des Noces*, un poème que tu as écrit et publié aux Éditions Serpenoise, j'ose cet exergue :

il faut
atteindre
à l'orée

il faut
avoir raison
de la nuit

il faut
accoster
à l'aurore

La Ténèbre des Noces, 1re partie : *La porte de l'ombre, Dit du poète IV*, par Roger Bichelberger

Cette Ténèbre, quête de lumière, est la lueur et le chemin conduisant à ton dernier roman publié chez Albin Michel, *Lettre à une trop jeune morte*.

Dans l'interview réalisée pour la médiathèque de Forbach, à la question que je t'ai posée : « Qu'y a-t-il de plus grand que l'amour ? », tu as répondu avec ton lumineux sourire : « Mais voyons, Élise, l'amour. »

« Je sais que toute quête implique l'autre, de même que toute parole peut devenir prière. »

Élie WIESEL,
Cœur ouvert, 2011

« Un artiste ne peut rester sourd à l'appel de la vérité qui, seule, forge, organise sa volonté créatrice, et le rend capable de transmettre sa foi aux autres. Un artiste qui n'a pas la foi : autant parler d'un peintre qui serait aveugle de naissance. »

Andreï TARKOVSKI,
Le Temps scellé, 1989

Avertissement

Cette saga lorraine campée dans le décor des salines ne se résume pas à l'histoire des salines entre la Moselle et la Meurthe-et-Moselle, c'est aussi l'épopée d'hommes et de femmes qui ont tracé des chemins de vie peu ordinaires.

Depuis l'époque gallo-romaine, la Lorraine a exploité le sel, indispensable à la vie.

Dans le pays mosellan, les abbayes étaient propriétaires de ces gisements, puis ce fut le roi de France. Les salines royales de Dieuze (voir *Les Femmes des terres salées*) firent la fierté de Louis XIV. La gabelle, l'impôt sur le sel, rapportait gros.

Napoléon et Napoléon III s'intéressèrent aux salines, qu'ils visitèrent.

Napoléon III vint à Dieuze et à Varangéville.

La guerre de 1870 changea la géographie puisque la cité de Dieuze, en territoire mosellan, fut annexée par l'Allemagne, comme une grande partie de l'ancien département de la Meurthe (Moselle aujourd'hui) et toute l'Alsace, sauf Belfort. Beaucoup d'habitants, ceux qui le purent, optèrent alors pour la Lorraine francophone pour ne pas devenir allemands.

La famille Friant en fit partie, comme les Daum, originaires de Bitche.

Nancy bénéficia donc d'un héritage industriel et artistique dont il est beaucoup question dans cette saga.

Dans le vallon de la Roanne, le Sânon, un affluent de la Meurthe, serpente entre Saint-Nicolas-de-Port, Varangéville, Dombasle et Lenoncourt. Au début du XXe siècle, la région était en pleine ébullition.

Le sel avait de l'avenir et les demandes de concession allaient bon train. Ensuite s'élevèrent ces étranges chevalements de bois destinés à protéger les puits d'extraction d'eau salée.

Dans ces pages, il était évident que je ne pouvais raconter l'histoire des différents puits salins. Rien qu'aux alentours de Nancy, on comptait plus d'une dizaine de sites : La Madeleine, Art-sur-Meurthe, Saint-Nicolas-de-Port, Rosières, Varangéville, Drouville, Bosserville, Jarville, Tomblaine, Crévic, Einville et d'autres…

Progressivement, l'industrie saline s'est organisée. Des regroupements ont eu lieu.

J'ai fait un choix en évoquant la mine Maugras, très proche de l'actuelle saline de Varangéville (c'est la dernière encore en activité sur le territoire français) et de celle de Varangéville-Saint-Nicolas-de-Port, souvent appelée mine Saint-Nicolas. (Saint-Nicolas-de-Port et Varangéville sont comme deux sœurs jumelles, reliées par des ponts qui enjambent la ligne de chemin de fer, la Meurthe et le canal de la Marne au Rhin.)

Près de ces salines, s'est implantée l'usine Solvay qui fabrique des produits à partir du sel : sel de soude, sel pour l'industrie pharmaceutique, sel pour lave-linge et lave-vaisselle, PVC, etc.

Deux chevalements classés au patrimoine subsistent encore entre Varangéville et Lenoncourt. Il y en avait davantage. La tempête de 1999 a eu raison des autres.

En fin d'ouvrage, vous trouverez un lexique et quelques pistes de lecture qui m'ont été bien utiles.

Sans le travail extraordinaire effectué par « Les témoins du sel », les gardiens de la mémoire d'une région et de ses activités liées au sel, cette histoire n'aurait pu voir le jour.

Merci à tous !

Sous ma plume, on peut lire « les salines » quand il s'agit de celles de Dieuze, en Moselle, et « la saline » quand il s'agit de la mine Maugras ou de la mine de Varangéville.

Les femmes ont joué leur rôle auprès des hommes, elles ont souffert et aimé. Avec les vies d'Henriette, d'Émilienne et d'Émilie, de 1857 jusqu'à la guerre de 14-18 (*Les Femmes des terres salées*), puis celles de Charlotte, Gabrielle et Mathilde, jusqu'en 1969 (ce second volume), j'ai voulu composer une grande saga féminine sur les terres salées.

Bonne lecture.

I

CHARLOTTE

1

Nancy, décembre 1889
– Saint-Nicolas-de-Port, 1890

Pour un beau mariage, ce fut un beau mariage. Paul y tenait. C'était pour lui une authentique déclaration d'amour à l'égard d'Émilie, aboutissement d'une reconquête de haute lutte. On se devait de sceller l'alliance.

D'où cette belle cérémonie en l'église Saint-Pierre à Nancy, célébrée par le curé des lieux, Pierre Kessler, demi-frère d'Émilie.

La famille et les quelques amis, dont Irène, sa fille Juliette et le garçon que celle-ci élevait seule, Momo, étaient rassemblés dans cet impressionnant édifice.

Quand on en arriva à l'échange du consentement mutuel, Pierre se racla la gorge…

– Paul Renaudot, voulez-vous prendre pour épouse Émilie Beauchamp ici présente ?

– Oui, affirma Paul. Elle, et pas une autre.

Il prit la main de la jeune femme avec tendresse.

– Et vous, Émilie Beauchamp, voulez-vous prendre pour époux Paul Renaudot ici présent ?

Elle laissa passer une ou deux secondes interminables et, d'une voix nouée, répondit :

– Oui, je le veux.

Les larmes perlaient au coin de ses yeux. Paul caressa sa main et murmura :

– Ne vous inquiétez pas, je serai toujours là.

Momo et Charlotte, escortés par les jumelles Jeanne-Marie et Joséphine, les filles d'Hortense et de Nicolas, le frère d'Émilie, apportèrent les alliances que les époux se passèrent à l'annulaire.

Quand arriva la bénédiction finale qui allait recommander aux époux de consolider leur amour en faisant fructifier la vie, Pierre annonça cette nouvelle qu'il gardait pour lui depuis un certain temps :

– C'est la dernière fois que j'officie dans cette belle église. Mes amis, je suis dépêché en mission assez loin d'ici. Dès demain, je prendrai la route pour Besançon où le Seigneur m'envoie œuvrer aux côtés de monseigneur l'archevêque Arthur-Xavier Ducellier. J'ai aimé servir ici, je m'y sentais bien. J'espère que vous prierez afin que j'aie toujours avec moi la force de l'Esprit saint pour être utile à tous et remplir au mieux ma mission.

Les jeunes mariés se regardèrent, surpris, chagrinés. Pierre manquerait à tous. Paul remarqua les yeux d'Émilie où les larmes s'accumulaient au risque de rouler sur ses joues. Il voulut la rassurer :

– Nous irons le voir, glissa-t-il, ça nous fera des vacances. La Franche-Comté est une belle région qui borde la Suisse, un petit paradis assez proche de la Lorraine.

Émilie se tourna vers lui pour acquiescer. Elle souleva son chapeau assorti d'une jolie voilette fleurie en accord avec une très belle toilette vert pâle que Paul avait choisie pour elle. Bien sûr, pas de blanc ! Les robes immaculées et les couronnes de fleurs d'oranger étaient très à la mode pour les jeunes filles qu'on conduisait à l'autel, à condition qu'elles soient vierges ou supposées l'être. Or Émilie était déjà maman… Il ne fallait pas choquer.

Le moment était à la joie. Malgré le froid de décembre, le soleil avait envoyé un doux rayon de soleil qui donnerait une belle lumière pour les photos.

Émilie remarqua que, sous la cape de couleur prune bordée de fourrure blanche de sa belle-sœur, le ventre pointait…

– Encore des jumeaux ? plaisanta-t-elle.

– J'espère que non. Mais si tout se passe bien comme pour Joséphine et Jeanne-Marie, ce sera avec plaisir que Nicolas et moi les accueillerons.

Les jumelles vêtues de rose ressemblaient à de jolies poupées. La maman avait eu soin de mettre un ruban de couleur différente sur leur chapeau afin de les différencier. À deux ans et demi, le langage était bien acquis et elles avaient compris le parti qu'elles pouvaient tirer de la situation. Parfois, elles échangeaient leurs vêtements et même leur maman, qui se targuait de toujours les reconnaître, finissait par se tromper.

– Ah, les coquines, je vais écrire votre nom sur votre front avec une peinture qui ne part pas.

Elles tendaient bras et frimousses, câlinaient leur mère. Et Hortense, bien évidemment, leur pardonnait et les couvrait de baisers.

Au cours de cette fête de mariage, elles furent heureuses de jouer avec leur cousine Charlotte qu'elles appelaient « bébé ». Charlotte tapait du pied en pointant son index droit sur elle-même :

– Pas bébé, moi, Çalotte... Moi, Çalotte, na !

– Hou, cette délicieuse petite fille a un cheveu sur la langue ! s'exclama Nicolas. Ça ne vient pas des Kessler ni des Beaumont, n'est-ce pas, Émilie ?

– Peut-être qu'il faut chercher chez les Renaudot, admit Paul, mais en grandissant, ce genre de charmant petit défaut passe. La langue de maman a fourché assez longtemps. Nous avons toute une vie pour y remédier. Viens, ma Çalotte chérie, dans les bras de ton papa qui t'aime.

– Un papa gâteau, un papa...

– Attention, Nicolas, je ne suis pas encore gâteux...

– Alors, tu vas nous faire d'autres petits ?

– Mais j'y compte bien.

– Si je suis d'accord, minauda Émilie.

Et tous de rire et d'attraper une coupe. Après bien des drames, le bonheur reprenait sa place.

Le lendemain du mariage, la noce était invitée sur les hauteurs de Saint-Nicolas. On en profiterait pour visiter la basilique Saint-Nicolas contenant une phalange du grand saint qui protégeait la Lorraine. Et surtout, on verrait la maison de Paul et Émilie. Les travaux d'aménagement étaient terminés. On pendrait la crémaillère en même temps. Pierre avait promis de les rejoindre après la grand-messe et de bénir chaque pièce. C'est la joie qui habiterait entre ces murs.

– Tu mangeras avec nous ensuite, avait proposé Émilie.

– Très rapidement, je dois partir de la cathédrale avec un autre prêtre qui se rend lui aussi à Besançon. Nous allons voyager avec une voiture et des chevaux, comme autrefois. Ce sera plus long qu'avec le train mais plus pratique, vu les bagages qu'il nous faut transporter. Nous aurions eu pas mal de changements et d'attente, notamment à Dijon et à Poligny. Le prêtre qui m'accompagne n'est plus très jeune. Je ne le voyais pas se charger de valises et de malles.

– J'espère que la patache de l'évêché sera confortable. Tu vas dormir en route ?

– Il y a encore quelques relais de diligences dans la région, sans doute pour très peu de temps. Le chemin de fer passera bientôt partout. Vive la modernité !

La maison que Paul avait achetée était située sur les hauteurs de Saint-Nicolas-de-Port, sur un beau terrain déjà arboré où poussaient des sycomores, des sapins bleus, des lilas et des seringas. Un peu à l'abri, un potager avait été planté et, tout au fond du terrain, un verger : des mirabelliers, des pruniers, des pommiers...

– Nous ne manquerons de rien, avait déclaré Émilie. Sera-ce la maison du bonheur sur ces coteaux ?

– Je l'espère, avait répondu Paul en passant une main dans ses cheveux, un geste qu'il aimait beaucoup pour le frisson qu'il provoquait chez sa jeune épouse et le regard pétillant de malice qu'elle lui adressait. Et vous n'avez pas tout vu, dit-il en la prenant par la taille. Vous avez visité un peu vite, vous n'avez pas prêté attention au sous-sol surélevé… Avez-vous remarqué cette pièce avec la jolie porte voûtée donnant sur le jardin ?

– Oui, concéda-t-elle.

– Si vous le désirez, car je crois que c'est important pour vous, ce lieu pourrait être…

– Un atelier d'artiste, c'est ça ?

– À vous de voir, quand vous en aurez l'envie.

– Oh, merci, Paul, vous me permettez de renaître. Pendant ces deux ans, j'ai mis en sommeil mon désir de m'exprimer. Je croyais même l'avoir enterré définitivement, mais depuis que nous nous sommes retrouvés à la tour Eiffel, je fais des rêves étranges…

– Étranges ?

– Oui, je vous sculpte et je dépose des enfants dans vos bras.

– Ce sont de bons présages.

– Croyez-vous que ces rêves me disent qu'il est temps de rouvrir mon sac à outils ?

– J'en suis certain. Avec votre travail à l'usine, vous n'aviez plus le temps. Mais ici, une bonne va vous seconder et, s'il faut un peu plus de personnel, nous embaucherons. Mes affaires marchent bien, à Nancy, dans la belle demeure à l'entrée du parc de la Pépinière, comme dans cette région en pleine expansion grâce au sel.

– Je comptais coudre et jardiner…

– Il vous faudra de l'aide. Vous ne pourrez pas tout faire. Jouer à la paysanne, c'est bien, mais il nous faut penser aux enfants, à Charlotte et à ceux qui nous viendront, si vous en êtes d'accord.

Émilie sourit. Paul voyait grand. Elle avait besoin de s'adapter à cette nouvelle vie. Le pourrait-elle ? Paul se voulait rassurant. Il misait sur le bonheur. Dans ses rêves, il voyait une épouse comblée, un foyer stable et aimant qui verrait leurs enfants grandir. Il avait si peu connu ses parents, et Émilie pas davantage. Elle se livrait à lui par bribes, quand tous deux se retrouvaient allongés le soir. Restait ce sentiment de culpabilité vis-à-vis de la figure maternelle. Henriette, sa mère, n'avait pas survécu à l'accouchement qui l'avait fait naître.

– Je l'ai fait mourir, j'y songe si souvent… C'est marraine Émilienne qui m'a élevée, Momette… Une femme merveilleuse, comme vous le savez.

Paul prenait sa voix câline. Il lui disait en la tutoyant, comme on s'adresserait à une enfant :

– Raconte-moi quand tu étais petite, quand Eugène, ton papa, vivait encore… Comment était Émilienne ?

Émilie évoquait Dieuze, Marsal, l'étang de Lindre, Château-Salins, Delme… Puis Metz qu'on peut gagner depuis le pays du sel par les petites routes.

– Il nous faudra y aller…

– Mais c'est l'Allemagne maintenant… une terre étrangère.

– Et alors, nos pays vivent en paix aujourd'hui… On ne va pas se faire la guerre *ad vitam aeternam*.

Elle se serrait contre lui et posait sa tête sur son bras avant de se relever pour le regarder et lui offrir ses lèvres.

Il appréciait cette complicité et l'embrassait avec fougue avant de mêler son corps au sien. Dieu, qu'aimer était bon et réconfortant !

Si elle s'était souvent interrogée à propos de son revirement à la tour Eiffel lorsqu'elle avait vu Paul porter Charlotte comme n'importe quel père, elle savait que sa décision était la bonne. C'était un rêve qui chassait l'horrible cauchemar. Paul, quoi qu'il advienne, constituerait son rempart contre l'adversité. « L'amour n'est pas que folle passion, se répétait-elle. L'amour, c'est aussi se sentir bien dans les bras d'un homme qui vous respecte et vous aide à regarder l'horizon. » Elle songeait à Émilienne. « Tu as veillé sur moi, tu as honoré la promesse que tu as faite à maman Henriette avant que mes yeux voient le jour, merci à toi ! » priait-elle secrètement.

Mais les doutes et les angoisses faisaient encore l'assaut certains jours. La peur de perdre ce bonheur gagné sur les années sombres déchirait son esprit. De cela, elle n'osait parler. Alors, en l'absence de Paul, elle entrait dans la pièce qui lui était réservée et dont elle seule possédait la clef pour toucher les blocs de pierre, d'argile. Elle les effleurait du bout des doigts et fondait en larmes.

Il arrivait qu'elle se saisisse d'un marteau ou d'un ciseau. Comment réinventer les gestes du passé ? Comment faire passer les débordements de l'âme dans cette matière en attente de caresses et de vie ? Elle repensait à son apprentissage auprès du maître Ernest Bussière[1], l'ami d'Émile Friant[2]. Elle se souvenait de Camille Claudel[3]. Qu'était-elle devenue ?

---

1. Ernest Bussière, né en 1863 à Ars-sur-Moselle et mort en 1913 à Nancy, est un sculpteur et céramiste français de l'école de Nancy.

2. Émile Friant, né à Dieuze le 16 avril 1863 et mort à Paris le 9 juin 1932, est un peintre, graveur et sculpteur naturaliste français.

3. Camille Claudel, née à Fère-en-Tardenois le 8 décembre 1864 et morte à Montdevergues le 19 octobre 1943, est une sculptrice

De guerre lasse, elle se laissait choir près de la petite table posée dans un angle, ouvrait le tiroir, en extrayait un cahier et écrivait ou dessinait. Puis, apaisée, elle quittait la pièce. Cette matrice… Qu'en sortirait-il ? Quelle œuvre ferait s'exclamer d'admiration l'homme de sa vie ?

L'hiver avait mis du temps à céder la place, mais en ce jour de mai 1890, le printemps éclatait en tout lieu dans la vallée du Sânon. Paul, Émilie et Charlotte se promenaient dans la campagne. Charlotte courait et essayait d'attraper les premiers papillons, tandis que Paul voulait lui apprendre à observer les beautés de la nature. Les arbres en fleurs s'offraient. Les primevères égayaient encore les talus de leurs reflets d'or.

– C'est curieux, n'est-ce pas, Paul, que notre vie m'ait ramenée sur une terre dont on extrait le sel. Je viens de là… Et ici, je découvre un lieu presque semblable à celui de mon enfance. Les chevalements sont quelque peu différents, cependant.

– J'attends que vous m'expliquiez à quoi ils servent. En ce domaine, j'ai tout à apprendre.

– Eh bien, voilà, fit-elle en dressant l'index droit à la manière d'un professeur, les chevalements, ce sont ces tours de bois, plus larges à la base. Soit on s'en sert pour descendre dans les entrailles de la terre, soit comme puits pour l'aérage. Mais c'est aussi le lieu où l'on fore le sol, où l'on injecte l'eau qui va dissoudre le sel. Ensuite, on

---

et artiste peintre française. Elle fut l'amie et la maîtresse d'Auguste Rodin. Voir vol. I, *Les Femmes des terres salées*.

pompe cette saumure et on fait s'évaporer l'eau pour que reste le sel.

– Ça me paraît compliqué.

– Mais non, après le forage avec un trépan, quand on a constaté qu'effectivement il y avait du sel, les choses se mettent en place assez aisément, enfin presque. Il faut obtenir les autorisations pour bénéficier d'une concession, c'est très réglementé. Tout le pays du Sânon[1] est semé de chevalements. C'est signe que les gens ont du travail.

– Mais il y a aussi la mine…

– Oui, il y en a plusieurs. Dans la mine, on travaille à sec… On creuse, on taille, on fait exploser les parois.

– Mon épouse est une véritable spécialiste de l'extraction du sel !

– C'est peut-être dans les gènes, dit-elle, j'ai tellement entendu ces choses enfant. Et pour tout vous dire, j'aime en discuter avec les voisins ou quand je vais faire des courses à Saint-Nicolas. Je n'ai pas l'impression de vivre en terre étrangère.

Paul se réjouissait de la voir heureuse.

– Quant à Pierre, mon beau-frère, il va lui aussi renouer avec le sel…, ajouta-t-il.

– Mais oui. Dans l'évêché de Besançon, il aura pour tâche pastorale de s'adresser au monde ouvrier des salines de Franche-Comté. M'est avis que notre évêque, à Nancy, le savait. Le curé de son enfance, le père Berzinger, dont

1. Cours d'eau de quarante-six kilomètres se jetant dans la Meurthe près de Dombasle.

tout le monde s'accorde à dire qu'il était un saint, dirait : « Ne sommes-nous pas tous dans la main du Très-Haut ? »

– Vous y croyez, ma chérie ?

– Je m'interroge souvent. En tout cas, je suis obligée de constater que quelqu'un ou quelque chose de plus grand que nous, que nous ne pouvons comprendre, veille sur nous. Nous serions-nous retrouvés sinon ?

– Ma chérie, répondit Paul en tapotant sa main, vous avez raison, sauf que je vous suivais. Pour tout dire, je ne vous ai jamais vraiment perdue. Je vous aime, je t'aime, et vous, et toi ?

Elle ne répondit pas, mais se serra amoureusement contre lui. Passer du « vous » au « tu » lui semblait encore insurmontable.

Lui revint alors une récente conversation avec son frère Nicolas qui la taquinait sur le sujet.

– Tu m'étonneras toujours, dame Émilie.

– C'est nouveau ?

– Nos parents se tutoyaient très naturellement. Et toi, tu fais des manières avec ton époux, ton M. le directeur de cabinet d'assurances.

– Et alors ?

– Nous n'appartenons pas à la noblesse... Ne convient-il pas de vivre avec son temps ? Quand on dort ensemble, qu'on se voit tout nus, le vouvoiement a-t-il encore un sens ?

– Je ne puis te répondre, Nicolas. Le « vous » a du charme. Mais peut-être que je n'y arrive pas parce que Paul et moi, nous nous sommes connus dans un autre contexte. Il était M. le commissaire et moi, à cette époque, j'étais une pauvresse. Je voulais devenir sculptrice. J'apprenais le métier, du moins on me laissait faire par charité. Je payais mes cours en posant nue, parfois j'offrais un peu plus…

– Tais-toi, s'il te plaît ! Tu n'as pas honte ?

– C'est pourtant vrai, Nicolas. Ce mariage avec Paul est une chance pour moi. J'ai retrouvé le droit chemin. Aujourd'hui, je fais partie de la bonne société. C'est ça, je fricote avec les bourgeois et les gens bien nés. Paul, bien qu'il soit mon mari, reste cet homme qui m'est socialement supérieur et à qui je dois tout. Je le ressens ainsi. Si les méchantes langues connaissaient mes origines, elles me railleraient, on raconterait que le commissaire s'est payé une cocotte. Arriverai-je un jour à me sentir tout à fait son égale ? J'espère surtout ne pas le décevoir. Fasse le ciel que jamais il n'ait à rougir de m'avoir épousée ! Je ne veux pas non plus mettre notre fille dans l'embarras. Charlotte se doit d'avoir une maman honorable.

– Est-ce pour cela que vous habitez Saint-Nicolas-de-Port ?

– Je ne crois pas. Il m'a demandé si cette ville me plaisait. Lui pensait que vivre à l'écart du bruit de la ville aurait quelques avantages. Si j'avais dit « non », il n'aurait pas insisté. Je reconnais qu'un peu de distance avec Nancy n'est pas pour me déplaire. Ici, nous disposons d'un vaste jardin dont tes enfants profitent, quand vous venez, et Charlotte s'y sent bien. Il me semble que Paul éprouve le besoin de fonder une grande famille. Cette maison, selon lui, doit être ouverte à tous et accueillante.

– Cet homme qui travaille dans le jardin…

– C'est Léonce, il est parfait.

– Si parfait que parfois… Je l'ai déjà vu à Nancy avec une jeune femme que tu as connue à l'atelier de confection où tu travaillais.

– Juliette ?

– Je crois.

– Oui, elle est venue un jour qu'il se trouvait là. Ils ont eu l'air de s'apprécier.

– Elle était là aussi le jour des deux ans de Charlotte. Elle était invitée avec sa mère et Momo. Charlotte était heureuse de revoir Momo. Elle sautait et battait des mains.

– Oui, en quoi est-ce mal ?

– En rien. Je crois que ton jardinier et Juliette font plus que s'apprécier… Une promenade dans les petites allées de la Pépinière m'a renseigné sur leur « complicité ».

– Ce que tu me dis est merveilleux. Je vais mener mon enquête. Je ne voudrais pas qu'elle soit de nouveau enceinte et qu'il l'abandonne.

– S'il la marie, tu vas le perdre. Ce serait dommage, il travaille bien…

– Mais si Juliette peut être heureuse… Ce serait une chance pour elle. Nous allons faire en sorte d'arranger tout le monde, déclara Émilie. Merci de m'avoir informée ! Tout le monde a droit au bonheur.

2

Saint-Nicolas-de-Port, 1890-1892

Si Paul feuilletait parfois *Le Courrier de l'Est*, c'était pour lire les chroniques de Léon Goulette qui s'opposaient à Maurice Barrès, dont la rancœur vis-à-vis de l'Allemagne et le patriotisme outrancier étaient agaçants. Paul restait un fidèle du *Progrès de l'Est* mais, depuis mai 1889, il achetait une nouvelle publication créée justement par Léon Goulette.

L'Est républicain avait été distribué le jour de l'inauguration officielle de L'Exposition universelle à Paris, le 5 mai. Un quatre-pages bien écrit, vendu cinq centimes. La Lorraine et Nancy tiendraient une place de choix tout au long de ces semaines festives où allaient être présentés les savoir-faire les plus divers. Les inventions techniques rivalisaient d'audace avec la création artistique sous toutes ses formes. Le 5 mai n'avait pas été choisi au hasard, c'était le centième anniversaire, jour pour jour, de l'ouverture des États généraux. *L'Est républicain* se voulait la voix d'une République au service de tous. Ce journal s'était installé en Lorraine. Les modestes bureaux des débuts avaient une vitrine rue Saint-Jean, au Point-Central, et Léon Goulette, qui s'était un temps établi à Paris, était de retour à Nancy. Paul le rencontrait quelquefois. Léon et ses amis lui avaient même, comme il l'avait raconté à Émilie, fait du pied en lui vantant les mérites de la loge Saint-Jean de Jérusalem[1].

– Si vous acceptez, l'avait menacé Émilie, je vous quitte. Comme aurait dit Émilienne : pas de ça chez nous ! On ne mange pas à tous les râteliers.

– Je connaissais par avance votre réaction, ma chérie, et je ne partage pas les idéaux de la franc-maçonnerie. Certes, il faut lutter contre l'obscurantisme et rendre hommage aux frères qui poursuivent ce but. Cependant, nombre de membres font partie de ces sociétés secrètes par intérêt. C'est pour eux l'occasion de nouer des relations. Ce faisant, ils oublient le but premier : la lutte pour un monde juste, une éducation saine pour tous. Leurs réunions sont prétextes à des divertissements qui relèvent, selon moi, de jeux de grands gamins. Je connais quelques-uns de leurs rites et de leurs déguisements. Ils me font sourire.

– N'est-ce pas sur le terrain qu'il convient d'œuvrer et non en mettant au point dans des restaurants chics des stratégies qui ne verront jamais le jour ? Il faut mettre les mains dans le charbon, la paille, la terre, le sel…

– Bien dit, ma chérie ! Ah, je vous aime ainsi !

1. La loge Saint-Jean de Jérusalem est l'une des mille trois cents que compte le Grand Orient de France, première obédience franc-maçonnique de France. C'est la plus ancienne à Nancy, avant même la création du Grand Orient de France. Ses membres se réunissaient régulièrement pour réfléchir et débattre de sujets philosophiques et œuvrer au progrès de l'humanité.

Émilie se pencha sur le journal et plaisanta :

– Alors, que trouvez-vous d'extraordinaire à ce nouveau canard ?

– D'abord, il s'oppose au *Courrier de l'Est* de Maurice Barrès, un dandy boulangiste. Sur ce point, je suis d'accord avec Léon Goulette qui, malgré le honteux traité de Francfort, pense qu'il est préférable de garder à l'esprit que c'est la paix qu'il nous faut construire avec l'Allemagne.

– Barrès est un ambitieux…

– Il faut encourager la presse, et puis lire des journaux d'orientations et d'opinions différentes permet de se faire sa propre idée. C'est un exercice stimulant.

– *L'Est républicain* ne parle que de politique ou évoque-t-il d'autres sujets ?

– Il rend compte des faits-divers, publie des feuilletons, parfois des recettes, quelques articles culturels. Un regard sur la mode pour les femmes. Je vous invite à le lire. Goulette est un bosseur et ce journal, c'est un peu son enfant. J'aime son idée d'une république intelligente et pacifiée. Maurice Barrès est un revanchard. Il ne rêve que d'une chose, filer une raclée à l'Allemagne et reprendre les territoires annexés par les Prussiens.

– La France serait-elle assez puissante face à eux ?

– Je crains que non. Les Français sont trop désorganisés. Ils ont la réputation d'être forts en gueule mais, hélas, pas très efficaces.

Émilie se réjouissait. Elle pouvait annoncer à son époux qu'Hortense avait donné naissance à un garçon de huit livres. Elle allait bien et le bébé aussi.

– Et comment s'appelle cet enfant ?
– Étienne, Pierre, Paul.
– Fort bien, un prénom choisi par le couple et un prénom appartenant à chaque famille. Pierre, c'est chez vous, et Paul, chez Hortense, il me semble…
– Et vous, vous vous appelez Paul, n'est-ce pas ?
– Merci de me le rappeler, j'avais oublié, la taquina-t-il.
– C'est un couple uni, un peu traditionnel. Hortense n'y est pas étrangère, mais je crois que Nicolas apprécie sa rigueur. Ma foi, ils s'entendent bien…

Une bonne nouvelle ne venant jamais seule, Léonce, le jardinier, vint informer Émilie de son mariage avec la plus merveilleuse et la plus courageuse jeune femme qu'il ait rencontrée…
– Juliette est mon amie. Cher Léonce, ce mariage nous réjouit, Paul et moi.
Un mariage, c'est forcément le bonheur, mais Émilie voulait savoir quelle serait l'organisation du couple… Elle se permit de lui demander s'il comptait déménager et quitter son emploi.
– Mais non, madame, j'aime ce que je fais ici. Nous habiterons Nancy, ce sera plus facile pour son travail. Deux salaires, c'est mieux qu'un. Nous voulons économiser pour faire construire une petite maison pour les enfants, vous comprenez. Mais Nancy n'est pas si loin, je prendrai le train chaque soir pour rentrer auprès de mon épouse. Nous vous devons beaucoup.
– Allons, Léonce…
– C'est grâce à vous que nous nous sommes rencontrés.

Émilie sourit.

– Elle ne vous a rien dit ? reprit-il. Elle a bien dû vous faire quelques confidences…

– Non, Léonce. Juliette sait se montrer discrète.

– J'aurais cru le contraire, madame.

– Les choses du cœur grandissent dans le secret. C'est votre histoire.

– Vous dites bien les choses, madame.

– C'est vraiment une bonne nouvelle. Et je crois que Momo vous aime beaucoup.

– Avec lui, il n'y a pas de problème. C'est Momo qui a supplié Juliette de faire de son mieux pour que je la remarque.

– Non ?

– Si, madame. Il lui a expliqué avec force détails que je ferais un bon papa. Après ça, que pouvions-nous faire, Juliette et moi ?

– Faire publier les bans, caler la date du mariage et aller voir un prêtre.

– On a fait tout ça. On se mariera cet été. Bien sûr, votre mari, vous-même et Charlotte êtes nos invités.

– Vous viendrez déjeuner dimanche et nous réglerons tout cela, décréta Émilie. N'oubliez pas Irène. Vous héritez d'une belle-mère merveilleuse. Mon frère Nicolas et sa petite famille seront là aussi. Le printemps est beau, les enfants profiteront du jardin.

– Vous n'êtes pas une patronne comme les autres. Il fait bon travailler pour vous.

3

Saint-Nicolas-de-Port, juillet 1893

La cloche de la porte d'entrée avait retenti. Amélia n'avait pas dû entendre. Émilie, les mains encore poussiéreuses, sortait de l'atelier. Charlotte se précipita dans le vestibule pour aller ouvrir. Deux hommes leur faisaient face. Devant la maison, se trouvait une voiture à l'arrêt. Les chevaux étaient sages. Ils avaient tiré un meuble sanglé sous des couvertures.

– Bonjour, madame, c'est pour le piano !

– Le quoi ? s'exclama Émilie, interloquée.

– Le piano, madame, nous venons le livrer.

– Mais nous n'avons pas commandé de piano.

– Ah… Nous avons l'ordre d'installer dans le salon, enfin la salle de musique, un quart-de-queue. Nous avons le plan, tenez, regardez. Nous sommes bien au 2, de la rue des Hayes, chez M. et Mme Renaudot ?

– Oui, mais je ne comprends pas.

– C'est la surprise de papa ! s'exclama Charlotte. Il a parlé d'un secret. J'ai cru que c'était une belle histoire… L'autre soir, il m'a dit que je devais m'endormir en pensant à un merveilleux piano et que, si j'en rêvais, il arriverait...

– Un piano, un piano..., répéta Émilie, incrédule.

– Oui, madame. Votre mari a bon goût. C'est le plus beau du magasin.

Paul et elle n'en avaient jamais parlé. Elle aurait aimé être au courant... Ainsi, elle aurait pu préparer le lieu. Charlotte tournait autour de l'instrument que les livreurs avaient porté, en passant des sangles à leurs épaules, jusque devant la maison. Ils étaient quatre. Il fallait de solides muscles pour soulever une telle « bête ». Surtout que, pour accéder au perron de la maison, il fallait gravir une dizaine de marches. Ils devaient bien évaluer les distances, calculer chaque pas, doser leurs efforts pour ne pas abîmer le piano. Lorsque celui-ci fut déposé dans le vestibule et que les portes à double battant furent ouvertes pour dégager le passage, les livreurs le firent rouler sur le sol. Il trouva sa place non loin d'une porte-fenêtre donnant sur la terrasse. Il prenait une belle place dans la pièce qui semblait faite pour l'accueillir. L'un des livreurs l'ouvrit, tira une chaise, s'assit devant et plaqua quelques accords.

– Vous êtes musicien ? questionna Émilie.

– Disons que je travaille dans la musique, répondit-il en souriant. Je suis accordeur. Pour accorder, il faut de l'oreille et connaître la musique.

– Vous pouvez nous jouer quelque chose ? demanda Charlotte.

– Mais oui, belle jeune fille, quand je l'aurai accordé. Les pianos n'aiment guère les voyages. Les cordes peuvent se détendre, ensuite la note n'est plus très juste.

Il sortit de sa trousse son diapason en expliquant qu'il était indispensable pour trouver le *la*, la note à laquelle on se réfère. Il souleva les cadres, mit presque à nu les cordes et, avec des clés à tête qu'il dut parfois changer, donna des tours, dans un sens ou dans un autre, jusqu'à trouver le son juste. Parfois, il posait des pinces légères pour étouffer des cordes et mieux entendre celle sur laquelle il œuvrait. Le salon était lumineux et, le bois du coffrage démonté, on voyait bien l'intérieur de la mécanique. « Parfait, parfait », répétait-il quand il obtenait le son espéré. Au bout d'une bonne heure, il jugea le piano prêt et joua deux comptines que Charlotte apprendrait très vite, prédit-il. Ce fut d'abord « Il pleut, il pleut, bergère, rentre tes blancs moutons » et « J'ai du bon tabac dans ma tabatière… ». Évidemment, Charlotte les connaissait.

– Tu me les as apprises, maman. Irène aussi les chante parfois pour Momo et moi. Bientôt, je les jouerai au piano… Oh, c'est trop beau, dit-elle en tournant trois fois sur elle-même, c'est trop, trop beau ! Merci, monsieur !

– C'est ton papa qu'il faudra remercier.

Paul venait d'entrer.

– Désolé, j'arrive trop tard. Un client m'a retenu…

– Papa, le piano, là, tu vois ? Il est installé ! J'ai rêvé de lui et il est là… Maman est presque fâchée…

– Fâchée ? Pourquoi ?

– Surprise surtout ! J'ai failli renvoyer ces messieurs.

– Mais non, mes chéries, je voulais vous faire une surprise pour ce jeudi 13 juillet…

– C'est mon anniversaire ! s'écria Charlotte.

– Et celui du jour où j'ai « rencontré-retrouvé » ta maman. C'est un double anniversaire... Donc un piano pour tous.

– Bon, eh bien, nous allons repartir, monsieur.

– Attendez, je vous raccompagne, messieurs, dit Paul en glissant un billet dans chaque main. Merci pour la livraison et l'accordage. Saluez bien Mme Mouchette[1] et Jean à Nancy.

– Nous n'y manquerons pas.

– Alors, qu'en dites-vous, mesdames ? questionna Paul après le départ des livreurs.

– Je ne vais pas en dormir de la nuit, murmura Émilie qui examinait l'instrument. Il est magnifique, ces oiseaux exotiques marquetés... c'est un enchantement, mais c'est fou !

– Ces oiseaux sont l'œuvre des ateliers d'Eugène Vallin[2], un ébéniste d'exception.

– Je n'ose y croire, Paul. Pourquoi nous combles-tu ainsi ?

– Dans toutes les bonnes familles, il y a un piano. Notre fille a le droit d'apprendre la musique...

– Oh, merci, papa ! s'écria Charlotte en sautant au cou de son père. Chez Mlle Hélène où tu m'envoies le jeudi, je joue un peu, mais je dois apprendre le solfège, et ça, je n'aime pas beaucoup.

---

1. À partir de 1901, le magasin Mouchette et Cie deviendra Martin Musique jusque vers les années 1960.

2. Artiste de l'école de Nancy.

– Maintenant que le piano est là, tu verras qu'il faut savoir le solfège. Je peux te faire réviser, dit Émilie.

– Tu connais la musique, maman ?

– Assez pour entendre les fausses notes, assez aussi pour lire quelques partitions en clé de *sol* et clé de *fa*.

– Je l'ignorais, fit Paul.

– Ça remonte à l'enfance. Nous en faisions chez Mme Parisot à Dieuze avec Émile[1]. Mme Parisot jouait plutôt bien… J'ai quelques rudiments.

– Et vous m'aviez caché cela ? Moi aussi, je sais un peu en jouer. Écoutez, madame mon épouse et mademoiselle ma fille.

Et Paul posa ses mains sur le clavier, leva les yeux au plafond et entama une berceuse de Mozart, puis un extrait de la *Lettre à Élise* de Beethoven. Émilie secouait la tête. Elle se pencha vers lui et l'embrassa près de l'oreille.

– C'est magnifique, la maison va s'enchanter, dit-elle. Merci, Paul. Jamais je n'aurais cru que pareille chose se produirait. Je vais avoir encore plus honte en me rendant au dispensaire pour aider l'assistante sociale et l'infirmière à la consultation des nourrissons des femmes de saliniers. Les familles ne sont pas bien riches à Varangéville. J'ai l'impression que leur vie est plus dure que celle que vivaient Henriette et Émilienne.

– Votre père Eugène avait un bon poste.

– Oui, il était agent de maîtrise. C'est vrai qu'ils avaient une domestique… Ce que je vois aujourd'hui me fend le cœur.

1. Émile Friant, le peintre.

– C'est bien, ma femme n'est pas égoïste. Mais nous avons aussi le devoir d'être heureux pour notre fille. Je n'ose vous demander si les espoirs que vous aviez et dont vous m'avez parlé se sont confirmés.

– Hélas, ce n'est pas bon… J'ai vu le médecin, je ne dois plus y penser. Il faut laisser la nature œuvrer. Je tente d'oublier en martyrisant la pierre ou en modelant la terre mais rien ne naît de mes mains. Aussi sèches que mon ventre. Je me répète qu'il faut vivre.

– Justement, vivons ! s'exclama Paul. Le traiteur va nous livrer un bon repas pour ce soir. Et demain, nous sortons.

– Où ?

– Ah, c'est une surprise…

– Oh lala, ce sera long, gloussa Charlotte.

– À Nancy, mes chéries…

– À Nancy !

– C'est la fête de mes femmes, non ?

– Tous les jours, mon cher papa, dit Charlotte en tapant dans ses mains. Moi, je suis d'accord, vive la fête, vive mon papa chéri et ma chère maman !

4

Saint-Nicolas-de-Port, octobre-décembre 1894

Si on préparait Noël avec fébrilité chez les Renaudot, il n'était pas question de recevoir des cadeaux, mais de célébrer la naissance de Jésus.

Les cadeaux, comme dans toutes les familles lorraines, c'est saint Nicolas qui les apportait. Avec les ans, on le disait fatigué, mais il venait quand même, juché sur sa bourrique et accompagné du célèbre père Fouettard qui emportait les enfants désobéissants dans sa hotte. Avant de passer dans chaque demeure pour y boire le verre de rouge mis à sa disposition et de prendre la carotte pour son âne, il se promenait dans les rues et, du haut de son char, bénissait les enfants. Lui, on l'aimait. Il distribuait des bonbons en papillotes, des chocolats pralinés. En revanche, le père Fouettard faisait très peur : tout de noir vêtu, une immense hotte accrochée dans le dos, il tenait un faisceau de verges pour fouetter les enfants. Charlotte était terrorisée et suppliait saint Nicolas de croire qu'elle était la plus gentille des petites filles. Place de la Mairie, les classes de toutes les écoles chantaient sa légende. Le grand saint les écoutait avec attention, comme s'il ne se souvenait pas d'avoir ressuscité les trois enfants découpés en morceaux par le boucher qui les avait mis au saloir.

Et l'on chantait :

Ils étaient trois petits enfants
Qui s'en allaient glaner aux champs...

Cette Saint-Nicolas-là, Charlotte ne l'oublierait pas. Ses cousines Joséphine et Jeanne-Marie, ainsi que leur petit frère Étienne étaient venus la célébrer. Momo aussi. Tout le monde avait dormi rue des Hayes et les enfants s'étaient beaucoup amusés avant de s'endormir. Au petit matin, ils avaient couru encore ensommeillés vers la cheminée pour découvrir les bontés de saint Nicolas. Celui-ci n'avait pas été avare, entre poupées et dînettes pour les filles, petit établi de menuisier pour Momo et énorme ours pour Étienne. Charlotte s'était hissée sur le tabouret devant le piano et avait joué l'air d'une chanson à saint Nicolas :

Ô, grand saint Nicolas,
Patron des écoliers,
Apporte-moi des pommes,
Dans mon petit panier.
Je serai toujours sage
Comme une petite image,
J'apprendrai mes leçons
Pour avoir des bonbons.
Venez, venez, saint Nicolas,
Venez, venez, saint Nicolas,
Venez, venez saint Nicolas et tra la la...

Mais comme il était déjà passé, elle avait, avec l'aide de Momo, changé les paroles. Et cela devenait :

Ô, grand saint Nicolas
Patron des écoliers,
Voici des pommes
Dans mon petit panier.
J'ai été très, très sage,
Comme une petite image.
J'ai bien appris mes leçons
Pour avoir des bonbons.
Merci, merci, saint Nicolas,
Merci, merci, saint Nicolas,
Merci, merci, saint Nicolas et tra la la…

Et tout le monde de l'applaudir et de la féliciter.

– J'ai joué, mais c'est Momo qui a fait le reste, dit-elle.

– Parce que les filles ne savent pas faire grand-chose, grogna-t-il gentiment. Enfin, Charlotte, c'est un peu différent. Vivement qu'Étienne grandisse, je me sens un peu seul au milieu de toutes ces filles !

– Tu ne t'en plaindras pas plus tard, lança Léonce, heureux de constater que Momo se plaisait dans cette famille.

Noël suivit et la famille élargie se retrouva à la messe de minuit, sauf Étienne, qui dormait déjà à poings fermés, et Hortense, qui assisterait à la messe du jour. Elle ne voulait pas laisser l'enfant seul.

– Je vous attendrai et préparerai le « goûter de la nuit », déclara-t-elle.

Hortense tint parole et dressa la table. Il y avait des brioches, les kougelhof. Le lait serait chaud pour le chocolat. La casserole de lait sur laquelle était posé un couvercle attendait sur le coin la grande cuisinière Rosières. Hortense avait disposé des soucoupes où sucreries et pralinés s'offraient aux regards et aux palais.

Ils revinrent tous très joyeux, les enfants chantant à tue-tête :

Il est né le Divin Enfant,
Jour de fête aujourd'hui sur terre[1].

Ce goûter nocturne fut très apprécié et les enfants furent priés de rejoindre leurs lits. Les parents continueraient de veiller en buvant un bon verre de vin d'Alsace.

Qui lança la discussion sur le procès du capitaine Dreyfus ? Il se faisait tard, on posait sa main devant sa bouche pour masquer les bâillements car le sommeil frappait à la porte de chacun. Mais dès que le nom du capitaine Dreyfus fut prononcé, la conversation s'anima.

Émilie écoutait Nicolas qui s'emportait, tandis qu'Hortense le tirait par la manche pour qu'il se calmât. Ses yeux épouvantés allaient de l'un à l'autre. Nicolas était heureux que ce traître fût enfin démasqué. Sa condamnation n'était que justice.

---

1. Chants publiés pour la première fois en 1874 dans un recueil, *Airs de Noëls lorrains,* rassemblés par R. Grosjean, organiste de la cathédrale de Saint-Dié dans les Vosges.

– Les juifs nous mènent par le bout du nez, leur richesse est une insulte. Ils n'en ont jamais assez, ils nous mangeront la laine sur le dos ! Il nous faut rester sur nos gardes. Les descendants des assassins du Christ ne valent pas tripette.

Juliette avait sa petite idée mais n'osait l'exprimer. Elle regardait Léonce avec consternation, car elle savait qu'il était loin de partager les opinions de Nicolas.

– Je suis juif, lâcha Léonce, et je ne me considère pas comme un assassin. Je suis bien triste, monsieur Kessler, de vous entendre parler comme ça. Que savons-nous de ce capitaine ?

– Vous, un juif ? Mais vous vous êtes marié à l'église catholique ! Nous sommes venus vous féliciter…

– Je n'ai pas oublié, merci. Oui, je suis né juif, je n'y peux rien. J'en ai informé M. l'abbé Martin qui nous a mariés. Je ne pratique pas ma religion. Mes parents ont toujours pensé que les religions asservissent l'être humain. Grand-mère répétait que « juif », « chrétien », ça ne veut rien dire et qu'il est stupide de se disputer. Le Dieu de la Bible est le même. Votre Christ que vous aimez et vénérez, c'est un juif.

– Alors pourquoi ce mariage catholique ?

– Juliette tenait à se marier religieusement. M. l'abbé Martin n'a rien exigé. J'ai seulement promis de laisser Juliette élever nos enfants dans la religion catholique. Mon père et ma mère n'ont fait aucun commentaire. Grand-mère pleurait. Ce mariage, elle le prenait pour une trahison, un reniement. Mais depuis, elle a appris à connaître Juliette. Elles ont de l'estime l'une pour l'autre. Certes, c'eût été mieux pour elle si Juliette s'était convertie au judaïsme. Car la religion se transmet par la mère. J'ai donné mon opinion pour clore le sujet : Juliette transmettra la sienne à nos enfants et ce sera parfait. Vous allez rire, alors que ma mère ne va presque jamais à la synagogue, elle a quand même ronchonné. « Par ton choix et le refus de ton épouse de se faire juive, le peuple des élus va rétrécir. » J'ai haussé les épaules. Maintenant, être juif, c'est un état, une identité. Mais il faudrait que les gens ôtent de leur tête que tous les juifs sont radins et couverts d'or. Un juif fortuné n'a pas forcément mal acquis ses biens et, dans notre famille, nous ne sommes pas très argentés. Les juifs ne sont ni rebelles ni félons, et pas plus assassins que les autres. Tout cela, ce sont des clichés indignes.

– Bravo, Léonce ! lança Paul. Pour en revenir au capitaine Dreyfus, nous n'avons pas à juger ce que nous ne connaissons pas. Pour avoir lu différents journaux, j'ai compris que cette affaire, puisqu'il faut l'appeler ainsi, est bien compliquée. Selon moi, certains y trouvent matière à régler des comptes.

Nicolas, hors de lui, s'écria :

– Que veux-tu dire ?

– J'aimerais savoir, mon cher Nicolas, sur quelle presse tu te fondes pour avoir des opinions aussi tranchées.

– Ben…

– Serais-tu influencé par les bonnes pensées de M. Barrès ? glissa Émilie.

– C'est un homme intelligent, un Lorrain de Charmes, très chère sœur.

– C'est surtout un antisémite qui utilise ses talents littéraires pour vilipender qui ne le mérite pas. Je suis encore horrifiée de ce qu'il m'a été donné de lire dans *La Cocarde*. Il parle de « parade de Judas », de la « coalition des juifs », du « prix de l'infamie »...

– C'est assez lamentable, renchérit Paul. Jésus doit trembler en son Ciel. M. Barrès associe le scandale de Panama à cette triste affaire d'espionnage qui me paraît montée de toutes pièces. C'est bon, de nos jours, d'avoir un bouc émissaire que l'on peut montrer du doigt. Ce pauvre capitaine est alsacien. Il a choisi la France, c'est tout à son honneur, mais il est juif, voilà sa faute.

– Mais enfin, s'indigna Nicolas, vous déraisonnez, cher beau-frère ! Vous êtes au courant de ces bordereaux trouvés dans sa corbeille qui allaient être transmis à l'Allemagne ? N'a-t-on pas eu assez d'ennuis comme cela ? J'ai lu des choses dans *La Cocarde*, mais aussi dans *Le Journal* et *Le Figaro*.

– Ces journaux ne sont pas forcément des références. Depuis qu'il a été battu aux élections en 1893 après un mandat où il s'était contenté de quelques apparitions à l'Assemblée, Barrès a du temps pour aiguiser sa plume et se répandre un peu partout.

– Il défend les ouvriers, protesta mollement Nicolas.

– Bien sûr, pour taper sur les travailleurs étrangers au nom d'un patriotisme de pacotille. Il veut la guerre contre le peuple d'outre-Rhin, gronda Émilie.

– Boulanger est mort et Barrès s'est senti un peu seul. Il s'est trouvé un ennemi. Et quand je lis *La Bonne Presse*[1] bien catholique, il y a de quoi être horrifié, sans oublier

1. Devenue Bayard Presse qui éditait *La Croix*. *La Croix* a fait plus qu'amende honorable depuis et a ouvert ses archives.

les sous-entendus fielleux de l'équipe de Goulette à *L'Est républicain*.

– Que c'est triste, soupira Juliette.

– Je crois qu'il nous faut nous calmer, c'est Noël, dit doucement Hortense.

– Hortense a raison, essayons de ne pas nous emporter et prions pour que les esprits s'apaisent afin que la vérité jaillisse et que personne n'ait à souffrir d'injustice.

5

Saint-Nicolas-de-Port, 1896-1897

Émilie était allongée sur le sofa non loin du piano, tandis que Charlotte répétait *Barcarolle n° 1* de Gabriel Fauré.

– Ça va, maman, comment te sens-tu ?

– Je suis fatiguée, ma chérie…

– C'est ce bébé qui te fatigue ?

Pouvait-elle dire à Charlotte que ce bébé ne naîtrait jamais ? À mesure que passait le temps, la chance d'avoir un bébé s'éloignait davantage.

Cette fois, après avoir constaté la cinquième fausse couche, le médecin lui déconseilla une nouvelle tentative. Elle risquait une infection qui mettrait sa vie en danger.

– Il faut être raisonnable, madame Renaudot, reprenez vos activités, sculptez.

Oserait-elle confier au médecin, devenu quasi l'ami de la famille, que l'inspiration la fuyait dès qu'elle voulait lui donner corps avec la matière ? Elle pleurait souvent, seule dans l'atelier, jetait à terre marteaux, maillets et ciseau. « Mon temps est fini », répétait-elle. Elle ne pouvait s'en ouvrir à Paul. Il était si bon pour elle. Elle ne le méritait pas, ne le méritait plus, pensait-elle, dépitée.

En ce jour, elle était triste pour Paul. Il aurait tant aimé avoir un autre enfant. Dans les cités ouvrières, elle voyait des femmes qui en étaient à leur sixième, septième grossesse et qui se désespéraient d'avoir une bouche de plus à nourrir. « Moi, ce ne serait pas un problème et je n'y arrive pas. » Il fallait se réjouir d'avoir une jolie fillette de bientôt neuf ans, qui travaillait bien en classe, semblait douée pour la musique…

– Tu ne m'as pas répondu, maman.

– Hélas, ma chérie, il n'y aura pas de bébé. Aucun ne veut rester dans mon ventre.

– Moi, je suis restée et je suis venue.

Charlotte quitta piano et partition et vint se blottir contre sa mère en lui caressant la joue.

– Tu sais, on peut aller chercher un bébé à l'orphelinat Saint-Stanislas de Nancy. Tu le rendrais heureux. Moi, ça ne me gênerait pas.

– C'est peut-être une idée… Il faudra en parler avec ton papa. Ce ne sont pas des décisions qui se prennent à la légère.

– J'ai quelque chose à te dire, c'est comme un secret. J'ai entendu quelque chose…

– ???

– C'était tante Hortense et oncle Nicolas qui parlaient, mais j'ai bien compris… La tante disait à oncle Nicolas : « Tu vas devoir travailler dur, redoubler d'efforts, nous serons un de plus à Noël. » Ce n'est pas très juste, n'est-ce pas, ils ont déjà trois enfants.

– Ils ont de la chance, réjouissons-nous pour eux. Notre table devra s'agrandir, puisque Juliette aussi attend un enfant.

– Momo, lui, s'en moque. Il se trouve trop grand pour jouer avec un petit. Déjà qu'il doit me supporter... Mais nous, ce n'est pas pareil. Il est comme un frère pour moi et il pense la même chose de moi, je suis sa petite sœur. Je ne pourrais pas trouver mieux. Je l'aime beaucoup.

– Tu as raison, c'est un chic garçon. Il travaille bien en classe, lui aussi, et ses parents veulent qu'il continue d'étudier après le certificat d'études.

– Tu sais ce qu'il veut faire ?

– Non.

– Médecin, et ça, c'est depuis toujours. Juliette, quand elle l'entend parler, fronce son nez, comme elle fait quand elle a des doutes. Elle veut bien qu'il étudie, mais docteur, selon elle, ce n'est pas pour des gens comme eux. Léonce n'est pas de cet avis. « Si Momo en est capable, rien n'est impossible, répond-il à Juliette, Momo doit étudier pour faire ce qu'il aime. »

– C'est tout à fait vrai. Léonce a raison. J'en parlerai à Juliette quand elle viendra.

– Maman, Juliette voudrait que Momo et moi soyons les parrain et marraine du bébé qu'elle va avoir. À cette idée, je suis folle de joie.

– Ah, comme je te comprends ! Cela prouve que Juliette et Léonce vous estiment. C'est une responsabilité d'avoir un filleul.

Paul venait de rentrer et, à la mine défaite de son épouse, il comprit.

Il la serra longuement dans ses bras. Émilie se mit à pleurer. Charlotte s'éclipsa dans la cuisine pour aider Amélia qui finissait de préparer le repas. Elle n'aimait guère voir sa maman en larmes. Quand c'était le cas, elle ne pouvait retenir les siennes.

– Maman a un gros chagrin, Amélia, à cause du bébé qui ne viendra pas cette fois encore.

Amélia la serra affectueusement contre elle et caressa ses cheveux avant de lui faire un gros baiser pour la consoler.

– Parfois, les choses s'arrangent. En tout cas, j'ai entendu ce que tu jouais… tu fais des progrès extraordinaires. C'est merveilleux de t'entendre. N'abandonne pas.

– Oh, ça ne risque pas. Je peux oublier mes devoirs, mais pas le piano.

Après le repas, Charlotte alla se coucher et promit à son père de ne pas veiller trop tard.

– Il faut me jurer, mademoiselle Charlotte, d'éteindre la lumière assez tôt. Je connais ta passion pour les livres, tu aimes t'évader de ce monde. Tu ne vois pas le temps passer. Les nuits ne sont pas assez longues pour toi. Les petites souris viennent me le dire… Et au matin, tu es toute fripée, fatiguée, n'est-ce pas ?

– Papa, quand je suis plongée dans une histoire, c'est comme quand je joue du piano. Le temps qui s'écoule m'emporte ailleurs. Je ne peux pas m'arrêter, il faut que je sache la fin, c'est plus fort que moi.

– Allez, au lit, et fais de beaux rêves !

– Pour faire de beaux rêves, il ne faut pas que je lise un livre triste.

– Ah oui !

– Avant-hier, j'ai relu les *Mémoires d'un âne*[1], j'ai pleuré pour ce pauvre Cadichon. Tu me comprends, cher papa, ces lectures reviennent dans mon sommeil... Mais je ne peux pas cesser de lire.

– Choisis un livre plus joyeux, où un prince vient délivrer une princesse.

– Pff, je suis trop grande pour ça. Je n'y crois plus aux princesses et aux fées. C'est pour les petits, mon papa chéri. Bonsoir, dit-elle, moqueuse, en faisant la révérence.

Paul et Émilie se retinrent de rire. Charlotte était une délicieuse enfant qui savait user de son charme pour parvenir à ses fins.

Et tous deux évoquèrent ce problème de bébé. Paul tentait de consoler Émilie. Il lui répéta qu'il ne l'avait pas épousée pour qu'elle lui fasse une tripotée de marmots...

– Nous avons Charlotte et nous sommes gâtés, elle est parfaite. Pour la suite, c'est comme voudra le Seigneur auquel vous croyez.

– Vous n'y croyez pas à mon Seigneur ?

– Cela dépend des jours, répondit-il en lui prenant le menton pour l'embrasser. Pour tout dire, je crois comprendre qu'il vous arrive de douter.

– J'ai longtemps clamé que tout cela, c'était des histoires pour nous maintenir dans le droit chemin. Mais on peut changer. S'il existe, mon Seigneur a autre chose à

1. *Mémoires d'un âne*, comtesse de Ségur, librairie Hachette.

faire que combler mes désirs. Je pense qu'il devrait botter les fesses de certains imbéciles en ce beau pays.

– À qui pensez-vous ?

– Ben…

– Dites, je vous en prie.

– Je suis très fâchée…

– Pourquoi ?

– À cause de ce qu'on appelle l'affaire Dreyfus. Je lis des choses ridicules dans la presse chrétienne. Elle est où la charité ? Mais je me réjouis cependant : certaines grandes voix s'élèvent et commencent à parler d'une erreur judiciaire… Esterhazy et Henry sont des fourbes, ils auraient fabriqué de fausses preuves. Sauf que la justice, même mise devant le fait accompli, campe sur ses positions… Elle craint sans doute de perdre la face en se déjugeant. Quelle honte, et quelle tristesse pour ce pauvre homme et toute sa famille !

– Reconnaître une faute, c'est pourtant faire preuve de grandeur et d'intelligence, soupira Paul.

– Vous avez raison et le fameux dandy Maurice Barrès n'est pas prêt à reconnaître les siennes. Avec tout ce qu'il a écrit à propos de ce pauvre capitaine…

– Oui, pas de semaine sans un coup de griffe ou sans dresser un bûcher, renchérit Paul d'un air attristé.

– Maintenant, mon frère évite le sujet quand il vient chez nous le dimanche. Nos conversations risqueraient de finir en foire d'empoigne. Mais qu'a-t-il dans la tête ? Chez Daum où il travaille et même chez Émile Gallé, on ne montre pas du doigt le capitaine Dreyfus, bien au contraire. On dit d'ailleurs qu'Émile Gallé serait agacé par l'attitude de Léon Goulette à qui il reproche ses papiers outranciers.

– En attendant, le capitaine est au bagne et paie très probablement pour une faute qu'il n'a pas commise. C'est ignoble ! Je pense à son épouse, à ses enfants, aux souffrances de cet homme qu'on a humilié devant tous…

– Je suis de votre avis. Vous voyez, Paul, je n'arrive pas à connaître le point de vue de notre monseigneur l'évêque auxiliaire de Besançon. Pierre est d'une discrétion extraordinaire.

– Sans vouloir vous faire de peine, une grande partie de l'Église de France se dresse contre Dreyfus. Les juifs seraient honnis depuis la condamnation du Christ, vous ne l'ignorez pas. On parle d'un peuple déicide. On lit de ces conneries, pardonnez-moi, mais je ne trouve pas de mots assez forts pour qualifier certains écrits, y compris dans *La Croix*.

– Dans *L'Est républicain*, votre ami Léon Goulette n'y va pas avec le dos de la cuillère…

– Il agit avec diplomatie pour ne pas mécontenter les actionnaires qui font partie de la bourgeoisie nancéienne, dont il a grand besoin.

– Mais vous aussi êtes actionnaire…

– Petit actionnaire, et je tiens à garder ma liberté de pensée.

– Encore heureux, mon chéri !

– J'ajoute que Goulette serait bien inspiré de suivre les directives de sa loge.

Face à la mine interrogative de son épouse, Paul ajouta :

– Mais oui, la loge Saint-Jean de Jérusalem a pris le parti de Dreyfus. J'ai beau essayer d'ouvrir les yeux de Goulette, il est aussi borné que les autres et, hélas, que Barrès. Ma main au feu qu'ils vont se réconcilier en unissant leur fiel pour cracher sur les juifs.

– Tout cela est peu reluisant, soupira Émilie avec une moue écœurée.

La catastrophe du Bazar de la Charité à Paris bouleversa la France. Le lieu s'embrasa en un rien de temps. Cent vingt et une femmes périrent dans l'incendie, des dames du grand monde venues prêter leur concours à une manifestation caritative, dans le VIIIe arrondissement, rue Jean-Goujon, à deux pas des Champs-Élysées, à côté des locaux de la Bonne Presse. Elles moururent dans des conditions atroces, brûlées, asphyxiées. Leurs belles tenues – paillettes et frou-frous, plumes au décolleté et au bas des robes – firent le régal des flammes. Quelques hommes courageux, des journalistes de la Bonne Presse, tentèrent de les sauver en se jetant sur elles pour éteindre les flammes ou en les guidant vers une porte située à l'arrière du bâtiment. On croyait l'enfer tombé sur terre, dirent les témoins. Parmi les victimes, Sophie-Charlotte, duchesse d'Alençon, la sœur de l'impératrice Sissi, la peintre et céramiste Camille Moreau-Nélaton, Mme de Valence et ses deux filles. La duchesse d'Alençon mourut en sainte. Elle quitterait les lieux la dernière, avait-elle déclaré aux jeunes filles qui l'accompagnaient et qu'elle exhortait à fuir, comme la religieuse qui la suppliait de gagner la sortie…

– Tout ça pour une séance de cinématographe, de petits films des frères Lumière, mon Dieu, se lamenta Émilie en lisant la presse des 7 et 8 mai. Écoutez bien, Paul. La lampe du projecteur était alimentée en éther. Il a fallu recharger la bouteille. Une allumette craquée pour remettre l'appareil en route a fait s'enflammer les vapeurs. Le Bazar accueillait mille deux cents personnes. Une catastrophe.

Les décors étaient en bois et tendus, comme le plafond, de drap goudronné. Le brasier n'en demandait pas tant. *Le Figaro* avait écrit que tout s'était joué en moins de quinze minutes. Les pompiers eurent beau déplier leurs lances… Ils ne purent que fouiller les décombres pour ramasser des corps calcinés que l'on ne pourrait identifier que grâce à leur dentition. Ce fut le cas de la duchesse d'Alençon.

– Ce n'est vraiment pas la peine d'aller chercher querelle, murmura Émilie, la vie peut se montrer cruelle. Voilà des personnes qui participaient à des œuvres de bienfaisance et dont il ne reste que de la cendre, tout ça après des souffrances terribles.

L'année 1897 s'achevait sur un « espoir extraordinaire », c'étaient les termes de Paul, grâce à l'intelligence du sénateur Scheurer-Kestner[1] qui avait osé faire paraître

1. Auguste Scheurer-Kestner, né à Mulhouse en 1833 et mort à Bagnères-de-Bigorre en 1899, est un chimiste et industriel alsacien protestant, oncle par alliance de l'épouse de Jules Ferry. Républicain opposé à l'empire de Napoléon III, il devient sénateur inamovible. Ami de Clemenceau et de Gambetta, il choisit la France après 1870, tandis que son frère Jules reste en Alsace. Auguste est un homme

une lettre ouverte dans *Le Temps* où il affirmait l'innocence de Dreyfus. La publication fit grand bruit. *Le Figaro* changeait-il de bord ? Il avait déjà reproduit une lettre de l'ex-maîtresse d'Esterhazy qui montrait l'homme tel qu'il était : manipulateur, outrancier. Le sénateur, toujours épris de justice, donna son point de vue : « Dreyfus est innocent… Dreyfus est innocent ! »

– Quel coup d'éclat ! s'exclama Paul. Et voici Zola qui publie dans *Le Figaro* un papier pour défendre Scheurer-Kestner que ses amis ont lâché. Le Sénat est interpellé sur le refus d'une révision du procès. On avance sur le chemin de la vérité.

– Pourtant, Esterhazy sera probablement blanchi une nouvelle fois, ce voyou a des appuis et nos politiques sont des pleutres.

– Ils sont dépassés et ils ont peur de perdre la face. Il faut espérer, malgré tout, ma chérie. Quelque chose est en train de changer.

---

prudent. Estimant que la vérité finit toujours par triompher, il désapprouve le coup d'éclat du *J'accuse* de Zola.

6

Saint-Nicolas-de-Port, 1898-1900

Dix ans ! Charlotte se réjouissait de fêter son premier anniversaire à deux chiffres. Une vraie grande ! Elle rattrapait ses cousines et son cher Momo. Paul lui avait promis un voyage à Paris. La tour Eiffel, les beaux monuments, quelle joie ! Elle prit sa mine boudeuse, celle à laquelle son papa chéri ne résistait pas, pour lui demander s'il était possible que Momo les accompagne. Paul et Émilie se regardèrent, ils ne semblaient pas du tout hostiles à cette proposition.

– Il ne connaît pas Paris, ajouta Charlotte. Il était tout petit quand nous y sommes allés en 1889[1]. Cela devrait lui plaire. Ce serait un joli cadeau d'anniversaire pour lui aussi. Il est né en juillet, quatre ans avant moi.

– Puisque la jeunesse nous soumet une idée, répondit Émilie, je suggère que les jumelles de Nicolas et d'Hortense se joignent à nous. Elles ont à peine un an de plus que Charlotte. Momo et elles s'entendent bien.

1. *Les Femmes des terres salées*, vol. I.

– Ben, il va être à la noce, le jeune homme, flanqué de trois donzelles, plaisanta Paul. Je trouve l'idée excellente. Momo va échapper à la petite Thérèse pendant quelques jours. Il aime sa sœur, mais il y a un tel écart entre eux… Le temps de quelques jours, ma chérie, nous jouerons à être les parents d'une nombreuse famille. Ce sera fort amusant.

– Peut-être un peu épuisant, mais ça vaut la peine d'essayer. Il faut savoir se réjouir quand c'est possible.

– C'est vous qui affirmez cela ? J'en suis heureux.

– Ça nous changera de ces affaires politiques, de ces injustices honteuses.

– Il est vrai que vous et moi avons cru que cette terrible affaire Dreyfus allait enfin s'achever. Quand on pense que, lors de son procès à huis clos, Esterhazy a été acquitté et que la foule l'a acclamé… Dans quel pays vivons-nous ?

– Je pense surtout au coup de tonnerre qu'a été la publication du « J'accuse » d'Émile Zola dans *L'Aurore* en janvier dernier.

– Ah, oui, parlons-en ! Les réactions à cette lettre courageuse sont semblables à un ouragan de méchancetés…

– Sans oublier les manifestations antisémites sans précédent et les vagues de vandalisme dans les synagogues. À Alger, Max Régis[1] voudrait qu'on tue les juifs pour arroser l'arbre de la liberté de leur sang. Un déshonneur

1. Max Régis (1873-1950), journaliste, homme politique, né à Sétif, antisémite, partisan de Drumont et de l'Action française. Il avait été élu maire d'Alger sur une liste antijuive.

inqualifiable ! J'en frémis de rage. Comment peut-on lancer de pareilles énormités ? C'est indigne.

– Je partage vos sentiments, ma chérie. On a ensuite cassé le procès de Zola pour vice de forme.

– Je crois qu'on le rejugera en juillet... Fasse qu'il ne soit pas condamné ! Il n'a fait qu'œuvrer pour la vérité et mettre les grands face à leur responsabilité. Le fameux colonel Henry[1], l'artiste en faux papiers, est sans doute l'un des coupables.... Vous savez, Paul, j'ai reçu une lettre de notre « évêque » bien-aimé. J'étais heureuse en la lisant, il y écrit qu'il est certain que Dreyfus est innocent.

– Allons, essayons de tenir nos langues devant Nicolas ! Quoique, maintenant, il ne semble plus aussi convaincu de la culpabilité de Dreyfus. Le petit beau-frère fait du chemin dans le bon sens.

*

Les enfants vécurent quatre jours de rêve à Paris. Les jumelles n'avaient pas renoncé à leurs farces : se faire passer l'une pour l'autre. Momo s'en amusait. Elles étaient si semblables qu'il se demandait laquelle des deux il choisirait, s'il devait un jour tomber amoureux de l'une d'elles. Il finit par s'en ouvrir à Charlotte d'une manière détournée.

1. Hubert-Joseph Henry (1846-1898), officier français, a produit de faux documents visant à accuser le capitaine Alfred Dreyfus et à confirmer sa condamnation.

– Comment fais-tu, Charlotte, pour les différencier et les aimer chacune pour leurs qualités propres ?

– C'est une chose délicate, voire impossible. Il faut rester avec l'une ou l'autre pendant longtemps. Si l'on veut discuter, échanger, il est plus prudent de le faire quand l'une des deux n'est pas là. Par exemple, quand on parle avec Joséphine, il est préférable de s'assurer que Jeanne-Marie est loin. Si elle entend, elle répondra à la place de Joséphine, qui me semble un peu plus réfléchie. En tout cas, elle prend son temps pour trouver les bons mots.

– Chez Jeanne-Marie, ça fuse, ajouta Émilie qui venait de se joindre à la conversation. Charlotte a raison, il vaut mieux leur parler seul à seule, car elles sont taillées dans le même roc. Leur timbre de voix est semblable. Et elles s'en amusent au détriment de tous.

La comparaison la fit sourire intérieurement. Les jumelles étaient taillées dans le même roc... C'est bien ce dont il s'agissait. Allait-elle révéler que, dans son atelier, bien avant leur départ, elle avait entrepris une sculpture étrange, celle des enfants : Charlotte, les jumelles, Étienne, Momo, Thérèse... Comme un bas-relief des forces de la vie. Elle projetait d'y faire figurer la dernière-née d'Hortense et de Nicolas, un poupon ravissant appelé Pélagie. Pélagie devait trouver sa place au sein des Forces de la Vie.

Émilie semblait retrouver le chemin de la grâce. C'était tout récent et cela restait encore son secret. Personne n'avait le droit d'entrer dans son atelier. Mais elle pouvait évoquer son travail avec son époux. Un jour, oui, il pourrait voir quelque chose. Paul écoutait et souriait. Le bonheur se lisait sur le visage de sa femme. Une flamme qu'il croyait éteinte animait son regard et cela comptait plus que tout. Elle le transporta dans l'atelier d'Ernest Bussière et d'Émile Friant, rue de Toul, à Nancy, il se souvint de cette jeune femme enveloppée d'une longue blouse blanche ceinturée à la taille où les principaux outils étaient accrochés, sans oublier le torchon à petits carreaux bleus et blancs pour épousseter la pierre qu'elle taillait. Il l'avait si souvent contemplée, se retenant de respirer pour entendre chanter la pierre qui révélait l'âme de l'artiste. Il l'avait regardée sculpter le *Chant de vie et de mort*, inspiré de l'histoire de Françoise, découverte noyée dans un bras de la Meurthe[1]. La statue avait été brisée. Deux coups de masse sur le marbre avaient eu raison du chef-d'œuvre qu'il avait vu naître sous les doigts d'Émilie.

Dans son atelier de Saint-Nicolas-de-Port, personne n'avait le droit d'entrer. Émilie s'enfermait de l'intérieur et si on frappait, elle feignait de n'avoir rien entendu. Paul imaginait, supposait… Il collait son oreille à la porte. Tapait-elle ? Rêvait-elle ? Quels sentiments animaient son épouse quand elle se trouvait dans son antre ? Joie, dépit, rage, colère, chagrin ? Il ne saurait jamais.

Charlotte grandissait et avait dû faire face à des remarques blessantes en classe. Les élèves plus âgées de l'institution où elle avait été inscrite à Nancy se montraient désobligeantes envers elle.

1. *Les Femmes des terres salées*, vol. I.

« Alors, c'est elle la nièce du… – Elle a l'air bien pourtant… – Si elle est ici, c'est qu'elle est d'un très bon milieu… – Son père, oui, sans doute. Mais sa mère… Une famille un peu bizarre, a dit ma mère. – Ben ça, tu parles, avec le frère qu'elle a eu… un… »

Elle n'entendait pas la suite, le terme n'était jamais prononcé. Quel secret de famille lui cachaient ses parents ? Elle les observait… Parfois, elle les questionnait sur leur jeunesse, sur la vie qu'ils avaient menée avant de se rencontrer. Elle eût aimé savoir comment son père avait connu sa mère. Pour Émilie, il n'était pas question de parler du temps où Paul était commissaire de police. Quand Charlotte demandait à sa mère combien elle avait de frères et sœurs, Émilie citait Pierre et Nicolas. Elle ajoutait :

– Nous venons d'une autre terre salée. Cette terre est aujourd'hui allemande, mais notre famille a choisi la France. C'est le cas d'un bon tiers de la population nancéienne.

Charlotte voulait comprendre ce qui était arrivé à sa grand-mère si vite décédée… Mais Émilie se dérobait.

– Ce n'est pas ton histoire, c'est la mienne. Je n'ai pas connu ma mère, tu le sais. C'est ma marraine, une cousine de ma mère, qui nous a élevés, Pierre, Nicolas et moi. Elle est devenue la seconde épouse de mon père…

– Elle n'était pas mariée ?

– Elle l'avait été, très peu de temps. Son mari est mort du choléra.

– Le choléra ?

– Oui, hélas !

– Quelle horreur ! Elle était comment ta marraine-maman ?

– C'était une sainte femme, ma chérie. On ne pouvait que l'aimer.

Les événements se bousculèrent en France. Zola fut condamné en juillet et dut fuir en Angleterre. Henry avoua avoir produit de faux documents visant à établir la culpabilité de Dreyfus. Il fut arrêté et se trancha la gorge au mont Valérien. Esterhazy se sauva en Grande-Bretagne et on consentit enfin à instruire un nouveau procès. Cependant, malgré toutes ces preuves, Dreyfus fut condamné à dix ans de détention. C'en était trop ; Émile Loubet, alors président de la République, le gracia[1].

– Très bien, soupira Paul en froissant le journal. On est certain de l'innocence de cet homme, mais la justice comme nos chefs hésitent encore. Pas de quoi être fiers ! Se rendent-ils compte que la France est la risée du monde entier ? La France, incapable de sévir quand c'est nécessaire ! Reste à rendre son honneur à cet homme, m'est avis que la procédure va durer quelque temps[2].

*

– Ce Noël est l'un des derniers de notre siècle ! s'exclama Charlotte, songeuse. Le dernier sera celui de

1. Il est gracié le 19 septembre 1899. Le même jour, Auguste Scheurer-Kestner meurt.

2. Ce sera chose faite le 12 juillet 1906.

l'année 1900, comme papa me l'a appris. Le 1er janvier 1900 sera aussi le dernier du XIXe siècle, mais tout le monde pense qu'on va basculer dans le XXe dans quelques jours. On va dire, ça y est, nous sommes en 1900 ! Amélia, qu'attends-tu de cette année qui s'annonce ?

– Ma foi, je ne sais guère, je ne suis pas malheureuse, peut-être voyager, voir du pays, d'autres pays. Quand j'étais petite fille, ma mère me disait que j'avais de la chance de découvrir la France…

– Tu as donc quitté ton Italie, un si beau pays à ce que l'on dit…

– Ben oui, j'ai dû te raconter notre longue épopée avant d'arriver en Lorraine.

– C'était quelle Italie, celle du Nord ou celle du Sud ?

– Le Nord, là où étaient les usines. Mais avec les changements politiques, certaines fermaient et les gens n'avaient pas d'autres choix que de partir voir si l'herbe était plus verte ailleurs. Nous avons fait une escale en Savoie, de l'autre côté de la frontière, et sommes arrivés en Lorraine.

– Je te promets, Amélia, qu'on va essayer de voyager. À moi, papa ne refuse rien.

Amélia voyait Paul consulter des listes d'hôtels, cocher les meilleurs, se renseigner sur les horaires de trains. Elle ne put s'empêcher de faire un commentaire :

– Ah, monsieur et madame vont repartir à Paris ?

– Sans doute, mais pas longtemps. Quelques jours pour visiter l'Exposition universelle. Paris a construit de nouveaux bâtiments : le Grand Palais, la gare d'Orsay, dans le style Art nouveau. Déjà que nous n'avons pas trouvé le temps de nous libérer pour le grand défilé des athlètes, en mai, à l'occasion des jeux Olympiques. Pour la première fois, des femmes y ont participé. Des délégations ont débarqué du monde entier. Cet été, nous n'allons pas rater cette occasion de découvrir le savoir-faire des artistes et chercheurs du monde entier.

Amélia avait les yeux qui brillaient...

– Vous aimeriez voir cela ?

– C'est que je ne connais pas Paris. Je viens d'Italie, comme vous le savez. J'avais dix ans quand ma famille est arrivée en France. Mon père a d'abord fait quelques petits boulots avant d'être embauché à la saline de Varangéville, en bas...

– Voudriez-vous nous accompagner ? Si oui, nous vous invitons, déclara Paul. Charlotte en serait très heureuse.

– C'est que... c'est trop.

– Vous avez envie ou pas ?

– Oui, mais je suis gênée.

– Il faut accepter, fit Charlotte. Momo et les jumelles ne sont pas libres. Je vais être toute seule. Accepte, Amélia, pour faire plaisir à ta chère Charlotte.

– On ne peut pas résister à cette gamine que j'aime tant. Alors, c'est oui et mille fois oui ! s'exclama Amélia en lui adressant un clin d'œil au souvenir de leur conversation : « À moi, papa ne refuse rien. »

Amélia avait une bonne trentaine d'années, elle ne s'était jamais mariée. Elle clamait haut et fort qu'elle n'avait pas envie de s'encombrer d'un homme. Elle avait trop vu sa mère et sa tante s'échiner pour leur ribambelle d'enfants. « Le métier de femme-mère-de-famille est très beau, répétait-elle, je ne dis pas le contraire. Mais ce sont des tâches ingrates. Toujours à torcher les mômes, à faire à manger, sans compter les lessives à la rivière et tout ça pour si peu de reconnaissance. Les enfants grandissent et vous quittent, les hommes vous trompent avec des filles délurées. Et à la mère de famille, il ne reste que ses mains gercées, ses varices aux jambes et ses yeux pour pleurer, si encore ces pauvres yeux peuvent pleurer un vrai chagrin. Parfois, tout est sec et ça fait encore plus mal. Moi, je suis bien ici. Je fais certes toutes ces tâches, mais j'aime mon travail et cette demeure où sont la beauté et la modernité. Ici, ce n'est pas une maison de misère. »

– Donc, c'est d'accord, vous serez du voyage ? questionna Émilie.

– Et pour les habits ? Je ne veux pas vous faire honte.

– Nous avons la même taille toutes les deux. Je vous prêterai des tenues si c'est nécessaire, il y a toujours une solution. À l'Exposition, pour la première fois, la mode sera présente. Ça n'intéressera guère Paul. En revanche, vous, Amélia, tout comme Charlotte et moi, nous allons nous régaler, qu'en dites-vous ?

– Oh, madame, fit Amélia en joignant les mains, c'est comme un rêve ! J'ai peur de me réveiller.

– Ah, ma chère épouse, quelle bonne idée j'ai eue ! Vous pourrez vous gaver de chiffons avec Charlotte, tandis que moi j'examinerai de près les stands techniques.

– Nous irons aussi voir les artistes de l'école de Nancy, n'est-ce pas, Paul ? Je pense aux verriers et cristalliers, aux ébénistes et, bien sûr, aux peintres et aux sculpteurs.

– Absolument ! Émile Gallé, Victor Prouvé et Antonin Daum y seront. Émile Gallé a déjà reçu le grand prix de l'Exposition de 1889 et, comme Émile Friant, il a été fait officier de Légion d'honneur. À mon avis, ce ne sera pas sa dernière décoration, et à juste titre. Gallé est un homme discret, un grand humaniste. Il défend les droits de l'homme et j'admire ses prises de position courageuses en faveur de Dreyfus. Cela n'a pas été du goût de tous. Mais Émile Gallé, il est ainsi, droit dans ses bottes. L'autre jour, j'ai été invité dans sa cristallerie, rue Jean-Jaurès. C'est là qu'il conçoit l'essentiel de ses créations. Il travaille aussi bien la pâte de verre, qu'il grave de motifs naturalistes, faune et flore, que la céramique et la faïence. Il est très apprécié à Saint-Clément comme à Raon-l'Étape.

– Vous vous rendez compte, Amélia, de tout ce que nous allons voir ? Sans compter les monuments parisiens, glissa Émilie.

Le Grand Palais se révéla être une merveille. Son audacieuse toiture en verre laissait passer une clarté extraordinaire dont on avait grand besoin ; la fée électricité n'en était qu'à ses débuts. La lumière naturelle était appréciée, comme au Crystal Palace, dans Hyde Park, à Londres. Son dôme majestueux couvrait soixante dix-sept mille mètres carrés. On pouvait lire sur son fronton : « Monument consacré par la République à la gloire de l'art français ». Pour le construire, un concours avait été lancé. Il ne s'adressait qu'aux architectes de nationalité française.

Quatre furent retenus[1] et durent unir leurs talents. Le résultat était saisissant. On avait l'impression de voir un vaisseau au cœur de Paris, un vaisseau né du mariage de l'acier et du verre, à deux pas des Champs-Élysées. Henri Deglane avait conçu une façade à colonnades de toute beauté avec un portail monumental et des toitures ornées de sculptures, des œuvres allégoriques. Côté Champs-Élysées, *L'Immortalité devançant le Temps*, côté Seine, *L'Harmonie triomphant de la Discorde*. Georges Récipon, Victor Peter et Alexandre Falguière avaient travaillé de concert pour éblouir les visiteurs.

Pour arriver au Grand Palais, on pouvait emprunter le pont Alexandre-III, du nom du tsar de toutes les Russies. Ce pont était le signe de l'amitié franco-russe. C'était le plus beau de Paris, affirmaient les journaux. Il reliait l'esplanade des Invalides au Grand Palais. La truelle qui avait scellé la première pierre avait été fixée au pont pour qu'on pût l'admirer. Ce monument, on le devait à Félix Faure, mais c'est Émile Loubet qui inaugura l'Exposition et les lieux ce 1er mai 1900. Il ne cacha pas sa fierté et sa satisfaction. La magnifique armature métallique, marque des temps modernes, était décorée de bronzes d'une grande richesse : des nymphes, des mascarons, des statues, des renommées ailées représentant les arts, les sciences, le commerce et l'industrie. Les statues montraient des femmes assises symbolisant la France à toutes les époques de son histoire. Aucun détail n'avait été négligé. Les superbes

1. Henri Deglane, Albert Louvet, Albert Thomas et Charles Girault.

lampadaires allaient donner un éclat à nul autre pareil aux nuits parisiennes. Émile Loubet espérait que ce pont fût à la hauteur de Paris, ville éternelle dont le monde entier rêvait. La IIIe République s'enorgueillissait du rayonnement de la France. Espérait-elle ainsi redorer son blason ? Elle était plus compétente pour semer la beauté et ériger des bâtiments que pour gérer un peuple et respecter des principes élémentaires de justice.

La gare d'Orsay, nouvellement ouverte, pouvait convoyer des voyageurs en grand nombre depuis Orléans. Autrefois, les lignes de chemin de fer venues du sud et du centre de la France arrivaient par la gare d'Austerlitz. Il n'était pas facile ensuite de se rendre sur les lieux des grandes expositions ou aux rendez-vous d'affaires se déroulant dans le centre de Paris.

La gare d'Orsay, quai Anatole-France, en bord de Seine, était idéalement située[1]. Il avait fallu trouver un architecte de talent, réputé pour son bon goût et son amour des beaux bâtiments afin que cette gare ne dépare pas les monuments historiques à proximité. Victor Laloux

---

1. Située à proximité du palais de la Légion d'honneur, adossée au palais d'Orsay, lui-même édifié entre 1810 et 1838. Initialement destiné à accueillir le ministère des Affaires étrangères, il avait été affecté au Conseil d'État et plus tard à la Cour des comptes. La gare d'Orsay comprenait un luxueux hôtel de quatre cents chambres et un restaurant. Le trafic SNCF disparut en 1958. En 1970, on pensa à démolir le bâtiment, mais une partie de la gare et de l'hôtel était classée monument historique. En 1977, Valéry Giscard d'Estaing lança le projet de la construction d'un musée du XIXe siècle. Celui-ci fut inauguré par le président Mitterrand en 1986.

fut l'homme de la situation et dessina une gare elle aussi coiffée d'une bien jolie verrière.

Les Parisiens s'émerveillaient. Les visiteurs aussi. Paris était bien la plus belle capitale du monde.

Il suffisait de voir Amélia pour comprendre le saisissement que provoquait tant de beauté.

– Quand je dirai ça à mes sœurs, à ma tante et à ma mère, elles ne me croiront pas. Que c'est immense ! s'écriait-elle, une main sur le cœur.

L'Exposition universelle de 1900 couronna Émile Gallé. Il s'était déjà fait un nom, mais cette exposition fut un triomphe pour lui : deux grands prix, une médaille d'or et surtout son élévation au grade de commandeur de la Légion d'honneur. Des récompenses méritées. Paul en était très heureux. Il fallait convenir qu'en Lorraine, bien des talents existaient. Lui, le Parisien, avait épousé une Lorraine et, ce faisant, cette région était devenue sienne. Il ne le regrettait pas. Émilie continuait d'admirer les toiles de Friant qui avait reçu une médaille d'or pour l'ensemble de son œuvre, de *Les Fiançailles* à *La Discussion politique* en passant par *Jours heureux* et jusqu'à *La Douleur*, c'était une vie qui défilait, une vie que le pinceau de l'artiste donnait à voir. Le public s'arrêtait, saisi, reculait, avançait et restait sans voix. Il avait déjà représenté le rituel du souvenir, avec *La Toussaint*, quand la famille se recueille et se souvient de ses disparus. *La Douleur* s'approchait au plus près du chagrin. L'artiste avait peint une veuve, ou une mère, soutenue par une autre femme. La femme éplorée semblait prête à se jeter dans la fosse où le cercueil avait été descendu. Au bord du vide, l'adieu ou l'à Dieu. Plus rien ne serait jamais pareil. Les visages étaient pâles sous le voile noir du chagrin.

Émilie était subjuguée. Elle se disait fière de connaître Émile Friant, d'avoir été sa compagne de jeux. Elle se rappelait ces jours chez Mme Parisot, quand tous deux dessinaient. Elle voulait l'égaler. Alors, elle lui avait dit :

– Moi, je sculpterai et je montrerai les formes qu'on ne peut pas voir sur une toile. On tournera autour de ma sculpture et on saura tout.

Il avait ri. Puis avait gardé le silence pendant quelques instants avant de lui répondre :

– Mais on n'a pas besoin de tout montrer. On peut imaginer ce qu'on ne voit pas, c'est peut-être encore plus beau.

Mme Parisot, femme discrète et aimante, avait compris ce jour-là que le petit Friant irait loin et s'était promis de l'aider autant que faire se peut. Elle avait regardé longuement Émilie, apprécié sa détermination, son farouche besoin de s'extraire de son carcan. Elle tracerait sa route. Une route certes chaotique mais qui la mènerait elle aussi à la beauté.

7

Saint-Nicolas-de-Port, 1901-1905

Les affaires de Paul étaient florissantes. Il revint un soir en déclarant à Émilie que le samedi à venir il se rendrait au Salon de l'automobile à Paris. Il voulait voir les modèles, comparer leurs prix…

– Vous envisagez d'en acheter une ?

– Oui, ma chérie. Vous êtes une fine mouche. Ce sera un achat réfléchi. Ce n'est pas pour afficher notre réussite. Mais il faut vivre avec son époque. Je gagnerai du temps pour effectuer le trajet entre Nancy et Saint-Nicolas et pour me rendre chez mes clients. Je n'aurai plus à me caler sur un horaire de train.

– Juste ciel ! s'écria Émilie. Vous serez prudent au moins ? Ces bolides me font peur. Quand je lis les comptes-rendus de courses où l'on dépasse les quatre-vingts kilomètres à l'heure, mon sang se glace.

– Ce sont des performances de sportifs en quête de records. Ces essais sont utiles, ils permettent d'améliorer les techniques dont tout le monde bénéficiera. Un jour, chaque Français possédera son automobile.

– Ce n'est pas demain la veille. Il n'empêche que tout cela m'inquiète.

– Je serai prudent. Je conduirai Charlotte le jeudi après-midi chez son professeur de piano qui va s'installer à Nancy. Ce serait dommage que notre fille soit obligée de renoncer à ses cours. Elle est douée.

– Oui, mais si vous avez une voiture, com… com… comment…

Elle n'arrivait plus à exprimer ses doutes. Qu'en serait-il de sa liberté ? Elle-même avait besoin d'aller et venir dans la région pour ses « activités de bonne sœur », comme disait pour la taquiner son mari qui restait néanmoins admiratif devant le dévouement dont elle faisait preuve. Il aimait la voir concernée par le mieux-être des personnes moins favorisées.

– Ne vous inquiétez pas, nous garderons Zéphyr, notre fidèle cheval, et notre calèche. Zéphyr connaît tous nos chemins. Vous pourrez continuer de l'utiliser pour vous rendre au foyer des femmes à Varangéville et au dispensaire.

– Vous savez, Paul, je crois que je suis utile là-bas et les quelques amies que je m'y suis faites font aussi un énorme travail. Parfois, Amélia vient nous aider et, comme elle se débrouille bien en couture, elle a ouvert un cours. Du coup, les patrons de la saline envisagent de créer une école réservée aux filles de leurs employés. Doucement, nous essayons de faire évoluer les mentalités.

– Très bien. La voiture nous fera gagner du temps, vous apprécierez. Mais il n'y a pas que l'automobile, ma chérie, je me renseigne pour l'installation du téléphone.

Cet appareil se répand un peu partout. En Allemagne, il y a déjà environ huit cent mille privilégiés qui en bénéficient, alors qu'en France, nous venons seulement de dépasser les cent mille abonnés.

– Ah, oui, je suis au courant. Vous pourriez m'avertir quand vous quittez Nancy, par exemple.

– C'est ça.

Émilie se rappelait avoir entendu les récits des premiers voyages en train. Sa mère avait assisté à l'arrivée du chemin de fer à Dieuze dans les années 1860, il y avait près de quarante ans. Un progrès que tous avaient salué ! L'arrivée des automobiles en était un autre. On pouvait parcourir de longues distances à n'importe quelle heure du jour ou de la nuit, aller en tout lieu. C'était la liberté. Quant au téléphone, c'était magique, cet objet allait relier les hommes d'un bout à l'autre de la terre. N'avait-on pas fait passer un câble dans la Manche entre la France et la Grande-Bretagne ? La ligne Paris-Rome allait entrer en service. On avait installé des poteaux, des lignes partout. Entre la France et l'Algérie, c'était presque fait. Bientôt, on rirait en se souvenant des messages en morse ou des signaux de fumée des Indiens d'Amérique. Tout cela serait renvoyé à l'Antiquité. Cette fin de XIXe siècle avait quelque chosc d'cxaltant.

*

Charlotte avait fêté ses quatorze ans. C'était une belle adolescente aux cheveux auburn, légèrement bouclés, tombant sur les épaules et maintenus de chaque côté par deux peignes d'écaille. Sa jolie frimousse faisait la fierté de son père. Ses yeux bleus viraient au mauve lorsque la lumière du soleil disparaissait en fin de journée ou lorsqu'elle était en colère. Elle était mince et gracieuse et portait fort bien les toilettes qu'Amélia lui confectionnait.

– Tu es la fille que je n'aurai jamais, j'ai plaisir à te faire belle.

– Amélia, vous regrettez…

– Je t'arrête tout de suite. Petite, tu te blottissais dans mes bras pour que je console tes gros chagrins et tu as toujours employé le « tu » avec moi.

– Maman et papa m'ont sermonnée l'autre dimanche quand tu rendais visite à tes nièces. Ils m'ont dit qu'il était temps que j'emploie le « vous »… Il paraît que le tutoiement n'est pas respectueux.

– Où va-t-on ? Moi, je veux qu'on reste sur les mêmes bases. Changer les règles risque de mettre une distance entre nous. D'ici peu, je vais être obligée de te donner du « vous ». Et si on continue ainsi, il faudra peut-être que je parle à la troisième personne. Je vais en toucher un mot à ta maman. Elle comprendra.

– Oh, oui, s'il te plaît Amélia, je t'aime tellement. Je n'ai pas du tout envie qu'on fasse des manières comme dans la bourgeoisie ou la noblesse.

L'affaire s'arrangea très vite. Émilie sourit lorsque la gentille Amélia évoqua le problème.

– J'aurais mauvaise grâce de vous imposer quoi que ce soit. Ce que je puis affirmer, Amélia, c'est que la forme de l'échange ne nuit pas à l'amour que se portent les êtres.

– Vous voulez parler de…

– Oui, bien sûr, mon mari et moi ne sommes jamais passés au tutoiement et pourtant notre relation est forte.

– Oui, ça se voit.

– C'est aussi une question d'habitude. Dans notre cas, il aurait été difficile après de longs mois, voire des années, de changer.

– Eh bien, madame, je suis désolée de vous expliquer qu'entre votre fille et moi, c'est le contraire. Nous avons toujours employé le tutoiement. Je ne réussirai jamais à dire « vous » à Charlotte. Et je crois que c'est pareil pour votre fille. Charlotte et moi avons nos habitudes, ce n'est pas parce que nous usons du « tu » que nous ne nous respectons pas.

– Je comprends, Amélia. Ce n'est pas grave, faites comme vous le sentez et laissez parler votre cœur. Je voulais simplement bien éduquer Charlotte. Un jour, elle sera adulte…

– C'est déjà une grande personne, votre fille.

– Oui, je sais. Elle réfléchit beaucoup, a des opinions tranchées. Ma foi, ce n'est pas plus mal. Elle sera à l'aise dans le monde et assez forte pour résister aux injustices.

– Elle m'inquiète parfois votre fille…

Comment cela ?

– Il y a des jours où, en rentrant de l'école, elle court s'enfermer dans sa chambre et j'ai toutes les peines du monde à l'en faire sortir. Quand j'y parviens, je vois bien à sa frimousse, à ses yeux rougis, qu'elle a pleuré.

– Pourtant ses résultats scolaires sont bons… Essayez de savoir, Amélia, ce qui la chagrine à ce point.

– En tout cas, il y a une chose dont je suis certaine, c'est que le piano la console. La musique l'occupe beaucoup. Avant de jouer, elle caresse le meuble et lui parle : « Si je ne vous avais pas toi et Momo… », dit-elle.

Émilie esquissa un sourire. Charlotte grandissait et lui échappait quelque peu. Amélia poursuivit :

– Je trouve aussi que Charlotte est déjà… comment dire… comme une grande personne. Elle lit quantité de livres et de journaux et ça travaille dans sa tête. Je compare avec les enfants de mes frères et sœurs. Elle est très différente, elle a l'esprit vif. C'est une jeune fille du monde… Mais avec une cervelle bien pleine.

– Sans doute ressemble-t-elle à son père, glissa doucement Émilie.

– Oh, vous aussi, vous vous intéressez à la vie du monde, je vois bien.

– C'est normal, il ne faut pas vivre en retrait.

– Et vous en pensez quoi de la mort de M. Zola ?

– Pour l'instant, sa mort est considérée comme accidentelle. Mais quel déchaînement dans la presse…

– Il avait raison de défendre ce capitaine Dreyfus injustement condamné.

– Bien sûr, Amélia.

– Vous croyez à la thèse de l'accident ? Il paraît que le journal *La Croix*, je l'ai lu ici, penche pour un suicide. C'est étrange. C'était un homme heureux, qui avait une gentille épouse et des amis.

– Ce n'est sans doute pas un suicide. Peut-être un accident, un conduit de cheminée qui ne fonctionnait pas bien. Peut-être que, lorsqu'elle ira mieux, sa femme pourra raconter ce qui s'est passé, puisqu'elle a survécu à ce drame.

– En tout cas, s'exclama avec vivacité Charlotte, qui revenait de l'institution Sainte-Rose à Nancy, en jetant cape et chapeau sur le premier siège à portée de son regard, ce qu'on peut dire, c'est que l'éloge prononcé par M. Anatole France au cimetière de Montmartre fut grand et fort. J'ai découpé l'article paru dans *L'Aurore* et je vais l'apprendre par cœur. Amélia, je te recopierai cet extrait que je garde précieusement dans ma poche. Écoute, je te lis : « Devant rappeler la lutte entreprise par Zola pour la justice et la vérité, m'est-il possible de garder le silence sur ces hommes acharnés à la ruine d'un innocent et qui, se sentant perdus s'il était sauvé, l'accablaient avec l'audace désespérée de la peur ? Comment les écarter de votre vue, alors que je dois vous montrer Zola se dressant, faible et désarmé, devant eux ? Puis-je taire leurs mensonges ? Ce serait taire sa droiture héroïque. Puis-je taire leurs crimes ? Ce serait taire sa vertu. Puis-je taire les outrages et les calomnies dont ils l'ont poursuivi ? Ce serait taire sa récompense et ses honneurs. Puis-je taire leur honte ? Ce serait taire sa gloire. Non, je parlerai. Envions-le : il a honoré sa patrie et le monde par une œuvre immense et un grand acte. Envions-le : sa destinée et son cœur lui firent le sort le plus grand. Il fut un moment de la conscience humaine. » Voilà, c'est un texte à conserver. Il est exceptionnel !

Amélia attrapa l'article tendu par Charlotte et répéta : « Il fut un moment de la conscience humaine. »

– Et maintenant, qui sera la conscience humaine ? interrogea-t-elle.

– Nous tous, Amélia, il doit nous servir d'exemple, répondit Charlotte. On en a discuté à Sainte-Rose. Je dois apprendre à modérer mes jugements, m'a dit la supérieure. Avec le sourire, elle m'aime bien. Je sais, bien sûr, que l'Église a eu du mal à admettre l'innocence du capitaine. Quant à ce pauvre Émile Zola, il n'est pas du tout en odeur de sainteté. Déjà, il n'était pas croyant. Donc, il était suspect, forcément. Mais j'ai quand même glissé à mère Thérèse de la Trinité qu'un homme qui défendait les pauvres et les innocents était un grand homme et que le bon Dieu ferait le tri. C'est bien ce qu'affirme mon oncle monseigneur, n'est-ce pas ?

– C'est parce que ton oncle est évêque qu'on te pardonne tes paroles vives, déclara Émilie, sinon tu serais renvoyée.

– Je sais, maman. J'ai compris bien des choses. Ne t'inquiète pas, je te promets d'être prudente et de tourner, comme tu me le répètes souvent, ma langue sept fois dans ma bouche avant de parler. C'est difficile… Papa et toi m'avez inscrite dans cette institution pour les jeunes filles de la bonne société qui se doivent d'être bien élevées, charitables… Eh bien, il y a quelques pestes, dont cette Clotilde Delagier. Je le dis tout de suite, j'ai un problème avec elle. Ce n'est pas la première fois, mais c'est allé très loin et, comme me l'avait suggéré Momo, je me suis défendue.

– Que s'est-il passé ?

– C'est toujours pareil. Clotilde me raille tout le temps. Très agacée, je lui ai volé dans les plumes… Momo me félicitera, même si j'ai agi comme une fille du peuple, selon Clotilde qui a pleurniché pour se faire plaindre.

– Charlotte ! protesta sa mère.

– Je regrette pour toi, ma chère maman, mais je ne pouvais pas faire autrement. Je ne laisserai jamais personne insulter mes parents. Je vais rater mon cours de piano jeudi après-midi, je serai collée pour l'avoir giflée. La supérieure a exigé que je lui présente des excuses. Elle voulait que tout s'arrange. J'ai refusé. La sanction est tombée. Papa et toi serez convoqués la semaine prochaine. Que tout soit clair, il n'est pas question que je m'aplatisse devant une colporteuse de ragots.

Émilie porta une main à sa bouche.

*

Émile Combes était président du Conseil. Bien qu'il ait reçu une éducation classique et plutôt religieuse grâce à un parrain prêtre qui l'avait initié au latin, très vite, il s'était rangé du côté des anticléricaux et était devenu l'un des meneurs du radicalisme de gauche. Il estimait qu'il fallait épurer les institutions de tout ce qui, selon lui, pouvait nuire à la laïcité. Il pourchassait les congrégations religieuses jusqu'à les interdire, les dissoudre. Il avait tout de même conservé les sœurs des pauvres, les religieuses hospitalières, les cisterciens, les trappistes, les religieuses contemplatives et les missionnaires. Le principe de Combes était simple : « La lutte contre l'Église fortifie la République. » Une phrase qui eut le don d'énerver Paul qui dit à Charlotte :

– Oh, le bougre ! Il détruit, fait le vide, aucun dialogue possible avec lui ! Il va bien réussir à se mettre mal avec la papauté. Ma petite chérie, attends-toi à ce que ton école ferme. Il se raconte que les dominicaines vont être chassées de Sainte-Rose.

– Je m'en moque, bougonna Charlotte. Nous trouverons bien une autre école et je ne serai plus obligée de croiser cette peste de Clotilde.

– Oui, à propos, nous aurons à parler ce soir.

– Oh, c'est inutile, cher papa, m'est avis qu'à ma place, tu aurais agi de même. Je ferai ma colle, je m'en expliquerai avec le professeur de piano. J'ai déjà rédigé une lettre pour la directrice de l'école dans laquelle je lui promets de ne plus prêter attention aux méchancetés de cette fille.

– Mais enfin, elle a dit quoi cette Clotilde ?

– Des monstruosités sur maman. De vieilles histoires sans importance. Elle a pris sa claque. Ça m'a soulagée, l'affaire est close.

Paul observa longuement Charlotte. Elle avait du caractère et un sens certain de l'honneur. Mais il lui faudrait apprendre à modérer ses ardeurs. Pouvait-il lui tenir rigueur de ses emportements ?

L'histoire en resta là. L'école avait d'autres soucis et s'inquiétait pour son devenir.

Les écoles confessionnelles étaient la bête noire de Combes. Il ne voulait pas laisser le choix aux familles de faire instruire leurs enfants comme elles l'entendaient.

Dès le mois de juillet 1902, de violentes manifestations éclatèrent à Paris. Mais Émile Combes ne céda pas. À Nancy, il fit appliquer la loi et on chassa les dominicaines de l'école Sainte-Rose qui demeura ouverte grâce à quelques femmes de bonne volonté qui reprirent la direction de l'établissement.

– Il veut arriver à la séparation des Églises et de l'État[1], bougonna Paul en refermant le journal. Ce n'est sans doute pas une mauvaise chose. L'État n'a pas à intervenir dans le domaine confessionnel et réciproquement. C'est cela, la République, la liberté de conscience, mais je crains que cela se fasse de manière brutale, dans le seul but de s'emparer des biens de l'Église. L'État en aurait grand besoin pour ses réformes. Mais cette façon de faire serait détestable.

– Nous verrons bien, répondit doucement Émilie qui ne voulait pas fâcher son mari.

Émilie sculptait dans son atelier. Quand elle se rendait au dispensaire avec Amélia une fois par mois pour aider l'assistante sociale et la puéricultrice à recevoir les jeunes mères et à les conseiller, elle emportait toujours un carnet pour faire des croquis de ce qu'elle voyait. Elle dessinait des bambins dans les bras de leur mère. À côté

1. Ce fut le cas en 1905 avec la loi que fit voter Aristide Briand et dont l'exécution brutale laissa des traces fort longtemps. La loi mit fin au Concordat, les ministres des Cultes ne furent plus payés par l'État. Cette loi s'appliquait aux quatre religions, protestants calvinistes, protestants luthériens, israélites et catholiques. Les biens détenus par les Églises devenaient propriété de l'État.

du dispensaire, se trouvait une salle de récréation pour les enfants plus âgés. Là, elle les observait modeler des personnages ou des maisons. Les enfants aimaient construire des maisons et même des châteaux. Un jour, ils feraient des châteaux pour de vrai. Ils racontaient cela à Émilie. D'autres coloriaient ou découpaient. Émilie se souvenait-elle de son enfance aux côtés d'Émile Friant ? Peut-être que des sculptures verraient le jour. Amélia la regardait faire et souriait avant de rejoindre la salle des travaux de dames. La pièce était vaste et lumineuse, pourvue de grandes tables, l'une avec trois machines à coudre et une autre accueillant les tissus. Dans deux angles de la pièce, des mannequins où les robes se finissaient et où l'on vérifiait les dernières coutures.

Tout à coup, Émilie eut un trait de génie. Un appareil photo, voilà ce qu'il lui fallait : saisir les êtres, les photographier pour capter des expressions qu'elle pourrait modeler ensuite. Elle en parla à Paul qui se réjouit de sa demande.

– Vous n'avez pas tort. Je ne vous propose pas celui que je possède car il est encombrant avec les plaques et la chambre noire. Il vous faut un appareil photo plus discret. Nous allons étudier cela de près. J'ai une idée. Ce samedi, nous irons à Nancy chez Belliéni, place Carnot. On y fabrique les meilleurs appareils et jumelles dont nous, les hommes, raffolons quand nous allons au théâtre ou à l'opéra pour observer dans le détail le corsage des belles dames.

– Oh, le vilain. Vous êtes ainsi ?

– Je suis comme tous les hommes, ma chérie. Il n'est pas interdit de regarder, dès l'instant qu'on ne touche pas.

Et vint ce jour d'automne qui laissa Paul stupéfait à la lecture du *Figaro*. Le journal publiait des fiches rédigées par le Grand Orient de France à la demande d'Émile Combes et de son ministre de la Guerre. À l'origine, il s'agissait d'une initiative de Waldeck-Rousseau qui avait adressé une circulaire aux préfets leur intimant de vérifier que les militaires des garnisons étaient d'authentiques républicains, c'est-à-dire qu'ils ne fréquentaient pas les églises.

– Je n'en reviens pas ! Établir des fiches de renseignements sur des officiers pour savoir lesquels garder et lesquels limoger. Le petit père Combes est tombé sur la tête.

– Il doit savoir ce qu'il fait, répondit Émilie, amusée.

– Ne riez, pas s'il vous plaît, ma chérie. L'affaire est grave.

– Et comment *Le Figaro* en a-t-il été informé ?

– Un certain Jean-Baptiste Bildegain, secrétaire au Grand Orient de France, était chargé du sale boulot. Il a été pris de remords et a démissionné avant de révéler ce qu'il savait au *Figaro*, qu'on ne peut suspecter être de gauche.

– Quelle histoire !

– En tout cas, le ministre de la Guerre, le général Louis André, est forcé de démissionner. Il s'est lancé dans cette entreprise honteuse. Pour lui, il ne suffit pas d'être républicain, il faut faire preuve d'anticléricalisme pour avoir de l'avancement. Tout cela ne fait que confirmer ce que je pense des francs-maçons et de leur grand idéal.

Combes en fait partie. Du reste, il semble se venger. Il est passé par le séminaire grâce à son parrain curé, mais le séminaire n'en a plus voulu. Ceci peut expliquer cela.

– Il n'empêche que cette affaire est lamentable, c'est comme si on instaurait une sorte de dictature...

– Ah, bien vu ! Très bien vu ! Mais dès l'instant que cette dictature est républicaine, tout va bien. Elle est plus douce, plus juste. Quand même, je repense à ce qu'avait voulu faire Combes en juillet dernier...

– ???

– Mais si, souvenez-vous, après la rupture des relations diplomatiques entre la France et le Vatican, il a déclaré en Conseil des ministres qu'il nommerait les évêques français sans solliciter le Vatican.

– Il veut tout régenter...

– C'est cela, il faut marcher au pas de la République, du moins la sienne.

Ils en étaient là, à discuter politique, leur grande passion, quand Léonce frappa à la porte.

– J'aurais besoin de partir... Notre petite Thérèse est très malade. Elle est à l'hôpital. Les visites s'arrêtent à seize heures.

– Depuis combien de temps est-elle malade ?

– Près de cinq jours. La fièvre ne baisse pas. Maurice, qui s'y connaît, l'a fait hospitaliser. Le chef de service n'est pas très optimiste. Elle souffre d'une grave pneumonie.

– Je vous accompagne... Il fallait le dire avant...

– Je ne voulais pas vous ennuyer, Paul.

Paul rentra tard dans la nuit, le visage grave. Émilie l'attendait dans le salon.

– La gamine est morte dans les bras de son père. C'est affreux de voir une enfant de cinq ans mourir en cherchant l'oxygène. Il va falloir entourer Juliette et Léonce et Momo. J'ai mal pour eux.

– Charlotte aussi va être peinée, elle aimait beaucoup sa filleule. Que de tristesse !

8

Saint-Nicolas-de-Port, 1906-1907

Depuis qu'elle avait son appareil photo, léger et transportable en tout lieu, réputé pour être à la pointe du progrès, Émilie n'arrêtait pas de faire des clichés.

– Vous allez me ruiner en frais de développement, la taquinait son époux.

– C'est que j'aimerais installer un petit laboratoire, répondait-elle, mais nous verrons cela plus tard. Pour l'instant, je travaille pour la postérité. Si notre fille Charlotte se marie un jour et a des enfants, elle leur montrera des photos de nous encore jeunes. Elles raconteront la vie d'aujourd'hui.

– Et si elle ne se marie pas ou n'a pas d'enfants ?

– Nos neveux et nièces en auront et nous allons profiter de chaque repas pour fixer sur plaques ces moments de joie. Ce seront autant de témoignages de notre époque, le progrès précipite tant de choses… Comment on vivait ici, dans une presque campagne aux portes de Nancy et dans cette belle capitale lorraine qui ne cesse d'innover. J'ai envie de me rendre plus souvent à Nancy pour photographier la ville.

– Ah bon, vous allez sculpter la ville ?

– Gardez votre ironie pour vous, mon chéri. Je ne vais certes pas sculpter tout ce que je photographie mais je pourrais prendre de jolies photos, bien cadrer, étudier la lumière sur les lieux et les êtres… Saisir le moment, l'imprévu, l'inattendu, c'est tout un art.

– Bien évidemment. Sans jeu de mots, j'aime vos réactions à l'emporte-pièce quand je vous « mets en boîte ». Je vais donc pouvoir apprécier d'autres œuvres de vous. Du reste, vous ne me montrez jamais rien. Je dois me contenter d'espérer, faire confiance.

– J'estime que ce n'est pas achevé. Je fais et défais sans cesse. Dans ma tête, c'est si beau… Et mes mains sont si malhabiles.

– Je suis certain que ce que vous faites a du sens. Mais comme beaucoup d'artistes, vous cherchez la perfection…

– Peut-être, murmura-t-elle pour elle-même. Il paraît qu'Émile Friant, avant de peindre, photographie les personnes et les lieux pour les fixer, pour ne rien oublier.

– Je crois que la photographie a un bel avenir.

– Comme le cinéma, répondit Émilie en cherchant à dévier la conversation.

– Pour l'instant, les forains nous divertissent avec le cinéma… C'est une sorte de lanterne magique. On y voit des gens faire des pitreries. Ils doivent avoir des visages très expressifs pour que nous comprenions ce qu'ils sont censés vivre.

– Il n'y a pas que l'humour, mon cher Paul. Rappelez-vous le film *Jeanne d'Arc* de Georges Méliès, les images nous ont tiré des larmes.

– Nous avons la chance de vivre ces temps modernes. L'électricité, le téléphone, le train, les voitures, les progrès de la médecine grâce à Pasteur… Les humains se comportent parfois bien mal, ils devraient au contraire œuvrer pour que le monde entier bénéficie de ces avancées.

– Oui, Paul, vous causez comme dans le journal, comme dans un livre pieux, vous qui l'êtes si peu. Le bon Dieu s'en réjouit.

– Oh, la coquine ! Elle me raille !

– Avec tendresse, mon chéri.

– En ce qui nous concerne, nous vivons cela ensemble, encore amoureux et unis, ma chérie.

– Nous sommes parfaitement d'accord.

Et elle se hissa sur la pointe des pieds pour l'embrasser.

*

Juliette se demandait si elle n'allait pas changer d'emploi. Après tout, travailler à la saline lui simplifierait la vie. Léonce n'était pas contre. « La question est à étudier », affirmait-il. La tentation était grande, mais il ne voulait surtout pas que son épouse s'expose à un travail risqué et pénible. Cependant, il s'avouait en son for intérieur que s'il donnait son accord, le bénéfice serait pour lui. Il ne serait plus obligé de faire ces allers et retours à Nancy pour la rejoindre. Ils avaient économisé de quoi acheter un terrain. Ils allaient pouvoir construire leur maison. Un ami de Paul, architecte, avait esquissé les plans. Juliette imaginait la demeure, les meubles qu'elle placerait contre tel ou tel mur, les rideaux qu'elle confectionnerait…

Léonce, lui, voyait le jardin, ce qu'il planterait, le rideau de verdure, tout au bout du terrain, pour faire écran aux regards indiscrets.

*

Émilie eut une idée ou, plutôt, ce fut Charlotte qui éveilla en elle l'idée de cette escapade. Du reste, la jeune fille s'interrogeait. Pourquoi sa mère, si curieuse, ne s'était-elle jamais promenée le long du canal à Varangéville, autour de la saline ? Elle, Charlotte, connaissait les lieux. Il lui était arrivé de s'y risquer en compagnie d'Amélia et de Juliette quand elle bénéficiait d'une demi-journée de congé accordée aux employées de son atelier de confection. Juliette en profitait pour venir à Saint-Nicolas, souvent accompagnée de sa mère Irène, et retrouvait ensuite Léonce. Si Charlotte était là, elle se joignait à la promenade. Ensuite, tout le monde se rassemblait chez les Renaudot, le temps d'un goûter ou d'un repas.

Charlotte avait assisté au chargement du sel dans les péniches qui partaient pour Einville. Que d'échanges entre les mines Saint-Laurent et Saint-Nicolas ! Les péniches étaient d'ordinaire tirées par des chevaux, mais on avait vu des femmes costaudes, harnachées d'un baudrier au niveau du thorax et d'un autre au niveau des cuisses, les sortir du port du canal pour les faire glisser jusqu'à Einville où des bateliers prenaient la relève. Ces femmes riaient. Elles disaient que ce qui était dur, c'était de mettre en mouvement la cargaison. Après, elle glissait sur l'eau assez aisément. Et elles chantaient pour se donner du courage. Elles affirmaient aussi qu'elles ne valaient pas moins que les hommes, sauf pour la paye.

– Peut-on imaginer cela, des femmes qui tirent des bateaux ? s'était écriée Charlotte. Mais que font les hommes ?

– Les hommes travaillent à fond[1], mademoiselle. Et leur tâche n'est pas moins difficile, lui répondit le gardien de l'entrée de la saline, à deux pas.

Il avait entendu la conversation des promeneuses alors qu'elles s'engageaient sur le chemin de halage.

– Ah, j'aimerais pouvoir les observer.

– Les femmes n'ont pas le droit de descendre, mademoiselle. Surtout pas les belles jeunes filles comme vous.

– Mais sur le port, le long des berges, on peut ?

– Oui, mademoiselle.

– Je crois que maman viendra les photographier et vous aussi, sans doute.

– Avec plaisir, mademoiselle. J'espère que votre maman me donnera une photo, c'est ma douce Adèle qui serait contente.

– Cela se fera, promit-elle en agitant l'index et en offrant son plus beau sourire.

– Vous êtes une délicieuse jeune fille du monde.

Elle n'avait pas répondu au compliment. Pour elle, l'essentiel était de mettre cet homme dans sa poche.

1. Expression des mineurs de sel pour désigner le travail s'effectuant au fond de la mine. Les travailleurs de surface disent être « mineurs au jour ».

Car elle espérait obtenir cette permission afin de voir dans quelles conditions on effectuait l'extraction du sel. Lui faudrait-il se déguiser en garçon ? Qui pourrait l'y aider ? Connaissait-elle un jeune homme susceptible de la prendre sous son aile en la présentant comme un bon camarade ? Elle se confia à Juliette et Léonce.

– Si tu y arrives, on fait une fête. En tout cas, tu n'auras pas intérêt à trop parler, tu es loin d'avoir une voix masculine.

– Et Momo, il ne pourrait pas me donner un coup de main ?

– Hum..., répondit Léonce, ses études lui laissent peu de temps, mais je lui demanderai. Il connaît le directeur de la saline Maugras. Peut-être qu'il faudrait prévenir tes parents quand même. Je ne voudrais pas t'entraîner dans une aventure qu'ils réprouveraient. Je les aime trop pour les peiner.

– J'en fais mon affaire. Qu'est-ce que je risque ? Il n'y a jamais eu d'accident mortel.

– Si, justement, rétorqua Léonce. Mais il y a longtemps, c'était en 1873. À ce moment-là, on utilisait de l'eau douce pour creuser et on terminait le travail à l'explosif.

– C'était plus facile que de tailler à la main ?

– C'est ce qu'on pensait. Mais on n'a pas assez réfléchi. L'eau s'est infiltrée dans le sol et les piliers soutenant la galerie ont été progressivement rongés et fragilisés. Le 3 novembre 1873, le plafond de la galerie s'est effondré. Ça a été effroyable, le choc a été ressenti à plus de quinze kilomètres à la ronde. Les mineurs du fond ont eu le temps de se mettre en sécurité, mais en surface, des trous béants sont apparus. Une cheminée est tombée et a tué deux saliniers, et les fameuses poêles où l'on faisait évaporer l'eau pour récolter le sel de table ou celui destiné aux animaux de ferme se sont renversées. Des ouvriers ont été gravement brûlés. On a compté dix-sept blessés dont certains n'ont jamais pu reprendre une vie normale.

– C'est horrible…

– Aujourd'hui, l'extraction à l'eau est interdite près des habitations. Actuellement, à la Maugras, comme à la mine Saint-Nicolas, on travaille à sec, au front de taille et beaucoup plus profondément.

– À sec ?

– Oui, c'est-à-dire uniquement à l'explosif. Pour cela, il faut percer la muraille de sel et de marne à deux mètres de profondeur. Les mèches sont reliées à un détonateur placé à distance pour éviter que le boutefeu[1] ne soit blessé. Et quand les explosions se sont produites, il ne reste plus aux saliniers qu'à récupérer les blocs de sel, les concasser au pic et à la pioche, avant de les charger dans les wagonnets. La récolte sera transformée en poudre ou en granulés selon la demande. On peut aussi fabriquer une saumure. Les blocs de sel et de marne sont alors mis à mariner dans l'eau. Le sel va fondre, pas les marnes. Ensuite, l'eau est chauffée. On obtient ainsi du sel fin ou du plus gros. Enfin, vous verrez cela, si l'envie vous tenaille toujours. C'est assez impressionnant, mais l'atmosphère est moite et parfois difficilement supportable.

1. Artificier.

Pensait-il la faire renoncer à son idée ? Ce fut tout le contraire. Tout ce qu'il lui disait l'incitait à insister :

– Je ferai attention où je poserai les pieds. Je n'irai pas mettre mes mains où il ne faut pas. Je regarderai, c'est tout.

9

Saint-Nicolas-de-Port, 1907

Ce fut Léonce qui vint la trouver pour lui annoncer la bonne nouvelle. Le printemps s'affirmait de jour en jour. Charlotte venait regarder le jardin où elle avait repiqué quelques plantes, des œillets et des asters qui fleuriraient plus tard.

– Charlotte, voici un pli de Maurice… On a tout arrangé. Nous lui avons obtenu une visite de la saline de Varangéville. Son statut d'interne en médecine a décidé la direction. Si vous y tenez toujours, c'est bon pour vous, vous vous ferez passer pour un jeune étudiant l'accompagnant. Mais chut ! Pas un mot à quiconque. Et surtout, pendant cette visite, si vous deviez parler à votre Momo de toujours… ce serait bien de l'appeler Maurice, afin de garder la distance et de n'éveiller aucun soupçon.

– Oui, Léonce, j'ai compris. D'ailleurs, je vais commencer dès maintenant. Je n'aimerais pas qu'on m'appelle Lolotte.

– Je ne vous ai pas vexée au moins ?

– Pas du tout. Léonce ! Tout bien réfléchi, je crois préférable de ne rien dire de tout cela à mes parents mais je vais parler de cette visite à Amélia. À elle, je dis toujours tout.

– Soit. Elle n'éventera pas votre secret. Elle vous aime trop.

Juliette, Léonce et Maurice avaient fort bien organisé cette escapade dans le ventre d'une terre salée. Ils avaient profité de l'absence d'Émilie, partie à Nancy avec Paul. Charlotte avait été priée de se vêtir en garçon, de camoufler ses cheveux serrés sur la nuque. On lui avait trouvé un chapeau un peu souple qui enveloppait bien sa tête. Elle était mince et sans trop de poitrine, elle avait pu enfiler aisément les vêtements de Maurice. Il était plus grand qu'elle, Amélia avait donc retourné le bas des jambes du pantalon qu'elle avait surfilé à la va-vite pour qu'on n'y vît que du feu. Charlotte s'était transformée en Charles, un adolescent un peu timide sans doute, car il ne parlait pas. Elle ferma les yeux en sentant sur sa peau l'épaisse chemise molletonnée de Maurice. C'était pour elle une délicieuse impression. Comme une caresse, la peau de Maurice sur la sienne. Le tissu était doux et fort agréable. Elle s'abandonna à sa tendre rêverie. La voix de Maurice la fit sursauter :

– Ma foi, la taquina-t-il, avec un petit homme comme ça, on pourrait se passer de femme, n'est-ce pas ?

– Maurice, s'exclama Juliette, tu n'as pas honte de parler ainsi à Charlotte, de te comporter…

– Comme un homme du peuple ? C'est pour que Charlotte se rende compte de la différence de milieux.

Qu'est-ce qu'elle sait du monde ouvrier ? Rien ! Je fais son éducation. Elle va en entendre des vertes et des pas mûres, comme dans les casernes au retour des batailles ou dans les salles de garde à l'hôpital.

– Maurice, continua sa mère, Charlotte a encore besoin d'être protégée. Pourquoi verser dans la trivialité ?

– Quand on exerce un métier difficile, c'est une façon de se protéger. Cela vient d'une sorte de besoin de se sentir en vie, de célébrer la vie… D'où quelques excès de langage. Ce n'est pas la peine de jouer les vierges effarouchées, ma chère maman. Tu as dû entendre des plaisanteries grivoises dans ton atelier de confection.

– Mais je ne suis pas la reine des gourdes ou des bas-bleus…, se défendit Charlotte. Je ne suis plus un bébé !

– Hou lala ! La conversation devient intéressante, s'esclaffa Léonce. Allez, on y va. Zéphyr s'impatiente.

Charlotte avait dix-huit ans… Quelques-unes de ses amies étaient déjà fiancées. Elle ne les enviait pas. Si un jour, elle se mariait, affirmait-elle, elle choisirait son promis. Du reste, il ne lui semblait pas que ses parents aient l'intention d'inviter, parmi leurs relations, des jeunes gens susceptibles de faire un gendre convenable. Non, ils n'avaient pas encore dans l'idée de lui trouver chaussure à son pied, comme le lui certifiait Amélia. Ce n'est pas que Charlotte ne rêvait pas, certains soirs, qu'un beau jeune homme la serre dans ses bras, l'embrasse en frôlant délicatement la pulpe de ses lèvres. Elle y pensait, comme la plupart des jeunes filles et, comme elle le confiait à Amélia, elle redoutait ces instants. Un homme qui la toucherait, lui volerait un baiser, la caresserait du regard... Est-ce que cette crainte était normale ?

– Quand ton petit cœur se mettra à battre, tu n'auras plus peur, tu seras heureuse tout simplement. Mais tu as le temps, ne te précipite pas. Ce sont de beaux moments, qui s'achèvent parfois trop vite. N'oublie pas ce proverbe des anciens : « Bague au doigt un jour, corde au cou pour toujours ! » Du moins, jusqu'au tombeau.

– Ne t'inquiète pas, ma bonne Amélia chérie. J'aime trop ma liberté pour me laisser embobiner par le premier beau parleur venu.

– Oh, on dit ça !

Charlotte était heureuse de visiter la mine de sel en compagnie de Maurice et de partager avec lui sa joie de savoir Alfred Dreyfus réhabilité.

Maurice étudiait la médecine à la faculté de Nancy. Il faisait la navette entre la rue Lionnois et l'hôpital Central qui ne cessait de s'agrandir avenue de Strasbourg... En ce jour, il eût aimé lui décrire cet hôpital qui ferait des jaloux dans la région. Il avait envie de l'interroger sur ce qu'elle espérait faire puisqu'elle avait passé ses baccalauréats. Allait-elle enseigner dans une classe de campagne, poursuivre ses études ou bien se consacrer entièrement à la musique ? Mais il la sentait loin de ces préoccupations. Elle ne parlait que de l'actualité, de cette affaire Dreyfus, de la mort de ce pauvre Émile Zola. Elle était pleine d'exaltation :

– La veille de mes dix-huit ans, on a redonné son grade à Alfred Dreyfus, et le lendemain, le jour de mon anniversaire, on a voté un texte...

– Je sais, Charlotte… Zola, ton grand écrivain, entrera au Panthéon. Il l'a bien mérité. Jaurès a soutenu cette proposition avec ferveur.

– Ah, tu partages mon opinion ! On lit tellement de vilaines choses sur la translation des cendres de Zola, alors qu'il a eu tellement de courage.

– C'est vrai. Il va falloir faire taire le chœur des jaloux, dont ce Barrès et ses amis de l'action populiste à défaut d'être populaire, eux qui méprisent le peuple.

Charlotte regarda longuement Maurice. Ce n'était plus l'ami d'enfance qu'elle voyait. C'était un homme, un presque médecin. Un léger frémissement la parcourut qu'elle ne sut identifier. Elle eût aimé, en cet instant, qu'il posât les yeux sur elle. Qu'aurait-il vu ? Une gamine qu'il avait longtemps protégée ou une jeune fille susceptible de marcher à ses côtés ?

À la faculté de médecine, il y avait cinq étudiantes. À l'hôpital, il lui arrivait de croiser des élèves infirmières… Comme beaucoup d'étudiants de son âge, il se consacrait à ses études, ce qui ne l'empêchait pas de se divertir avec des jeunes filles d'un soir. « Trop tôt pour s'intéresser sérieusement à l'une d'elles », songeait-il. Et Charlotte ? « Elle est encore un peu jeune pour que je l'entraîne dans les jeux du corps. Du reste, je ne me le permettrais pas. Charlotte fait partie des jeunes filles que l'on épouse, pas de celles avec lesquelles on s'offre une récréation. Mais il est vrai qu'elle ne me déplaît pas. Si elle était un peu moins bavarde et s'intéressait à autre chose qu'à l'actualité… C'est facile de refaire le monde en paroles. Agir, c'est autre chose. » Mais il lui pardonnait. Elle était jeune et son charme, cette part d'innocence attachée à un reste d'enfance, l'émouvait. Il ne voulait rien montrer. Il sentait qu'elle l'observait. Elle avait posé ses yeux sur son cou, sa pomme d'Adam qu'il s'efforçait de contrôler. Ne pas avaler trop souvent sa salive pour qu'elle ne devine aucun trouble. Car trouble il y avait.

Pour l'aider à descendre de la calèche, il la porta un bref instant. Il sentit son corps fébrile qu'il eût aimé garder contre lui avant de le dévêtir lentement pour qu'il soit sien. Fou qu'il était ! Bien sûr que non, pas Charlotte ! Il pesta. Rien n'était possible entre eux.

Maurice fut accueilli par le gardien que Charlotte avait rencontré au cours de sa promenade avec Juliette et Amélia. Elle se retint de parler, garda la tête baissée, se montra de trois quarts seulement. Elle eut l'impression qu'il l'avait reconnue sous l'identité de ce jeune homme, Charles Desbois, présenté comme l'aide infirmier de Maurice Carrier, interne à l'hôpital Central de Nancy.

– Content que vous soyez là, cher monsieur le docteur. Si vous voulez bien attendre, M. Maugras, le directeur, voudrait vous rencontrer. Vous n'ignorez pas qu'il veille très paternellement au bien-être des ouvriers. Les relations entre employés et patronat doivent être bonnes. Il veut des travailleurs heureux. Il désire que chaque ouvrier soit propriétaire d'un bout de terre. Il aménage les horaires de travail pour qu'il reste du temps à chacun pour s'occuper de son champ, de sa vigne, de ses animaux. Mais je parle, je parle, il arrive.

– Ah, je vois qu'Ernest a déjà présenté notre entreprise ! Bonjour, monsieur Carrier, je suis Émile Maugras, fit-il en tendant sa main à Maurice. Nous allons parler de tout cela en visitant les lieux. Suivez-moi !

Émile Maugras fit à peine attention à Charles Desbois. C'était mieux ainsi.

Et le directeur d'expliquer l'évolution des conditions de travail :

– L'arrivée de l'électricité a tout changé ou presque. Les tâches sont moins pénibles. Vous voyez, la poulie de la cage[1] est maintenant électrifiée. Auparavant, elle était actionnée par un système à air comprimé. C'était déjà un progrès par rapport à la traction manuelle. Il faut des cordes très robustes pour remonter les wagonnets chargés de sel. Les cordes en aloès sont tressées ici avec des machines louées aux corderies du Jura[2].

Émile Maugras était intarissable. Il leur fit visiter les différents ateliers. Tous les corps de métiers étaient représentés : les maçons, les ferronniers, les forgerons... On forgeait sur place les pièces nécessaires au bon fonctionnement des machines. À l'atelier mécanique, on découpait, sciait, vissait, installait. C'était là qu'on assemblait les wagonnets. Ici, les charpentiers, les menuisiers. Même les cercueils pour les familles des ouvriers étaient fabriqués à la saline. Le clou pour Émile Maugras avait été, il y a peu, l'arrivée du broyeur Davidsen pour les gros blocs de sel. Il mit en marche la presse Barbier avec

1. Ascenseur.
2. Beaucoup plus tard, on utilisera des câbles en acier.

cinq compresseurs nouveau modèle… Ce fut un bruit assourdissant.

– Vous voyez cette qualité de sel ? dit-il en plongeant sa main dans les tas blancs d'une pureté étincelante.

Il vantait sa mine, affirmait qu'elle était la meilleure. Juste à côté se trouvait celle de Rosières-Varangéville. On percevait la rivalité. Chaque directeur estimait sa saline plus performante et plus rentable. « Chez nous, disait Émile Maugras, les saliniers sont heureux. »

La descente dans la cage fut impressionnante. Charlotte jetait des regards à Maurice. Elle eût aimé qu'il la rassure. Mais en cet instant, elle était Charles, un jeune homme qui ne pouvait réagir qu'en homme fort et courageux. Elle avait organisé cette visite. Il ne s'agissait pas de faire un caprice de petite fille et de vomir son petit déjeuner. Coûte que coûte, elle voulait découvrir le monde souterrain des travailleurs du sel. Le sel était nécessaire à la vie, c'était un aliment indispensable. L'extraire était une chose, le rendre apte à la consommation en était une autre.

Ils virent un cheval tirer six wagonnets jusqu'au magasin.

– C'est notre brave Tonnerre. Cela fait dix ans qu'il travaille ici. On s'en occupe. Vous voyez, il attend que je lui donne une petite récompense. Régale-toi, mon brave, dit-il en sortant une pomme de sa poche.

– Quand retrouve-t-il l'air libre ? interrogea Maurice.

– Hélas, cher monsieur, jamais ! Les chevaux descendent pour ne plus remonter. C'est déjà tellement difficile de les sangler après leur avoir bandé les yeux pour qu'ils ne réalisent pas ce qui va se passer. C'est ainsi. Peut-être qu'un jour, nous aurons des machines à moteur, mais ce n'est pas pour demain. Cependant, si vous voulez savoir comment nous traitons notre brave Tonnerre, nos chevaux disposent d'une écurie régulièrement nettoyée et de tout ce qui est nécessaire à leur repos.

– Certes, mais vos chevaux ne verront plus le soleil et ne sentiront plus jamais la pluie et le vent sur leurs naseaux.

– Je comprends votre réaction. J'ajouterai que, la plupart du temps, ils deviennent aveugles à force de vivre dans le noir.

– Les pauvres bêtes !

– Ce ne sont que des chevaux, monsieur. Nous faisons ce que nous pouvons. Le travail commande.

Charlotte avait frémi. Elle partageait la tristesse de Maurice et se retint de dire : « Quelle horreur ! » Elle aurait voulu prendre une résolution et se promettre de manger sans sel jusqu'à la fin de ses jours pour éviter que des chevaux soient enterrés vivants dans ces grottes.

De retour à l'air libre, on visita l'atelier où s'effectuait la cuisson de la saumure dans d'immenses poêles. Charlotte n'avait jamais vu les saliniers en action. C'était un travail dangereux. Elle remarqua qu'à part un épais tablier, ils ne portaient pas de vêtements particuliers et étaient pieds nus dans leurs chaussures de toile, des espadrilles… Pourtant, il faisait chaud. Elle imagina l'accident. Le débordement d'une poêle, le contenu chauffé à plus de 100 degrés qui se répandait, le geste maladroit alors que le râble[1] passait et repassait pour retourner le sel. Si ce sel était indispensable à la conservation des aliments, il était aussi très utile pour la fabrication de la soude. Les soudières de la Meurthe étaient à deux pas. Les ménagères pouvaient laver leur linge, le blanchir grâce aux produits qu'elles fabriquaient. Elle regarda les ouvriers près des poêles qui, de temps à autre, bien que ce soit interdit, se passaient un litron de rouge. Pouvait-on les blâmer ?

À côté de la grande salorge[2] se trouvait une immense pièce où des femmes remplissaient les « cornets », des sacs de toile de jute pouvant contenir jusqu'à cinquante kilos de sel. Ils étaient ensuite chargés sur les péniches pour ravitailler le pays. Le canal à proximité était une bénédiction. Elle comprit la pénibilité de la tâche et songea qu'elle avait la chance d'être une jeune fille bien née.

Le retour se fit en silence. Il fallait espérer que les parents de Charlotte ne rentrent pas plus tôt que prévu.

– Je vais te rendre tes vêtements, déclara Charlotte. Il ne faut pas que maman tombe dessus. Attends-moi dans le salon ou ici dans le vestibule ! J'en ai pour deux minutes.

– Je crois que ce sera un peu plus long, murmura Juliette. Les filles ont toujours mille artifices.

– Dois-je t'aider à lacer ton corset ? proposa Amélia.

---

1. Pelle de bois au long manche servant à rassembler et racler le sel obtenu encore chaud et humide.

2. Magasin à sel.

– Je peux le faire, murmura Maurice, la bouche tout près de l'oreille de Charlotte.

Il avait le souffle caressant et il ajouta :

– Tu peux continuer à m'appeler Momo, ma chère Lolotte.

Charlotte rougit jusqu'à la racine des cheveux tandis que Juliette jetait un regard noir à son fils. Amélia suivit la jeune fille dans sa chambre et l'aida à enfiler corset, jupons et robe. Charlotte la renvoya à la cuisine.

– Ça ira, Amélia. Fais-nous ton si bon chocolat, s'il te plaît !

Puis elle ramassa les vêtements de Maurice et posa la chemise sur sa joue. Amélia fit celle qui n'avait rien remarqué, mais elle secoua imperceptiblement la tête. La petite grandissait.

– Et voilà Maurice, je te rends « Charles », dit-elle, les yeux brillants, en lui tendant le sac de vêtements. Merci de m'avoir aidée.

Juliette et Léonce étaient au jardin. Amélia préparait le chocolat réclamé. Ils étaient seuls dans le grand vestibule. Maurice attrapa le sac, l'ouvrit. Il ferma les yeux et y plongea son visage pour le respirer.

– Je te jure, Charlotte, je les remettrai sans les laver ou je les poserai dans mon lit. Ainsi, tu seras avec moi. J'ai été heureux…

Il ne put continuer. Il voulait s'approcher d'elle, l'entourer de ses bras, mais ses parents revenaient du jardin. C'était trop tard. Ils baissèrent les yeux, comme pris en faute. Léonce souriait, presque complice, tandis que Juliette désapprouvait en hochant la tête.

Tous s'installèrent dans la cuisine pour boire le délicieux chocolat dont Amélia avait le secret. Elle regarda les deux jeunes gens, puis les parents de Maurice. Ceux de Charlotte se voulaient ouverts, mais il n'était pas sûr qu'ils fussent favorables à une telle union. Ce dont elle était certaine, c'est que Cupidon venait de frapper.

10

Saint-Nicolas-de-Port, 1908

– Mais dans quel monde vivons-nous ? s'exclama Charlotte en lisant la presse. Voilà maintenant que l'on sabote la cérémonie du transport des cendres d'Émile Zola au Panthéon[1] ! Vous vous rendez compte, mes chers parents ? Un individu a tiré sur Alfred Dreyfus ! Jusqu'où la haine peut-elle aller ? Ce que j'ai lu me donne envie de vomir. À l'Assemblée, Jaurès a défendu Zola mais parmi ceux qui étaient contre cette mesure, évidemment, il y avait…

– Maurice Barrès, répondit Paul. Hélas, il ne pouvait en être autrement.

– Et ce Grigori qui a tiré sur Dreyfus, c'est indigne.

– Allons, ma chère fille, ne nous énervons pas. Il serait bon de faire le point sur la fête qui va être donnée pour tes vingt ans…

– Mais je vous ai déjà tout dit. Vous avez bien spécifié que le reste ne me regardait pas, que ce serait une

1. 4 juin 1908.

surprise. Je sais que vous avez réservé une salle dans un grand restaurant à Nancy. La couturière est venue deux fois, m'a bandé les yeux. Même la robe, je n'ai pas eu le droit de la voir... n'est-ce pas un comble ? Est-ce vrai que vingt ans, c'est le plus bel âge ? Je sais aussi que le 13 juillet tombe un lundi, on ne fêtera donc mon anniversaire que le samedi 18 juillet. On ne peut pas l'avancer au dimanche 12 juillet par exemple, puisque ça porte malheur d'éteindre les bougies avant la date ? Mais vous m'avez promis qu'au soir du 13, je soufflerai mes bougies dans l'intimité, ici, avec vous et avec l'invité qui voudra bien se joindre à nous. J'ai le choix, n'est-ce pas ?

– Et qui as-tu choisi ? questionna Paul.

– Un seul invité, c'est peu. Le plus sage, ce serait de convier Amélia à notre table.

– C'est déjà fait.

– Léonce et Juliette et... Maurice, cela fait trop ?

– Maurice ?

– Enfin, maman, il s'agit de Momo. Il est médecin maintenant, à l'hôpital Central. Je ne vais plus appeler mon ami d'enfance Momo, maintenant qu'il est devenu le docteur Maurice Carrier.

– C'était prévu aussi, mais nous ne savons pas si Momo, pardon Maurice, sera libre ce lundi, glissa Émilie, légèrement embarrassée. Comme tu le sais, tout dépend de ses gardes. Pour Léonce et Juliette, c'est plus facile. Ils habitent à côté depuis que leur maison est achevée. Les artisans ont bien travaillé et Léonce n'a pas ménagé sa peine. Cet homme a de l'or dans les doigts. Tout ce qu'il touche devient une merveille. Nous sommes heureux pour eux. Pour l'instant, Juliette se rend toujours à Nancy pour son travail. Elle avait espéré trouver une place à la saline mais Léonce n'y tient pas. Il dit que la mine, ce n'est pas un emploi pour les femmes. Celles qui y travaillent le font dans des conditions très difficiles.

– Oui, je sais, Maurice m'en a parlé. Au fait, maman, tu es allée photographier les péniches chargées de sel sur le canal de Varangéville ? C'est impressionnant. Et le long du canal, les patrons ont fait construire des cités pour leurs ouvriers. Il paraît qu'ils y sont très heureux.

– Comment tu sais cela ?

– Parfois, avec Amélia, il nous est arrivé de nous promener par là-bas. Même à pied, de chez nous, ce n'est pas le bout du monde. Seulement la Meurthe et le chemin de fer à traverser, en bas du coteau. Cela dit, quand on voit les enfants devant les portes, on devine vite que leurs parents sont ouvriers. Mais j'admire leurs mères. Elles semblent faire tout ce qu'elles peuvent pour bien s'occuper d'eux.

– Peut-être que nos bonnes œuvres portent leurs fruits, fit Émilie. Amélia a dû t'en parler. Mais je ne joue pas les dames de la bonne société. J'ai beaucoup à apprendre d'elles. Par exemple, de bonnes recettes de cuisine. Ces femmes ont besoin de fréquenter des personnes extérieures à leur milieu. Tout comme nous.

– Tu fais donc œuvre d'éducation, ma chère maman.

– On peut dire cela.

– Au fond, j'aimerais t'accompagner et apprendre la musique aux enfants. Mais sans piano, ça me paraît difficile.

– C'est une bonne idée. On va essayer de trouver une solution. On peut commencer par les faire chanter.

– Ah, mais oui, bien sûr ! Pourquoi n'y ai-je pas songé avant ?

*

Le samedi 18 juillet en début d'après-midi, ce fut un incessant va-et-vient dans la maison de Paul et Émilie Renaudot. Une couturière était venue habiller Charlotte, une autre s'occupait de sa mère. Charlotte commençait à s'agacer.

– Est-ce que cette fois je peux voir ma tenue, madame la couturière, ou va-t-on encore poser un bandeau sur mes yeux ?

– Vous ne pourrez vous voir que lorsque vous ferez votre entrée dans la grande salle du restaurant Walter, car c'est là que vous allez. Moi, je vous y retrouverai pour les derniers ajustements. Il y a un petit salon qui donner sur la Pépinière, derrière la fontaine Amphitrite, l'entrée des artistes en quelque sorte. Une coiffeuse sera là. Dame, vingt ans, ce n'est pas rien ! Vous faites, si j'ai bien compris, votre entrée dans le monde.

– Mon entrée dans quoi ?

– Dans le monde. Mais oui, mademoiselle Charlotte, on va vous connaître et on saura que vous êtes une jeune fille à marier.

– Ah, ça, je m'en moque comme de ma première chemise ! Je choisirai l'homme que je veux…

– Ce n'est pas si simple… Vos parents ont leur mot à dire. Vous verrez la chose avec eux.

Charlotte était heureuse que cette fête soit organisée en son honneur, mais en même temps elle redoutait le pire. Entrer dans le monde… Elle se tortillait sur le siège de la Panhard Levassor conduite par son père et priait le ciel pour que Maurice ait pu se libérer. Il n'était pas venu le lundi 13 et elle en avait été chagrinée. Elle n'avait guère envie de rencontrer les clients de son père. Les vieux barons grognons, comme elle les appelait quand, pour une affaire urgente, ceux-ci dérangeaient Paul le soir ou le samedi après-midi alors qu'il était censé être de repos. En avait-elle vu de ces hommes qui vous déshabillent du regard ? Des regards lubriques, confiait-elle à Amélia. « Ils fixent la poitrine et les hanches et ils évaluent quelle femme vous êtes au lit. » Dans ces cas précis, elle savait se montrer désagréable.

– Mon cher Paul, votre fille est une tigresse.

– Cela dépend avec qui, répondait le papa d'un air amusé.

*

Elle venait de découvrir sa tenue. Une fort élégante robe bleu ciel et dorée à l'encolure arrondie avec beaucoup de fleurs aux manches. Elle porta les mains à sa bouche pour retenir un cri. La robe lui plaisait… mais elle ne se voyait pas dedans. N'était-elle pas trop chic ? Les femmes ne portaient plus ce genre de robes. Elles étaient plus près du corps désormais, plus fluides. Le tissu était soyeux, un peu brillant. Charlotte dut se résoudre à l'enfiler. La couturière ajusta le bustier. Une large ceinture brodée de fleurs et de paillettes marquait la taille. La robe était longue, très longue, avec des tissus qui se superposaient à partir du mollet et chutaient en s'évasant vers le sol.

Un chapeau, très grand, était assorti à la robe, lui aussi couvert de voiles et de fleurs. Elle déclara qu'elle le porterait dehors, mais pas dans la salle. Ses cheveux étaient nattés à la base de la nuque.

– Qu'on y mette quelques fleurs, ce sera suffisant, dit-elle à la coiffeuse. Le chapeau fait un peu trop sérieux pour moi et frise le ridicule. Mes cheveux seront ma parure. C'est mon jour, n'est-ce pas ? J'ai le droit de décider, non ?

– L'élégance, c'est la simplicité, mademoiselle, vous avez raison.

La couturière lui demanda de se tourner pour vérifier le tombé de la robe qui léchait le sol.

– C'est beau, mais on fait comment pour danser ? questionna Charlotte.

– Il y a un petit anneau à l'envers de la robe. Là, tout en bas, vous voyez, à l'endroit le plus long ? Vous glisserez un doigt dans cet anneau : la robe se relèvera, sans jamais découvrir vos jambes. Ce mouvement donne une grâce incomparable, vous verrez.

Charlotte s'était penchée pour saisir le bas de la robe et attraper l'anneau cousu dans l'ourlet quand la porte du salon s'ouvrit. Maurice !

– Oh, pardon… Permettez, mesdames… Laisse-moi faire, Charlotte. Quand je te ferai danser, je passerai l'anneau à ton doigt et je tiendrai ta main dans la mienne. Comme ça, dit-il en passant l'autre bras dans son dos pour l'enlacer et l'entraîner. Voilà, c'est parfait. Viens, offrons-nous quelques tours de piste. Les musiciens jouent déjà, tu entends ? M'accorderas-tu la première danse ? Ton carnet de bal est-il déjà rempli ? J'irai demander cette valse à ton père. Écoute : « L'heure exquise qui nous grise lentement, la caresse, la promesse du moment[1] »… Regarde, Charlotte, dit-il en ouvrant le bouton de sa chemise, regarde ce que je porte en souvenir de…

Elle vit la chemise de flanelle bleu et blanc.

– Maurice, tu as osé ?

– J'ose tout quand je pense à toi. Dansons ! Je crois que c'est la première fois, lança-t-il en ouvrant la porte pour avoir plus de place et pouvoir la faire tourner dans l'entrée du petit salon. L'air de la Pépinière est douceur pour nous. Nos pas sont accordés.

Dehors, des passants les regardaient, médusés. La coiffeuse et la couturière accoururent.

– Rentrez, rentrez vite ! Monsieur, ce n'est pas raisonnable, elle va salir sa robe.

Maurice et Charlotte continuaient de tournoyer. Paul, soudain, leur fit face.

– Charlotte, tu veux nous faire mourir de honte ?

– C'est ma faute, monsieur Renaudot. Je vous présente mes excuses. Je n'ai pas résisté. Je ne suis pas certain d'être là longtemps ce soir.

---

1. Extrait de *La Veuve joyeuse* de Franz Lehar.

– L'incident est clos, déclara Paul, mais enfin… c'est n'importe quoi !

Et il leur tourna le dos. Il se devait d'accueillir les premiers invités qui arrivaient.

– Vrai, tu ne seras pas là ?

Il la regarda en souriant et prit sa main pour la glisser sous sa chemise élégante.

– J'ai ta peau et ta douceur, là, répondit-il.

Sous le vêtement, Maurice avait passé la chemise qu'il lui avait prêtée pour descendre à la mine. Elle était prête à défaillir.

– Ainsi, je pense toujours à toi, jolie Charlotte. Ne pâlis pas, ne rougis pas. Oublions tout et dansons, dansons. Nous chanterons tout à l'heure, tous les deux. Tu connais cette valse, *L'Heure exquise* ? Oui, bien sûr. Je demanderai *Plaisir d'amour* à l'orchestre et *Frou-Frou.* Tu as vingt ans, tu as tous les droits, dit-il en posant son index sur l'arête de son nez et en le faisant glisser jusqu'à ses lèvres qu'il effleura.

Elle frémit et ferma les yeux. Le bout de son doigt était si doux.

– Imagine, Charlotte, que mon doigt soit mes lèvres.

Et il la serra contre lui, l'espace d'une brève seconde.

– Il nous faut rentrer, soyons sages.

La salle était superbement décorée. Des montagnes de fleurs s'accumulaient au pied du buffet. Que Maurice lui fît la cour lui procurait quelque plaisir, mais elle eut peur tout à coup. Tout allait trop vite. Elle chercha Amélia du regard. Elle aurait voulu se jeter dans ses bras et lui demander ce qu'il fallait faire. Mais Amélia s'était éclipsée. Elle imagina sa réponse : « Tu as souvent pensé à lui, tu me l'as dit. Tu m'as confié qu'il te manquait… Tu as craint qu'il ne t'oublie et il est là… Réjouis-toi, mais sois sage ! Un homme est un homme. Et un bel homme, s'il est capable du meilleur, est aussi capable du pire pour obtenir ce qu'il désire. Il te faut rester sur tes gardes. »

« La peste », ragea-t-elle intérieurement avant de recouvrer la raison. « Oui, Amélia, il me faut être sage. Maurice me l'a dit aussi… Mais en ai-je envie ? »

Tard dans la soirée, Maurice était parti après l'avoir attirée à nouveau dans le petit salon pour parcourir son visage et son cou de petits baisers délicieux qui l'avaient fait frissonner et, ce faisant, il avait relevé la robe et, d'un coup de dents, avait arraché l'anneau de l'ourlet pour le glisser dans sa poche. Charlotte n'avait pas eu le temps de protester, il avait disparu dans la nuit.

Un incident avait ensuite éclaté. Le bal battait son plein, l'assemblée s'amusait et Charlotte avait cru apercevoir une jeune fille de sa connaissance. Elle n'avait que peu changé. Charlotte l'aurait reconnue entre mille. Un malaise s'était emparé d'elle. D'un regard, elle chercha de l'aide. Où étaient ses parents ? Qui allait venir à son secours si cette jeune femme l'approchait ?

– Surprise, n'est-ce pas, que je sois là, chère Charlotte ? Voyez-vous, mon mari travaille avec votre père. Il est banquier et renfloue souvent ses finances. La faute à qui, selon vous ?

– Je vous en prie, Clotilde, ne soyez pas indécente.

– Nullement, je ne fais que vous révéler une vérité que vous ne soupçonnez pas. Vous êtes si naïve..

– Une vérité ? Quelle vérité ?

– Enfin, quand on a une mère dépensière et un père trop bon avec sa jolie cocotte… On se demande d'ailleurs quel esprit malin l'a poussé à l'épouser…

– Vous m'insultez, je n'en crois pas mes oreilles. Éloignez-vous ou je vous gifle, même devant ce beau monde.

– Vous n'oseriez pas, je le sais. J'ai tout pouvoir sur mon mari. Il m'adore. Une parole, un geste de votre part et les crédits consentis pourraient bien ne plus être accordés, les vôtres se retrouveraient sur la paille.

– Vous n'avez pas changé ! Vous étiez une peste et vous l'êtes restée, murmura Charlotte qui avait pâli.

Amélia était à deux pas. Elle vit que Charlotte allait s'évanouir et accourut pour la soutenir. Clotilde en profita pour rejoindre son mari en grande conversation avec Paul et un autre homme qui n'avait pas quitté Charlotte des yeux de toute la soirée.

11

Saint-Nicolas-de-Port, 1910-1912

Un piano avait été installé dans la pièce où les enfants de la saline se retrouvaient les jeudis et pendant les congés. Charlotte s'y rendait souvent pour faire chanter les enfants. Elle les accompagnait au piano.

C'était un piano droit Érard qui avait seulement eu besoin d'être accordé. Elle l'avait trouvé chez une amie d'Émilie dont la mère venait de mourir. Le plus délicat avait été de le faire transporter de Dombasle à Varangéville. Mais les bonnes volontés ne faisant pas défaut, la chose avait pu se faire et il était arrivé sans trop de mal au foyer de la saline, pour le plaisir de tous. Les enfants battaient des mains.

Quand l'heure de chant était terminée, elle gardait deux ou trois enfants qui avaient envie d'apprendre à jouer. Les résultats étaient là et elle était certaine qu'ils pourraient donner un petit concert à la kermesse des écoles à la fin juin. Des enfants joueraient en soliste ou à quatre mains. Charlotte s'était procuré deux tambourins et un triangle au magasin de musique de la Grande-Rue à Nancy et l'effet était très agréable. Un jour, un jeune père de famille avait sorti de sa poche un harmonica pour participer au cours de musique. En fait, il en possédait deux et pouvait ainsi offrir une gamme de sons plus étendue.

– Basse et ténor, confia l'homme, plus les tirettes sur les côtés des instruments, on obtient de jolies sonorités. Écoutez, mademoiselle Charlotte.

*

Charlotte arrivait plus tôt au foyer. Elle n'aimait guère faire le chemin avec sa mère. Elle évitait les conversations sérieuses. Jamais elle n'avait évoqué avec ses parents les propos que Clotilde de La Vigerie avait tenus à la fête de ses vingt ans. Son malaise avait été mis sur le compte de la fatigue d'une longue et belle journée.

Mais les questions menaient une folle danse dans la tête de Charlotte. Elle eût aimé savoir qui avait été sa mère avant son mariage. Elle avait essayé d'interroger Juliette qui avait gardé le silence, prétextant que la vie d'Émilie lui appartenait et qu'il n'y avait nulle obligation de soulever les tapis pour découvrir ce qu'ils cachaient.

Charlotte tentait de chasser ses idées noires. Alors, elle marchait jusqu'à la saline. Cela lui prenait du temps. « Pourquoi ne pas vous faire offrir une bicyclette ? lui avait suggéré Léonce. Ce moyen de locomotion est parfait pour les jeunes filles éprises de liberté. » Pourquoi n'y avait-elle pas songé elle-même ? Ce serait plus aisé pour se déplacer, à condition de trouver son équilibre sur cette mécanique et de savoir sangler le bas de ses jupes pour ne pas les abîmer dans la chaîne ou le pédalier.

Au foyer, avant que les enfants n'arrivent, elle jouait pour elle. Elle était seule dans la grande pièce et personne ne pouvait l'entendre. Bien évidemment, elle interprétait ce qu'elle aimait. Elle était fière d'avoir réussi à transcrire au piano *La Valse triste* de Jean Sibelius. Elle en était arrivée à *Barcarolle n° 1* en *la* mineur op. 26 de Gabriel Fauré et elle terminait toujours par *Plaisir d'amour*, qu'elle chantonnait.

Plaisir d'amour ne dure qu'un moment,
Chagrin d'amour dure toute une vie...

Au soir de son anniversaire, elle s'était mise au piano, l'orchestre l'avait accompagnée. Elle avait chanté aussi et Maurice était venu mêler sa voix à la sienne et ils avaient été vivement applaudis. N'avait-on pas dit à Paul : « Quel joli couple ! »

Paul avait marqué son mécontentement : « Peut-être, mais c'est sans lendemain ! Maurice et ma fille sont comme frère et sœur, ils ont eu la même nourrice. »

Bien qu'elle sût qu'il n'était pas bon pour elle de se laisser aller à la nostalgie, c'était plus fort qu'elle, elle ne pouvait refréner les souvenirs. Ils l'irriguaient, la portaient et lui donnaient le courage de vivre.

Oui, elle avait fêté ses vingt ans. Puis ses vingt et un ans. Elle avait prévenu les siens. « Pas d'anniversaire, s'il vous plaît. Une fois, cela suffit, même si cet âge, ainsi que vous le dites, fait de moi une majeure. Mais qu'est-ce que la majorité pour une femme qui ne peut exister que si un homme est à ses côtés ? »

Les femmes n'avaient même pas le droit de vote.

*

En 1909, à Nancy, l'Alsace avait été l'invitée d'honneur de l'Exposition internationale de l'Est de la France. La cousine de la Lorraine. La Lorraine voulait montrer à l'Alsace, devenue allemande malgré elle, qu'elle restait dans le cœur des Lorrains. Le 1er mai, cette manifestation avait été inaugurée sous une pluie battante. Mais le soleil était en chaque cœur. On avait construit des pavillons un peu partout : place Carnot, cours Léopold, place de la Carrière, au parc de la Pépinière et au parc Sainte-Marie. Le souvenir de la porte Monumentale offerte par la Société anonyme des hauts-fourneaux, forges et aciéries de Pompey, demeurerait en chacun. Les artistes et les artisans avaient déployé leur savoir-faire pour éblouir le public. Un succès énorme pour les deux mille exposants, avec plus de deux millions de visiteurs de mai à octobre ! L'Art nouveau rimait avec Nancy.

Ce fut un temps de chagrin pour Charlotte qui avait espéré revoir Maurice. Elle apprit qu'il était parti à Paris pour finir ses études. Il ne lui avait rien dit. Impressionné par les travaux du chirurgien allemand Ludwig Rehn, qui en 1896 avait suturé une plaie au cœur avec un fil de soie, réalisant la première opération cardiaque, Maurice voulait poursuivre dans cette voie. La chirurgie, bien sûr, et surtout celle touchant à l'essentiel, le cœur. Selon lui, cette réussite était de bon augure pour l'avenir. Les malades du cœur, condamnés à courte échéance, pourraient bientôt mener une vie normale. Juliette et Léonce étaient très fiers de lui. Quand elle entendait son père parler de lui à Émilie, Charlotte s'éloignait. Elle ne voulait pas entendre. C'était inutile.

Ce fut au cours de l'été 1912, alors qu'elle jouait en attendant l'arrivée des enfants, qu'il lui sembla sentir une présence dans la pièce. Elle retint sa respiration, tendit l'oreille. Avait-elle rêvé ? Plus rien, sauf un silence enveloppant. Elle inspira profondément, frotta ses mains, les tendit, posa ses doigts sur le clavier et se mit à chanter :

Plaisir d'amour ne dure qu'un moment,
Chagrin d'amour dure toute la vie.

J'ai tout quitté pour l'ingrate Sylvie.
Elle me quitte et prend un autre amant.

Plaisir d'amour ne dure qu'un moment,
Chagrin d'amour dure toute la vie.

Tant que cette eau coulera doucement
Vers ce ruisseau qui borde la prairie,
Je t'aimerai, me répétait Sylvie.
L'eau coule encore, elle a changé pourtant.

Plaisir d'amour ne dure qu'un moment,
Chagrin d'amour dure toute la vie.

Elle était arrivée à : « Tant que cette eau coulera doucement… » quand deux mains se posèrent à côté des siennes sur le clavier pour reprendre la mélodie une gamme au-dessus. Elle sentit son souffle dans ses cheveux, perçut son odeur, comme si la flanelle de la chemise bleu et blanc glissait sur sa peau. Elle ferma les yeux et resta sans voix. Elle savait qui l'enveloppait.

– Pourquoi n'as-tu pas répondu à mes courriers ?

Elle poursuivit au piano et s'efforça de continuer à chanter :

L'eau coule encore, elle a changé pourtant.

Et ce fut lui qui répondit :

– Plaisir d'amour pourrait durer, durer longtemps, si tu m'aimais, Charlotte, pour la vie…

Elle rejeta la tête contre sa poitrine.

– Tout ce temps…, dit-il, et ce trop long silence. Pourquoi ? On te dit fiancée à un monsieur très bien. C'est Léonce qui m'a révélé où je pouvais te trouver. Je suis là pour peu de temps. J'ai vu ton père à son bureau à Nancy. Il m'a assuré que les choses étaient presque faites, que tu étais d'accord pour épouser Germain de La Fallière. Il m'a affirmé que tu en étais très heureuse, que ton avenir était assuré. Ce monsieur est riche, il veillera sur ta sécurité matérielle. Tu l'aimeras d'amour puisque, moi, je ne suis qu'un ami d'enfance. Il m'a dit des choses terribles, qu'il me fallait être raisonnable, de ne pas insister quand bien même je deviendrais médecin. Je lui ai répondu que médecin j'étais. Il a répliqué, comme s'il n'avait pas entendu, qu'il me fallait être réaliste. « Dans la vie, on doit être sérieux, mon cher Maurice. » Alors, écoute-moi bien, Charlotte, je veux bien que tu fasses ta vie avec un autre, avec quelqu'un de ton milieu, mais dis-moi que tu m'aimes, ajouta-t-il en lui prenant le menton. Laisse-moi croire que, lorsque tu seras dans son lit, c'est à moi que tu penseras. Ainsi j'aurai moins mal.

– Maurice, je n'ai pensé qu'à toi, tu le sais. J'ai tant attendu... Je n'ai rien reçu de toi. Mon père me répétait que les amis d'enfance ne font pas de bons maris.

– Quand épouses-tu ce monsieur, cet ingénieur principal entièrement dévoué au sel ? ricana-t-il.

– Sans doute au printemps prochain. Il voudrait que ce soit dans quelques mois, à son retour du Maroc...

– Ah... les fiançailles ont eu lieu.

– Oui, c'était à Pâques, mais comme tu vois, je refuse de porter la bague. Elle est dans son écrin. C'est une Baccarat sertie de pierres précieuses. Je prétexte qu'elle est trop fragile, que je crains de l'abîmer. Je préférais...

– L'anneau de ta robe, le jour de tes vingt ans ? Le voici, dit-il en le sortant d'une de ses poches. Tu te souviens ?

– Oui, quand nous avons dansé sur le parvis s'ouvrant sur la Pépinière. Je n'ai rien oublié. Tu l'as pris dans tes dents pour l'arracher à la robe et le garder.

– Donne-moi ta main, Charlotte... Seras-tu sienne au soir des noces ? Charlotte, ma belle Charlotte, je te prends pour épouse...

Les larmes roulaient sur les joues de la jeune fille.

– Il est comment, ce fiancé ?

– Il m'indiffère. Je lui dis « vous ». Je ne me vois pas dans ses bras. Je lui répète que nous avons le temps, que j'ai besoin d'être apprivoisée. Il promet qu'il sera patient et qu'il attendra.

– Son âge ?

– Dix ans de plus que toi. Presque quinze de plus que moi. Un vieux…

– Il n'a jamais été marié ?

– Je crois qu'il a perdu sa femme dans un accident de chemin de fer. Mais toi aussi, tu vas te marier, Léonce me l'a dit.

– Il paraît, pour réparer une bêtise. Un soir de fête trop arrosée. On cède à la folie des sens comme on descend un corps dans la fosse. C'était le soir où j'ai appris tes futures épousailles, il y a environ trois mois. Mes parents gardaient le silence, la crainte sans doute de me blesser. Ils sont au courant des sentiments que j'éprouve pour toi.

Il l'avait prise contre lui, caressait ses cheveux.

– C'est toi que j'aime et personne d'autre, ma Charlotte. Quand je suis avec Sonia, c'est à toi que je pense, seulement à toi. Me crois-tu ?

Elle baissa les paupières. Que traduisait ce mouvement ? L'acquiescement ou l'épuisement face au bonheur en fuite ? Elle parvint à se ressaisir :

– Tu m'as écrit, mais où, à quelle adresse ?

– Chez tes parents. Où aurais-je pu le faire ?

– Rien n'est arrivé. En tout cas, on ne m'a rien donné.

– J'ai cru devenir fou en attendant tes lettres.

– Il faut partir, Maurice, dit-elle en fermant le piano avant de se mettre face à lui, les yeux baissés. Les enfants vont arriver.

– Regarde-moi, Charlotte. Je partirai sans jamais te revoir si tu peux me jurer que tu ne m'aimes pas.

Elle releva la tête, lentement. Des larmes brouillaient son regard. Elle tenta de réprimer les sanglots qui lui venaient.

– Charlotte, répétait-il, la voix nouée, Charlotte, regarde-moi.

– Je te regarde, Maurice… Je ne fais que cela…

– Jure, Charlotte, jure que tu ne m'aimes pas ! Jure, je t'en prie, et je partirai sans me retourner.

– Je ne peux pas…, dit-elle en posant son front contre sa poitrine, tandis que ses poings martelaient son torse.

– Ma Charlotte, souffla-t-il avec tendresse en faisant glisser son index sur l'arête de son nez, jusqu'à ses lèvres qu'il sentit chaudes de désir, avant de prendre doucement sa bouche. Qu'allons-nous devenir ?

– Ah, c'est du propre ! hurla Émilie. Tu veux nous faire mourir de honte ? Je me doutais, il me semblait que…

– C'est vous, madame, qui avez gardé les lettres que j'avais adressées à votre fille ? Vous avez dû les lire, je suppose ? Vous connaissez les sentiments qui m'animaient et m'animent toujours. On ne commande pas l'amour, pas plus qu'on ne peut l'interdire entre deux êtres que tout attire.

– Non, ce n'est pas moi.

– C'est votre mari alors ?

– Je… je ne sais pas.

– Il ne faut pas mentir, maman, coupa Charlotte. Ce n'est pas Amélia, elle n'a pas le droit de relever le courrier. Ou bien, c'est toi, ou bien, c'est papa.

Émilie garda le silence, baissa la tête et sortit en rappelant sa fille à ses devoirs.

– Ressaisis-toi, les enfants vont arriver.

– Eh bien, ils attendront. Petite Christine s'en occupera, elle sait faire. J'ai à parler avec Maurice. C'est mon droit, ma chère maman. Je suis majeure.

– Je te rappelle tes fiançailles avec Germain de La Fallière et la date de ton mariage qui approche. Les contrats sont faits…

– Ah, non, il avait dit dans un an au jour des fiançailles.

– Germain veut que tout soit réglé rapidement et ton père aussi. C'est important pour lui.

– Mais oui, chère maman, papa et toi, vous m'avez vendue. Papa avait besoin d'argent pour agrandir son affaire dans mon intérêt, n'est-ce pas ? Ce sera mon héritage. En aurai-je entendu des bêtises ! Je vous croyais tous deux si différents des parents des filles que je fréquentais à Sainte-Rose. Vous êtes pareils. Papa apprécie tellement René de La Vigerie, son banquier préféré. Quel beau couple vous formez, campés sur vos positions de bourgeois ! C'est ignoble, ce que vous avez fait !

Charlotte apprit que Maurice épouserait civilement Sonia Voirin pour que l'enfant à naître ait un nom. Sonia espérait-elle que l'amour viendrait ? Maurice affirmait que ni l'un ni l'autre n'étaient dupes. On réparait une bêtise pour faire taire les ragots. Les parents de Sonia l'auraient jetée à la porte. Une fille-mère est un déshonneur. Juliette et Léonce avaient fait la morale à Maurice.

– On ne laisse pas traîner son sang, avait dit Léonce. Je t'ai reconnu, fais-moi honneur. L'enfant qui va naître est tout autant le tien que celui de Sonia.

– Est-ce si sûr ? avait répondu Maurice. J'étais ivre ce soir-là et Sonia aussi. Je n'étais pas le premier homme qu'elle invitait chez elle. Ce n'est pas elle que j'aime, vous le savez tous les deux.

Juliette avait toussoté. Elle observait son fils. Il avait une belle situation. Il était médecin et poursuivrait sans doute en chirurgie. Mais il ne venait pas d'un milieu semblable à celui de Paul. Paul s'était montré ouvert en épousant Émilie, mais il entendait bien conserver le mode de vie de la bourgeoisie dont il était issu. Juliette eut de la peine pour Émilie. Elle revoyait sa camarade d'atelier… Était-il possible qu'elle ait à ce point changé ? Elle pensa à toutes ces années. Quand le changement avait-il eu lieu ? Oui, c'était cela, la fête des vingt ans de Charlotte, son entrée dans le monde. Son futur mari et d'autres étaient là. Des personnes bien différentes de celles qui fréquentaient habituellement la demeure de la rue des Hayes. Elle n'ignorait pas que Paul avait une affaire à Nancy et qu'il possédait un appartement à Nancy… Parfois, Paul ne rentrait pas et Émilie le rejoignait. Était-ce pendant ces soirées que se dessinaient d'autres horizons pour eux ? Amélia se chargeait de garder Charlotte quand elle était petite. Oui, Juliette n'avait pas mesuré la profondeur du fossé qui les séparait.

Irène, la mère de Juliette, avait tenté d'ouvrir les yeux de sa fille.

– Ta bonne camarade a eu besoin de nous. Nous avons fait ce que notre cœur commandait. Mais maintenant, elle est de l'autre côté de la barrière. Léonce est leur employé. Elle estime avoir rendu ce qu'elle avait reçu en payant les études de Maurice.

Juliette avait haussé les épaules en affirmant haut et fort :

– Émilie n'est pas ainsi.

Force était de constater qu'Irène avait raison. Juliette comprenait qu'on était estimé dans la société à la grosseur de son portefeuille et aux nombres de titres et d'actions qu'on détenait. Mais où était le bonheur ? Dans les avoirs ou au fond du cœur ?

Maurice était devenu médecin. Quelle fierté pour eux ! Cependant, ils ne devaient pas oublier qu'il venait du monde ouvrier et qu'il n'était pas question qu'il ait des vues sur Charlotte.

À un moment donné, on se doit de verrouiller la barrière.

12

Nancy, 1913

Charlotte se plongea dans son livre. Du moins, elle fit semblant de lire. Elle avait entendu la porte d'entrée s'ouvrir. Germain était de retour. Elle ne se leva pas pour l'accueillir. Elle n'aurait pas entendu, c'est tout. Depuis leur mariage, et elle ne s'en plaignait pas, il avait été très peu présent en Lorraine. D'une saline à une autre, son travail l'appelait souvent très loin.

– Bonsoir, ma chère. J'espère que vous allez bien. Moi, je suis fourbu, je ne vous le cache pas. Ces voyages ne manquent pas de piquant, sel oblige, je suis demandé un peu partout. Et surtout je dois sans cesse m'informer sur les nouveaux matériels qui permettront aux sociétés d'extraire davantage de sel et d'engranger un maximum de profit. Mais on finit par s'épuiser.

Il s'approcha du guéridon où étaient posées les carafes contenant les alcools et se servit un verre.

– Ce whisky est très moyen…, dit-il en faisant claquer sa langue. Ce n'est pas un dix ans d'âge. Vous n'avez pas suivi mes recommandations, très chère. C'est une bonne marque, soit, ajouta-t-il en faisant tourner la bouteille pour en lire l'étiquette, mais il est encore un peu raide et manque de moelleux. Je ne vous en propose pas, vous n'apprécieriez pas.

– Je vous rassure, dix ans d'âge ou pas, je déteste ce genre de boissons, répondit Charlotte en s'efforçant de sourire.

– Je vous dois des excuses, très chère, je ne serai pas là ce soir. Un dîner de travail entre hommes, ne m'attendez pas. J'en suis désolé.

– Ne vous inquiétez pas, faites ce que vous avez à faire.

– Ah, il faudra demander à notre bonne de me préparer une valise pour plusieurs jours. Dès demain, je m'en vais arpenter la Franche-Comté. Il nous faut préparer la grande assemblée nationale des salines qui aura lieu à la fin juin au siège de l'entreprise, près de Hyères. Si vous le voulez, vous pourrez m'accompagner, nous en profiterons pour visiter la côte. On se promènera au bord de la mer. Porquerolles n'est pas loin. C'est un lieu extraordinaire, vous verrez.

– Nous aviserons, c'est fort aimable de votre part de penser à moi. Mais nous avons encore un peu de temps pour y songer.

– Oui, bien sûr.

– Je vais informer Léa que vous ne dînerez pas à la maison. Il reste quelques petites choses, ce sera suffisant pour moi. Bonne soirée, Germain !

Secrètement, elle se réjouissait de sa défection et de l'annonce de ce prochain voyage. Leur mariage avait été célébré quelques mois plus tôt, très discrètement. Elle avait réussi à lui faire accepter son point de vue ; elle n'aimait pas les grandes réceptions. Il avait acquiescé pour lui être agréable. Il n'était jamais là. Elle passa la main sur son ventre. Sa mère s'inquiétait...

– Toujours pas de bébé ?

– Non, pas de bébé.

Pouvait-elle révéler à sa mère que Germain et elle faisaient chambre à part et n'éprouvaient guère le besoin de se retrouver ? Jusqu'à ce jour, Charlotte avait évité son époux. Il revenait toujours au mauvais moment... Elle fut soudain prise d'un fou rire idiot. « Neuf mois de mariage, se dit-elle alors qu'elle se déshabillait pour se coucher, et je suis encore vierge. Combien de temps vais-je réussir à le tenir à distance ? Il a voulu ce mariage, il l'a eu. Il eût aimé un grand mariage, me voir remonter l'allée de la cathédrale de Nancy au bras de son cher beau-père devant le tonton évêque qui serait venu de Besançon bénir notre union. M. Germain de La Fallière épousait Charlotte Renaudot de La Feucherolle. Ainsi, papa Paul a un titre de noblesse dont il n'a jamais fait état... J'en ris encore. Est-ce que maman le savait ? Sans doute. Le jour du mariage, on décline l'état civil de chaque personne. Mais je ne veux pas de sa particule. Renaudot me suffit. À l'école, on ne m'a jamais inscrite sous le nom de La Feucherolle. Heureusement. »

Elle songea à Maurice. Elle allait de temps à autre à Saint-Nicolas, en l'absence de son cher mari. Ah, ce qu'elle l'aimait quand il s'absentait ! Quel homme fin que celui qui lui laissait la liberté d'emprunter les sentiers qu'elle et Maurice avaient si souvent foulés. Elle aimait flâner le long du canal. Elle contemplait les chevalements, se risquait dans la basilique pour prier saint Nicolas. « Surtout, grand saint, ne m'envoyez pas d'enfants. Du moins, de Germain, je n'en veux pas ! »

Léonce ne travaillait plus chez ses parents. Il préférait s'occuper de sa maison.

Il avait pu acheter d'autres terrains à Saint-Nicolas-de-Port et avait développé une activité de maraîchage. Une fois par semaine, il allait vendre ses produits au marché de Nancy. Elle l'y avait d'ailleurs rencontré, il avait paru heureux de la revoir. Elle n'avait pas osé lui demander des nouvelles de Maurice. Ce fut Léonce qui lui en donna.

– Il vit en région parisienne, mais espère revenir à Nancy. Il travaille en milieu hospitalier et compte ouvrir un cabinet en ville. Il pense que ce sera plus facile à Nancy où le prix de l'immobilier est moins cher.

– Vous êtes grand-père, maintenant…

– On peut dire ça. Léopold est né, mais Sonia est partie avec l'enfant peu après l'accouchement. Maurice le voit très peu. C'était un mariage de convenance, pour donner un nom à l'enfant. Maurice a eu la bonne idée de ne faire qu'un mariage civil… Si un jour le divorce est prononcé, il pourra se marier avec l'élue de son cœur à l'église. Et vous, pas d'enfant en perspective ?

– Non, Léonce. Ce n'est pas à l'ordre du jour.

– Vous avez peut-être raison. Sait-on de quoi sera fait l'avenir ? Les relations de la France et de l'Allemagne sont loin d'être au beau fixe. Et la crise avec le Maroc n'arrange rien. Guillaume II ne supporte pas l'influence française au Maroc et il ne pense qu'à une chose, nous rentrer dans le lard, soupira Léonce.

– Oui, je sais. Comme l'histoire de ce zeppelin[1] qui a dû se poser d'urgence à Lunéville, il y a quelques semaines, à cause du mauvais temps. Tout le monde a cru que l'engin faisait des repérages en vue d'un bombardement et que la guerre était proche.

– Barthou veut prolonger d'une année le service militaire. C'est long, trois ans, pour un jeune homme. À mon âge, je ne suis plus concerné, mais si j'avais vingt ans, je n'aurais pas envie de les donner au pays.

– Il paraît que ça grogne dans les casernes. Les soldats défilent dans les cours et chantent *L'Internationale.* À Nancy, les soldats collent dans le réfectoire des papillons sur lesquels est écrit : « Non aux trois ans ! » L'armée ne doit pas apprécier.

– Pour sûr, chère Charlotte.

– En tout cas, Jaurès soutient ces soldats. C'est un pacifiste.

– Les pacifistes ne pourront pas s'opposer aux décisions du gouvernement. Bah, si la guerre arrive, glissa Léonce en mettant en avant les salades qu'il voulait vendre, ils iront tous casser du Boche.

– Vous croyez, Léonce ?

1. Un zeppelin est un aérostat de type dirigeable, de fabrication allemande. Dans la langue usuelle, le mot « zeppelin » peut désigner, par extension, n'importe quel type de ballon dirigeable. C'est le comte allemand Ferdinand von Zeppelin qui en commence la construction à la fin du XIXe siècle.

– Je le sens. Tenez, goûtez-moi cette salade et les jolies fraises que je produis, je vous les offre de bon cœur.

– Ah, non, je vous les paie ! Tout travail mérite salaire.

– Je dirai à Maurice que je vous ai vue et je lui donnerai de vos nouvelles. J'ajouterai que je vous trouve la tête bien sur les épaules.

– N'en faites rien, je vous en prie, Léonce.

– Tss, tss… Il me questionnera. Un jour où il sera dans la région, il essayera de vous revoir. Ma foi, je ferais ainsi si j'étais lui.

– Il vaudrait mieux, dans son intérêt comme dans le mien, que ça n'arrive jamais. Nous n'avons pas été maîtres de nos destinées et…

– Vous le regrettez, je vois bien, Charlotte…

– On ne va pas refaire le monde. Si seulement on ne m'avait pas dérobé le courrier qui m'était adressé… Je ne sais toujours pas si c'est ma mère ou mon père le coupable.

– C'est Amélia qui a fait le sale boulot, sinon elle perdait son emploi. Ne lui en tenez pas rigueur, elle était très malheureuse. Elle vous aimait beaucoup. Vous voyez, elle a quitté vos parents quand vous êtes partie. Elle ne se sentait plus digne de vous. Elle me l'a dit, elle pleurait le jour de son départ.

– Vous savez où elle est allée ?

– Je crois qu'elle travaille à l'hospice Saint-Julien. Elle a bien du courage. Elle s'occupe des miséreux.

– J'irai la voir. Il est important qu'elle sache que je ne lui en veux pas. Je ne voudrais pas qu'à cause de moi, elle soit en proie aux remords.

– Comme vous dites les choses… Vous êtes une jeune femme de grande qualité, vraiment…, fit-il en hochant la tête. J'aurais été fier d'avoir une belle-fille telle que vous. Je vous revois bercer notre si jolie petite Thérèse… Vous auriez été une maman merveilleuse…

– Merci, Léonce. Je n'ai jamais oublié la petite Thérèse, si lumineuse, si attachante. Et vous m'aviez fait sa marraine. Maurice était le parrain… J'étais si fière, j'aimais beaucoup cette petite fille.

– Hélas, elle n'a pas vécu bien longtemps. À peine cinq ans. Une grande tristesse… Votre papa avait été si bon pour nous. Il nous reste Maurice, mais Maurice sans vous…

Elle posa son index sur ses lèvres et l'autre main sur son cœur. Il comprit et s'arrêta. Elle lui tourna le dos en lui adressant un signe de la main. Elle ne voulait pas qu'il vît les larmes qui roulaient sur ses joues.

Alors, les lettres dérobées, c'était Amélia, la chère Amélia, obligée d'obéir.

Maintenant, Charlotte savait qui avait ouvert le lit de son malheur.

*

Depuis qu'elle habitait Nancy, Charlotte voyait fréquemment Nicolas et Hortense, ainsi que les jumelles et Pélagie. Joséphine était institutrice à l'école de filles de Champigneulles et rentrait chaque soir à Nancy dans son petit appartement, près de la charmante demeure que ses parents avaient achetée dans le faubourg des

Trois-Maisons. Elle espérait célébrer ses fiançailles pour Noël avec un instituteur de l'école de garçons de Champigneulles, Philippe.

– C'est un jeune homme très bien, affirmait-elle à sa cousine. Il était temps, j'ai déjà coiffé sainte Catherine.

Bien souvent, elle dînait avec ses parents et, aux beaux jours, elle aimait corriger les cahiers de ses élèves dans le jardin familial. Habiter à deux pas du centre-ville de Nancy et bénéficier d'un charmant espace vert était un privilège.

Jeanne-Marie avait fait les Beaux-Arts et peignait. On lui reconnaissait quelque talent. Mais, à la différence de Joséphine, plutôt exubérante, la jeune fille restait secrète. On la disait trop rêveuse, trop éprise d'absolu pour se marier. Ça ne l'intéressait pas, déclarait-elle pour couper court. Elle envisageait de quitter Nancy pour s'installer en Normandie, sur les bords de Seine. Elle voulait peindre autre chose que la Lorraine et les péniches qui allaient et venaient sur le canal. Elle aimait l'eau, le reflet du soleil, les brumes, le scintillement de la lune et des réverbères qui donne des lueurs aussi belles qu'étranges, saisir le frissonnement de l'eau, son clapotement avant que passe le bateau. Comme ses parents s'inquiétaient de ce projet, elle tentait de les rassurer. Elle ne serait pas seule. Jeanne-Marie avait des amis, dont Claire, qui peignait comme elle. Qui était Claire ? « Une amie, répondait-elle, une amie en qui j'ai toute confiance. Je l'ai connue en classe, mais c'est aux Beaux-Arts que nous nous sommes appréciées. » Elle n'en disait pas plus.

Quant à la benjamine, Pélagie, elle adorait les chiffons. Elle voulait partir travailler à Paris chez de grands couturiers, dans l'espoir de fonder un jour sa propre maison de couture.

– Obstinée comme elle est, affirmait Hortense, je suis certaine qu'elle y parviendra.

Le benjamin de la famille, Étienne, s'était installé à Pompey avec son épouse, Sybille. Il s'était marié jeune. « Quand l'amour passe, on ne se sauve pas », avait-il déclaré sur un ton victorieux. Il travaillait au bureau de traçage des aciéries à la conception des charpentes métalliques. « Le progrès nous donne des ailes », clamait-il en se penchant sur sa planche à dessins pour y dessiner les plans d'une passerelle qui enjamberait la Meurthe entre Champigneulles et Bouxières-aux-Dames.

Certains dimanches, Charlotte rendait visite à ses parents à Saint-Nicolas-de-Port. Elle retrouvait avec plaisir son piano. L'ouvrait et offrait une récréation à celles et ceux qui étaient là. Elle était dans ce qu'elle appelait sa période Debussy dont elle achetait les partitions dans la Grande-Rue de Nancy. Elle aimait cette musique très visuelle : *L'Isle joyeuse, Reflets dans l'eau*[1], des œuvres découvertes après *Suite bergamasque*[2]. Mais ce qui ravissait ses amis, c'était *Le Petit Nègre*[3]. Le rythme était soutenu, voire endiablé, et elle sentait dans son dos les corps qui

1. Compositions datant des années 1904-1905.
2. 1890.
3. Composé à la suite de *Children's Corner* en 1909.

vibraient. Donner du bonheur grâce à la musique la comblait. Elle continuait de prendre des cours. « Il est bon d'être corrigé, on peut mal interpréter une partition. C'est faire insulte à son créateur. »

Jamais on ne parlait de son mariage. Elle avait interdit qu'on abordât le sujet. De chez ses parents, elle descendait le vallon et s'aventurait jusque dans la ville, traversait la Meurthe pour rejoindre Varangéville et le canal où les péniches attendaient leur chargement. Le paysage changeait quelque peu. De nouvelles maisons s'élevaient, des artisans s'étaient implantés. Elle songea aux enfants dont elle s'était occupée. Ils avaient grandi… Elle se demandait si la petite troupe de théâtre et la chorale existaient encore. « Oui, lui avait répondu petite Christine – une jeune fille à présent – quand elle l'avait croisée par hasard, mais ce n'est pas aussi bien qu'avec vous. »

L'automne était là et elle redécouvrit avec plaisir les vallons parés de toutes les couleurs. Elle marchait en chantonnant. *Plaisir d'amour* revenait sur ses lèvres. Parfois, elle se baissait pour cueillir une fleur.

Son appartement nancéien était confortable, lumineux, avec une magnifique véranda aux verres colorés signés Jacques Grüber, artiste de l'école de Nancy. Des plantes s'épanouissaient dans d'immenses bacs, mais cela ne valait pas un jardin. Elle eût aimé en posséder un. Que ses mains puissent de temps à autre fouailler la terre, planter des fleurs, des arbres, semer des graines… On peut suivre ainsi la beauté de chaque saison jusqu'à l'endormissement de l'hiver, le temps que la nature se repose, reprenne des forces pour offrir le meilleur d'elle-même au printemps.

La nuit allait tomber sous peu. En automne, les jours sont courts. Elle observait le canal et tentait de comprendre sa cousine Jeanne-Marie, fascinée par l'eau. Jeanne-Marie aimait les impressionnistes. Sa peinture, en quête de lumière, ressemblait à la leur. Et elle songea à Debussy… « Lui est sans doute le musicien des impressionnistes. Ce qu'il compose est lumineux, dansant. »

– Rien ne change, n'est-ce pas ? Tout est en l'état ou presque, Charlotte.

Il fredonna :

L'eau coule encore, elle a changé pourtant.
Plaisir d'amour pourrait durer, durer longtemps,
Si tu m'aimais, Charlotte, pour la vie…

Elle savait qui chantait, qui avait parlé dans son cou et était venu la tirer de sa rêverie. Il avait posé ses mains sur ses épaules, elle rejeta la tête en arrière.

– Je suis passé chez mes parents et Léonce, qui sait tout de toi, m'a dit que tu rendais visite aux tiens ce dimanche, puisque le cher Germain a encore déserté le foyer conjugal. Il m'a téléphoné. Mais oui, mes parents ont fait installer cet objet magique… Cela évite que les lettres se perdent, n'est-ce pas ?

– Ce n'est pas bien de me suivre. Nous ne sommes libres ni l'un ni l'autre.

– Et alors, est-ce défendu d'aimer ? dit-il en posant sa joue dans son cou.

Sa peau fraîche sur la sienne la fit délicieusement frissonner. Elle se retourna et le regarda longuement avant de se presser contre lui.

– Si j'osais, murmura-t-il, je t'enlèverais, là, sur-le-champ. Personne n'en saurait rien et nous serions heureux.

Jusqu'à la fin du monde, lon la,
Jusqu'à la fin du monde.

De ses bras, il l'entourait en continuant de chanter, ses mains posées bien à plat sur son ventre.

Aux marches du palais,
Aux marches du palais,
Y a une tant belle fille, lon la,
Y a une tant belle fille.

Son dos tout contre lui, elle poursuivit la chanson :

Dans le mitan du lit,
Dans le mitan du lit,
La rivière est profonde, lon la,
La rivière est profonde.

Et ajouta très langoureusement :

– Si j'osais, je te dirais oui, tout de suite.

– Si j'osais, je t'embrasserais doucement, puis goulûment. J'ai faim de toi, depuis si longtemps.

Il chanta encore :

Et nous y dormirions,
Et nous y dormirions,
Jusqu'à la fin du monde, lon la,
Jusqu'à la fin du monde.

Charlotte poursuivit :

– Si j'osais, je te dirais : « Mais qu'attends-tu ? » fit-elle en se retournant pour lui faire face.

Il l'embrassa longuement. Ils reprirent leur souffle.

– Tu rentres quand à Nancy ? lui demanda-t-il.

– Ce soir, je vais saluer mes parents avant de partir.

– Tu es seule ?

– Oui, avec ma gentille bonne.

– Alors, je t'invite à l'hôtel Thiers, j'y ai une belle chambre et je t'aimerai comme sans doute « il » ne sait pas le faire.

– Tu seras délicat, si tu m'aimes…

– Comme lorsque je t'embrasse.

– Tu m'aimeras toute la nuit ?

– Toute la nuit et demain avant de repartir. Si j'osais et si tu l'osais, je pourrais aussi t'emporter dans mes bagages.

Elle était tremblante devant la porte de la chambre.

– Attends, déclara-t-il sur le ton d'un maître de cérémonie, j'ouvre la porte et je porte Madame. Ayons le droit au rêve, Charlotte : aujourd'hui, je t'ai épousée et la coutume veut que la jeune mariée franchisse le seuil de la chambre nuptiale dans les bras de son bien-aimé.

– Je le mérite vraiment ?

– Bien sûr. Et cette façon de procéder est gage de bonheur.

Elle éclata de rire, telle une petite fille qui veut cacher sa peur. Il aima son rire qu'il mangea doucement de petits baisers avant de descendre dans son cou, sur ses épaules. Il la sentit frissonner.

Elle mit du temps à se laisser aller dans ses bras, avant de s'offrir et de le recevoir tel un cadeau. Le plus surpris fut Maurice.

– Mais tu es vierge, ma chérie !

– Je ne voulais pas que le mari que l'on m'a imposé fût le premier. Le premier devait être celui que j'aime.

– T'ai-je fait souffrir ?

– Non, docteur…

Elle se mit à pleurer. Il fut bouleversé. Il lécha doucement ses larmes.

– Je vais encore t'aimer. Tu as bien dit toute la nuit…, la taquina-t-il.

– Oui, docteur, j'ai besoin de tes soins.

– Et si je t'emportais avec moi ?

– Nous verrons, mais aime-moi, que ton corps, ta peau s'inscrivent en moi. Que je sois toi, que ma peau ne connaisse que la tienne et ta peau la mienne.

– Nous ne faisons qu'un… Ah, je maudis tes parents, sais-tu ?

– Je me maudis la première de n'avoir pas pu, pas osé fronder.

– Ne dis pas de sottises. Moi, je te déclare héroïque d'avoir résisté à Germain.

– Je n'ai pas vraiment de mérite. Ce fut la chose la plus aisée qui soit. Je croyais que ce serait difficile. En fait, non ! Je n'ai pas eu à me cloîtrer dans ma chambre en poussant la commode devant la porte. Rien de tout cela. Il n'a pas envie de moi et cela m'arrange.

– Comment peut-on ne pas t'aimer ? Serait-il homosexuel, t'aurait-il épousée pour que tu serves de paravent aux commérages ? Ça arrive, tu sais.

– Il peut être ce qu'il veut, cela m'est bien égal puisque je suis dans tes bras en cet instant, murmura-t-elle en caressant amoureusement son visage et sa poitrine.

13

Nancy, 1914

Germain allait et venait dans l'appartement, les mains derrière le dos. Parfois, il s'arrêtait, se frappait le front de l'index avant de reprendre sa marche et de se mettre à parler à haute voix. Charlotte n'essayait pas de comprendre. C'était inutile. La mobilisation générale avait été décrétée. L'avis avait été affiché sur les murs et les portes des bâtiments officiels.

Dans les villages, le garde champêtre en faisait l'annonce après les roulements de tambour. Les cloches sonnaient en tout lieu. On savait bien que la guerre était proche. Le pays s'y préparait depuis quelque temps. Les crédits de l'armée avaient été augmentés de façon conséquente. L'allongement de la durée du service militaire en était le signe évident. Dès le 1er août, les jeunes de vingt à vingt-trois ans s'étaient entassés dans les trains pour rejoindre les casernes. Les réservistes suivraient. Les hommes jusqu'à quarante ans allaient, selon leurs compétences, devoir se mettre au service du pays. Et si la situation ne s'arrangeait pas, tous les valides de moins de cinquante ans, sauf les chargés de famille, seraient appelés. Germain cessa son monologue, tira un petit fauteuil et vint s'asseoir face à Charlotte.

– Nous devons parler, ma chère.

– Je vous écoute.

– Jaurès a été assassiné. Trop pacifiste pour certains. Et pourtant, c'est lui qui a raison. Mais je vais m'efforcer d'être un bon citoyen. J'ai quarante ans, je suis bon pour le service. Je vais vous abandonner. Dois-je vous demander d'être sage ? Recommandation stupide, n'est-ce pas ? Je reconnais que notre union n'existe que sur le papier. J'ai longtemps espéré que vous viendriez frapper à la porte de ma chambre. Non, je plaisante, c'était à moi de le faire. Ne m'en veuillez pas ! Bien que vous soyez fort jolie, je n'en ai eu ni le temps ni le désir, surtout que je devinais votre appréhension. C'est ainsi, on ne commande pas l'amour. J'avoue cependant ressentir quelque fierté lorsque vous êtes accrochée à mon bras et que nous satisfaisons aux obligations liées à notre milieu. Je vous remercie, d'ailleurs, d'honorer ainsi votre promesse. Restons-en là ! Je regretterai l'héritier qui ne viendra pas. Cependant, si j'ai pu, par ce mariage, aider votre père, j'en suis heureux. Je le lui devais. Un ancien contentieux remontant à nos grands-parents... M. de La Vigerie, le banquier de votre père, m'a contacté. Il pouvait accorder un ultime prêt à votre père, mais il fallait une caution pour éviter l'hypothèque sur les biens de famille. Mme de La Vigerie, que vous avez connue en classe semble-t-il, riait sous cape et n'encourageait guère son époux à se porter au secours de votre père. Elle a parfois des paroles malheureuses.

Au point que je me demande ce qui a bien pu se passer entre vous deux...

– Mais rien, Germain. Une rivalité de filles, sans doute. J'avais de meilleures notes qu'elle, c'est tout.

– Vous me rassurez, très chère. Je pense que tout ira bien pour Paul. En ce qui me concerne, je me sens dorénavant en paix avec moi-même.

– Je ne vous ferai pas l'injure de vous demander des explications sur ce contentieux.

– Je vous sais discrète... Cependant, méfiez-vous de Clotilde ! En attendant, la guerre est proche.

– Pourtant, Poincaré a déclaré que la mobilisation n'était pas la guerre.

– Il n'y a pas plus menteur qu'un politique. Il sait cette guerre inévitable. On peut tout juste espérer une issue favorable pour notre pays. Si j'en reviens, nous aurons encore l'occasion de passer de bons moments ensemble.

– Mais oui, Germain, faisons comme vous dites et que le respect demeure entre nous, même si vous ne m'aimez pas...

– Mais je ne vous hais point, Charlotte.

– Je puis vous répondre la même chose, Germain.

– Alors, tout est bien, buvons à notre amitié ! Et si nous débouchions une bonne bouteille ?

– Ce serait bien pour vous, mais pas pour moi. Je n'aime guère l'alcool. Un jus de fruits sera suffisant et nous pourrons tout aussi bien trinquer...

– Comme vous voulez. Vous êtes délicieusement sage.

Charlotte connaissait le penchant de son mari pour le bon vin. Elle craignait de trop boire, de perdre la tête et de finir dans son lit. Il était gentil, mais elle n'avait pas envie, même à la veille de cette guerre, de lui offrir un petit cadeau avant son départ. Cette conversation ressemblait à un exercice de séduction. Elle lui offrit son sourire et leva son verre.

Avait-il une vague idée en tête ? Il avait l'air enjoué et, soudain, face à son refus de boire de l'alcool, il s'était rembruni. « C'est ça, songea Charlotte, il se montre beau joueur, respectueux, mais espère parvenir à ses fins. » La dernière fois, c'était au cours de ce voyage dans le sud de la France pour la grande assemblée de la direction générale des salines.

Il avait tenu à la voir en maillot de bain. Il avait proposé une course, une gentille compétition. Elle avait refusé et déclaré ne pas aimer les bains de mer. D'ailleurs, elle ne savait pas nager, avait-elle avoué. Ce qui n'était pas un mensonge. Germain multipliait les tentatives d'approche. Elle avait bien compris qu'il voulait un héritier, l'objectif de tout mâle… Or elle se sentait dans l'impossibilité de le combler. Il eût fallu ressentir le désir de devenir mère. « On ne commande pas le désir, songeait-elle, il faut d'abord aimer pour que le ventre appelle la vie. » Et si elle connaissait désormais les choses de l'amour, qui font perdre la tête et battre le cœur, le corps délicieusement gagné par un trouble brûlant qui en irrigue chaque parcelle, ce n'était pas à Germain qu'elle le devait. Aussi estimait-elle qu'il n'avait pas à cueillir les fruits des graines qu'il n'avait pas semées. La terre de Charlotte resterait à jamais stérile pour lui. Elle l'avait offerte à Maurice.

Certains soirs, avant de s'endormir, elle se rappelait la nuit à l'hôtel… Il y en avait eu d'autres, toujours aussi exaltantes. Elle vivait de ces souvenirs, s'en berçait et appelait doucement le jour où Maurice et elle seraient réunis pour toujours.

En attendant, restait le rêve.

Elle se tenait sur le quai de la gare de Nancy pour dire au revoir à Étienne, son cousin, appelé à défendre la France début août. Elle fut surprise par la liesse qui entourait ces départs. La guerre serait courte. Depuis le temps que la France se préparait à cette revanche. Rien à voir avec le désastre de 1870 ! On allait voir ce qu'on allait voir. Le temps d'un été et tout le monde serait de retour avec, dans les bagages, la victoire, l'Alsace et cette part de Lorraine que les Teutons avaient arrachées à la France.

La revanche, enfin !

Barrès continuait ses tirades dans *L'Écho*. Déroulède, qui avait fondé la Ligue des patriotes, écrivait : « La revanche est la loi des vaincus. Nous le sommes, je la demande à Dieu, terrible et sans recours. Prochaine et sans merci, je la demande aux hommes… »

Romain Rolland attaquait ces beaux-parleurs qui s'enivraient de leurs propres mots. Il voyait au-delà. « Je suis accablé, je voudrais être mort. Il est horrible de vivre au milieu de cette humanité démente et d'assister, impuissant, à la faillite de la civilisation. Cette guerre européenne est la plus grande catastrophe de l'histoire depuis des siècles, la ruine de nos espoirs les plus saints en la fraternité humaine… »

Étienne voyait les mères tendre des victuailles à ces gaillards qui s'en allaient la fleur au fusil. Il regardait ces épouses offrir l'enfant aux pères qui s'arrachaient à elles la rage au cœur, tout ça pour la cause de la France. « Embrasse papa pour lui donner du courage. »

Étienne s'inquiétait pour Sybille.

– Elle ne s'entend pas très bien avec mes parents, surtout avec mon père. Si tu pouvais…

– Oui, Étienne, je m'occuperai d'elle, mais aie confiance. On dit que la guerre sera courte.

– Je n'en suis pas certain. Si nous sommes aussi prêts que nous le prétendons, les Boches ne sont pas non plus restés les deux pieds dans la même chaussure. Ils sont équipés.

– Courage, Étienne, je suis de tout cœur avec toi.

– Ton mari va partir ?

– Oui, mais un peu plus tard. Pour les réservistes, ce sera vers la mi-août…

– Et alors ?

– Qu'il s'en aille, Étienne, qu'il s'en aille ! Il est presque heureux de faire son devoir. Il faut sauver la France, n'est-ce pas ?

– Bien sûr, c'est un point sur lequel tous les Français sont d'accord. Au moins, les prises de bec vont cesser. Droite et gauche se sont enfin réconciliées et parlent d'une même voix. Le mot d'ordre est le même pour tous : en avant, pour l'honneur et surtout pour la France ! Le patriotisme, au bon sens du terme, renaît. Mais es-tu attristée du départ de ton mari ?

– Je réagis comme tout le monde, Étienne. Ai-je le choix ? Je soutiendrai Germain comme il se doit. Je n'oublie pas le serment fait à l'autel. Du moins, une partie. Le reste relève de ma conscience et de ma liberté.

– Mais éprouves-tu quelque chagrin ? Il va risquer sa vie, comme tant d'autres Français...

– Je vais être honnête : si je ne lui souhaite aucun mal, je ne ressens pas de peine.

– Tu l'aimes donc si peu ?

– C'est mon mari, je le respecte. Ne m'en demande pas plus.

– Tu ne l'as pas choisi ?

– Et toi, as-tu choisi Sybille ?

– J'admire l'art qui est le tien de répondre à une question par une autre question. J'ai choisi Sybille. Et à la question « M'aimes-tu ? », elle a répondu oui avec des yeux qui brillent.

– Tant mieux, tu auras toutes les raisons du monde de vouloir sauver ta peau et de lui revenir. Prends soin de toi, je prendrai soin de ta charmante épouse.

Comme elle quittait le quai de la gare, elle aperçut Nicolas et Hortense qui approchaient du train dans lequel devait monter leur fils. Elle réussit à se faufiler et à prendre une autre sortie pour ne pas avoir à les croiser. Elle n'avait pas envie de bavarder avec eux, d'être soumise à la question au sujet de ses relations avec Germain. Elle avait besoin d'être seule et de réfléchir à la manière de se rendre utile au pays. Elle se hâta. C'était ça : la première chose à faire était de se rendre à l'hôpital Central où elle avait déjà posé des jalons en se déclarant disponible pour aider. Mais auparavant, elle passerait par l'hospice Saint-Julien, à deux pas de l'avenue de Strasbourg. Elle voulait voir Amélia. Le rendez-vous avait été pris. Du moins, elle espérait que le mot qu'elle avait déposé à la conciergerie lui avait été remis.

*

C'est vers le 18 août que Germain partit pour Troyes. Charlotte accompagna son époux à la gare. Il monta dans le train, croisa quelques connaissances, des réservistes, comme lui. Ils étaient entre gens du même monde et se donnaient du « mon cher », « mon vieil ami ». Il se pencha à la fenêtre du compartiment pour dire au revoir à Charlotte. Elle lui tendit la main. Il s'en saisit pour la baiser.

– Dès que je le peux, je vous écris, lui promit-il.

– Soyez assuré que je vous répondrai.

Sur le quai, on se bousculait. Le coup de sifflet se fit entendre. Le convoi allait s'ébranler. Elle se recula, agita la main. Il fit de même. Dans un impressionnant panache de fumée qui troubla ce jour ensoleillé, le train s'éloigna et elle quitta la gare. Elle allait traverser la place Thiers pour faire des courses aux Magasins Réunis, quand elle se heurta à Maurice.

– Si je m'attendais..., murmura-t-elle. Tu n'es pas parti ?

– Je suis mobilisé ici, à l'hôpital Central, en attendant peut-être une autre affectation. Nous devons être prêts à accueillir les blessés. Nancy est la première ville française après la frontière. On se bat déjà en Moselle. Cette guerre ne tournera pas, je le crains, en faveur de la France, malgré l'ardeur de nos troupes. As-tu quelques minutes, ma chérie, pour que nous allions boire quelque chose à la brasserie d'en face ?

Pouvait-elle refuser cette invitation ? Savait-il qu'elle s'était portée volontaire pour aider à l'hôpital ? Elle finissait sa formation. Elle commença par lui raconter ce qu'elle faisait.

– J'ai vu ton nom. Demain, tu rejoindras mon unité pour un court stage.

Il avait pris son bras. Il eût aimé la tenir par la taille, tout contre lui. Mais il se garda de le faire. Charlotte risquait de croiser une connaissance. Il craignait de la mettre dans l'embarras. Les ragots vont si vite pour défaire une réputation. Il ne voulait point ternir celle de Charlotte et entendre : « À peine le mari parti, l'épouse en profite pour jouer les jolis cœurs. »

Il fit bien car, devant l'une des entrées des Magasins Réunis, Clotilde attendait son chauffeur. Ils passèrent non loin d'elle et la jeune femme ne put s'empêcher de jeter une rasade de fiel.

– Mais c'est Charlotte… Et Germain le généreux, où est-il ? Parti défendre le pays ? Vous pourriez me présenter à ce charmant monsieur qui vous enlève.

– Je me présente, chère madame, je suis le docteur Maurice Carrier. Charlotte fait partie des Femmes de France de la Croix-Rouge. Elle nous est précieuse pour soigner les blessés qui commencent à arriver du front. Je la conduis de ce pas à l'hôpital. Si vous permettez, nous n'avons que peu de temps, ma voiture est devant le temple.

– Je vois... On se rend utile, on travaille. Vous avez raison, Charlotte, vous pourrez ainsi aider votre père à rembourser la banque de mon mari.

– Ne vous méprenez pas, Clotilde, c'est du bénévolat. Quant aux dettes supposées de mon père, je crois que la question est réglée.

– Mais oui, suis-je sotte, ce cher Germain a veillé au grain ! Grâce à mon époux. Mais si Germain savait... Vous ne devriez pas vous pavaner au bras de votre cher docteur. Ah, j'y suis, vous étiez bien en sa compagnie le jour de votre entrée dans le monde ? Son visage ne m'était pas inconnu... Germain est-il au courant de vos frasques ?

– Germain sait tout, gronda Maurice. Madame la peste, soyez prudente, vous pourriez vous étrangler et manquer d'air en débitant vos méchancetés ! Et ma science ne me permet pas de guérir ce genre d'affection.

Ils s'éloignèrent d'un pas rapide pour rejoindre la voiture de Maurice. Charlotte gardait le silence.

– Allons, ma chérie, l'amour et la joie triomphent toujours. Oublie cette femme née pour le mal. Quant à moi, j'espère pourvoir t'enlever quelquefois avant de devoir partir.

Elle lui tendit la main et ferma les yeux en signe d'acquiescement avant de murmurer :

– Je l'espère aussi, Maurice. Je suis vraiment une misérable femme, n'est-ce pas ?

– Veux-tu te taire, répondit-il en prenant ses lèvres. Tu es celle que j'aime.

14

Nancy, janvier 1916

Deux ans déjà que la guerre faisait rage. Deux ans déjà que Nancy et une grande partie de la Lorraine subissaient les bombardements des Taube et des zeppelins.

Charlotte se souvenait des premiers articles de *L'Est républicain* qui se voulait optimiste. « Les Nancéiens ne se laisseront pas intimider par les frappes de l'ennemi. » Des dizaines de bombes s'étaient abattues, causant de nombreux morts et blessés.

Dès la bataille des frontières, Nancy avait accueilli des blessés arrivant du front. Charlotte avait pris une grande décision. Elle savait conduire et possédait une voiture. Elle avait proposé ses services aux Femmes de France et à la Croix-Rouge engagées auprès de ceux qui souffrent.

Étienne avait eu une permission en mai 1915. Des retrouvailles ferventes pour le jeune couple. Il devait partir pour Troyes. Sybille était enceinte. Charlotte avait recueilli la jeune femme chez elle. Ce serait plus facile de l'aider pour l'accouchement. Hortense viendrait lui rendre visite. Il fallait favoriser la bonne entente. Sybille aurait préféré rester à Pompey, mais les aciéries représentaient une cible de choix pour l'ennemi. Sybille avait fini par écouter la voix de la sagesse.

Comme elle se sentait bien, elle avait voulu, elle aussi, porter secours aux blessés jusqu'à la naissance de son enfant. Le plus difficile était ce qu'on appelait « le tri »... entre ceux qui allaient mourir et ceux dont on pouvait espérer sauver la vie. On mettait les premiers à l'écart dès leur arrivée en gare de Nancy. Ils attendaient un transport vers les hôpitaux, mais pour eux, ce serait sans doute la morgue, non loin. Sybille était parfaite pour réconforter les mourants et leur promettre qu'on s'occupait d'eux, qu'ils allaient s'en remettre et revoir la femme ou la mère aimées. C'était une jeune femme douce, elle inspirait confiance. Charlotte faisait les premiers pansements et véhiculait les blessés à travers Nancy. Il lui arrivait de croiser Maurice.

Dans un moment d'accalmie, il l'attira à lui, l'embrassa... alors que Sybille arrivait.

– Je ne dirai rien, promit-elle.

Charlotte se mit à rire.

– Et quand bien même, ce ne serait pas grave. Allons, poursuivons notre tâche.

Elle adressa à Maurice son plus joli sourire, une main posée sur son cœur.

– Puisqu'elle sait, ce soir, je viendrai chez toi, tu me manques, avait-il eu le temps de lui glisser.

*

Pélagie avait trouvé à se rendre utile. Elle travaillait dans les ateliers de la ville au tissage de toile de jute.

– Pour une fille qui aime les fils et les chiffons, l'avait taquinée Nicolas, son père, te voilà servie.

Les femmes engagées y fabriquaient des sacs qu'on remplissait de sable avant de les empiler devant les monuments importants. Il était important de protéger le patrimoine. Les grilles de la place Stanislas, les fontaines Amphitrite et Neptune disparurent derrière ces barricades montées par des mains de femmes. À défaut d'avoir le droit de tenir un fusil, elles défendaient ce qui pouvait l'être.

Le soir où Maurice devait les rejoindre, Sybille perdit les eaux avant de s'asseoir à la table du dîner préparé par Léa. Charlotte comprit que le bébé voulait naître avec un bon mois d'avance. Rien d'étonnant à cela. Sybille, malgré les conseils de Charlotte et du personnel de l'hôpital, n'avait guère ménagé sa peine. « Le petit s'adaptera, avait-elle toujours affirmé. Nous devons aider et alléger la souffrance, et lui aussi. »

– Maintenant, tu vas devoir t'allonger, Sybille, lui ordonna Charlotte. Maurice ne va pas tarder, tout ira bien. Sinon, je jouerai à la sage-femme. J'ai eu l'occasion d'apprendre à l'hôpital.

– Pourtant, les soldats n'accouchent pas.

– Certes, non, mais les femmes, si ! Et comme les médecins sont mobilisés, il est bon que nous sachions comment nous y prendre, lui répondit-elle en mettant de l'eau à bouillir.

Elle connaissait les mesures d'asepsie. Elle changea les draps du lit et estima que la naissance interviendrait dans les quatre ou cinq heures. Le temps de travail pour une primipare est toujours plus long.

– Je vais devoir t'examiner afin d'évaluer l'ouverture du col.

– Fais, j'ai confiance en toi. Tu es comme une sœur pour moi.

– Ah, presque sept doigts. Ce bébé est pressé.

– Moi aussi, la douleur dure de plus en plus longtemps. Il arrive quand, ton chéri ?

– Ben…

– Il est là ! Oh, Seigneur Jésus ! s'écria Maurice. Pourvu que ces cons de Boches ne lâchent pas une bombe sur le quartier dans les heures à venir ! Alors, jolie petite madame, racontez-moi tout, dit-il en prenant son pouls.

– Je suis une cousine par alliance de Charlotte. J'ai épousé Étienne, son cousin.

– Ah, oui, papa maître verrier et maman institutrice chez les apprentis verriers…

– C'est ça… Mais j'ai six semaines d'avance. Pourvu que le bébé ne soit pas trop faible… La guerre fait des ravages partout.

– Vous avez pris combien de kilos ?

– Presque douze…

– Alors, il ne devrait pas être chétif.

– J'espère. Oh, je suis désolée de vous prendre du temps alors que Charlotte et vous…

– L'urgence, c'est votre bébé et vous. On va téléphoner à la pharmacie de la rue de la Commanderie pour demander un masque à oxygène. Je pourrai vous donner des antidouleur si les contractions vous font trop mal. Il va falloir respirer avec moi, gonfler votre ventre plus que vos poumons pour que le bébé ait sa dose d'air. Quand je vous dirai de pousser, vous le ferez pour aider mademoiselle ou monsieur à sortir. Mais pour l'instant, on se détend. Dites-vous que vous avez la chance d'avoir un médecin et qu'en ce moment il est des femmes qui accouchent dans la détresse et dans une immense solitude.

– Oui, docteur… mais, je le confesse, j'ai tout de même peur.

– De quoi ? Je suis là et votre cousine aussi…

– Et moi, dit Léa, je compte pour du beurre ?

Sybille lui sourit avec reconnaissance. Maurice prit le téléphone tandis que Léa rehaussait ses oreillers.

– Charlotte, tu peux aller à la pharmacie, annonça Maurice. J'ai eu Gustave, le patron, on te prépare le matériel. Je reste avec madame, au cas où elle aurait besoin d'aide.

– Alors, j'y vais avec Léa.

– C'est mieux, tu as raison, dit-il en l'accompagnant à la porte et en la serrant contre lui, ma Charlotte que j'aime…

Tout se passa au mieux. Un mignon petit bonhomme glissa « avec élégance », selon Maurice, entre les cuisses de sa maman.

Il avait pointé le bout de son nez vers minuit et demi, le 4 septembre. Il devait peser environ deux kilos et demi.

– Il est parfait, annonça Maurice à la jeune accouchée. Et pour vous aussi, tout va bien. Un magnifique placenta, entier, ce qui évite des complications. Regardez, Charlotte et Léa ont pris soin de ce petit bonhomme qui dort à poings fermés. Il est aux anges, puisqu'il sourit. Félicitations, Sybille ! Son papa sera fier de vous quand il le verra. Ces jeunes femmes ont installé la corbeille sur deux chaises pour que vous puissiez le contempler. Et voici un bouillon de poule pour vous remettre. Léa, vous êtes une perle. Et surtout, tout le monde au repos. Il y aura encore des jours difficiles à Nancy.

– Comment vas-tu l'appeler ? demanda Charlotte.

– Nous en avions parlé avec Étienne. Charles, déclara-t-elle.

– Charles et puis..., insista Maurice.

– Charles, Pierre et Maurice.

– Hou lala, on va tout savoir. M. Germain ne va pas être content. Il va se douter de quelque chose.

– Oh, moi, affirma Léa, je ne dirai rien. Mais un appartement qui accueille une nouvelle vie est un appartement destiné au bonheur pour ceux qui y vivent.

– J'aime beaucoup ce que vous dites, Léa, répondit Maurice. Vous n'avez que de jolies paroles aux lèvres. Dès que vous parlez, c'est un baume qui se répand. Merci, chère Léa, ne changez pas !

Il n'avait pas sommeil, mais l'épuisement se lisait sur le visage de Charlotte. Ils s'installèrent dans le grand salon. Lui à demi allongé sur le canapé et elle tout contre lui. Elle somnolait par instants. Il la fit glisser doucement jusqu'à ce que sa tête repose sur ses cuisses à lui. Il caressa longtemps son visage. Il la regarda dormir, attendri. Léa avait trouvé le tableau charmant. « Cet homme l'aime vraiment. Quel dommage qu'elle ait épousé Germain ! » songea-t-elle.

Ils furent réveillés par des bruits terribles.

– Mon Dieu, s'écria Charlotte, je crois bien que les Boches bombardent !

Elle voulut s'approcher de la fenêtre.

– Surtout pas ! s'exclama Maurice. Les bombes arrachent les façades. Nous n'avons pas le temps de descendre aux abris.

Une bombe incendiaire avait dû tomber non loin de la gare. Un gigantesque brasier avait surgi. Il y eut d'autres bruits sourds suivis d'explosions. Les murs tremblèrent. Léa avait sorti les cierges et le crucifix et récitait le chapelet.

– Le Seigneur va nous protéger, croyez-moi ! s'écria-t-elle.

– Si elle le dit, il faut la croire, glissa Maurice. Ne la contrarions pas. Moi, je vais voir si je peux me rendre utile, serment d'Hippocrate oblige, ajouta-t-il en attrapant son manteau, son béret et sa valise.

Le calme revint vers sept heures du matin.

Maurice, de retour vers dix heures, rendit compte des événements. Des Magasins Réunis, il ne restait rien. Rue du Viel-Hêtre, vers Laxou, des maisons étaient éventrées. Rue Clodion, l'école ménagère avait souffert. On déplorait quelques victimes, mais il fallait s'estimer heureux.

Le bilan eût pu être bien plus lourd. La ville avait essuyé de nombreux tirs d'obus, apparemment expédiés par un gros canon[1] de Hampont, non loin de Dieuze en terre allemande.

– Maintenant, les généraux vont essayer de comprendre ce que les ennemis tramaient là-bas. Ce ne serait qu'un exercice en vue d'une plus grande opération[2]… Nos grands chefs se disputent âprement sur ce sujet.

Ce jour-là, Charlotte reçut une lettre de Germain. Il lui annonçait une proche permission, fin janvier. Il se montrait lyrique, la remerciait de lui écrire régulièrement. Elle allait lui répondre et lui expliquer la présence de Sybille. L'appartement était grand. Il y avait un peu de mouvement. Il arrivait qu'Hortense passât visiter sa belle-fille, le temps de bercer son petit-fils dont elle disait qu'il lui rappelait Étienne. Elle lui avait même proposé de l'accueillir. « En se serrant un peu, lui avait-elle glissé, on devrait y arriver. » Mais Sybille avait décliné l'offre. Elle se trouvait bien chez Charlotte et Léa aimait s'occuper de Charles.

– Je vous trouve pâlotte, dit un jour Hortense à Charlotte.

– Juste un peu fatiguée. Tous ces blessés demandent beaucoup d'attention. Mais ce que nous faisons est utile.

1. Le Gros Max, longtemps confondu avec la Grosse Bertha, avait une puissance de tir allant jusqu'à quarante kilomètres.

2. Ce sera le déclenchement des offensives sur Verdun.

C'est dans la cuisine que Charlotte vit son pressentiment se confirmer. Depuis plusieurs jours, elle était sujette à de terribles nausées. Elle se rua sur un calendrier. Elle compta et recompta.

– Il ne manquait plus que ça, soupira-t-elle. Mais c'est bien ma faute. Je suis la dernière des dernières. Je n'ai que ce que je mérite, dit-elle en se laissant tomber sur une chaise et en se prenant la tête dans les mains.

*

Un bouquet de fleurs à la main, Germain arriva, ravi de retrouver son épouse. L'éloignement, la guerre, les risques… Ils avaient beaucoup de choses à se dire.

– Ma chère, je vous invite au restaurant. Allons à la brasserie Walter où je vous ai vue si jolie, la première fois.

Refuser paraissait impossible à Charlotte. Elle accepta même de boire du champagne et du vin d'Alsace.

Quand ils furent de retour, il lui proposa un dernier verre.

– C'est que, protesta-t-elle, je suis un peu pompette…

– Ce n'est pas grave, vous allez dormir. Nous avons beaucoup échangé tous les deux, j'en suis heureux. Je vois aussi que vous vous rendez utile et que vous êtes généreuse. Savez-vous que j'ai fait la connaissance d'Étienne ? Nous sommes dans la même caserne à Troyes. Deux bureaux nous séparent. C'est un chic type, vraiment.

Elle n'écoutait plus vraiment ce que Germain racontait… Il lui prenait les mains, les embrassait. Elle ne se défendait pas. Ah, il constatait les effets de ce petit sachet vidé dans son verre. Exactement ce que lui avait décrit son ami. La magie de cette nuit étoilée opérerait. Il y était enfin, après tout ce temps…

Elle se réveilla au petit matin, étonnée de se trouver dans le lit de Germain. Elle était nue. Il entra dans la chambre.

– Avez-vous bien dormi, Charlotte ? Surprise, n'est-ce pas ? Ma chambre était la plus proche. Vous étiez ivre, je vous ai portée et dévêtue. Pardonnez-moi, mais je suis votre mari… Il n'y a pas de mal à cela. En fait, j'étais fou de joie hier. J'ai cueilli mon dû et vous ne vous êtes point défendue. Ce fut très agréable. La soumission totale, quel bonheur pour un homme !

Elle le regarda, effarée, et remonta le drap jusque sous ses yeux.

– Ne vous cachez pas, très chère. Je vous connais désormais au sens biblique du terme. Sauf que j'ai constaté, hélas, que je n'étais pas le premier. Et cela, voyez-vous, très chère Charlotte, c'est un peu contrariant… Je vais donc être très direct, n'en soyez point contrariée : combien d'hommes sont passés avant moi sur votre charmante personne ?

Face à son silence, il reprit :

– On m'avait prévenu que les femmes les plus réticentes à ce genre d'exercice se réservaient pour leurs amants. Bien évidemment, connaissant votre famille, je n'avais attaché aucune importance à ces enfantillages de salons. Mais, j'ai constaté… Alors ?

– …

– Il va vous falloir répondre et ce dans votre intérêt. Qui fut le premier ? Vous a-t-il satisfaite ? S'est-il montré délicat ? Comment vous a-t-il initiée ?

– …

– Et les suivants ? Vous en souvenez-vous seulement ? Aviez-vous bu ? On dit que certaines femmes sont extraordinaires dans les jeux du corps quand elles sont ivres. Cette nuit, j'ai fait ce que je voulais avec vous… Comment s'appelle-t-il, celui du moment ? Vous n'avez rien à me dire ? Serait-ce le jeune godelureau avec qui vous avez dansé le soir de vos vingt ans ? Il semblait vous plaire.

– …

– Non, suis-je idiot, il est marié. Mais c'est vrai, sa femme est partie. Il est donc quasi libre. Sot que je suis, je n'ai rien compris.

Il vint s'asseoir sur le bord du lit et tira violemment le drap.

– Vous n'étiez pas consciente hier soir, mais c'était bon. Je vais vous montrer ce que je sais faire avec des petites putains comme vous. Car vous n'êtes pas autre chose. Ne criez pas, c'est inutile. Personne ne viendra. Léa n'est pas là et votre cousine est chez sa belle-mère avec son bébé, ou ailleurs, peu importe. Je l'ai priée de décamper avant notre retour hier au soir. J'ai été trompé. La femme que j'ai épousée n'était point une jeune fille de bonne famille. Je puis donc me comporter comme on le fait avec des garces. Je sais y faire, vous allez le constater, et c'est mon droit.

– Je vous en supplie, Germain, pas ça.

– Ah, mais vous avez retrouvé la parole !

– S'il vous plaît… pas ça !

– Pourquoi, pas ça ? Au contraire, j'ai pris beaucoup de retard avec vous. Et je vais le combler et vous… punir, comme je l'entends.

Elle tenta de lui échapper. Enroulée dans le drap, elle se rua vers la porte de la chambre.

– Vous perdez votre temps, elle est fermée à clef. Vous imaginez bien que j'ai songé à tout. Couchez-vous, dit-il en lui administrant une paire de gifles d'une violence inouïe. Je vous prendrai par-devant autant que par-derrière, vous ne méritez rien d'autre. La nièce d'un homme qui a été guillotiné pour avoir tué sa sœur adoptive après l'avoir engrossée ne peut s'attendre à des égards, vous êtes assez intelligente pour le comprendre. Il se pourrait même que vous aimiez ce genre de traitement. Certaines putains sont assez perverses pour apprécier ces jeux.

Elle lui cracha au visage, se saisit d'une statuette pour l'empêcher d'approcher. Il évita l'objet qui atterrit dans un superbe miroir, le faisant voler en éclats. Le verre jonchait le sol. Il feignit de rire.

– On résiste ! J'adore ça, savez-vous ?

Avait-il prévu qu'elle se défendrait ? Sa main sur la commode avait saisi un stylet.

– Avec moi, vous partez perdante. Je vous broierai si nécessaire. Couchez-vous.

Humiliée, elle était humiliée. Elle voulut mourir sur-le-champ. Il l'avait attachée et bâillonnée pour qu'elle fût son objet. Elle l'avait griffé, mordu. Il l'avait frappée pour avoir le dessus et s'était jeté sur elle avec rage. Fou, il était fou. Elle vit la lueur d'enfer brûler dans son regard alors qu'il s'agitait en elle au milieu d'un torrent d'insanités. Il lui ordonnait de jouir pour que son plaisir fût total. Elle eût voulu hurler qu'il était nul. Il ne pourrait qu'installer une frigidité glacée et glaçante. Il l'insultait, lui crachait sa haine au visage. Était-il de ces hommes qui ont besoin d'avilir l'autre pour exulter ? C'était donc ça, un homme, un vrai ? « Si je m'en tire, songea-t-elle, car elle le croyait capable de la tuer une fois son affaire faite, je me vengerai. » La punition qu'il lui infligeait pourrait aller jusqu'à la mort. Elle en avait le pressentiment. Elle se tortillait autant qu'elle le pouvait pour échapper à cette étreinte. Il prenait plaisir à la faire souffrir, à la priver d'air. Il la sortit du lit en la tirant par les cheveux.

– Une traînée, une simple traînée ! cria-t-il en la rouant de coups.

Elle tenta de se mettre en boule. L'enfant, elle devait protéger l'enfant. Perdit-elle connaissance ? Elle rouvrit les yeux. Il l'avait détachée. Elle était face au sol et il continuait sa vile besogne.

Quand il fut repu, il quitta la pièce dans un rire terrifiant, hurlant sa joie d'avoir réduit et piétiné la traînée.

– Telle que vous êtes, misérable fille de rien, qui voudra de vous ? Je reviens dans un instant pour vous toiletter. Mais moi d'abord, je suis l'homme.

Elle ne bougea pas. Il gagna la salle de bains en la raillant.

– Vous n'en avez pas fini avec moi. J'ai trois jours de permission et je vais les consacrer à mon seul bon plaisir. Je n'aurais jamais espéré éprouver une telle jouissance avec la nièce d'assassin... Quelle expérience ! Encanaillé je suis, moi, Germain de La Fallière ! Mais, bon Dieu, que c'est bon !

Était-il sous l'emprise de la drogue ? Il laissa la porte de la chambre ouverte. Elle attrapa ses vêtements et s'enferma dans sa propre chambre pour se vêtir en hâte et en silence. Elle gagna le couloir, tendit l'oreille. L'eau coulait toujours dans la douche et ce dingue chantait. Elle prit son sac à main, vida le tiroir de la commode où elle rangeait ses bijoux et l'argent. Sa main cherchait quelque chose parmi les papiers. Elle trouva. Elle pouvait s'échapper par la sortie de service dont elle avait la clé. Elle avait la trouille au ventre. Deux étages dévalés à la vitesse de l'éclair avant d'atteindre le hall de l'immeuble et la rue...

L'air glacial lui fouetta le visage. Elle ne se rendait pas compte qu'elle portait des marques de coups et des traces de sang séché.

Elle entendit des grondements dans le ciel. Elle passa devant des immeubles comportant des caves indiquées par une croix de Lorraine où elle eût pu descendre pour se protéger des bombardements. Elle n'en fit rien. La mort était préférable à ce qu'elle venait de subir ! Les ventres des Taube s'ouvrirent et quelques obus tombèrent dans les faubourgs de Nancy dans un sifflement lugubre avant la terrifiante explosion semeuse de mort.

Elle marchait dans la rue telle une somnambule. Jamais elle ne reviendrait. Si l'enfant qu'elle portait vivait encore, ce serait une chance. Elle mit la main sur son ventre. « Mon petit ! Heureusement, tu n'es pas celui de ce monstre, mais celui de l'amour. Tu es l'enfant de Maurice.

Si tu survis et moi aussi, je t'aimerai de tout mon cœur, lui promit-elle dans le secret de son âme. L'enfant de Maurice, se répétait-elle, l'enfant de Maurice. »

Mais où était Maurice ? Elle savait qu'on l'avait envoyé dans la Meuse, à Verdun, avait-il dit en la serrant dans ses bras la dernière fois qu'ils avaient été l'un à l'autre. Elle s'arrêta un instant, le souffle lui manquait et la tête lui tournait. Elle s'appuya contre un mur, s'efforça de respirer avec calme. La rue était déserte. Elle reprit son chemin dans l'espoir de mettre une distance suffisante entre l'horreur de ce cauchemar et l'avenir de l'enfant à naître.

Elle passa au garage. La voiture était la sienne et non celle de Germain. Elle prit le volant pour se rendre à Saint-Nicolas-de-Port, chez ses parents.

Elle devait tirer au clair certains points. Elle n'avait pas rêvé. Il lui avait bien jeté au visage qu'elle était la nièce d'un homme qui avait été guillotiné pour avoir tué sa sœur adoptive. Cette histoire devait appartenir à la famille d'Émilie, pas à celle de Paul. Il était enfant unique. De cela, elle était certaine.

Pourquoi lui avait-on caché cela ? Qui avait informé Germain ? Étienne ? Germain s'était vanté de bien le connaître. Elle fit demi-tour et se rendit chez Hortense et Nicolas. Si Étienne savait quelque chose, cela voulait dire qu'ils étaient au courant. Le linge sale se lave en famille. C'est là qu'elle devait se rendre pour affronter la vérité.

– Jour de grande lessive, déclara-t-elle en entrant chez Hortense.

Sybille était en train de donner le sein à Charles.

– Si nous n'y arrivons pas ainsi, je filerai chercher du sel de soude à Varangéville. Je veux tout savoir de cette histoire d'oncle guillotiné que mon mari vient de me jeter à la figure.

– Apparemment, répondit doucement Hortense, il t'a jeté plus que cela à la figure. Tu es salement amochée.

Hortense s'était approchée d'elle et l'avait prise dans ses bras. Charlotte était à bout, sur le point de sombrer.

– Pleure, viens. Je vais te mettre de la pommade, ajouta Hortense. Peut-être faudrait-il appeler un médecin et prévenir tes parents.

Nicolas venait d'entrer. Il lâcha un juron en la voyant.

– Oh, nom de Dieu, qui t'a arrangée comme cela ?

Incapable de répondre, elle sanglotait. Elle eut quelques spasmes et perdit connaissance dans les bras d'Hortense.

15

Nancy, janvier 1916

Paul avait dit en entrant chez Nicolas et Hortense qu'il allait sermonner sa fille. Il lui expliquerait que sa conduite était inqualifiable et qu'elle devait réintégrer le domicile conjugal. Germain l'exigeait. Nicolas se retint de répondre. Il lui fallait garder son calme.

– Je vous remercie de l'avoir recueillie, mais sa place n'est pas chez vous, cher Nicolas.

– Jamais ma nièce ne retournera vivre avec Germain, il aurait pu la tuer. Attendons ici dans la cuisine, le médecin l'examine.

Paul haussa les épaules, il n'écoutait pas. Il avançait des arguments de bonne éducation : la convenance, la place d'une femme au foyer.

– Arrêtez donc avec votre morale à deux balles, gronda Nicolas. Quand vous aurez vu votre fille, vous comprendrez.

*

Le médecin partait. Paul voulut le saluer dans le couloir.

– Alors, docteur ?

– Votre fille aura besoin de soins. Il vous appartient de la protéger. Elle est tombée dans un état de prostration. Je repasserai dans la soirée. Il faudra peut-être la faire hospitaliser.

*

Hortense n'avait pas fini la toilette de Charlotte qui demeurait sans réaction. Ses parents attendaient toujours de la voir. Nicolas était ulcéré. Comment pouvait-on s'en prendre à une jeune femme et la briser comme l'avait fait ce monstre ?

Quand Charlotte fut allongée, Hortense appela Paul et Émilie. Malgré les baumes et les crèmes, on devinait que les marques qu'elle portait n'étaient pas celles d'une nuit d'amour : nez cassé, lèvres éclatées, bleus sur les joues, arcade sourcilière recousue.

– Sans vouloir me mêler de ce qui ne me regarde pas, dit Hortense, quoi qu'ait fait votre fille, elle ne méritait pas d'être traitée de la sorte. Paul, je vous demande de réfléchir. Est-ce que vous vous rendez compte ? Le médecin qui vient de l'ausculter a constaté un état de choc et bien d'autres choses. Votre fille a été martyrisée, battue, meurtrie, souillée. C'est immonde ce qu'il a fait.

– Si j'étais le père de Charlotte, j'irais casser la gueule à cet homme, ajouta Nicolas. Il a essayé de l'étrangler, regardez son cou ! Et les traces sur ses poignets…

– C'est que…, bafouilla Émilie, ce n'est pas si simple avec Germain.

– Ah, j'ai compris, petite sœur, c'est une histoire de gros sous. Le monsieur a mis le pactole sur la table pour avoir la fille et Paul avait besoin de l'argent de ce goujat pour ses affaires qui n'allaient plus aussi bien que par le passé. Voilà ce qui arrive quand on veut péter plus haut que son cul. Je le dis crûment, mais c'est cela, n'est-ce pas ? Quant à cette histoire de tonton guillotiné, pourquoi n'avoir jamais rien dit ? C'était Constant, pas toi. Tu vois où elle en est maintenant ?

– Nous avons cru agir pour son bien, se défendit Paul. Il était inutile de tracasser Charlotte avec ça. Elle est sensible.

– Sensible ? C'est pour ça qu'elle a été donnée en mariage à un monstre, un sadique, un pervers ? Vous devez savoir que Charlotte est enceinte ? Le médecin qui l'a examinée l'a certifié. Certes, ce n'est pas des œuvres de ce dingue qu'elle n'avait pas vu depuis un an et demi. Bien sûr, une femme ne doit pas tromper son mari, mais je vous demanderai, gronda Nicolas, de ne pas aller le répéter à cette ordure et de garder le silence sur le lieu où elle se trouve. Il serait capable de venir la menacer. Le médecin a transmis un rapport aux forces de police. C'est obligatoire. S'il y avait une suite dramatique… L'affaire est très grave. Je vais vous dire mon sentiment, cher beau-frère, si Charlotte a pris du bon temps avec quelqu'un qu'elle a aimé, tant mieux pour elle.

– On ne peut qu'aimer Maurice. Il a mis Charles au monde, le coupa Sybille. C'est un homme charmant et délicat. Ils vont bien ensemble tous les deux.

– Excuse-moi, Émilie, je sais que Paul et toi vous aimez votre fille, mais vous avez commis un beau gâchis, soupira Nicolas.

Paul regardait Émilie qui observait sa fille allongée dans la petite chambre d'amis. Charlotte ne réagissait pas.

Paul s'approcha de sa femme, la prit par les épaules et lui demanda pardon.

– C'était pour son avenir, sa sécurité... René de La Vigerie m'avait assuré que Germain était un bon parti. Sauf que maintenant, son épouse vient au bureau faire des esclandres quand je suis en rendez-vous d'affaires. Elle bouscule la secrétaire et exige que je la reçoive. Elle se présente ainsi, Mme de La Vigerie, la femme du banquier du patron. J'ai l'air bien... J'espérais tellement que tout serait pour le mieux dans l'intérêt de Charlotte.

– Je l'ai cru aussi, Paul, répondit Émilie. Il semblait être un bon parti pour elle.

– Nous allons la ramener chez nous, déclara Paul, et la choyer.

– Surtout pas ! Germain va venir la chercher, vous le savez. Nous, il ne nous connaît pas. On va trouver une solution. Je vous conseille, moi, d'aller signaler cette affaire aux forces de l'ordre. Enfin Paul, ne me regardez pas ainsi, je parle français, ce n'est pas à vous que je vais apprendre ce qu'il convient de faire du point de vue de la loi ! Ce Germain a agi tel un criminel et c'est de votre fille unique dont il est question. Il nous appartient de la protéger.

– Je comprends, Nicolas, mais Charlotte est notre fille. Nous ne voulons pas vous importuner davantage. Merci de l'avoir recueillie. Nous allons prendre les mesures qui s'imposent et la ramener à la maison.

– Il n'en est pas question. Pas tant que ce monstre sera à Nancy... Je m'y oppose. Sinon, c'est moi qui vais porter plainte. Et vous serez éclaboussé par cette affaire que la presse se fera un plaisir de relater.

– Je vous en prie, Nicolas.

– Je crois même que Charlotte ne restera pas ici. Si c'est par Étienne que Germain a appris l'histoire de Constant et son lien de parenté avec Charlotte, il va nous retrouver. Nous devons conduire Charlotte dans un lieu où elle sera en sécurité. N'oubliez pas qu'elle attend un bébé, votre futur petit-enfant. Pour être franc avec vous deux, je ne vous dirai rien. Personne ne doit savoir.

Charlotte avait-elle entendu cette conversation ? Elle n'avait guère l'air d'être consciente. La fièvre l'avait saisie. Elle geignait, délirait, répétant : « Pas ça, Germain, je vous en prie. »

Le médecin revint au soir. Émilie et Paul étaient encore là.

– Madame, Monsieur, je me dois de faire hospitaliser votre fille. Le choc a été trop violent. Nous demanderons à l'hôpital de faire surveiller sa chambre, mais pour cela, il faut qu'une plainte soit déposée.

– Faites ce qui est nécessaire, soupira Émilie.

*

Germain apprit de la bouche de Paul l'état dans lequel se trouvait son épouse et mentit. Il n'avait fait que s'amuser gentiment. Sans doute avait-elle été victime de voyous et, ivre comme elle l'était quand elle était partie, elle ne se souvenait de rien. Il regrettait ce qui lui était arrivé. Bien sûr, il avait du chagrin, affirma-t-il en tamponnant ses yeux. Les cocus peuvent en avoir. Elle était jeune et si belle. Cependant, il se devait d'informer les parents de cette écervelée qu'il avait fait constater l'abandon du domicile conjugal et le vol.

– Pas folle, la guêpe, elle se sauve et me dépouille. Si elle s'obstine, il faudra me rendre l'argent que j'ai avancé pour vos affaires, c'était convenu ainsi.

Le voile se déchira et Paul comprit qui était vraiment Germain.

– Nous allons en rester là et solder les comptes, vous serez remboursé, comme prévu.

– Avec les intérêts…

– Bien évidemment. Quant à moi, je vous demanderai de quitter les lieux, car cet appartement a été acheté à mon nom. Il va être vendu pour que je puisse vous payer.

Germain ne s'attendait sans doute pas à affronter un homme aussi déterminé. Mauvais joueur, il fouilla dans la commode et sortit un pistolet.

– Je ne vous le conseille pas, dit calmement Paul, vous aggraveriez votre cas. Un homme du monde n'agit pas ainsi. Si je devais ne pas revenir de cette visite, une lettre a été déposée dans la boîte aux lettres du commissariat, vous seriez arrêté sur-le-champ.

– Tiens donc, gentil Paul redevient Paul le commissaire ? René de La Vigerie m'avait prévenu qu'un commissaire devenu homme d'affaires reste un commissaire. Je suis sans doute un beau sujet d'études… Ah, je me souviens de mes parents qui ne cessaient de louer les vôtres. Ils avaient arrangé nos affaires. Votre père avait fait en sorte que les miens aient droit à une exonération d'impôts. Votre père était un homme bien. Le mien beaucoup moins. Et puisque je suis si horrible, je vais agir en conséquence. Vous voyez ce bijou ? J'en possède quelques exemplaires. Ils sont parfaits et me sont très utiles. J'ai déjà tué plusieurs personnes. Je vise, je tire, j'essuie les traces et place l'arme dans la main de l'importun. Ensuite, Germain de La Fallière disparaît… On découvre le corps plus tard, on enquête. Des soucis d'argent ont conduit au suicide. À nous deux, monsieur Paul Renaudot de La Feucherolle, avez-vous fait vos prières ? Il est temps !

– Monsieur Germain de La Fallière, clama le commissaire Mortichaux, au nom de la loi, je vous arrête pour tentative de meurtre sur la personne de M. Renaudot. Vous avez aussi abattu votre première épouse, il y a quelques années. Posez votre arme, monsieur de La Fallière. Avoir un si beau nom et se comporter si vilement ! Vous êtes fait, nous savons tout.

Les gendarmes se précipitèrent sur lui pour le menotter, mais trop tard.

– Vous ne m'aurez pas…, fit-il en retournant l'arme contre lui avant de se tirer une balle en plein cœur.

– Nicolas Kessler a eu peur pour vous quand votre épouse lui a expliqué votre démarche et nous vous avons suivi jusqu'ici, exposa le commissaire. Savez-vous que la justice a toujours eu des doutes sur les causes de la mort de sa première épouse... Une vieille histoire, on vous racontera... En gros, la dame n'est pas décédée dans la catastrophe ferroviaire dont il a dû vous parler. Elle était morte depuis plusieurs jours quand il l'a déposée dans un wagon en miettes après le déraillement. Sous ses airs d'homme du monde, cet individu était dangereux. Plusieurs de ses connaissances ont disparu dans d'étranges circonstances. Paul Renaudot, vous revenez de loin...

– Merci à vous, je vous dois une fière chandelle.

Le temps qu'on emporte le corps de Germain, Paul se laissa choir sur une chaise.

– J'ai fait le même métier que vous pendant des années et je me suis laissé berner tel un bleu... je ne me le pardonnerai jamais. Fasse le ciel que ma fille surmonte cette épreuve.

– Allons, trinquons, lança le commissaire qui sortit de son pardessus un petit flacon de scotch. Vous en avez bien besoin et moi aussi. Maintenant, le beau M. de La Fallière ne nuira plus à personne. Son geste nous évite un procès et les colonnes des faits divers.

*

Charlotte passa deux mois à l'hôpital. Le corps se remit. La fièvre disparut. Le bébé se développait normalement, selon les médecins. Mais elle ne parlait pas, ou très peu, et pleurait souvent.

Ses parents l'accueillirent dans leur appartement nancéien, à l'entrée de la Pépinière, côté fontaine d'Amphitrite. Il serait plus facile, si des complications survenaient, de la faire soigner. Le temps de la délivrance approchait.

La guerre se poursuivait. On savait que les soldats en bavaient dans les tranchées, autant les Français que les Allemands.

C'est en juillet que Paul et Émilie, un soir où ils jouaient aux échecs, entendirent frapper à leur porte. Plus rapide que Paul, Émilie se leva pour aller ouvrir. Mlle Chanin, la bonne, était déjà couchée.

– Pardonnez-moi, je ne veux pas vous déranger mais j'ai quelques jours de permission. Mes parents m'ont dit que vous veniez souvent ici pour veiller sur Charlotte. Puis-je la voir ? Je repasserai demain s'il est trop tard.

– Entrez, Maurice, nous devons vous expliquer certaines choses.

– Je suis au courant, peut-être pas de tout, mais sachez que mon but est de l'aider, de vous aider. J'aime Charlotte...

– Vous savez qu'elle est enceinte, sur le point d'accoucher...

– Je crois que le bébé qu'elle porte est le nôtre.

Émilie s'effaça pour laisser entrer Maurice dans la chambre.

Il s'agenouilla près du lit, prit les mains de Charlotte...

– Ma chérie, c'est moi, Maurice. Regarde-moi, je t'en prie.

Elle ouvrit les yeux, le dévisagea fixement. Il caressa son visage, l'arête de son nez.

– Tu te souviens ? dit-il.

Il l'embrassa doucement, murmura :

– Reviens, ma chérie, reviens à moi. Plus rien ne nous séparera. Je t'épouserai, Charlotte.

Il caressa son ventre. Le bébé bougeait, réagissait.

– Je crois que notre enfant sera beau... Le plus beau des bébés.

Il eut l'impression qu'elle souriait... Il se releva et quitta la chambre.

– Y a-t-il un piano dans cet appartement ? demanda-t-il.

– Non, répondit Paul. Le piano, comme vous le savez, est à Saint-Nicolas-de-Port.

– Je crois que nous avons affaire à une endormie. Il faut la sortir de son refuge. L'avez-vous vue sourire ou ai-je rêvé ?

– Vous n'avez pas rêvé, répondit Émilie. C'est la première fois depuis ce qui est arrivé.

– Alors, permettez-moi de faire venir un piano ici. Nous allons tenter de la ramener parmi nous. Je dispose de quelques jours. C'est l'enfer là-bas...

– Nous pouvons vous offrir l'hospitalité, proposa Paul.

Maurice ne quitta pas Charlotte. Ce que n'osait plus faire Émilie, il le fit. Il l'obligea à se lever, lui parla. Il évoquait le passé. Il l'asseyait devant le piano, posait ses mains sur le clavier et jouait *Plaisir d'amour.*

Tu frémis, ma chérie, moi aussi et bébé aussi. Allons jusqu'aux marches du palais...

Pour la première fois, elle tourna la tête vers lui, leva une main, effleura son visage. Il reprit :

Aux marches du palais,
Aux marches du palais,
Y a une tant belle fille, lon la…

Elle posa sa tête sur son épaule. Il la berça en l'embrassant doucement.

Il la sentit fatiguée et la raccompagna jusqu'à son lit.

– Je reste auprès de toi, ma chérie.

Elle s'accrocha à son avant-bras.

– Tu sais que je t'aime, tu n'as rien à craindre. Dors, repose-toi, nous chanterons demain.

Il s'éloigna d'elle pour aller reprendre souffle près de la porte-fenêtre du grand salon. L'émotion était forte. On a beau être un homme, un médecin, un chirurgien du front, quand les sentiments s'en mêlent, tout est différent. Il ne put s'empêcher de laisser couler ses larmes.

– Ce que vous faites, murmura Paul en s'approchant de lui, est extraordinaire. J'ai l'impression qu'elle renaît, il y a des petits signes.

– Ce sont de grands signes, Paul. La naissance du bébé devrait l'aider. Je crois que c'est pour bientôt. J'espère qu'elle aura lieu avant que je reparte sur le front.

Deux nuits plus tard, la veille de son départ, il fut réveillé par un grand cri. Il se précipita dans la chambre de Charlotte. Elle était assise dans le lit, les jambes écartées, se tenait la tête, terrifiée. Maurice la rassura.

– Ne t'inquiète pas, Charlotte, c'est notre bébé qui va naître. Tu sais que je suis médecin. Tu as perdu les eaux, c'est très bien. Nous allons te changer et faire en sorte que tout se passe bien.

Il donna des ordres – l'eau, les linges propres –, ouvrit sa valise, se lava méticuleusement les mains jusqu'aux coudes, enfila des gants et s'efforça de garder le sourire en examinant Charlotte.

– A priori, tout va bien !

Mais il avait compris que les difficultés allaient surgir. Le bébé ne s'était pas retourné.

S'il n'intervenait pas, le pire était à craindre. Il demanda à Paul de se rendre à l'hôpital avec une ordonnance qu'il avait rédigée pour que lui soit délivré de quoi anesthésier Charlotte par voie intraveineuse, si c'était nécessaire.

– Ne vous inquiétez pas, dit-il à Paul, je sais faire.

Il convenait de tranquilliser les parents.

– Quelle sage-femme suivait votre fille ?

– Mme Berger. Elle habite tout près d'ici.

– Appelez-la, s'il vous plaît ! Nous ne serons pas trop de deux.

En attendant, il entreprit de parler à Charlotte pour la réconforter.

– Ma chérie, je suis avec toi. Notre plaisir d'amour va découvrir le monde, il faut m'aider. Je vais te demander beaucoup, mais tu es d'accord, n'est-ce pas ? Serre mes mains très fort pour me dire que tu comprends et puis souris-moi, j'ai besoin de ton sourire pour m'encourager.

C'est alors qu'elle s'agrippa à son cou presque avec violence. Une sorte d'acquiescement et, en même temps, d'appel au secours.

– Si tu savais comme je suis heureux, murmura-t-il. Aujourd'hui sera un grand jour pour nous trois.

*

Ce qu'avait redouté Maurice se produisit. L'enfant, malgré les massages, ne se retourna pas et Charlotte grimaçait sous la douleur. L'homme aimant qu'était Maurice ne pouvait la laisser souffrir ainsi. Il fallait pratiquer une césarienne. Mme Berger avait travaillé en maternité. Elle pourrait seconder Maurice. Elle comprenait la situation. Il s'agissait de la femme qu'il aimait et Charlotte avait, semble-t-il, vécu des moments difficiles qui l'avaient plongée dans cet étrange état.

Si elle avait pu vivre une grossesse normale, pensait la sage-femme, son bébé se serait retourné. Elle regardait Maurice poser un masque couvrant son nez et sa bouche. Il lui en désigna un autre. Elle aussi devait s'en équiper.

– Vous êtes prête ?

L'intraveineuse avait fait effet. Charlotte s'était endormic.

– Vous surveillez son cœur et vous vous assurez qu'elle respire bien. Pendant ce temps, j'incise. Nous avons tout préparé pour suturer. Ce que je ferai pendant que vous réceptionnerez le bébé.

– Mlle Chanin, la domestique, est là. Elle s'en occupera, répondit Mme Berger. Je vous passerai les pinces.

Mme Berger admira le savoir-faire de Maurice. Il ouvrit l'utérus. C'était le plus délicat, il fallait faire vite pour éviter l'hémorragie.

– C'est une fille, bien costaude ! s'exclama la sage-femme. Au moins huit livres. Elle est belle comme tout. Félicitations.

Maurice hocha la tête. Il verrait plus tard. Il fallait suturer à l'intérieur et poser les agrafes. Le pouls était bon. Aucun signe d'hémorragie utérine, ce que redoutait tout chirurgien obstétricien qui se livrait à une césarienne. Il était intervenu à temps. Sur un corps épuisé, les risques étaient plus grands. Il n'aurait pu attendre que le col s'ouvre. De toute façon, le bassin était trop étroit pour laisser passer un gros bébé se présentant par le siège. La décision qu'il avait prise était la bonne. Il fallait souhaiter qu'aucune infection ne se déclare et veiller à la stricte application des mesures d'asepsie.

Quand il eut terminé, que le bébé fut langé et couché dans son berceau, que tout fut nettoyé et rangé, il observa Charlotte, sa belle endormie à qui il parlait dans le creux de l'oreille.

Paul lui apporta un scotch.

– Cela vous fera du bien, trinquons tous les deux.

– Je voulais attendre son réveil, mais vous avez raison. Opérer la femme qu'on aime, ce n'est pas rien, Paul. J'ai la gorge nouée quand je la regarde.

– Je comprends… Merci, pour elle et pour le bébé.

– Et merci pour moi, non ? Je ne veux pas perdre mes femmes, se força-t-il à plaisanter.

Charlotte se réveillait peu à peu. Elle posa une main sur son ventre. Elle réalisa que le bébé était né. Maurice sortit la petite fille du berceau pour la déposer dans le creux de son bras. Elle la regarda longuement.

– Tu vois comme elle est belle, ma chérie ? Nous allons être heureux sitôt cette guerre finie. Je dois aller déclarer cette enfant, comment allons-nous l'appeler ? As-tu une idée ? Dis-moi, je t'en prie.

Le regard de Charlotte allait du bébé à Maurice... À deux reprises, ses lèvres remuèrent. Elle voulait parler mais les sons ne passaient pas. Maurice caressait ses cheveux, ses joues en lui répétant qu'il l'aimait. Il lut dans ses yeux toute la tendresse des origines. Il approcha son oreille au plus près de ses lèvres et entendit le murmure, tel le chant de la vie au premier matin du monde.

– Gabrielle, Margot et Mauricette, si tu veux...

– Oh, Charlotte, ma douce, ma tendre... Nous sommes aux marches du palais, tu guéris.

Il ne vit pas Paul sur le seuil de la chambre serrer sa femme dans ses bras. Leur fille était sauvée et une jolie Gabrielle leur était née.

– Demain, elle pourra boire ? interrogea Paul.

Maurice hocha la tête.

– Mme Berger sera des nôtres, n'est-ce pas ? Demain, ce sera champagne pour tous, lança Paul. Il faut célébrer le retour du bonheur après ces jours de grisaille.

II

GABRIELLE

1

Saint-Nicolas-de-Port, 1936

Gabrielle allait fêter ses vingt ans.

Ce grand jour ouvrirait un nouvel épisode dans sa vie. Elle avait décidé de tenir un journal et de raconter son histoire. Du moins elle essaierait de lever les zones d'ombre qu'elle n'avait jamais réussi à dissiper mais qui, certains soirs, lui donnaient la douloureuse impression que toute possibilité d'empoigner la vie lui était déniée.

De cela, elle parlait peu. Elle ne se confiait pas. Ce journal lui permettrait de cultiver son jardin secret. Quand toutes les pousses auraient porté leur fruit, peut-être se sentirait-elle plus vraie, davantage elle-même. Elle espérait trouver la clé la libérant des chaînes d'un passé qu'elle estimait devoir connaître. Souvent, elle pensait vivre enveloppée dans la toile des ans qui la privait d'air. Il fallait déchirer ce tissu étouffant. Elle ne manquait pas d'interroger son père sur sa mère. Avait-elle laissé des écrits, des notes ? Il répondait parfois de façon précise et parfois de manière évasive quand il n'éludait pas abruptement la question posée. Elle s'en agaçait. Pourquoi lui cachait-il une part de vérité ? D'où cette impression de mal-être jusqu'au vertige après leur conversation.

Il lui semblait que, si elle se mettait à écrire, elle parviendrait à combler les fossés d'incertitude, à reconstituer le puzzle d'une vie auquel manquaient des pièces essentielles. Comment observer un tableau si, par endroits, le temps a mangé la couleur, lacéré le paysage ? Gabrielle voulait réparer, jouir pleinement de l'œuvre dans laquelle elle apparaissait. Si la toile n'était pas restaurée, elle ne pourrait avancer.

Et quand on a vingt ans…

Pour se confesser au papier, ou tout simplement le questionner, elle avait acheté de beaux cahiers, de jolis crayons, une gomme. Parviendrait-elle à expliquer les errances dont elle avait hérité ? Elle avait bien compris qu'il lui fallait remonter le temps afin de percer certains secrets. Ces zones tourmentées avaient fait tomber une nuit d'encre. La barrière édifiée paraissait infranchissable.

Elle se souvint de la découverte faite au fond du jardin, au milieu d'un roncier dont elle voulait venir à bout. Après avoir coupé à ras de terre une branche pleine d'épines, elle s'était emparée d'une pioche pour extraire la racine afin d'empêcher la repousse. L'outil avait tapé sur de la ferraille. Elle avait creusé à mains nues et trouvé une boîte en fer contenant des photos. Sur l'une d'entre elles, elle avait reconnu sa mère. Elle l'avait brandie sous le nez de son père.

– Qu'est-ce que c'est que cette photo ? Tu peux m'expliquer, papa ?

Maurice était désemparé, apparemment aussi surpris que sa fille. Il lui avait rappelé qu'ils habitaient la maison qui avait été celle des parents de Charlotte. Était-ce eux qui avaient enterré cette boîte ?

– Mais pourquoi auraient-ils fait cela ? Ils aimaient leur fille, non ?

– J'avoue ne pas comprendre.

Lui, en tout cas, n'avait pas fait le vide en prenant possession de la demeure. Maurice avait observé la photo. Il avait secoué la tête et répété d'un air désolé :

– Je ne sais pas, je ne comprends pas.

Le cliché montrait un couple le jour de son mariage. Charlotte était au bras d'un homme qui n'était pas son père. Maurice avait bien sûr raconté à sa fille le mariage forcé de sa mère avec Germain. Charlotte n'aimait pas Germain. C'était une union arrangée pour des questions de gros sous.

– Mais tu es bien mon père et Charlotte était bien ma mère ?

– Impossible d'en douter. Nous nous aimions depuis l'enfance.

Mais avait-il tout dit ? Il s'était arrêté au bout de deux phrases, s'était levé de son fauteuil, avait arpenté son bureau de long en large avant d'aller respirer l'air du jardin et de contempler la Meurthe et le canal, plus bas. Là où, sous la terre, depuis des années, des hommes s'épuisaient à creuser le sol pour en extraire l'or blanc.

Tout en observant le paysage, Maurice réfléchissait. Il n'en dirait pas davantage à Gabrielle. L'histoire de Charlotte et de Germain ne la concernait pas.

Il voyait les chevalements, il imaginait les hommes à deux cents mètres de profondeur en train d'œuvrer. Il se revit, accompagné de Charlotte vêtue d'un de ses pantalons qu'Amélia avait raccourci… et de la chemise de coton à carreaux. C'était ce jour-là que le désir les avait saisis tous deux.

C'est en 1855 qu'avait été foncé le puits Saint-Maximilien. Maurice connaissait l'histoire de la région aussi bien que Charlotte, passionnée par la vie des ouvriers et de leurs enfants qu'elle initiait à la musique. Il ferma les yeux… C'était leur histoire, la plus jolie parenthèse de sa vie qui avait donné naissance à Gabrielle.

Juliette grondait parfois ce fils devenu médecin.

– Gabrielle me questionne beaucoup. Tu devrais lui parler… Elle a le droit de connaître la vérité.

Il ne répondait pas. Ce serait pour plus tard. Reste que le temps avait passé et que la jeune fille nageait souvent en eaux troubles. C'était une de ses expressions favorites.

Alors, les crayons de Gabrielle noirciraient les pages de ses cahiers.

Elle aurait tant aimé que sa mère en eût fait de même. Elle rêvait de trouver le coffret secret, des écrits, une confession. Qui avait été Charlotte dont on disait qu'elle lui ressemblait en tous points ? Elle imaginait découvrir des pages entourées d'un ruban rose ou bleu dans les cartons du grenier. Ainsi, Gabrielle aurait su, compris. Elle avait tout exploré, en vain. Les réponses de son père, au lieu de clarifier une époque obscure, ajoutaient de l'opacité.

Il lui faudrait chercher ailleurs.

Ses grands-parents maternels étaient morts en 1919. D'eux, elle avait de vagues souvenirs grâce à quelques photos bien rangées dans l'album familial. Essentiellement des photos réalisées par sa grand-mère Émilie qui s'était prise de passion pour cet art. Mais curieusement, dans cet album très ordonné, des clichés avaient disparu... Celles du mariage de Charlotte, par exemple. Aucune n'y figurait. En revanche, on voyait Charlotte le jour de ses vingt ans. Gabrielle reconnut le restaurant place Stanislas. Il arrivait que son père l'y emmenât.

Mais les temps avaient changé, ses vingt ans à elle seraient célébrés en famille, avec Juliette et Léonce, tante Hortense, Nicolas et les enfants qui se trouveraient là. On n'officialisait plus l'entrée d'une jeune fille dans le monde.

– Je n'ai rien demandé, s'était défendue Gabrielle en sautant au cou de son père. Je comprends que ce soit dur pour toi.

Il n'avait pas répondu. Juste un sourire et un clignement des yeux.

Gabrielle, le soir de la découverte de la boîte en fer, ne cessa de harceler Maurice.

– De quoi est-il mort ce Germain que maman a été obligée d'épouser ?

– De maladie, lui avait répondu son père. Heureusement. Ainsi j'ai pu récupérer Charlotte et toi.

Il s'efforça de rire, mais on voyait bien que cela sonnait faux.

– Et les grands-parents ?

– De la grippe espagnole, à quinze jours d'intervalle. Ça, je te l'ai déjà raconté. Ma science n'a rien pu faire pour eux, hélas.

C'était crédible. « J'ai survécu à beaucoup de tragédies », avait pensé Gabrielle qui avait été éloignée pour éviter la contagion. Elle avait à peine trois ans. Elle avait ensuite été élevée par ses grands-parents paternels : Léonce, admirable grand-père, la science de la terre à lui seul, et Juliette, qui n'avait cessé de la choyer. « Notre petite Gabrielle n'a pas eu de chance, répétait souvent Juliette. Elle a perdu sa maman à dix-huit mois et ses grands-parents quinze mois plus tard. »

Charlotte était morte en février 1918, alors qu'elle se rendait chez Amélia, l'ancienne domestique de ses parents. Celle-ci habitait un petit deux-pièces non loin de la salle Poirel, face à la gare. Charlotte avait promis à Maurice d'être prudente. Les bombardements se raréfiaient, mais il avait suffi d'un seul. La faute à pas de chance. Ce 26 février, à l'angle des rues Victor-Poirel et Morey, trois avions avaient survolé les lieux et lâché leurs bombes. Charlotte n'avait pas eu le temps de se réfugier dans une cave. Elle avait été ensevelie sous les gravats, alors qu'un incendie se déclarait. Nancy tremblait. Maurice avait couru aussi vite que possible, malgré les sirènes, croyant encore au miracle, se répétant : « Je l'ai déjà sauvée une fois, je vais y arriver. Ma Charlotte, reste avec moi. Dieu, Vierge Marie, saints anges, ne m'abandonnez pas ! » Il eût prié le diable en cet instant pour sa bien-aimée. Mais le Mal était occupé, justement. Il était au service des Teutons et guidait leurs mains meurtrières. Verdun n'avait pas suffi à ce prince des ténèbres. Il lui avait fallu s'en prendre aux civils.

Maurice arriva en même temps que les secours. Il crut apercevoir une femme qui s'enfuyait. Attitude étrange, à moins que Maurice, tout à son émoi, se soit trompé. « Que fait ici cette Clotilde ? » avait-il songé. Il avait crié, appelé. Et la femme avait couru pour n'avoir pas à répondre.

Charlotte avait succombé sous les éboulis. Son corps dépassait des gravats. Il l'avait reconnue. Son beau visage était resté intact, il portait simplement une plaie au front. Maurice se força à croire qu'elle n'avait pas souffert. Quelle avait été sa dernière pensée ? Qu'avait-elle emporté dans cet autre monde auquel on se raccroche avec l'espoir qu'il est et sera un lieu de tendresse et de paix dont le mal et la haine sont bannis ?

Les cousins et cousines avaient raconté à Gabrielle le chagrin de Maurice. Juliette aussi lui avait livré quelques bribes du passé. Elle admirait son fils. Elle avait évoqué la vie d'Émilie, son amie. Mais en croisant le regard courroucé de Léonce, elle avait soudain changé de conversation. Que s'était-il réellement passé dans cette famille ? Juliette était revenue à Maurice, à sa peine. Charlotte représentait tout pour lui.

– C'est à la mort de maman que papa a décidé de quitter Nancy ?

– Oui, Gabrielle. Il a cependant attendu que la guerre se termine. La mort d'Émilie et de Paul, tes grands-parents, a mis fin à ses hésitations. Il est venu s'installer à Saint-Nicolas-de-Port, sans doute en souvenir de Charlotte. Mais aussi pour que tu ne sois pas trop loin de nous. C'est avec bonheur que nous l'avons aidé. Nous t'avons donné notre amour et tu nous as comblés.

Il avait pris possession des lieux où leurs cœurs avaient battu si fort. Il avait déposé des effets personnels dans l'atelier avant d'en faire murer la porte et d'installer sur ce pan de cloison une immense tapisserie. Il avait réaménagé l'immense vestibule en salle d'attente s'ouvrant sur ce qui deviendrait sa salle de consultation. La clientèle était venue très vite, une clientèle populaire qui convenait à Maurice. L'ouvrage ne manquait pas. Il avait l'impression d'être fidèle à Charlotte, qu'il avait connue proche des ouvriers.

Gabrielle aimait l'accompagner dans ses tournées. Plus elle grandissait, plus Maurice retrouvait en sa fille des traits de caractère de Charlotte. La ressemblance était frappante. Juliette et Léonce veillaient sur Gabrielle quand il devait s'absenter, par exemple les jours où il opérait à l'hôpital.

Il ne s'était pas remarié.

Gabrielle avait demandé à son père s'il avait aimé après Charlotte. Il avait souri.

– C'est mon jardin secret. Si secret que je ne puis l'ouvrir à la petite fille que tu es. Tu n'en as pas l'âge.

– Ça veut dire que tu as aimé d'autres femmes après maman ?

– J'ai aimé Charlotte, ta mère, comme aucun autre homme, il me semble, n'aurait pu l'aimer. J'ai beaucoup souffert de sa disparition. Elle est restée là, avait-il dit en lui montrant son cœur. S'il s'est passé des choses, elles ne te concernent pas, jolie Gabrielle.

– Tu n'as pas eu envie de te remarier, d'avoir d'autres enfants ?

– Je t'ai, toi, ma chérie, et tu es tous les autres enfants, comme Charlotte a été ma seule épouse. Il n'y en aura pas d'autre…

Il lui arrivait de recevoir son fils Léopold pour les grandes vacances. Maurice avait expliqué à Gabrielle dans quelles circonstances il était né. Il n'avait jamais été question pour Maurice de faire souffrir l'enfant, même s'il n'avait pas désiré sa naissance. C'était un gentil jeune homme, il appréciait la compagnie de Gabrielle. « J'ai une jolie demi-sœur », disait-il. Sonia s'était remariée et vivait en Belgique. Gabrielle aimait aussi rencontrer son cousin, Charles, le fils de Sybille et d'Étienne, qui prenait plaisir à raconter sa naissance :

– Je suis né grâce à ta maman et à ton papa. Nous sommes cousins et, ce qui est plus fort, nés des mêmes mains.

Charles s'était orienté vers le droit à la faculté de Nancy. Il faisait la fierté de Sybille. Il se voyait bien avocat pour défendre les pauvres gens exploités par les riches qui ne pensaient qu'à s'en mettre plein les poches, affirmait-il. Gabrielle souriait, elle qui aidait déjà son père dans ses visites et qui avait repris la tâche de sa mère. Sa formation médicale aux côtés de son père était d'un grand secours au dispensaire. Avec une sage-femme et une puéricultrice, elle assurait les permanences de santé, le suivi des enfants du personnel. Elle incitait les mamans à faire vacciner leur progéniture contre la diphtérie et la variole, des maladies graves qui touchaient les plus fragiles. Elle donnait aussi des conseils d'hygiène et animait au foyer des activités à destination des enfants les jeudis et pendant les vacances. Comme Charlotte avant elle, elle les faisait chanter. Il y avait toujours un piano. Elle jouait, mais son père affirmait :

– Je ne veux pas te vexer, ma chère Gabrielle, mais il te reste quelques progrès à faire.

– Oui, tout le monde me l'a dit. Charlotte était une artiste. Je me suis fixé un but : dans dix ans, je veux avoir comblé mon retard. Je jouerai Debussy, mais ma préférence va à Schubert et à Gabriel Fauré. Des musiciens qu'aimait maman... Je voudrais tant faire aussi bien qu'elle.

Il y avait aussi un atelier de théâtre pour petits et grands qui avait beaucoup de succès.

*

Cette année-là fut celle d'une folle espérance. Après les grandes grèves de la fin de l'hiver et du printemps, la loi des congés payés avait été votée à l'initiative de Léon Blum. Maurice lisait certains éditorialistes de droite. « Bravo à ce gouvernement, qui récompense les viles actions des ouvriers gueulards et paresseux, qui dégradent l'outil de travail par pure jalousie à l'égard des patrons. Et pourtant, ce sont eux qui les nourrissent. Maintenant, on va les payer à ne rien faire. Alors que le pays connaît un déficit record ! On ne s'est jamais remis de la grande crise. » Lui songeait aux ouvriers de la mine. À la Maugras, on avait fait grève, bien évidemment, comme partout, et on ne demandait que justice et un peu de considération. Le directeur, comme l'ancien patron, Émile Maugras[1], ne comptait pas parmi les plus mauvais employeurs, mais ses ouvriers n'étaient pas non plus les mieux payés.

– Pour le patron, ça a toujours bien marché, lui avait dit un ouvrier. Il ne comprend pas. Il garantit notre pain, a fait construire des cités. Il a mis en place la coopérative, la caisse de secours pour les soins médicaux et pour verser aux familles de quoi vivre lorsqu'un salinier est appelé sous les drapeaux. Tous les ouvriers de France n'ont pas ces avantages. Qu'est-ce qu'on veut de plus, qu'il nous dit.

– Nous, on en a marre, avait ajouté un autre, on veut être reconnus. On n'est pas des esclaves destinés à lui remplir les poches. En plus de notre boulot, on vient nous chercher pour travailler à la ferme de la mine, aux vendanges, et tout ça pour une misère, monsieur le docteur. Ce qu'on produit va aux ingénieurs et aux grands chefs. Pour nous, que dalle !

Maurice savait tout cela. La ferme Saint-Louis nourrissait les cadres.

– Quant aux vacances... Les seules vacances que les saliniers obtiennent sont celles offertes après le dernier coup de goupillon au boulevard des allongés. Repos éternel garanti !

---

1. Jusqu'à la date de son décès en 1924. Il a été inhumé au cimetière de Préville à Nancy.

Mais le monde évoluait. Depuis juillet 1936, grâce à Léon Blum et au Front populaire, les ouvriers allaient pouvoir profiter comme les riches d'un temps pour s'aérer, se divertir. La colère des petits, des gens d'en bas, de tous ceux qui avaient bloqué les usines avait porté ses fruits. On bénéficiait de ce nouveau droit en même temps qu'était instauré le billet des congés payés pour les familles, un billet à prix réduit. « Blum, Blum, vive Blum ! » scandaient les ouvriers au nez et à la barbe des nantis qui allaient regarder avec méfiance cette populace envahir les côtes. « Mon Dieu, quelle horreur, s'étaient écriées les grandes bourgeoises, se retrouver avec ces gens ! » Il aurait fallu mettre des barrières, tenir à distance ces mal élevés ou pas élevés du tout. D'un côté, les nantis, de l'autre, ceux qu'on appelait « les congés payés ». Et tout cela, à cause de ce juif.

En lisant de telles réactions dans les pages de la presse bien-pensante, Maurice s'emporta.

– Pour une fois qu'on tente de faire œuvre de justice, voici les privilégiés qui grondent.

Il était tout aussi catastrophé de constater comment réagissait une certaine opposition face à ce gouvernement social. Pourquoi le mieux-être accordé à ceux qui en avaient le plus besoin faisait-il se lever la haine et le rejet chez les possédants ? N'avaient-ils pas compris que s'ils donnaient un peu de bonheur aux travailleurs, ceux-ci produiraient davantage ? L'extrême droite, Action française en tête – « des nationalistes de bas étage », râlait Maurice –, y allait de son couplet venimeux. Les capitaux fichaient le camp à l'étranger. Et quand on regardait la situation internationale, il y avait de quoi s'inquiéter. Les bruits de bottes fascistes se faisaient entendre aux frontières. Le pas sourd de l'autoritarisme se rapprochait.

– On se remet à peine d'une guerre qu'une autre se prépare, soupira Maurice. Qui voit la folie de cet homme qui accueille à Berlin ce Mussolini aussi dérangé que lui ?

– Et tous deux de voler au secours de Franco en Espagne, renchérit Gabrielle.

– Avec l'Union soviétique qui observe mollement… Et Staline n'est pas un enfant de chœur. Nous allons avoir une autre guerre, une guerre à mener contre le fascisme. La liberté sera à ce prix. Et rien ne dit que nous la gagnerons.

– Ne t'en fais pas, mon cher papa, restons unis et relevons la tête. Tu le dis souvent.

– Ce n'est pas aussi simple, ma fille. Le voisin teuton qui est au pouvoir à Berlin est à vomir. J'étais déjà ulcéré en 1933 quand il a allumé des brasiers sur les places publiques pour brûler les livres qui ne lui convenaient pas. Maintenant, il pourchasse les juifs. Il ne se contente plus de s'en prendre aux œuvres d'art, à la pensée, il arrête leurs créateurs. Il les parque tels des troupeaux à abattre. Cette vague d'antisémitisme contaminera les gugusses de chez nous. Il suffit de les lire pour comprendre dans quel encrier ils trempent leur plume. Maurras et les autres fripouilles de la même espèce portent en eux la haine. C'est lamentable. Je sais, les vieux démons ne meurent pas. Tout au plus attendent-ils tapis dans l'ombre le moment opportun pour sauter sur les proies qu'ils estiment devoir éliminer.

– Qu'est-ce qu'on pourra faire ?

– Résister, chaque fois que cela sera possible. Ne jamais renier ses convictions, ne pas plier le genou… Allons, parle-moi de tes activités. Si tu as envie de poursuivre en médecine, j'en serais heureux. Mais je respecterai ton choix, quel qu'il soit.

– J'aimerais soigner, les enfants surtout. Les enfants sont l'avenir, n'est-ce pas ?

– Hum, fort bien.

– Sais-tu que j'ai réussi à descendre ?

– À la mine ? Tu as dû te déguiser en homme pour y parvenir ?

– Pourquoi me demandes-tu cela ?

– Ben…

– Maman ?

– C'est ça, à une époque où il était interdit aux femmes de voir le fond de la mine. Ta mère s'était déguisée en garçon pour satisfaire sa curiosité. Elle avait mis mes vêtements. J'étais encore interne, je l'avais présentée comme un jeune assistant.

– Non… Maman a fait ça et tu étais son complice ?

– Hum, hum… Et pourquoi es-tu descendue, ma fille ?

– Pour la bonne cause, papa. J'étais au dispensaire et un ouvrier a fait un malaise. L'infirmière et moi-même sommes descendues pour les premiers soins. Ce n'était pas trop grave. On a remonté Alphonse. Pour tout te dire, il avait un peu bu. Il était très énervé contre un porion. Il voulait le frapper avec l'une des grandes poêles, ce qui paraissait impossible. Un coup de râble ou de volant, pourquoi pas, mais un coup de poêle… Il faut être plus que costaud pour soulever un tel récipient.

– Oui, Alphonse a un petit faible pour le gros rouge. Bien que l'alcool soit interdit, je sais que le vin circule, hélas. Il fait si chaud et le sel dessèche.

– Donc, j'ai vu… Pas facile, le travail « à fond ». Les ouvriers reconnaissent que les nouveaux outils ont amélioré leur quotidien mais, à côté de l'Allemagne, la mine de Varangéville a encore des progrès à faire. Ça, ce sont les ingénieurs qui l'affirment.

– Tu es restée longtemps à fond ?

– Après avoir vu Alphonse que ses copains avaient réussi à asseoir dans la petite salle de réunion, pas loin de la statue de sainte Barbe, je suis allée à la recette. Je précise qu'il s'était calmé. Il craignait l'arrivée des forces de l'ordre et de se retrouver en cellule de dégrisement, ce qui aurait fâché sa femme et surtout son chef. Il aurait pu prendre trois jours de mise à pied[1]. Il a promis de respecter le règlement.

– Jusqu'à la prochaine fois.

– Je ne me fais pas d'illusion. Après, j'ai demandé qu'on me montre les galeries, les lieux où la haveuse passe au front de taille. La haveuse, traînée par des trolleys, scie le mur de sel. Elle simplifie le travail. Les ouvriers utilisent moins le pic pour fracturer les gros blocs après les explosions. Il y a des machines à concasser réglées selon la granulométrie désirée. On obtient plusieurs types de sel : le sel de déneigement, le sel qui va servir à la soudière et aux usines Solvay, à deux pas, où le travail se fait en éprouvettes. C'est la chimie qui fabrique les produits qui

1. Interdiction de travailler, donc trois jours non payés.

servent aux tanneurs, aux pharmacies, sans oublier les cristaux pour l'entretien et le nettoyage.

– Je vois… Tu risques d'oublier tes études si tu t'intéresses à ce point au travail des saliniers.

– Ben non. Pour soigner, il faut connaître le quotidien des patients. C'est toi-même qui le dis. Je voulais aussi voir les boutefeux à l'œuvre. Mais je n'ai pas eu le droit d'assister à une explosion… Quand les trous sont faits, on les bourre d'explosifs que l'on cale avec des gossettes[1].

– Ce sont ces sortes de rouleaux remplis de sel.

– Oui, je les ai vus les préparer. On roule des cornets, avec du papier journal ou du papier kraft, de près de vingt centimètres en forme de cylindre qu'on remplit de sel, bien serré. C'est pour empêcher que l'explosif ressorte. Quand tout a explosé, il faut attendre un jour et une nuit environ, le temps que la poussière retombe, sinon l'air est irrespirable. Et puis j'ai vu les gars remplir de sel les wagonnets de bois, le sel que l'on va déverser dans les péniches…

– Ah, les péniches, les bords du canal…

– Tu as des souvenirs sur les bords du canal, papa ?

– Forcément, ma fille.

– Avec maman ?

– Avec qui d'autre, selon toi ?

Elle se jeta dans ses bras, telle une petite fille. Et s'assit devant le piano de Charlotte pour offrir à son père

1. On bourre les explosifs dans les trous, puis les gossettes servent à bien les caler pour leur éviter de ressortir.

quelques courtes pièces de Schumann, dont *Scènes d'enfants*. Elle lui jeta un regard à la dérobée. Il avait fermé les yeux.

Où était-il ? Dans la maison à l'écouter ou dans ses souvenirs, quand Charlotte vivait encore ?

2

Saint-Nicolas-de-Port, 1937

Gabrielle partageait son temps entre ses études de médecine et ses activités à la saline. Parfois, elle passait une demi-journée au cabinet médical de son père.

– D'ici à deux ans, lui prédisait-il, tu seras apte à me remplacer. Je sens que je vais prendre des vacances, la taquinait-il.

– C'est ça, sans doute pour te chercher une épouse.

– Il ne faut pas rire d'un sujet aussi grave, la sermonna-t-il gentiment. Ce n'est plus de mon âge. Je suis inquiet pour Léonce, mon père. Il ne va pas très bien et surtout ne veut pas l'avouer. Juliette se fait beaucoup de souci pour lui.

– Elle, je la trouve en superforme.

– Oui, elle paraît frêle, mais elle a une résistance à toute épreuve. C'est sans doute de famille. Sa mère, ma grand-mère, a vécu très âgée, quatre-vingt-quinze ans, et elle avait toute sa tête. Les six derniers mois, elle était sujette à des vertiges. Je l'ai suivie, comme tu sais. Elle a eu une belle vie et la mort qui va avec.

– Oui, je me souviens qu'elle disait en riant : « La belle mort, c'est quand tu t'endors vivant et que tu te réveilles mort. »

– C'est ce qui s'est passé pour elle, semble-t-il. On l'a trouvée sans vie au petit matin, dans la même position qu'au coucher. Elle n'a pas connu l'angoisse des moribonds. Je vois cela si souvent à l'hôpital. Le plus délicat, pour un médecin, c'est de mentir aux patients pour les rassurer. Je n'y arrive pas toujours. On s'efforce d'apaiser, on promet des jours meilleurs, alors qu'on sait que tout va finir d'un instant à l'autre.

– Ces pieux mensonges font du bien à ceux qui les reçoivent.

– Je ne suis pas certain d'être cru. Il y en a même qui me disent : « Pas de ça avec moi, docteur. J'ai bien compris, je suis sous la petite tente blanche, à l'écart, la religieuse est à mon chevet… Une sainte pour m'aider à passer. C'est l'heure ! Pourvu qu'il y ait un bon Dieu et qu'il se rappelle le bien que j'ai fait pour compenser les fautes commises… » Et comme je veux savoir de quelles fautes il s'agit, j'obtiens des confessions que le curé de la basilique n'entendra sans doute jamais.

– Ah oui ?

– Je me souviens de celui que tous appelaient Dédé Poivrot. En fait, son nom, c'était André Poirot. Tu vois, ma fille, il est aisé de déformer un nom pour l'ajuster au tempérament de la personne. En tout cas, Dédé s'éteignait des suites d'une belle cirrhose. Il m'a dit ses fautes avec une lucidité extraordinaire et un humour que je souhaite à beaucoup. Il s'est redressé dans un dernier sursaut : « Vous le savez, docteur, j'aimais bien la bouteille et parfois les filles de la rue de la Hache[1]. Ma Catherine n'en a jamais rien su. Ou bien elle a fermé les yeux, comme moi je fermais les bras sur la peau dodue de ces filles que de sales mecs foutent sur le bitume. Elles m'ont donné du bon temps, plus que ma femme. Faut le dire ! Je n'ai pas à lui en vouloir à ma Catherine, avec les gosses que je lui ai collés… Je crois que, le soir, elle n'avait pas trop envie de mes caresses. Sans doute la crainte de choper le gros lot, comme elle disait, c'est-à-dire le ballon. Eh ben, je peux vous dire, docteur, qu'avec le Gégène qu'a cassé sa pipe avant moi, on en a sorti une du tapin. C'est le souvenir que j'emporterai. On a cassé la gueule à son maquereau. Pour sûr, on lui a arrangé le museau et le reste. Je m'en rappelle comme si c'était hier. On lui a collé une raclée pour qu'il laisse en paix la petite Juju à qui on a payé son billet du train pour qu'elle retrouve sa mère dans le Morvan ! Ah, c'était notre fierté, docteur ! Alors, si là-haut, le grand justicier s'en rappelle, j'espère qu'il sera bon pour moi. »

– C'est inouï de recueillir de telles confidences ! C'est une belle marque de confiance. Cher papa, tu pourrais te faire prêtre en plus de ton métier de docteur, puisque tu ne t'es pas remarié. Tu es si humain, si compréhensif…

– Humain, peut-être, mais je suis loin d'être un saint… Et entrer dans les ordres, non, ce n'est pas pour moi. J'ai trop à me faire pardonner.

Elle le regarda, attendrie, et se souvint d'un sujet resté en suspens.

1. Rue où œuvraient les prostituées.

– Au fait, papa, tu es d'accord pour que j'accompagne mon cousin Charles à l'Exposition universelle cet été à Paris ?

– Si c'est au 14 juillet, comme tu en avais l'intention, tu seras majeure. Je ne pourrai rien te refuser.

– En fait, nous partirions le dimanche 11 juillet pour revenir au soir du 14 juillet.

– Je t'ai déjà raconté combien cette date a été importante dans ta lignée, toi qui farfouilles dans le passé.

– Oui, Juliette et Irène m'ont fait beaucoup de confidences. Grand-mère Émilie s'était laissée séduire par Paul un jour de 14 juillet, puis avait rompu. L'année suivante, elle était retournée voir la tour Eiffel avec maman qui avait tout juste un an. Maman avait failli tomber du premier étage. Paul l'avait sauvée in extremis. Juliette évoque toujours cet épisode avec des larmes dans les yeux.

– Oui, Charlotte a été sauvée une première fois par Paul, puis une seconde par moi, à ta naissance, en juillet aussi. J'aurais aimé qu'il y eût une troisième, mais cela n'a pas été possible…

Il garda ensuite un silence embarrassé. Il revoyait le visage de Charlotte sous les décombres… Gabrielle s'approcha de lui, se pendit à son cou pour apaiser le chagrin qu'elle devinait.

– Mon papa chéri… pardonne-moi, je me répète.

– Allons, oublions tout ça, on se fait du mal inutilement.

– Tu as raison. Retournons au présent et parlons de ce voyage. J'ai besoin de ton accord. Puis-je dire à Charles que tu acceptes sans ronchonner ? En trois jours, nous pourrons visiter tous les pavillons. Beaucoup de pays seront représentés. L'Exposition est à la gloire de la technique, mais il y aura aussi des artistes. Sans compter les grands magasins et les maisons d'édition. Normalement, le palais de Chaillot, qui remplace le palais du Trocadéro, totalement rasé, accueillera le musée de l'Homme et celui de la Marine. Il devrait être terminé, malgré la grève des ouvriers... Il a fallu les payer le double et l'ouverture n'a pas pu avoir lieu au 1er mai comme prévu. Ce sera pour le 25, mais l'exposition dure jusqu'au 25 novembre. La France a peur d'avoir l'air sotte face aux pays invités.

– Oui, Paris va grouiller de monde. On entendra le bruit des bottes...

– ???

– Ben oui, l'Allemagne nazie expose, l'Espagne aussi, tout comme l'Italie.

– Grr, grr, fit Gabrielle. Ça, c'est moins bien, mais il faut aller voir, ne serait-ce que pour s'informer.

– Et comment comptez-vous vous rendre à Paris ? En voiture ?

– Non, en train. Charles n'a pas de voiture et ça m'étonnerait que son père lui prête la sienne. Tu sais, Étienne ne partage pas tes idées.

– Et si ton cher papa vous rejoignait le 13 juillet et qu'il vous ramenait en voiture, y verriez-vous un inconvénient ? Ce n'est pas un voyage en amoureux que vous faites ?

– Ben non, c'est mon cousin, fit-elle en haussant les épaules.

– Petit-cousin, ma chère fille… Charlotte était la cousine d'Étienne, son papa. Ta grand-mère Émilie était la sœur de Nicolas, chez qui tu vas bien souvent.

– Hortense est tellement gentille. Et elle est très cultivée.

– Normal, elle était institutrice. Elle a souvent tempéré les ardeurs politiques de Nicolas. Elle a su le ramener à la raison quand il s'égarait. Cependant, malgré ses idées un peu arrêtées et très à droite, Nicolas est un brave cœur…

– En tout cas, il a défendu maman.

– Et comment sais-tu ça ?

– Hortense m'a glissé deux ou trois choses au sujet du mariage forcé de maman avec cette crapule de Germain. Nicolas a tapé du poing sur la table pour faire entendre raison aux grands-parents. Émilie était terrorisée et n'osait pas contrarier son homme.

– C'est tout ?

– C'est tout, papa. Mais pour moi, c'est beaucoup. Tu sais que je traque la vérité.

– Tu es une délicieuse petite curieuse.

– Il s'agit de ma vie, papa. Je viens de là, ne l'oublie pas !

– Soit. Et Charles, il est comment ?

– Très bien. Il est du côté des ouvriers. Il estime qu'ils ont le droit d'être écoutés, respectés. Il est désespéré quand certains patrons se croient tout permis. Il affirme que notre devoir, c'est de garder les yeux ouverts sur les réalités du monde. Il est triste que Blum soit si contesté. Mais non, mon cher papa, Charles n'est pas amoureux de moi et moi non plus. Tu veux que je te dise, c'est un frère pour moi. Il me raconte ses conquêtes.

– Et tu lui racontes les tiennes ? Comment tu as fait vibrer Antoine à la Sainte-Barbe, alors que les femmes n'avaient pas le droit de rejoindre les hommes à la salle des fêtes de la saline ? Antoine est venu te chercher pour que tu t'occupes de ceux qui avaient trop bu. Et tu as dansé, ma fille, avec lui et avec d'autres. On se bousculait, m'a-t-on raconté, c'était si bien que les hommes ont oublié de boire.

– Je me suis rendu utile, mon cher papa.

– Si on veut. Antoine n'était pas peu fier et moi, j'étais fou d'inquiétude pour toi au milieu de ces hommes avinés. J'ai débarqué…

– Ça va, papa… Antoine n'était pas ivre. Enfin, pas trop.

– Et Antoine t'a suivie jusqu'à la maison. Tu te retournais sans cesse en chemin, alors que je te l'interdisais.

– Mais non, se défendit-elle en rougissant.

– Ma chère fille, papa a deviné pour qui bat ton petit cœur. Sois prudente et fais attention à toi. Antoine est un gars bien, mais…

– Oh, ça va, papa, tu ne vas pas me chanter le couplet de la classe sociale mal assortie. Tu as connu cela, que je sache. C'est un syndicaliste, il défend ceux qui ne peuvent le faire, c'est bien non ?

– Oui.

– Alors, où est le mal ?

– Tu as raison, ma fille. Il n'y a aucun mal. L'amour abolit les barrières. Enfin, en principe.

– Nous n'en sommes pas là, papa. Je ne l'ai même pas embrassé ailleurs que sur la joue. Et c'était pendant la danse du tapis. Tout le monde fait cela. Et ce n'est pas pour un baiser claqué sur la joue devant tout le monde qu'on met sa vertu en danger.

– Certes, ma fille.

– Ce jeune homme ne te plaît pas ?

– Mais si. Je connais bien sa famille.

– Alors ?

– Je n'aimerais pas qu'il lui arrive des ennuis et que tu aies à en souffrir.

– Quels ennuis, papa ?

– Tu sais, avec l'opposition qui s'érige en gardienne des valeurs du passé, tout est à craindre. On assassine beaucoup. Les anciens de l'Action française ne sont pas des tendres. Des personnes comme Antoine sont des cibles potentielles pour ces moralisateurs à deux sous.

– Est-ce que la peur évite le danger, mon cher papa ? Ne m'as-tu pas appris qu'il faut oser résister pour garder la tête haute ?

– Si, bien sûr. Je te veux heureuse, c'est tout.

– Le bonheur n'est pas sans risques, tu le sais. On a beau prévenir...

– Tu as la tête sur les épaules et cela m'est d'un grand réconfort.

– Fais-moi confiance. Tu sais, Antoine est un jeune homme très intelligent, il lit beaucoup. Il a dû travailler à la mine pour les siens, mais il a obtenu son certificat d'études à douze ans. C'était le premier du canton. Son instituteur a convoqué ses parents pour les convaincre de l'envoyer au lycée Loritz. Il l'a fréquenté deux ans avec de bons résultats et puis son père est mort. Il a fallu qu'il aille à la mine pour aider sa mère à élever les plus jeunes. Je trouve cela injuste. On lui a coupé les ailes. Il aurait pu aller loin. Alors, il suit des cours du soir. Mais c'est difficile, surtout après une longue journée de boulot passée dans les vapeurs chaudes ou à pelleter des tonnes de sel. De retour à la maison, à peine la tête sur l'oreiller, il doit plonger dans les bras de Morphée. À la saline, on lui a proposé de surveiller les autres ouvriers. Mais il a refusé pour ne pas trahir les siens. N'est-ce pas admirable ?

– Si, bien sûr.

– Franchement, j'aimerais qu'il s'en sorte. Mais sa mère a besoin de ses bras pour faire bouillir la marmite. En plus, il y a des jours de repos qui n'en sont pas et ça, de la part de la direction, c'est dégueu…, pardon dégoûtant. Tu sais que certains saliniers sont employés uniquement à la ferme Saint-Louis et aux vignes ?

– Oui, ils travaillent indirectement pour la saline. Ils sèment l'avoine, font la moisson, veille sur les chevaux de la mine. C'était déjà ainsi du temps de ta mère.

– Certes. On y élève aussi des cochons, des poules et des lapins. Et qui bénéficie des œufs, de la charcuterie, du vin et tout le reste ? La direction et les cadres. Pour les petits, il n'y a rien. C'est franchement révoltant. On vient même chercher les charretiers et les menuisiers pour les faire trimer chez les chefs. Les patrons sont tout-puissants. Le voisin d'Antoine, qui est plombier, a été dérangé un dimanche pour réparer la baignoire de Mme Dougnot, la femme du grand ingénieur. Madame voulait prendre son bain avant de recevoir ses amis. Et selon toi, pour quel salaire ?

– Aucune idée, ma fille.

– Une tranche de brioche donnée avec condescendance. Le voisin d'Antoine l'a refusée en disant : « Merci, madame. Ma femme en fait une délicieuse qu'elle saupoudre de sucre glace. La vôtre n'en a pas. »

– Il a bien fait, bravo ! J'aurais voulu voir la tête de Mme Dougnot.

– Les saliniers sont les esclaves de la direction, je ne t'apprends rien. Il ne faut pas s'étonner qu'il y ait des grèves et que la colère grandisse.

La fresque de *Guernica* émut Gabrielle et Charles qui désapprouvaient la terrible guerre que menait Franco à la tête de ses troupes nationalistes avec l'appui de l'Allemagne nazie et de l'Italie de Mussolini. Si l'URSS soutenait les républicains, c'était de façon timorée. Staline craignait les marxistes non staliniens. Il aurait fallu selon lui les éliminer, lancer une vaste purge. La purge, il connaissait.

La ville de Guernica avait été choisie pour cible par les états majors allemand et italien. Un bombardement salué par Franco et perpétré un jour de marché… Les bombes incendiaires, larguées en très grand nombre, avaient mis le feu à la ville. Les pompiers étaient demeurés impuissants. Le nombre des victimes était élevé, de cinq cents à deux mille morts. Comment savoir ? Picasso, artiste cubiste peu connu, avait peint cette toile pour dénoncer cette horreur. On ne peut pas dire que l'oeuvre fut mal accueillie, elle ne fut pas accueillie du tout, car incomprise. On parlait d'un sujet passé au rouleau compresseur. Aragon se tut, dubitatif face à cette fresque que Paris avait maintenue au sein de l'Exposition afin que le plus grand nombre de visiteurs la vît. Ce ne fut sans doute pas du goût de l'Espagne, du moins des nationalistes de Franco, et encore moins de celui de l'Allemagne nazie qui exécrait l'art moderne.

– Pourquoi, répétait tristement Gabrielle, accrochée au bras de Charles, pourquoi tant de haine ? Pourquoi s'en prendre à des civils un jour de marché ?

– Ce qui est à craindre, c'est ce qui va suivre, ma chère cousine. Je corresponds avec deux jeunes Allemands. L'un, Kurt, vit au sein d'une famille protestante de Hambourg et l'autre, Oscar, est né dans une famille œuvrant pour les démunis à Berlin. Les syndicalistes, les chrétiens catholiques et protestants sont déjà victimes de persécutions. Les femmes dites de mauvaise vie sont arrêtées et disparaissent. Les magasins tenus par des juifs sont barbouillés, pillés. Rien ne peut arrêter ce fou de Hitler. On se demande à quoi ont pensé ceux qui ont voté pour lui, tu comprends cela, Gabrielle ?

– Il leur a promis le bonheur. L'Allemagne, m'a dit mon père, a été humiliée par le traité de Versailles en 1919. Hitler a juré de lui redonner sa grandeur.

– On ne prouve pas sa grandeur en écrasant ceux qui sont sans défense.

– Je suis bien d'accord.

– La France avait été humiliée par le traité de Francfort de 1871 et a cherché à se venger en 1914.

– Sauf qu'elle ne l'a pas fait en cherchant des boucs émissaires parmi les étrangers, les juifs ou ceux qu'elle aurait considérés indésirables.

– Certes. Tu vois, quelles que soient les époques, les politiques ne savent pas tirer les leçons du passé. Et l'histoire, malgré le vieil adage qui affirme le contraire, prend un malin plaisir à repasser les plats, des plats sur lesquels on se précipite pour croquer à pleines dents sa part du gâteau de la revanche.

– Ce n'est pas ainsi que l'on construit la paix, soupira Gabrielle.

– Espérons, malgré tout, que nous éviterons la guerre… Pour changer de sujet, j'aimerais beaucoup revoir mes tantes. Elles ont pris la poudre d'escampette, semble-t-il. Sais-tu ce qu'est devenue Joséphine ?

– C'est la plus rigolote des jumelles. Depuis qu'elle est veuve, elle fait du théâtre tout en s'occupant d'André, son fils. Elle vit en ce moment à Bruxelles où elle joue dans *Les Femmes savantes*.

– Et ses sœurs, que sont-elles devenues ?

– Pélagie a fondé sa maison de couture. Elle est installée rue Montaigne. Si tu veux, nous passerons la voir ce soir ou demain matin. Je vais lui téléphoner depuis l'hôtel pour savoir si elle est libre. Elle nous recevra, c'est sûr.

– Et Jeanne-Marie ?

– C'est une artiste, une reine de la peinture. Elle vit à Honfleur. Si tu as le temps, nous lui rendrons visite en août.

– Faisons ainsi, répondit Charles.

3

Saint-Nicolas-de-Port, 1938-1939

Le retour fut joyeux. Il fallait qu'il en fût ainsi pour chasser de leur mémoire des instants qui eussent pu être dramatiques.

– Grâce à Dieu, affirma Charles, le docteur a fait des merveilles. C'est un héros !

L'agression s'était produite au palais de Chaillot, une bousculade qui avait vu un homme armé d'un couteau se ruer sur Charles et Gabrielle. Maurice, qui avait rejoint le jeune couple, s'était retourné à temps et avait arrêté le bras qui n'avait pu qu'érafler la robe de Gabrielle. Charles et Maurice, aidés d'un homme du service d'ordre, avaient immobilisé l'agresseur, le temps que les forces de l'ordre prennent le relais. Les deux hommes avaient harcelé de questions l'homme au couteau. Il s'était obstiné à garder le silence pendant de longues minutes. Sa perruque postiche était tombée à terre, tout comme ses lunettes. Et Charles l'avait reconnu. Il l'avait croisé à Nancy, à la banque La Vigerie. Il s'agissait du fils d'un couple d'amis du banquier.

Pris de colère, Charles s'était jeté sur lui :

– Qui deviez-vous frapper et pourquoi ? Moi ou la jeune demoiselle ?

L'homme secouait la tête.

– Vous, monsieur. J'aime cette jeune fille… Et elle me repousse parce que vous lui plaisez.

Gabrielle ne comprenait pas. Elle n'avait jamais vu cet homme.

– Nous ne nous connaissons pas ! s'était-elle exclamée, outrée.

– Moi, si. Je sais qui vous êtes et Mme de La Vigerie aussi. Elle a plein de photos de vous, de votre famille. Elle vous déteste, vous et les vôtres. Moi, mademoiselle, je vous trouve très bien. Nous ferions un beau couple, non ?

– Il est complètement cinglé, avait soufflé Charles.

Les policiers avaient menotté l'agresseur pour l'embarquer à l'hôtel de police. Maurice s'était retenu de le gifler. La mort de Charlotte lui revenait à l'esprit et l'image de cette femme qui s'étaient enfuie après le bombardement faisait l'assaut de sa mémoire. Était-ce Clotilde ? Il ne l'avait pas revue jusqu'à très récemment, en consultation. Seul son époux avait assisté aux funérailles de Charlotte. Madame était souffrante, avait-il dit en guise d'excuses. Il faudrait que Maurice en ait le cœur net.

– L'enquête ne fait que commencer, avaient déclaré les policiers en relevant les identités des uns et des autres.

*

Gabrielle avait été choquée, elle tremblait. Pour réconforter les jeunes gens, Maurice les avait invités au restaurant.

– Sur la Butte, avait répondu Charles, nous danserons pour oublier les tarés du monde entier.

– Décidément, les mois de juillet à Paris finissent par se ressembler, avait ajouté Maurice. De génération en génération, les expositions universelles sont l'occasion de grands événements, parfois dramatiques, parfois heureux. Après ce qui a failli être un drame, goûtons donc au bonheur de la Butte.

Pendant le repas, il ne put s'empêcher de songer à Clotilde qu'il avait revue à l'hôpital. Une soi-disant urgence. La grande bourgeoise s'ennuyait-elle ? Elle s'était offerte à lui et il l'avait repoussée avec une élégance de façade, mais la rage au cœur.

– Vous avez tort, docteur. Mon mari pourrait faire votre fortune, vous permettre d'ouvrir votre propre clinique. Vous le méritez. En m'ignorant, vous m'offensez. Vous savez bien qu'il ne faut pas blesser inutilement une femme.

– Il semblerait, chère madame, que vous ne vous êtes pas privée de viser Charlotte. Quel besoin avez-vous de salir, de détruire ? Pourquoi tant de haine en vous ?

Elle s'était tue, avait baissé la tête et fouillé dans son sac pour lui cacher son visage.

– N'en parlons plus, cher docteur. Si cela empire, je reviendrai. Peut-être changerez-vous d'avis, dans votre intérêt, bien sûr, et celui de votre fille.

*

Les deux hommes étaient à l'avant de la voiture et Gabrielle à l'arrière. Ils s'arrêtèrent trois fois. Il fallait manger, se désaltérer et satisfaire d'autres besoins essentiels, comme disaient les hommes. Sur le trajet du retour, ils évoquèrent cette exposition. C'est Charles qui eut les mots justes pour la qualifier :

– C'était à la fois une exposition de fin de règne et une sorte de préfiguration des temps à venir si…

– Si on accepte de marcher au pas, conclut Maurice. J'en ai vu moins que vous, mais ça m'a suffi. J'étais très mal à l'aise dans le pavillon de l'Allemagne. Un lieu léché, archi-classique, une blancheur qui faisait mal aux yeux. C'était trop propre… C'est ce monde que veut ce fou qui vocifère, la pureté d'une Allemagne intacte. Se rend-il compte qu'il est le premier à noircir les âmes, à bourrer les cœurs de haine ?

– J'espère que le peuple ouvrira rapidement les yeux sur ce monstre, dit Gabrielle.

– On verra… En tout cas, Maurice, grâce à ma cousine, j'ai mis les pieds dans un atelier de couture.

– De haute couture, corrigea Gabrielle, ce n'est pas pareil ! Pélagie est extraordinaire. Elle va, elle vient, surveille ses ouvrières, déroule du tissu, le palpe, le respire, le drape sur un mannequin, cherche des boutons et des accessoires et s'empare de ses crayons. Elle lance quelques lignes, convoque l'un ou l'autre de ses stylistes. « Léo, j'ai une idée, tout de suite ! » J'ai l'impression qu'elle épuise tout le monde.

– Reste qu'elle est jolie femme et très élégante. Pas une seule pointe d'accent de chez nous.

– Hortense, sa mère, affirme aujourd'hui encore qu'elle était ainsi enfant.

– Je me souviens bien de Pélagie, je l'ai croisée chez ses parents, glissa Maurice. C'était pendant la guerre. Pélagie râlait, elle devait se rendre aux ateliers de Nancy pour confectionner des sacs qui seraient remplis de sable pour protéger les monuments, dont les fontaines de la place Stanislas. Les Boches bombardaient la ville régulièrement pour impressionner les Nancéiens. Pélagie regardait le bout de ses doigts meurtris. Elle disait aimer les chiffons, mais les beaux chiffons, ceux qui sont une caresse sur le corps. Pas cette horrible toile qui desséchait la peau. Le soir, elle prenait des bains d'huile pour ses mains. Elle refusait d'éplucher les carottes pour ne pas qu'elles deviennent de couleur orange. Comme c'était la guerre et qu'on manquait de certaines crèmes, elles n'étaient plus aussi douces et blanches qu'avant. Et Nicolas, son père, la raillait : « Tu veux être utile, être l'égale des hommes, jolie princesse capricieuse ? Commence par faire sans rechigner ce qui t'est demandé. Même si c'est dur, fais ton devoir, c'est ainsi que tu grandiras. »

– Ah, je sais, intervint Charles, grand-père est strict. Mais entre nous, je préfère son attitude nette et tranchante à celle, ambiguë, de mon père. Avec lui, aucune conversation n'aboutit. Nos opinions politiques sont diamétralement opposées. J'ai le cœur à gauche, il bat pour la justice. Le sien aussi, clame-t-il, mais celle d'une justice en ligne droite qui n'admet aucun pas de côté. Et pourtant, il change de langage selon ses interlocuteurs. Il donne l'impression d'être d'accord avec des personnes dont on voit tout de suite qu'elles ne partagent pas ses idées. J'en ai déduit certaines choses, dont celle-ci : il fait parler son interlocuteur pour le mettre en confiance afin de se servir de ses propos et de les retourner contre lui, si vous voyez ce que je veux dire. Maman est catastrophée quand elle l'entend évoquer sa morale « digne et noble ». Elle a envie de hurler lorsqu'il insulte le gouvernement de Blum. Elle a déploré sa démission en avril. Elle dit se méfier de Daladier, ce qui met mon père dans une rage folle. Pour lui, les juifs ne valent rien. Ils s'enrichissent aux dépens des vrais Français. Ma mère l'a rembarré très vertement. « Je regrette presque de t'avoir dit "oui". J'ai dû me tromper sur ton compte. » Il fallait voir mon père... Je n'oublierai jamais le regard méprisant qu'il lui a lancé. C'était un regard... froid, assassin. Oui, c'est cela, un regard assassin, pas moins. Et mon père de reprendre son fameux couplet sur les fossoyeurs de la grandeur passée de la France. Maman a eu le tort de lui rétorquer que tous les partisans de l'Action française passés à la Cagoule étaient des voyous et des meurtriers. Eh bien, croyez-moi ou pas, mon père l'a giflée. Il l'a même menacée : « Si on ouvre un camp à Nancy pour les mauvais patriotes, tu seras la première à y croupir. » J'ai bondi, pris mon père à la gorge. « Il n'y a peut-être jamais eu de parricide à Pompey, mais si tu fais ça, tu peux être certain que moi, j'en commettrai un. » Il m'a craché au visage. Je n'étais qu'un moins que rien, moi et mes... Il cherchait le terme, je le lui ai soufflé : « camarades ». Il nous a alors traités maman et moi de gaucho-communistes-fouteurs-de-merde. Ce que j'ai fait, c'est mal, je le sais. Mais je n'ai pas l'intention de lui demander pardon. Qu'il m'insulte parce que je n'ai pas les mêmes idées que lui, soit, mais qu'il ne s'en prenne pas à maman ! C'est inadmissible de se comporter ainsi. Des gens horribles lui ont lavé le cerveau.

– Ta mère et toi, il faut que vous restiez sur vos gardes. C'est bien que tu nous aies raconté ça, insista Maurice. Si Sybille et toi avez besoin d'aide, notre porte vous est ouverte, ne l'oubliez pas ! En tout cas, le constat n'est pas rose. L'avenir ne s'inscrit pas sous les meilleurs auspices.

*

Avait-on oublié les bruits de bottes ?

La fin de l'année 1938 avait quelque peu glacé les esprits et les cœurs. Daladier, qui avait pris les commandes du pays, ne cessait de répéter qu'il fallait remettre la France au travail. À la mine, quand l'un ou l'autre porion reprenait ce discours pour obtenir des cadences plus élevées, les chauffeurs de poêles, les rouleurs et même les femmes à l'ensachage et au conditionnement, dans son dos, faisaient des bras d'honneur et marmonnaient : « Comme si on se les tournait, nos petits pouces. »

Le plus triste pour Maurice fut le retour de Munich de Daladier et Chamberlain le 30 septembre 1938. Ils furent accueillis tels des héros, ils avaient sauvé la paix, prétendait-on, libéré les Français de l'angoisse d'une proche guerre.

– Certes, à très court terme, avait maugréé Maurice en refermant le journal.

Daladier allait en profiter pour évincer les communistes le 4 octobre et, pour couronner le tout, Paul Reynaud, ministre des Finances, remettait en cause les acquis de 1936. Ô triste mois de novembre ! Ce fut la fin des quarante heures et l'obligation de travailler six jours. En échange, on allait revaloriser les allocations familiales. Une annonce qui ulcéra certaines femmes, dont la mère d'Antoine, qui n'avait pas la langue dans sa poche. Elle travaillait à l'ensachage à la mine.

– C'est ça, on va leur faire des mômes pour qu'ils aient suffisamment de chair à canon. Qu'ils aillent se faire voir ailleurs, ces nantis ! Qu'ils gardent leurs sous ! Notre ventre est à nous.

Cette fois, le grand rêve du Front populaire était bel et bien mort.

Le soleil de l'été 1939 n'en finissait pas de caresser les pavés de ses rayons. Un dernier coin de paradis. Jamais peut-être les femmes n'avaient été aussi belles. Les robes fleuries égayaient les rues. Était-ce une manière de repousser cette guerre, de lui faire un pied de nez ?

Charles venait souvent voir sa cousine. Parfois, Antoine se trouvait là et tous trois échangeaient sur les événements en France et sur la marche du monde. Maurice se réjouissait en les écoutant. Il songeait que tout n'était pas perdu tant que de tels jeunes existeraient.

Ils n'avaient toujours pas digéré la reconnaissance du régime de Franco par la France. Les pouvoirs spéciaux avaient été accordés au gouvernement en mars en vue de la préparation d'un éventuel conflit. On avait assuré à la Pologne que, si les troupes allemandes passaient le couloir de Dantzig, la France serait là. La Grande-Bretagne aussi.

– Il n'y a que cet imbécile de Marcel Déat pour écrire dans *L'Œuvre* qu'il ne faut pas mourir pour Dantzig ! s'écria Charles. Si on laisse faire, c'en est fini pour tous. Hitler ne s'arrêtera pas.

Tous avaient apprécié la condamnation de l'Action française par Rome. Il était temps. On comprenait enfin que les grandes idées de ses membres attachés à leurs privilèges n'étaient que mépris et racisme.

– Les femmes vont encore être en colère, ajouta Antoine, le Code de la famille devient de plus en sévère. Les femmes pourront être condamnées à mort en cas d'avortement.

– Ce n'est pas nouveau, répliqua Gabrielle. C'est seulement réaffirmé. Ce ne sont pourtant pas eux, les politiques, qui les élèvent, les enfants non désirés.

– Tu ferais ça, toi, Gabrielle ?

– Je ne crois pas. Et le problème ne se pose pas. Mais je ne vais pas blâmer les femmes qui n'ont pas les moyens d'élever un marmot qu'un mec leur a collé. Même si c'est un monstrueux péché.

– Comme tu y vas ! Si ton grand-oncle évêque t'entendait…, dit son père. Je ne te savais pas aussi…

– Aussi quoi, papa ?

– Ben…

– Féministe, c'est ça ?

– On peut dire cela ainsi.

– Parfois, tu sais, nous, les femmes, nous en avons assez de la domination des mâles… Les mâles, fit-elle d'un ton solennel, nous considèrent comme inférieures, bonnes pour leur seul plaisir, au lit ou ailleurs…

– Hou lala, tu te lâches, Gabrielle ! s'écria Antoine.

– Elle n'a pas tort, ma gentille cousine.

– Allons, avant que tout cela tourne mal, je vous propose une séance de cinéma à Nancy, au Pathé rue Saint-Dizier. Il paraît qu'on donne *La Règle du jeu* de Jean Renoir. Un excellent film, lança Antoine.

C'était vraiment un bon film. Un drame gai ou une fantaisie dramatique, selon le réalisateur, qui avait peint la grande bourgeoisie à la fin des années 1930. Ils allaient pouvoir en parler longtemps et s'interroger.

– Dans cette histoire, qui aurais-je été ? L'aviateur ou le mari ? avait demandé Antoine.

– Ah, c'est donnant-donnant pour le mari, admit Charles. Il ne bronche pas, mais cela lui permet de voir sa maîtresse sans se sentir coupable.

Seule Gabrielle avait gardé le silence.

– Et toi, Gabrielle, qui aurais-tu été ? De qui te sens-tu proche ? De Christine de La Chesnaye ou de Lisette, sa bonne ?

– Ni l'une ni l'autre. Mais je reconnais que c'est un peu la vie du monde, d'un certain monde, avait-elle répondu.

– Quand même, qui aurais-tu voulu être, si tu avais joué dans ce film ?

– J'aurais aimé être un végétal. On voit tout, et on se tait, forcément. On n'a jamais entendu un arbre, une plante parler, sauf lorsque souffle le vent, là oui, il existe le chant silencieux d'une plainte sourde et lugubre. Oui, c'est ça, J'aurais été un arbre non loin du château pour observer ce petit monde et ses convenances. J'aurais tout vu et aurais essayé d'intervenir. Une branche qui tombe… Renoir, en bon fils de peintre, nous montre la nature. Elle a sa place, mais il la laisse muette. La scène dans la serre a fait monter la tension et j'ai redouté ce qui allait se produire. C'était effectivement la règle du jeu.

La Règle du jeu fut évoqué devant Maurice qui hocha la tête. Il fit mine de s'y intéresser, mais c'est à un autre jeu qu'il songeait.

Clotilde était revenue le harceler, cette fois pour lui demander de la délivrer d'un enfant dont elle ne voulait pas. Il avait refusé et elle avait proféré des menaces. Il l'avait saisie au poignet :

– Que les choses soient claires entre nous, madame. Ne recommencez pas ! Cessez ce petit jeu. Je sais que vous n'avez pas porté secours à Charlotte. C'était vous, n'est-ce pas ?

– Pff, de l'histoire ancienne. Il y a plus de vingt ans. De toute façon, elle allait mourir. Je me rendais chez ma couturière, rue Poincaré. Je l'ai vue et entendue geindre. J'ai recueilli ses dernières paroles, elle suppliait qu'on aille vous chercher. Je lui ai dit qu'il était temps qu'elle quitte ce monde, que sans elle, vous iriez mieux et que je vous consolerais.

Maurice s'était levé et avait giflé Clotilde.

– Vous êtes vile et laide, madame ! Votre âme est noire. Vous n'avez pas besoin de mon aide. Je vais prévenir votre époux. Qu'il sache qui vous êtes : un monstre.

– Je vous en prie, docteur, vous n'avez pas compris que je vous aime…

– Oui, vous m'aimez et vous donnez l'ordre à un cinglé d'aller assassiner ma fille ou son cousin ? Fort heureusement pour vous, il a joué la comédie de l'homme fou. Il est désormais en asile psychiatrique. C'est peut-être lui qui vous a fait un enfant ?

Elle avait rougi, bafouillé avant de se reprendre :

– J'admire votre don pour cerner les êtres. Oui, cet homme encore jeune et beau m'a peut-être fait un enfant un soir de désespoir... Croyez-moi, je ne lui ai jamais demandé de s'en prendre à votre fille ou à votre neveu. En fait, je pense que l'enfant est celui d'un autre homme proche de feu Charlotte. Je suis si souvent seule... Mais il m'a lassée, car toujours pris par la politique. Alors j'ai rompu. Trop tard, sans doute, et me voilà bien embarrassée... À mon âge, un peu plus de quarante ans... Mais je vous répète que je ne suis pour rien dans cette agression. S'il vous plaît, docteur, j'ose compter sur votre discrétion, pas un mot à mon mari !

– Sortez, sortez de ce bureau et que je ne vous revoie plus jamais !

Le surlendemain, on apprenait la mort de Clotilde. Elle s'était jetée dans le canal en laissant une lettre sur le bureau de son mari. Celui-ci vint en parler à Maurice.

– Elle vous accuse d'avoir refusé de la soigner. Voyez ce que je fais de cette lettre, docteur Carrier, je la déchire. Je ne vous en veux pas. Clotilde n'était pas malade mais...

– Seulement un peu hystérique et, disait-elle, enceinte, à sa grande surprise car elle croyait qu'après quarante ans, on ne risquait plus ce genre de problème.

– Enceinte ? Tiens donc ! Pas de moi en tout cas ! Sans doute du dernier amant en date, un proche de votre famille. Le saviez-vous ?

– J'avoue que non, elle ne m'a pas fait de confidence.

– Il s'agit d'un cousin de votre épouse décédée.

– Qui ? Étienne ?

– C'est ça même. J'ai fermé les yeux, comme tant de fois. Elle se jette à la tête des hommes. J'ai hélas épousé une jolie femme, mais un peu dérangée. Je m'en suis très vite aperçu. Je crois que dans sa famille, ce problème est récurrent. Le besoin de faire du mal, de s'inventer des ennemis…

Maurice avait soupiré. Il songeait à Sybille qui ne méritait pas un tel homme. À Charles… « Depuis que le monde est monde, le venin n'a pas fini de se répandre », pensait-il.

– Ce sont des maux qui font bien des dégâts, vous en conviendrez.

– Hélas, mille fois hélas, avait soupiré le banquier. En tout cas, vous n'êtes pas responsable de ces faits.

– Sachez que je suis désolé pour vous, ajouta Maurice en lui tendant la main.

*

Août était un mois bien joli. Qui pouvait se douter que la France et même le monde vivaient leurs derniers jours d'insouciance ? Le risque était là, imminent. D'un instant à l'autre, on allait basculer dans une tragédie comme jamais le monde n'en avait connu.

Le pacte germano-soviétique avait été signé. On se demandait pourquoi, et voilà que les communistes français approuvaient.

– Heureusement que je n'ai pas eu l'idée de devenir coco, vociféra Antoine. Je leur aurais foutu ma carte à la gueule.

Le 24 août, la mobilisation partielle fut décrétée en France. C'était grave, très grave, et deux jours plus tard, le gouvernement français avertissait Hitler que la France tiendrait ses engagements envers la Pologne.

– Voilà, déclara Charles, et maintenant en route pour la grande aventure puisqu'il nous faudra mourir pour Dantzig.

Ce fut le 1er septembre que tout bascula. Hitler envahit la Pologne. La France lança la mobilisation générale et deux jours plus tard, le Royaume-Uni, l'Australie, la Nouvelle-Zélande et la France déclarèrent la guerre à l'Allemagne.

4

Saint-Nicolas-de-Port, 1940

Il fallait se rendre à l'évidence en ce mois de janvier 1940. De cette guerre, personne n'avait encore rien vu. Les jeunes gens étaient partis sur le front. Mais qu'y faisaient-ils ? Y avait-il seulement un front ? On savait que l'Allemagne avait pris possession d'une partie de la Pologne, que l'URSS s'était emparée de l'autre, ainsi que des pays Baltes, que ça cognait en Finlande… et que le gros des troupes attendait gentiment derrière la ligne Maginot. Ah, heureusement qu'on l'avait, cette ligne Maginot ! La France avait été bien inspirée de la construire après le conflit de 14-18. Dès 1928, le ministre de la Guerre André Maginot avait eu cette idée de génie : établir des fortifications le long des frontières françaises allant de la Belgique à l'Allemagne en longeant le Luxembourg. Qu'ils y viennent, les Teutons. Ils ne passeraient pas, foi d'André Maginot ! Ray Ventura s'en amusait avec son orchestre et tous chantaient sur un air venu de chez l'oncle Sam : « On ira pendre notre linge sur la ligne Siegfried »… Tout était prévu pour le bien-être des troupes. On n'allait pas recommencer une guerre de tranchées dans la boue, avec la faim, la soif et la trouille au ventre qui vous file des diarrhées monstrueuses. Nos valeureux soldats attendaient de pied ferme les troupes allemandes. Ils écrivaient aux familles et aux amis : « On fait notre popote, on joue aux cartes, on ne voit guère de monde. L'ennemi a peur. Il ne se risquera jamais jusqu'ici... » Et pour cause, l'ennemi était occupé ailleurs et avait mis au point une stratégie qui allait surprendre ces Français un peu trop sûrs d'eux.

Pendant ce temps, la France, vidée de ses forces vives, essayait de survivre. Les usines tournaient. Certaines fabriquaient des armes, nécessité oblige. Les femmes avaient pris le relais, comme en 1914. Les universités et grandes écoles étaient désertes, puisque la guerre avait aspiré les jeunes...

Gabrielle avait vu partir Charles et Antoine.

Charles, à qui son père avait dit : « Une bonne guerre te remettra les idées en place. Tu vas voir ce qu'ils vont en faire, les Allemands, de ta pseudo-humanité, de ta philosophie à deux balles. Elles seront pour toi, leurs balles, et je ne te plaindrai pas. »

Antoine était soucieux et fort ennuyé. Il laissait sa mère seule avec ses plus jeunes frères. Elle le rassura ; les trois derniers avaient quatorze, quinze et seize ans et la mine les avait embauchés. Tout irait bien et peut-être qu'avec un peu de chance, cette guerre ne durerait pas aussi longtemps que celle de 14-18.

Avant son départ, Antoine et Gabrielle avaient fait une longue promenade, le long des berges du canal. Il lui avait déclaré être très triste de la quitter.

– Je sais que beaucoup de choses nous séparent, mais depuis le temps qu'on se connaît… Si je devais ne pas revenir, je voudrais que tu saches que tu es la jeune fille que je préfère parmi toutes celles que j'ai rencontrées.

Elle avait souri, sans lui répondre. Avait-il pris son attitude pour un acquiescement ? Il l'avait enlacée.

– Et toi ? demanda-t-il.

– Je t'aime bien, Antoine.

– Tu préfères ton cousin ?

– Certes, non, c'est un frère pour moi, c'est tout !

– Alors, tu me préfères, moi ?

– Je t'aime bien, répéta Gabrielle lentement en lui tendant ses lèvres qu'il prit, presque surpris, mais avec bonheur.

Il esquissa une caresse sur sa poitrine. Elle recula et prit sa main pour l'embrasser et le repousser délicatement. Il sourit tristement, mais n'insista pas.

– Nous nous écrirons.

– Je te répondrai, Antoine. Va et prends soin de toi, en souvenir de nous !

Gabrielle retrouva la maison de la rue des Hayes, les larmes aux yeux. Elle lui avait permis de l'embrasser. Elle l'aimait bien, c'était vrai, mais elle était incapable de savoir si elle l'aimait tout court. Il partait et elle voulait qu'il garde d'elle un agréable souvenir. Un baiser, soit, mais pas plus ! Elle n'aurait pas pu. « Pourquoi, songea-t-elle, les hommes ont-ils tellement besoin d'un corps avant de quitter un lieu, une terre pour se lancer dans une grande aventure comportant des risques ? Est-ce que le fait de m'avoir tenue dans ses bras aurait donné à Antoine plus de courage pour défendre le pays ? Et d'abord, est-il sûr qu'il m'aime et que je suis la femme de sa vie ? Il se cherche encore. Il quête la stabilité. Suis-je celle qui lui apportera tout cela ? En suis-je seulement capable ? »

Comme elle aurait aimé avoir une maman pour parler de cela ! Comment Charlotte avait-elle su que Maurice était l'homme de sa vie ? En cela, sa mère lui manquerait toujours. Quand l'absence était trop forte, que le vide était intolérable, elle s'arrangeait pour rendre visite à Juliette ou à Hortense. Non qu'elle leur posât directement les questions qui la taraudaient, elle n'aurait pas obtenu de réponse, mais elle aimait parler avec elles, entendre la parole de femmes plus âgées qui, souvent, la devinait au-delà des silences. Parfois, Juliette l'attirait à elle et la câlinait l'espace d'un instant. C'était cela qui lui avait manqué le plus, une mère caressante... Est-ce cela que cherchent les hommes dans la femme aimée ? Le souvenir de la mère, la première femme de leur vie ? Il lui semblait avoir perçu le trouble d'Antoine. Mais Antoine se trompait d'amour. Elle le comprit.

Par un soir de février glacial, la cloche du porche de la maison de la rue des Hayes retentit. Maurice ouvrit la porte et se trouva face à Sybille.

– Excusez-moi, Maurice, de vous déranger si tardivement.

Elle était échevelée et trempée de pluie et de neige glacée.

– Mais entrez vite, je vous en prie. Venez, on va vous donner des vêtements secs et vous prendrez un peu de soupe.

Gabrielle avait quitté le grand salon en entendant son père converser. Elle poussa un cri en voyant Sybille.

– Qu'arrive-t-il ?

– J'ai fui Étienne. Il est trop violent. Il a la tête mangée par ses idées politiques. Charles a dû vous en parler...

– Vous êtes venue comment ?

– À bicyclette, je n'en peux plus.

Elle faillit tomber de faiblesse. Maurice la retint et l'obligea à s'asseoir.

– Allons, on va vous préparer un lit. Sait-il où vous êtes allée ?

– Non, fit-elle en ravalant ses larmes. Il était à une réunion à Nancy. Encore avec ses longues capotes... J'en ai profité. Je ne veux pas vous causer de souci, mais si vous pouviez m'héberger cette nuit, le temps que je trouve une solution. Je ne veux pas rentrer à Pompey. Je n'ai plus assez d'estime pour lui. Ne dites rien à Hortense et à Nicolas. Il va courir chez eux, j'en suis certaine. Et Hortense viendra gentiment me faire la morale en m'expliquant que ma place est auprès de lui. C'est déjà arrivé. J'ai cédé, mais cette fois, c'est définitif.

– Il vous frappe ? questionna Maurice en la regardant attentivement.

Il avait remarqué des bleus qui avaient viré au jaune sur son front et sur ses pommettes, malgré la poudre de riz. Elle avait baissé la tête. La honte lui venait. Les victimes se sentent toujours coupables. Ne l'ont-elles pas mérité ? Sybille s'interrogeait. Elle ne faisait que suivre ce que lui dictait sa conscience. Il ne pouvait soutenir un gouvernement qui méprisait des êtres humains. Sybille, même si elle s'était mariée à l'église, venait d'une famille juive. Cela devait être la cause de la haine de son époux.

– Je vous propose de rester ici jusqu'à ce que nous ayons trouvé un bon avocat. Évidemment, Étienne sera dans son bon droit avec l'abandon du domicile conjugal. Demain, je vous accompagnerai chez un collègue pour faire constater les traces de coups. Je suis de la famille, mes certificats auraient bien peu de crédibilité. Vous ne pouvez continuer à mettre ainsi votre vie en danger.

– Pour lui, frapper une juive, ce n'est rien. Je n'ai que ce que je mérite. Les gens de ma race polluent la France. De telles phrases sont pires que tous les coups que l'on peut recevoir. Je suis vraiment désolée de vous ennuyer.

– Cessez de l'être, l'essentiel est de garder vos forces vives. Ne sortez pas, il est inutile de vous faire repérer. Et si vous voyez Hortense ou Nicolas arriver par la petite fenêtre, courez vous cacher à la cave ou au grenier. J'irai ouvrir. Fermez toujours à clef la porte de votre chambre afin qu'on ne reconnaisse pas vos affaires. On n'est jamais trop prudent, n'est-ce pas ?

On avait l'impression que rien n'avançait. C'était vraiment une « drôle de guerre ». C'est la presse qui avait employé cette expression qui portait à rire[1].

1. Elle proviendrait d'une mauvaise traduction. En anglais, *phoney war*, « fausse guerre » ; en allemand, *Sitzkrieg*, « guerre assise » ;

Le gouvernement avait commencé à mettre en place des cartes d'alimentation. La viande et l'alcool étaient rationnés depuis janvier. Mais à la campagne, les gens se débrouillaient. On avait son petit potager et on élevait lapins et poules. Le Royaume-Uni et la France essayaient d'aider la Finlande, aux prises avec les troupes soviétiques. En mars, le gouvernement Daladier fut renversé. Celui de Paul Reynaud lui succéda.

Tout bascula en mai 1940. Les Pays-Bas, la Belgique et la France furent pris de court. L'armée allemande contournait la ligne Maginot. Elle arrivait du nord. La puissante Wehrmarcht progressait, arrogante, victorieuse déjà. Et quand les soldats allemands mirent le pied en France, ce fut une belle pagaille. Des millions de personnes firent leurs bagages et prirent d'assaut les routes menant vers le sud.

Le danger était à Givet, à Sedan. Tiens donc, dirent les anciens, comme en 1870. Alors, on appela le maréchal Pétain. Le héros de Verdun allait sauver la France. Il ne pouvait en être autrement. Il devint vice-président du Conseil. Amiens fut la proie des bombardements le 19 mai. Six mille bâtiments livrés aux flammes, mais la cathédrale fut épargnée. L'ange veillait. Les jours qui suivirent, la France connut cette guerre qu'elle attendait depuis septembre et qui n'était pas encore arrivée jusqu'à elle. La Belgique avait capitulé. Léopold III avait été fait

en polonais, *dzwina wojna*, « guerre étonnante ». Le terme « drôle de guerre » est revendiqué par le journaliste Roland Dorgelès et pourrait être le résultat d'une confusion de l'expression *phoney war* avec *funny war*, qui veut dire « drôle de guerre », dans le sens d'amusant.

prisonnier. Les troupes allemandes nettoyèrent Dunkerque et les soldats français, épuisés par la *Blitzkrieg*[1], ne purent que crier grâce. Paris s'était vidé de ses habitants, l'exode s'intensifiait et les avions allemands n'hésitaient pas à bombarder les civils en fuite. La France espérait un appui aérien britannique qui ne vint jamais. Le gouvernement quitta la capitale pour Bordeaux. Les Allemands entrèrent dans Paris sans se battre.

Sinistre jour que ce 14 juin 1940. Un cessez-le-feu honteux vit la confiscation de tous les drapeaux français au bénéfice des croix gammées. Paris pouvait pleurer et la France entière sangloter. Hitler se pavanait sur les grandes artères. Il avait conquis la plus belle ville du monde et il mettrait au pas ces orgueilleux Français.

Paul Reynaud avait démissionné. Philippe Pétain était président du Conseil. Le plus dur était encore à venir. Il appela les Français à cesser le combat. Il disait avoir le cœur serré et vouloir éviter des morts inutiles. « Bien, le grand-père », firent quelques jeunes en l'entendant déclarer : « Je fais don de ma personne à la France. »

– Mais on s'en fout ! hurla Gabrielle hors d'elle. On s'en fout qu'il ait le cœur serré ! Nous voilà dans le pétrin et couverts de honte !

Comment quelques privilégiés apprirent-ils qu'un général nommé Charles de Gaulle avait filé à Londres et, le 18 juin 1940, demandait justement le contraire ? « Il faut

1. Guerre éclair.

poursuivre le combat aux côtés du Royaume-Uni… Il le faut. Nous avons perdu une bataille, mais pas la guerre. »

Comment Maurice avait-il su que des Français commençaient à rejoindre Londres pour agir ?

À la fin juin, le gouvernement français s'installait en « zone libre ». Puisque la France était coupée en deux. Au nord, la partie soumise à l'Allemagne qui avait repris l'Alsace et la Moselle. Le département de Meurthe-et-Moselle avait été déclaré « zone réservée ».

– En si peu de temps, soupira Maurice.

Il s'assit, accablé, à son bureau, il venait d'apprendre l'entrée des troupes allemandes dans Varangéville. Il fallut assister au triste défilé des prisonniers français traversant la ville, mais surtout voir les Allemands les encadrer, sûrs d'eux jusqu'à l'arrogance. Rue Gabriel-Péri, il était interdit de se pencher aux fenêtres dont les volets devaient être gardés fermés. Une vieille femme, qui n'avait sans doute pas compris les ordres, avait enfreint cette consigne pour dire au revoir à la jeune maman venue récupérer l'enfant qu'elle gardait… Stupéfaits, les badauds entendirent un coup de feu et virent le corps de la vieille femme basculer sur le trottoir. Les vainqueurs tiraient sur tout ce qui bougeait.

Philippe Pétain reçut les pleins pouvoirs. Ceux qui l'avaient connu et vénéré comme le héros de 14-18 étaient en droit de s'interroger. Ils voyaient un homme à la botte de l'Allemagne, des lois iniques avaient été votées. Un décret avait été promulgué fin juillet ; il retirait la nationalité française aux juifs immigrés installés en France et naturalisés après 1927.

– Ce n'est qu'un début, maugréa Maurice.

Et voici qu'en août les juifs de Lorraine furent expulsés.

Vint ce jour de septembre où l'on frappa à la porte de Maurice et Gabrielle.

La jeune femme retint un cri en posant sa main sur sa bouche.

– Charles !

Il s'était évadé du camp de prisonniers établi à Kaiserslautern.

– Je vais repartir sans tarder. Si l'on m'attrapait chez vous, vous seriez fusillés sur-le-champ. Si vous pouviez m'accueillir une nuit ou deux, le temps que je prenne des contacts… Je serai discret. Je dois rejoindre le Général à Londres. Pas question de plier le genou devant les Teutons.

– Tu ne seras pas seul, répondit Gabrielle. Ton cousin, André, le fils de Joséphine, notre charmante fofolle qui a l'intention d'entrer au couvent, se prépare aussi à partir.

– Ce sera l'occasion de faire plus ample connaissance… Pas possible ! s'écria Charles en voyant Sybille surgir dans le couloir menant aux chambres. Maman ici, je rêve ou quoi ?

Mère et fils tombèrent dans les bras l'un de l'autre. Sybille lui expliqua qu'elle avait quitté Étienne. Elle espérait ne pas être une charge pour Maurice et Gabrielle.

– Je peux essayer de t'emmener à Londres. Il me semble que tu te débrouilles bien avec une machine à écrire, tu étais secrétaire, non ?

– Peut-être pas à Londres, mais ici, sur le sol français, oui, bien sûr. Nous écoutons Radio Londres et je rends déjà quelques services, mais chut, top secret, mon fils. Gabrielle aussi…

– Je voulais vous demander si vous aviez des nouvelles de la famille Sunberg dont je suis proche, vous le savez, s'enquit Charles. Je suis passé rue Émile-Zola, à Nancy, avant d'arriver ici. Il n'y a plus de plaque à leur nom sur la porte d'entrée.

– Les juifs sont maintenant montrés du doigt, répondit Maurice. Ils n'ont plus le droit d'exercer certains métiers.

– Moi, j'ai des nouvelles, ajouta Gabrielle. Tu avais donné notre adresse à Sarah. Elle est venue nous prévenir quand ses parents sont partis à Montpellier, en zone libre, chez des amis. Papa l'a fait entrer à l'hôpital. Elle s'appelle désormais Marie Daucourt. Elle a des papiers, tout ce qu'il y a de plus français, et en règle, un certificat de baptême aussi. Parfois, elle passe nous voir. Il y a beaucoup de familles juives qui vivent en vieille ville à Nancy, ou plutôt qui y survivent. Il va falloir faire passer les plus exposées d'entre elles en zone libre.

– Quelle honte, murmura Charles, accablé. Comment résister ?

Gabrielle éclata de rire à cette question posée par son cousin.

– Ah, il faut suivre son instinct et son imagination ! À Dombasle, dès le mois d'août, la résistance s'est organisée. Les Allemands avaient placardé des affiches louant les mérites du soldat allemand qui venait en aide aux pauvres Français abandonnés. Je peux te dire qu'elles n'ont pas fait long feu. Dessus, on a peint des croix de Lorraine. Le plus rigolo, c'était d'observer la réaction des passants et celle des Allemands.

– Tu dis « on »... Tu y étais ?

– Tu veux vraiment tout savoir... En septembre, un groupe conduit par des séminaristes a défilé en chantant...

– L'*Ave Maria* ?

– Non, idiot, *La Marseillaise*. À Nancy, comme à Metz, sur le marché, quand les femmes croisent un Allemand, elles courent en criant : « un Boche, un Boche » pour lui faire honte. Quant aux marchands, ils refusent de leur vendre leurs produits. Si l'Allemand insiste en sortant ses billets, ils lui répondent qu'ils ne nourrissent pas l'ennemi.

– Comment réagissent les Allemands ?

– Ben, les amendes pleuvent. Ça coûte très cher de manquer de respect à l'occupant. En cas d'arrestation, on les menace de les envoyer à Charles III et, si ça n'est pas suffisant, en Allemagne.

– Ce serait moins drôle. Certains camps sont très durs.

– Je sais. Mais ces frondeurs affirment qu'il en va de leur honneur. Jusqu'aux étudiants qui se réunissent à La Viennoise, la brasserie de la place Carnot, à Nancy. Ils mettent des actions sur pied, réfléchissent à des modes opératoires. Ils n'ont peur de rien.

– Et puis, coupa Maurice, on écoute Radio Londres, même si c'est interdit.

– Et on va de temps à autre visiter le vieux tonton qui a été évêque à Besançon et qui se repose non loin de Morteau. Et ça, Charles, c'est intéressant. Tu imagines la géographie des lieux ? De la nature, des bois... Tu marches gentiment, comme ça, sur un sentier et, tout à coup, hop, tu es en Suisse, dans le canton de Neuchâtel, à côté de La Chaux-de-Fonds. Cette piste est précieuse. Grâce à elle, on pourra peut-être mettre des gens en sécurité. Le tonton nous a donné un tas d'actes de baptême avec les tampons et tout ça. Ça occupe les soirées de baptiser et de remplir les registres de l'évêché.

– Quel homme merveilleux !

– Il n'est plus très jeune. Il était là quand Napoléon III est venu visiter Dieuze… Mais on dirait que cette guerre l'a rajeuni. Il est heureux de jouer de bons tours à la soldatesque boche.

– Et ici ? interrogea Charles.

– Ça se met en route. On s'organise, déclara Sybille.

– Vous avez des nouvelles d'Antoine ?

– Non, répondit Gabrielle, on sait seulement qu'il a été fait prisonnier. Une carte est arrivée chez sa mère. Il serait retenu dans une ferme en Allemagne. C'est dur pour sa maman. Elle se fait beaucoup de souci.

– Et des Allemands, vous en côtoyez ici ?

– Ah, ça ! Obligés de faire avec ceux qui logent au château, déplora Maurice.

– Au château ?

– Ben oui, la grande demeure de la saline, précisa Gabrielle. Un lieu somptueux réservé au directeur qui a dû se faire tout petit pour accueillir la soldatesque du Führer. Haraucourt aussi a son lot. Ils ont des side-cars. Ces engins font un de ces boucans… Ce qui ravit les Boches, ça les pose. On les voit, ils existent.

– Moi, reprit Maurice, j'en reçois de temps à autre en consultation. Un prétexte, la plupart du temps. Je ne suis pas dupe, je sais que je suis surveillé. Parfois, ils viennent me chercher en side-car. J'ai toujours peur d'être éjecté dans un virage. Ils exigent que j'aille soigner un idiot qui s'est coupé en cuisine ou un autre qui a chopé une bronchite.

– Faut les laisser cr… pardon, mourir, suggéra Charles.

– Et les représailles, tu y penses ? Ce ne sont pas des tendres. Et puis un médecin a le devoir de soigner, serment d'Hippocrate oblige.

– Vous n'êtes pas très libres.

– Il semblerait que non. Officiellement, la France a perdu la guerre. Le nord du pays est occupé et nous devons nous soumettre à la loi des vainqueurs. Ils estiment être chez eux et ont pour mission de nous civiliser. « Ach, quel beau pays, mais habité par des gens tellement imprévisibles, ils ne savent pas obéir… »

– Les Boches apprécient l'endroit ?

– Bien sûr. La campagne et Nancy à deux pas. La brasserie aussi, ce sont de sacrés cheulards[1] de bibine.

– Comme vous y allez, Maurice, souffla Charles. Je ne vous reconnais pas.

1. Argot lorrain : buveurs.

5

Saint-Nicolas-de-Port, 1941-1942

Sybille était très active et parfois, à la nuit tombée, juste avant le couvre-feu, elle arrivait chez Maurice et Gabrielle avec des enfants. Ils ne restaient pas longtemps. Il fallait les préparer. Les familiariser avec leur nouvelle identité et les conduire en lieu sûr. Soit chez le tonton évêque en Franche-Comté, soit dans la ferme familiale de sa dévouée Alphonsine. Restait ensuite à les mener à travers bois en Suisse. Certains passaient en zone libre, dans les Cévennes ou en Touraine, où ils rejoignaient des orphelinats. Une autre convoyeuse les prenait alors en charge jusqu'à destination.

Au départ, c'était Sybille qui prenait le train jusqu'à Dijon. Le plus délicat, c'était le changement à Nancy. Cette gare était sans cesse surveillée. À Dijon aussi, la situation était tendue. Puis c'était le tortillard qui menait à Besançon chez sa tantine qu'elle allait soigner, disait-elle. Il lui était arrivé de faire une partie du voyage en voiture quand une connaissance pouvait la prendre. Les prétextes étaient variées : les enfants devaient retrouver leur famille, leur mère, qui avait été malade, s'était rétablie. Sybille était soit leur tante, soit une jeune grand-mère. Parfois, Gabrielle ou Juliette la remplaçaient.

Les papiers étaient en règle. Jacques et Adam, employés zélés de la préfecture, artistes en faux documents, y pourvoyaient. Les tampons étaient officiels. Jacques et Adam étaient une aide précieuse. Les enfants demeuraient quelque temps chez tonton Maurice, dans l'attente du grand voyage. Ils apprenaient une autre histoire que la leur. On jouait avec les plus jeunes. Les plus âgés se montraient plus graves car ils comprenaient, eux. Tous dormaient au sous-sol. Ils arrivaient et repartaient de nuit. Une chambre secrète avait été aménagée. Une vieille armoire posée contre un mur en dissimulait l'accès. Il fallait entrer dans l'armoire et, sur le côté gauche, tout en bas, appuyer sur un bouton qui déclenchait le mécanisme. Le fond du meuble s'ouvrait sur un minuscule couloir et, juste à gauche, une porte donnait sur la chambre. Si les Allemands entreprenaient de perquisitionner le domicile du docteur, il était peu probable qu'ils découvrissent la cache. Maurice jouissait d'une bonne réputation. Connu et reconnu pour sa droiture et ses qualités humaines. Ce qui était délicat, c'était d'obtenir des enfants le silence chaque fois que la cloche retentissait. Très pédagogue, armée d'une patience d'ange, Gabrielle donnait les instructions. La scène avait été répétée à maintes reprises. Au son de la cloche, les enfants se glissaient dans le lit sous la couverture.

Jusqu'au mois de juillet 1942, tout se passa correctement. Les visites étaient rares. La soldatesque allemande se livrait à des contrôles « par habitude ». Maurice leur servait même un bon verre de vin.

C'est après la rafle ratée de Nancy[1] que, dans la région et jusqu'à Lunéville, tout devint plus compliqué. On percevait la colère de l'ennemi, sa hargne. On se mit à suspecter, à fouiner. Les juifs qu'on n'avait pas trouvés à leur domicile devaient bien se terrer quelque part. De bons et vaillants Français prêtaient main-forte à la Gestapo. La paix de l'Hexagone était à ce prix. Et Hitler n'avait pas tout à fait tort, mieux valait se débarrasser des juifs qui leur mangeaient la laine sur le dos. À force d'accueillir la racaille du monde entier, on finit par se faire contaminer. Il était préférable de prendre le mal à sa source, d'extraire les mauvaises racines. Sybille, Gabrielle et Maurice étaient catastrophés lorsqu'ils entendaient de pareils commentaires. Mais ces derniers avaient au moins le mérite d'être clairs et de situer leurs auteurs.

Ce fut un soir de septembre, alors que le calme semblait être revenu après la grande traque ratée, qu'Étienne, qu'on n'avait pas revu depuis que Sybille l'avait quitté, se

1. Le 19 juillet 1942, dans le cadre de l'opération *Vent Printanier*, des arrestations de familles juives avaient été programmées à Nancy. Les trains étaient déjà en gare. Édouard Vigneron, chef du service des étrangers au commissariat central, et cinq de ses hommes sauvèrent plus de trois cent cinquante des trois cent quatre-vingt-cinq juifs menacés. Ils reçurent la médaille de Juste parmi les nations, leurs noms sont inscrits sur le monument de Yad Vashem. Un téléfilm sur le sujet, *Le Temps de la désobéissance*, a été tourné à Nancy par Patrick Volson.

présenta rue des Hayes. Il n'était pas seul. Trois longues capotes, comme les appelait Sybille, l'accompagnaient. C'est Gabrielle qui ouvrit la porte. Elle savait bavarder, le verbe un peu haut, pour qu'on l'entende dans la maison. Une procédure qui permettait d'alerter les occupants pour qu'ils rejoignent le sous-sol.

– Bonjour, mon cousin, fit-elle avec un certain naturel. En quel honneur nous rends-tu visite ?

– Comme tu peux le constater, je suis en mission pour la très bonne cause.

– Et ?

– Nous recherchons des personnes susceptibles de cacher des juifs.

– ???

– Ne fais pas l'étonnée, ma chère cousine.

– Tu penses que nous connaissons de telles personnes ?

– Ne joue pas à ce petit jeu, pas avec moi !

– Voyons, ces personnes ne doivent pas se vanter de leurs actions, sachant ce qu'elles risquent…

– Venons-en à toi et à ton père. Nous avons appris par des voisins qu'il vous arrive d'héberger Sybille.

– Héberger est un bien grand mot. Elle nous rend visite, rarement. Mais c'est ta femme, une parente !

– Elle n'est plus ma femme. Ses deux grands-mères et sa mère étaient juives. Selon la loi d'aujourd'hui, le mariage que nous avions contracté n'a plus aucune valeur.

– Mais tu déraisonnes, Étienne. Ton épouse a suivi six mois de catéchisme catholique, elle a été baptisée et s'est mariée à l'église avec toi. On appelle cela une conversion, toute notre famille a chanté Alléluia ! Ton fils a été baptisé et élevé dans la religion catholique. Il a fait sa communion et sa confirmation.

– Certes, mais on reste juif jusqu'à sa mort, tu le sais. Sybille l'est, quelle que soit la religion qu'elle pratique. Je l'ai reniée depuis son départ. J'ai compris un peu tard ma faute.

– Parce que c'est une faute d'aimer ?

– Ne mélange pas tout. Où est-elle ?

– Comment veux-tu que je le sache ? Sybille est une femme libre. Il lui arrive de passer, mais elle vit sa vie sans nous rendre de comptes.

– Nous sommes certains qu'il se passe des choses ici.

– Des choses, quelles choses ?

– Ton père et toi, vous cachez des juifs.

– Ah bon, tu m'en apprends de bonnes ! Mon père est médecin à la saline de Varangéville, tu ne l'ignores pas, et je l'aide, comme ma mère l'a fait avant moi.

– Nous allons fouiller la maison, c'est un ordre.

Les Allemands bousculèrent Gabrielle, blanche comme un linge, au moment où Maurice sortait de son bureau. Gabrielle avait fait ce qu'elle avait pu pour prolonger la conversation afin que Sybille puisse fuir par l'arrière de la maison et se réfugier dans la cabane du jardinier, invisible depuis l'entrée principale. Elle devait avoir eu le temps de mettre de l'ordre dans la chambre, d'effacer toute trace… Il y avait deux enfants à la cave qui, jusque-là, n'avaient pas bronché.

– Que voulez-vous à ma fille, messieurs ? Je vous prie d'être corrects, s'efforça d'articuler Maurice avec un sourire quelque peu figé.

Les Allemands ne répondirent pas. Ils étaient entrés en action. Ils vidèrent tous les placards de la cuisine, renversèrent bureau et chaises, la table d'auscultation du cabinet. Ils ne trouvèrent rien. La cave était une cave, rien de plus. La penderie de l'armoire contenait des vêtements de jardin, des imperméables abîmés qui servaient quand on plantait par mauvais temps. En regagnant le vestibule, ils soulevèrent l'immense tapisserie représentant une scène de vendanges à l'époque de la Renaissance.

– Là, hurla Étienne, il y a une porte !

– Mais enfin, Étienne, cette porte est scellée. On voit bien qu'elle ne sert pas.

– Ouvrez-là, ordonna le soldat allemand.

– Derrière, c'est le mur, insista Maurice.

– La clé, *schnell* !

L'Allemand s'énervait et tenait son arme pointée vers Maurice.

– Je suis désolé, je ne l'ai pas.

– Eh bien, on va forcer la serrure.

– Je répète qu'il n'y a rien. C'est une porte de décoration. Comme je ne la trouvais pas jolie – cette maison était celle de mes beaux-parents –, j'ai fait poser cette tapisserie.

Étienne alla chercher un pied-de-biche dans le garage et parvint à desceller la porte dans un nuage de poussière de plâtre.

– *Ach*, s'énervèrent les Allemands, c'est vrai, c'est un mur de briques…

– Cassez tout, ordonna Étienne, il y a quelque chose derrière, j'en suis sûr.

Gabrielle regardait sans comprendre.

Maurice haussa les épaules :

– Vous vous donnez de la peine pour rien.

– Il y a quoi, papa, là-dedans ? questionna doucement Gabrielle.

– Rien les concernant. Peut-être le squelette d'un soldat de 1870…

Et Gabrielle découvrit cette pièce pour la première fois.

– Alors ? demanda Gabrielle.

– Seulement des souvenirs de ma belle-mère Émilie.

– Ma grand-mère ? Pourquoi les avoir cachés ?

– Par respect pour elle. C'était son refuge. Même ton grand-père n'avait pas le droit d'y entrer. Il me semblait naturel de murer ce lieu, je ne voulais pas être sacrilège.

– Mais la mort délivre des promesses, non ?

– Je ne sais pas, je ne sais plus, Gabrielle. Pardonne-moi, murmura Maurice en se prenant la tête.

Il se rappelait y avoir mis quelques effets de Charlotte, des souvenirs personnels qui devaient bien compagnonner avec les œuvres de sa mère, sculptrice et photographe.

Gabrielle ouvrait de grands yeux. Ce qu'elle voyait la stupéfiait. Des dizaines de sculptures. Les Allemands étaient dépités et, de rage, ils renversèrent un bas-relief. Maurice se précipita pour éviter un massacre.

– Si je ne me trompe pas, Étienne, tu figures sur ce bas-relief et moi aussi. Ta tante y a gravé les prénoms des enfants représentés. *Les Jours heureux*… Vois où ta fureur stupide te conduit.

– Elle était dingue, cette pauvre Émilie, la sœur d'un…

– Un peu de respect, veux-tu. Messieurs, il s'agit des sculptures de ma belle-mère aujourd'hui décédée. Je vous prie de respecter son art. Il n'y a rien ici.

Ils haussèrent les épaules et se pincèrent le nez… Comme si *Les Jours heureux* sentaient mauvais.

– Là, *schnell* ! hurla soudain un Allemand. *Eine Frau rennt, schnell*[1] !

La fenêtre à l'arrière de l'atelier, bien que recouverte de vigne vierge, donnait sur le jardin. Pourquoi Sybille était-elle revenue chercher le paquet qu'elle tenait contre elle ? Qu'est-ce qui lui avait pris ? Elle n'ignorait pas que l'ennemi était dans la place.

« La reine des gourdes, songea Gabrielle. Ils vont l'embarquer. »

Ils s'apprêtaient à arrêter Gabrielle et Maurice, quand celui-ci se redressa :

– Ma fille n'est au courant de rien. Le coupable, c'est moi. Lorsque Sybille a quitté son mari, je l'ai recueillie. J'espère l'épouser quand la guerre sera terminée, mon cher Étienne. Ce n'est rien d'autre qu'une histoire d'amour. Vous pouvez m'arrêter, dit-il en tendant ses poignets.

Étienne lui administra une baffe magistrale.

– Pauvre idiot, lança Étienne, se sacrifier pour une salope de juive ! Tu vas le payer très cher, stupide médecin. Direction les camps, comme elle. Un convoi va bientôt partir pour Drancy. Mais auparavant, un petit tour au 58, boulevard Albert-Ier, à Nancy. Tu vas voir, on

1. Une femme court, vite !

va bien s'occuper de vous deux. Une merveille ! On sait même faire parler les muets et les morts. Le capitaine Horst Ellissen a bien formé ses gars. Des experts, je ne te dis que ça.

– Je t'en prie, Étienne, plaida Gabrielle, Maurice est un homme bon, il soigne sans jamais faire de profit, tu le sais. Les choses de la guerre sont loin de ses préoccupations. Ne te venge pas sur lui, pas plus que sur Sybille. Tu l'as aimée, il me semble.

– Ferme ton grand bec, sinon on t'embarque avec eux. À propos, vous avez des nouvelles de Charles ? Où est-il, ce mauvais fils ?

– Nous ne l'avons pas vu depuis la déclaration de guerre. Il a été mobilisé comme ses copains, sans doute est-il retenu prisonnier quelque part.

– Prisonnier, il l'a été avec son régiment, du moins ce qu'il en restait. Mais on m'a dit qu'il s'était évadé.

– Il n'est pas assez stupide pour venir ici, où tu as cueilli ta femme…

– Ex-femme.

– C'est pareil, et tu es fier de toi ? Tu imagines la tête de tes parents ?

– Ils ne valent pas mieux qu'elle. Mon père, passe encore, il admire le maréchal, mais ma mère, quelle imbécile avec ses grandes idées généreuses !

Maurice jetait à sa fille des regards désespérés. « Ne cherche pas à énerver les fous, la suppliait-il des yeux. Reste en vie pour les enfants, ma chère Gabrielle, d'autres viendront et il faudra les sauver. Reste en vie pour les saliniers qu'on soigne ainsi que leurs familles. »

– J'aurai l'occasion de te revoir, lança Étienne d'un ton haineux. Il faudra bien qu'on règle cette histoire. Si ton père est coupable, tu l'es aussi puisque vous travaillez ensemble.

– Nous travaillions ensemble à la santé des saliniers, répondit Maurice à sa place. Mes activités, si j'en ai d'autres, ne regardent que moi. Gabrielle n'en a jamais rien su.

– C'est ce que nous allons voir.

Gabrielle dévisagea Étienne, le fils d'Hortense et de Nicolas, le père de Charles. Se pouvait-il qu'au sein d'une même famille, il y ait des gens aussi différents les uns des autres ? Des êtres généreux et des salauds de la pire espèce ? Elle ravala ses larmes. Le chagrin serait pour plus tard, quand elle se retrouverait seule dans sa chambre après avoir raconté une histoire aux enfants qui devaient partir la semaine suivante chez Jeanne-Marie. Les deux garçons qui les avaient précédés avaient été conduits de l'autre côté de la ligne de démarcation. Loin, dans les Cévennes. Il fallait changer souvent d'itinéraire, brouiller les pistes, utiliser des circuits différents pour limiter les risques. Elle allait devoir récupérer le dossier de son père pour le mettre en sécurité.

Son père risquait de passer un sale moment. Il serait battu, torturé. Il s'y attendait, s'y était préparé. Comme Sybille. Elle avait entendu des conversations entre eux deux à ce sujet. « Pourvu qu'ils tiennent, qu'ils aient la force ! Parfois, quand la souffrance est intolérable, on peut craquer et ce n'est pas pour autant qu'on est un salaud ! » se dit-elle.

Maurice avait demandé à prendre quelques effets. On le laissa faire.

– Pour ce que ça va te servir, pauvre con, lâcha Étienne avec mépris.

Jusqu'à quand la haine allait-elle gangrener les êtres, et pourquoi ?

Puis, avant de monter dans la sinistre voiture noire, Maurice serra sa fille sur son cœur.

– Prends soin de toi, Gabrielle que j'aime. Il nous faut croire en « là-haut ». Peut-être est-ce là que je te reverrai avec notre cher Raymond, « plus haut », ajouta-t-il en baissant le ton. Tu es belle comme ta mère. N'oublie pas, tu es l'enfant de notre amour. Ta mère n'a été qu'à moi.

– J'espère te revoir ici-bas d'abord, mon cher papa, dit-elle en l'embrassant. Je pense à toi.

Elle avait battu des cils pour lui signifier qu'elle avait compris. Un Raymond déjà au paradis ? Mais non, il s'agissait de Raymond « du haut vallon » qui travaillait à la saline. Il était son contact.

Menottée, Sybille était déjà assise à l'arrière de la traction. On le fit monter à l'avant et on l'attacha, les bras levés, au plafond de la voiture, pour qu'il ne puisse s'en prendre au conducteur. À côté de Sybille, un Allemand avait pris place. Elle avait craint qu'Étienne ne s'installât à ses côtés. Elle préférait encore le voisinage du soldat allemand. Celui qui avait été son mari était devenu à ses yeux l'être le plus abject que la terre ait porté. « Mais comment ai-je pu l'aimer, me laisser caresser par lui ? » songea-t-elle. Ils avaient eu plaisir à être ensemble. La passion les avait unis. Elle chercha longtemps sans trouver à quel moment leur complicité s'était émoussée et leur bonne entente écornée. Comment et pourquoi la haine avait-elle réussi à prendre le pas sur l'amour ? En ce jour précis, alors que l'obscurité allait gagner sur la clarté, le choc était trop violent. Elle eut envie de vomir. À l'arrivée d'Étienne accompagné de la Gestapo, elle avait d'abord mis les enfants en sécurité. Puis elle avait tiré les couvertures sur son propre lit et avait gagné le cabanon au bout du jardin. Elle s'était alors souvenue qu'elle avait laissé des vêtements sur la chaise près du lit. Étienne les reconnaîtrait. Gabrielle parlait, parlait... Elle devait avoir le temps. Elle avait couru à perdre haleine. Elle y était presque. Pouvait-elle prévoir qu'ils entreraient dans ce qui avait été l'atelier d'Émilie ? On l'avait vue... Par sa faute, Maurice aussi avait été arrêté, mais elle n'avait pas oublié ce qu'il avait déclaré : « Je comptais l'épouser... » L'avait-il dit parce qu'il le pensait ou pour enquiquiner Étienne ? Comment savoir ? Jusque-là, Maurice n'avait jamais fait allusion à une possible liaison entre eux. Aucun geste n'avait été esquissé. Aucune parole ou sous-entendu. Des regards, ça, oui, il lui semblait. Il avait dit à Étienne qu'il comptait l'épouser. Elle n'avait donc pas rêvé. Ces mots lui mettaient un peu de baume au cœur. Voilà, elle y songerait et la bêtise et la folie des autres n'auraient pas de prise sur elle.

Il ne fallut pas longtemps à cet étrange cortège pour arriver boulevard Albert-Ier. Ils furent jetés dans des pièces différentes et dans le noir absolu. On allait s'occuper d'eux.

Combien de temps dura l'isolement ? Deux, trois heures ? Maurice aurait été incapable de le dire. Avait-il dormi ? Il avait somnolé, c'était certain, mais il avait surtout beaucoup pensé. Il avait mis en place une stratégie dans sa tête pour ne pas parler. Le chant, c'était cela. Du reste, il en avait souvent discuté avec Sybille.

– Pour supporter l'insupportable, il y a deux moyens efficaces.

– Ah oui, lesquels ?

– La poésie et le chant dans la tête. Fixer son attention sur un texte ou sur une musique, pour couvrir la voix terrifiante des barbares. La beauté sera toujours plus forte.

Il avait aussi réussi à communiquer à Gabrielle le nom de la personne à contacter. En aurait-elle le temps ? Deux enfants se trouvaient dans la maison. Il fallait les sortir de là au plus vite. Ils étaient capables de revenir l'arrêter.

Il entendit, en même temps qu'on l'extirpait de sa cellule, qu'on ouvrait la pièce jouxtant la sienne. On sortait Sybille. Oui, c'était cela. Allait-on les interroger en même temps ? Les torturer l'un devant l'autre pour obliger celui ou celle qui assistait au supplice à parler ?

Ils commencèrent par Sybille. Étienne entra au moment où on lui plongeait la tête dans une baignoire d'eau sale pour la troisième fois. Chaque fois qu'elle reprenait son souffle après avoir cru mourir, elle criait :

– Ne dis rien, Maurice chéri ! Je tiens, ils sont trop cons.

Elle garda le silence. Étienne était là, impassible. Il allumait cigarette sur cigarette. Il s'approcha d'elle pour la marquer au visage.

– Tu peux faire ce que tu veux, gros dégueulasse, tu ne sauras rien.

Elle lui cracha au visage.

Il la gifla. Le supplice reprit. Elle perdit connaissance. Maurice retenait ses larmes. Il eut droit à la même séance, les brûlures de cigarette en moins, mais reçut des volées de coups dans le plexus tandis qu'on le maintenait debout. Il ne s'évanouit pas aussi vite que Sybille. Lorsque Sybille revint à elle, on la ramena dans la pièce pour qu'elle vît ce qu'on faisait à Maurice. Elle ferma les yeux et, dans sa tête, comme il le lui avait appris, elle s'efforça de chanter une chanson qui faisait fureur cette année-là, *Mon amant de Saint-Jean*.

On l'entendait partout. Elle se souvint aussi de : « Je comptais l'épouser. » Un presque sourire lui vint aux lèvres. Elle serait dans les bras d'un homme méritant, elle danserait…

Maurice songeait à Charlotte, *Aux marches du palais* et à *Plaisir d'amour*.

Il eut envie de leur dire : « Tapez, tapez, je l'ai aimée, je l'aime encore, ma Charlotte, et vous ne pourrez rien contre cela. » Il n'entendait plus leurs questions.

Pendant trois jours, on les martyrisa jusqu'à ce que Sybille crie :

– Je vais parler ! Le traître, c'est Étienne… Mais oui, il veut que je meure pour qu'on ne lui cherche pas de poux sur la tête. C'est un agent double. Il est en contact avec Londres. Il leur balance tout ce qu'il sait et vous vous faites avoir comme des bleus.

Pourquoi Étienne prit-il peur ? Il sortit son pistolet, s'approcha d'elle et lui tira une balle dans la tempe en hurlant :

– Salope !

Ce qui interpella le capitaine Horst Ellissen, jusque-là silencieux. Il s'avança lentement et tira Étienne à lui après avoir saisi l'arme qu'il tenait encore à la main. Le corps de Sybille gisait, affalé sur le bord de la baignoire. La tête éclatée avait rougi l'eau. Une vision insoutenable pour Maurice qui, les mains liées dans le dos, ne pouvait retenir ses larmes. C'était ça, la vie ! C'était ça, l'être humain supérieur ! C'était ce qu'il était capable de faire ? Il ne vit que l'ombre du mal qui planait et pétrifiait ces hommes nés pour l'horreur et qu'aucun dieu n'était capable de ramener sur des berges où pourraient couler le lait et le miel.

« Yahvé, songea Maurice, pourquoi l'as-tu abandonnée ? Tu as fait silence et elle en est morte. »

– Très intéressant, ce que madame a dit… Pourquoi avez-vous réagi si vite ? demanda Elissen à Étienne. Elle allait nous parler… de vous, peut-être, d'autres aussi. Hum… Arrêtez-le ! fit l'officier allemand dans un claquement de talons sinistre. Demain, ce sera son tour. Il aura toute la nuit pour réfléchir. Quant à M. le docteur, expédiez-le où vous savez… Les durs comme lui ne parlent pas. Un long voyage le fera peut-être plier, si toutefois il parvient à destination.

Maurice sut qu'il allait partir pour un camp. Dans quel état arriverait-il à destination ? Les poésies, le chant intérieur suffiraient-ils à le maintenir debout ? Pour l'instant, son corps le faisait souffrir. Et son cœur saignait. Il admirait le courage de Sybille. En agissant ainsi, elle avait abrégé ses souffrances et semé le doute sur Étienne. Sa carrière de salaud risquait de s'achever entre ces murs. Il eût aimé savoir combien d'hommes et de femmes étaient passés entre ses mains, combien avaient perdu la vie par sa faute. « Que Sybille soit accueillie dans ce pays où, dit-on, Yahvé est bon ! »

De retour dans sa cellule, Maurice s'abandonna à une sorte de délire peuplé de cauchemars et de sanglots. Il avait peu mangé depuis son arrivée et usé ses forces pour garder le silence. Il était fier de lui, il avait tenu. Son admiration, cependant, allait surtout à Sybille qui avait réussi à mettre Étienne en défaut. S'agissait-il d'une vengeance de sa part ?

Il la trouvait héroïque. Il avait été heureux de déclarer devant Étienne et ces deux affreux Boches qu'il l'aimait. Il avait remarqué son étonnement et celui de Gabrielle.

Il ne s'était rien passé entre eux. Pas un geste, pas une seule parole équivoque. Peut-être quelques regards. Elle ne savait pas que, certains soirs, son visage se superposait à celui de Charlotte. Il en avait eu honte. Est-on toujours maître de ses sentiments ? Elle était la seule femme depuis Charlotte à l'avoir troublé. C'était vrai, secrètement, il attendait la fin de la guerre. Elle avait entendu ce qu'il avait dit. Tant mieux. Et entre ces murs, il n'avait pas rêvé, elle l'avait appelé « Maurice chéri ». Elle avait emporté cette déclaration dans l'autre monde. Reste qu'elle n'était plus et que, s'il revenait de l'enfer, elle lui manquerait longtemps. Elle l'aurait aimé. Il aurait pu bâtir quelque chose de beau... Il y songerait pendant ce long trajet. Il espérait que ces mots lui permettraient de tenir et, si ce n'était pas possible, il se laisserait emporter par ce « Maurice chéri ». Charlotte n'en serait pas jalouse. Tous deux avaient aidé Sybille à mettre au monde Charles...

Devait-il se réjouir de ce qui allait arriver à Étienne ? Comment allait-il se sortir de ce mauvais pas ? Pourri jusqu'à la moelle des os, il était capable de renaître pour exécuter de plus viles besognes encore.

Au fond, cela lui était égal. Il n'avait aucune compassion pour cet être mangé par la haine et capable de tuer de sang-froid une femme qu'il avait aimée et avec qui il avait eu un enfant.

Et quel enfant !

Charles avait une belle âme...

Celle de sa mère.

6

Paris, Honfleur, fin 1942

Gabrielle voyageait en direction de Paris. Elle avait réussi à joindre Pélagie par téléphone pour lui demander s'il lui était possible de l'accueillir pour une nuit. Elle se rendait en Normandie, une affaire urgente.

Il avait fallu élaborer un pieux mensonge, bâtir avec Raymond une histoire crédible dans la nuit qui avait suivi l'arrestation de Sybille et Maurice. Pélagie était intelligente. Elle comprendrait.

Raymond s'était occupé des dossiers de Maurice.

– J'ai dissimulé un coffret étanche dans un petit tunnel reliant deux de mes caves, avait-il confié à Gabrielle. Ils peuvent brûler la maison du chef et la mienne, les papiers sont en sécurité.

C'est de chez lui qu'elle avait pris contact avec Pélagie à Paris, puis avec Jeanne-Marie à Honfleur.

– C'est bien, avait dit Raymond, mets-toi au vert pendant une dizaine de jours. Ils ne vont pas lâcher le morceau. Je risque d'être emmerdé, je préviens les autres au cas où… Pour cette nuit, reste ici avec les deux mignonnes. À mon avis, ils sont déjà chez toi. Ils vont tout mettre à sac ou réquisitionner la maison. Par mesure de sécurité, ne prends pas le train à Nancy. La Gestapo risque d'opérer des contrôles. Ils pourraient te coincer malgré tes excellents papiers, madame Angèle Tinquin, née à Maxéville, habitant rue de la Monnaie, à Nancy, avec tes deux filles, Suzanne et Annette, et dont le mari est prisonnier on ne sait où. Les fillettes connaissent bien leur leçon ?

– Oui, Raymond, comme tous les enfants que j'ai accompagnés. Je suis leur maman, Angèle Tinquin. Quand c'était Sybille, elle s'appelait Adrienne Marchand. Pour Juliette, c'était encore différent. Le réseau fonctionne bien.

– Bien, très bien… Quelqu'un va te conduire à la gare de Commercy. Les Boches y sont aussi, ils sont partout, mais ils sont moins bien informés que ceux de Nancy. Tu n'en es pas à ta première expédition.

Gabrielle songea : « Fasse le ciel que ce ne soit pas ma dernière course pour la vie », comme elle appelait ses missions. Si on devait l'arrêter, elle priait le ciel que les enfants fussent mis en sécurité auparavant. « Je pourrais ainsi mourir avec le sentiment du devoir accompli. »

Raymond lisait-il dans ses pensées ?

– Le sourire, gentille Gabrielle, toujours le sourire. La vie sera belle. J'ai une devise.

– Ah oui, laquelle ?

– Le bien triomphera du mal. Je m'efforce d'y croire. Alors, par amitié pour moi, fais de même. Plus nous serons nombreux, mieux ce sera.

– Si vous le dites…

– Quand on partage les mêmes idées et les risques, on peut se tutoyer, camarade. Tu as quel âge ?

– Vingt-six ans.

– Tant que ça ! Ben, tu ne les fais pas. Je pensais avoir affaire à une gamine. Je me croyais bien plus âgé que toi…

– Et toi ?

– Moi, je viens d'arroser mes trente ans. Ça fait sérieux, n'est-ce pas ? Mais ça n'empêche pas d'être potes, fit-il en lui tendant la main.

– Tout à fait, répondit-elle en la secouant.

– Tu sais, Gabrielle, avoir un idéal, comme croire en un même Dieu, ça soude les êtres. Moi, je suis certain que nous réussirons.

– Sans doute, Raymond. Papa me répétait sans cesse que je pouvais compter sur vous, pardon, sur toi.

Ce n'est que deux jours plus tard qu'elle avait pris place dans le train en gare de Commercy au milieu d'autres familles. Comme tout le monde, quand le contrôleur passa, elle sortit ses billets et les pièces d'identité avec le sourire. Le contrôleur observa les enfants, deux adorables gamines sans aucun accent, blondes. Une chance, songea-t-elle. Il leur souhaita un bon séjour dans la capitale et quitta le compartiment.

Elle arriva à la gare de l'Est sans aucun problème et prit le métro avec les fillettes. C'était la première fois qu'elles allaient à Paris.

Elle descendit à la station Champs-Élysées, elle connaissait bien le chemin pour aller chez Pélagie. Il était dix-neuf heures et il y avait encore beaucoup de monde, avenue Montaigne. Elle se dit qu'un défilé devait se préparer. La guerre avait beau s'être installée durablement, la vie continuait.

Pélagie vint l'accueillir dans le hall d'entrée. Elle fronça les sourcils à la vue des deux gamines.

– Je croyais que tu viendrais seule, chère Gabrielle. Le défilé va commencer, la collection d'été de l'an prochain.

– Déjà !

– Eh oui, on a toujours une ou deux saisons d'avance. Après, il y aura un repas officiel, ici, dans les grands salons. Tu pourras te joindre à nous, je vais te trouver une tenue, mais pour les petites…

– Tu m'avais prévu une chambre, je suppose ?

– Bien évidemment, mais pas deux ni trois.

– Un matelas supplémentaire fera l'affaire si le lit est étroit.

– Il ne l'est pas…

– Alors ne t'inquiète pas. Je ne m'attarderai pas au dîner. Tu sais, je suis un peu fatiguée. Les voyages sont éprouvants en ces temps troublés.

Gabrielle avait remarqué quelques mouvements et sans doute Pélagie avait-elle deviné ses craintes, lorsqu'un homme s'approcha d'elle et posa une main sur sa taille. Un Allemand, un gradé… Pélagie fit les présentations.

– Voici Helmut. Il nous aide beaucoup, ne t'inquiète pas !

Gabrielle avait-elle trahi une quelconque réserve, s'était-elle figée ? Elle s'efforça de sourire.

– Helmut, voici Gabrielle, une cousine qui nous arrive de Lorraine.

Heureusement, les fillettes ne cillèrent pas au prénom de Gabrielle. Elles restaient dans ses jupes.

– Et qui sont ces jolies petites filles, les filles de Mme… Gabrielle ?

– Oui, répondit la plus jeune.

– Fort bien. Ravi, mesdemoiselles. Vous allez regarder les belles robes créées par Pélagie ? C'est une grande artiste.

À part un léger accent, Helmut s'exprimait dans un français impeccable. Il s'éloigna.

– Tu ne m'avais pas dit que tu étais mariée et déjà mère de famille.

– On n'a pas toujours le temps de tout se dire, Pélagie. Je ne t'encombrerai pas longtemps, une nuit seulement. Je reprends le train demain matin pour aller chez Jeanne-Marie.

– À Honfleur, chez ma sœur, cette espèce de gouinasse ? s'exclama-t-elle, quelque peu outrée. Si tu n'as pas mieux comme fréquentations, à ton aise.

Gabrielle ignorait tout des préférences de Jeanne-Marie, mais elle n'était pas choquée. Elle estimait que chacun faisait ce qu'il pouvait et surtout selon son cœur. Elle se retint de répondre à Pélagie : « Et toi, tu sais qui tu fréquentes ? Des ennemis, des assassins, de vils racistes… » Elle s'efforça de sourire. Elle se demandait seulement comment s'extraire de ce guêpier sans mettre en danger Suzanne et Annette, les gamines dont elle avait la charge. Si cela avait été possible, elle serait partie sur-le-champ. Mais sa fuite aurait paru suspecte. Elle jouerait le jeu.

La soirée se passa correctement. Elle eut l'occasion de constater que les restrictions n'étaient pas pour tout le monde. Les mets délicats, les vins, le raffinement de la table dépassaient ce dont on aurait pu rêver en temps de paix. Elle y songea en se retirant dans la vaste chambre que Pélagie lui avait réservée. Un luxe inouï !

Elle regardait partout autour d'elle quand sa cousine frappa et entra dans la chambre.

– Je voulais te dire bonsoir. Il faut qu'on s'explique. Je ne te veux aucun mal et ne t'en ferai aucun, pas plus qu'à ces petites. Mais ce n'est pas ici que tu vas trouver à te protéger. Tu es assez fine mouche pour l'avoir compris. Il y a quelques jours, Étienne, avec qui je suis restée en bons termes, m'a téléphoné. Il m'a avertie que ton père avait été arrêté et il m'a demandé de ne rien faire pour vous aider. Il a insisté pour que je le tienne au courant. Inutile de te dire que, même si je couche avec Helmut, à la guerre comme à la guerre, je l'ai envoyé paître. Étienne est une fripouille. Il y a des Français qui sont plus redoutables et bien plus salauds que certains Allemands.

– Merci, Pélagie.

– Merci d'avoir été avec nous ce soir. Helmut, s'il se doute de quelque chose, ne te dénoncera pas, par amitié pour moi. S'il appartenait à cette catégorie d'hommes, il ne serait pas mon bon ami. Il n'est pas nazi. Il a été appelé, il sert son pays, avec parfois des larmes de honte.

– Je comprends.

– Demain, il te conduira à la gare Saint-Lazare. Il te mettra dans le train, puisque tu vas chez Jeanne-Marie, dont je désapprouve la conduite.

– Je ne sais que peu de chose d'elle.

– Elle vit avec Claire.

– Son amie de toujours. C'est sa vie et cela ne nous regarde pas.

– Moi, je suis quand même choquée. Deux hommes ou deux femmes, ce n'est pas normal…

– On ne commande pas toujours à son cœur.

– Mais est-ce toujours une histoire de cœur ou du vice ?

– Je crois que ce qui régit nos pulsions est plus complexe. Cela relève d'une attirance contre laquelle il est impossible de lutter. Jeanne-Marie vit avec Claire depuis si longtemps. N'est-ce pas préférable à un couple d'insatisfaits, où l'un et l'autre multiplieraient les écarts ?

– Tu es bien comme ton père… Bienveillante, généreuse. Au fond, je t'admire. Pardonne-moi d'être aussi dure.

– Mais non, c'est toi qui me viens en aide aujourd'hui, sois fière de toi !

– J'espère que tu garderas un bon et beau souvenir de cette soirée.

– Elle aura été une jolie parenthèse, ma cousine. Merci pour tout.

Gabrielle n'osa pas évoquer les circonstances de l'arrestation de Maurice et de Sybille. Bien évidemment, elle garderait le silence sur l'attitude odieuse qui avait été celle d'Étienne. C'était inutile de blesser Pélagie en insistant sur la noirceur de son frère, même si elle ne semblait pas le tenir en haute estime. Peut-être que, si l'occasion se présentait, elle pourrait néanmoins lui faire part de ses inquiétudes. Si Helmut pouvait se renseigner et faire en sorte qu'on les épargne, puisqu'il était gradé… Une petite lueur d'espoir semblait grandir. Un peu de soleil pouvait éclairer sa nuit. Elle se raccrocha à cette idée, ferma les yeux.

Elle songea à Raymond.

Le bien triompherait du mal.

Elle voulait y croire de toutes ses forces.

Les deux gamines s'endormirent vite. Le lit était vaste. Elles dormaient serrées l'une contre l'autre près de Gabrielle qui avait entrepris de fouiller dans son sac pour en extirper la grande enveloppe qu'elle avait trouvée dans l'atelier de sa grand-mère. Elle avait glissé d'un meuble éventré. Sur le devant était écrit « Charlotte ». Gabrielle avait reconnu l'écriture de son père. Ainsi, il avait soigneusement mis de côté ce qui concernait son épouse. Une pièce murée, tel un tombeau. Des souvenirs que la cruauté d'une guerre faisait resurgir…

Gabrielle sentit son cœur sauter dans sa poitrine. Dans cette enveloppe, se trouvait un bloc de correspondance dont de nombreux feuillets étaient couverts d'une jolie écriture féminine. Était-ce de la main de Charlotte ? Elle contenait aussi une autre enveloppe, plus petite, bourrée de photos. Charlotte aimait-elle elle aussi prendre des clichés ?

Gabrielle tira doucement le bloc. Elle regarderait les photos ensuite.

Hortense, qui m'a recueillie après ce que m'a fait vivre Germain, me dit qu'il ne faut pas que je garde pour moi cette salissure. Mais à qui en parler ? Pas à Maurice et de quel droit ?

Or je l'aime plus que n'importe quelle personne et ce depuis toujours. Nous chantions si bien tous les deux. Mais lui parler de cette saleté, non, ce ne sera pas possible. C'était tellement horrible qu'il ne me croira pas, il pensera que je suis folle. Peut-être que je le suis. […]

Je suis inquiète pour l'enfant que je porte. […]

La seule chose qui me réjouit est de savoir que ce n'est pas celui de Germain puisque nous n'avions pas, comme on dit, consommé notre mariage. C'est Maurice qui a cueilli le plus beau.

C'est Maurice qui a déposé sa graine avec amour. […]

Comment oublier cette soirée et la journée qui a suivi ?

Germain m'a droguée. La bonne a vu qu'il avait glissé une poudre dans le dernier verre qu'il tenait tant à me faire boire. J'étais déjà un peu pompette. M'avait-il déjà droguée au restaurant ? […]

J'avais refusé l'apéritif. Seulement une orangeade pour faire tchin…

Après, je me souviens qu'il m'a servi un vin léger, délicieusement pétillant… J'ai dit oui. La vie devenait légère et le visage de Germain s'est brouillé. J'entendais sa voix de loin parmi les chants d'oiseaux…

Il m'a humiliée, salie. De la nuit, je n'ai aucun souvenir, mais de la journée qui a suivi, hélas, si ! Il eût été préférable que je meure.

Comment ai-je trouvé le courage de fuir ? […]

Et mes parents que j'aimais tant… Je n'aurais jamais cru qu'ils puissent me vendre à un monstre. Ce dégénéré savait user d'un langage de gens bien sous tous rapports. Il avait beau employer le « vous », il guettait son heure. [...] Un loup à l'orée du bois. [...]

Hortense insiste. Elle me prie de me confier à Maurice. Mais comment le pourrais-je ? Je me sens indigne de lui, honteuse, sale. Jamais je n'oserai me réfugier dans ses bras comme je le faisais autrefois. [...]

J'ai entendu une conversation étrange entre mes parents.

Mon père disait à ma mère que Germain, qui avait d'abord voulu le tuer, avait finalement retourné l'arme contre lui quand la police était arrivée et que c'était mieux ainsi. Pas de procès. Les journaux n'auraient rien à se mettre sous la dent.

On éviterait de reproduire l'affaire Constant, le guillotiné de Nancy mort pieusement, après la noyade dans la Meurthe de cette pauvre Françoise, assassinée parce qu'elle portait un enfant... « Quand on pense, ma pauvre femme, a dit mon père, que tu as changé de nom pour échapper à ce scandale et qu'un autre nous tombe dessus... Grâce au ciel, le monstre est mort. » [...]

Gabrielle s'arrêta. Que s'était-il passé dans cette famille ? De quoi parlait son grand-père ? Hortense était-elle au courant de tout ?

Maintenant, l'enfant grossit en moi. Que vais-je lui dire ?

J'écris à défaut de parler. Je reste dans cette étrange bulle...

Et si, à cause de tout cela, mon enfant était anormal ? Et si, par la faute de Germain et de ses honteuses pratiques, il devenait vicieux, violent ? Un enfant ressent tant de choses dans le ventre de sa mère. Il a dû percevoir l'horreur infligée.

J'en suis certaine. Il ne pourra jamais sortir de mon ventre, il n'y arrivera pas. Il mourra étouffé et moi avec, et ce sera sans doute mieux ainsi. […]

L'enfant est né. Maurice m'a ouvert le ventre pour aller le chercher. Je n'ai rien senti.

Il paraît qu'il est beau. C'est une fille. Vais-je l'aimer ? Oserai-je la regarder comme une mère qui espère le meilleur pour l'enfant mise au monde ? […]

Je n'y arrive pas. Mon cœur est sec. Mais j'ai du lait et elle tète avec ardeur.

J'essaie de la nourrir. On me dit que je devrais éprouver un immense plaisir à le faire. Mais ce n'est pas le cas. On me rassure, ça va venir. Toutes les femmes sont heureuses d'être mère. Moi, ça m'ennuie, et pourtant, il faut bien que je fasse mon devoir.

Mais qu'est-ce que le devoir d'une mère ?

La mienne m'encourage, berce et cajole Gabrielle. Maurice me répète que je vais guérir, que je suis presque guérie. Alors, je lui souris. Qu'est-ce que je peux faire d'autre ?

Il est si gentil. […]

Il dit qu'il va m'épouser, qu'il va donner son nom à notre enfant. C'est normal, c'est le sien.

Mais au fond, cela m'est égal. J'ai l'impression que je ne vais pas vivre longtemps. Et que c'est préférable pour le bébé. On me répète que j'ai de la chance, cette Gabrielle est belle et d'une sagesse exemplaire. […]

Je souris, mais si on savait... si on comprenait le poids qu'elle est pour moi. Personne ne guérira mon âme ternie par le mal de Germain.

Maurice aimerait me retrouver. Il chante pour moi cet air que nous aimions tant :

Au beau milieu du lit,
Au beau milieu du lit,
La rivière est profonde... lon la,
La rivière est profonde.

Mais pour moi, plus de rivière. Elle est asséchée. [...] Aucun amour ne peut s'y baigner.

Pitié ! Pardon à tous ! À toi, petite Gabrielle, que je ne sais pas aimer, je demande mille fois pardon. Je n'y arrive pas, bien que tu sois l'enfant de Maurice, mon seul amour. [...]

Gabrielle interrompit sa lecture et se mit à réfléchir, à s'interroger sur elle-même.

« De quoi est-ce que je me souviens ? Ai-je conservé des souvenirs du ventre maternel ? Et quand elle m'a nourrie sans me regarder, ai-je guetté son sourire ? Mes yeux ont-ils rencontré les siens ? On me dit tenace... Ai-je capté une fraction de seconde l'étincelle qui m'aurait donné le goût de vivre ? Mon père aurait donc comblé les défaillances maternelles ? Sont-elles la cause de mes crises de doute ? Pourquoi ai-je été si timide avec Antoine ? Cette réserve remonte-t-elle à cette toute petite enfance privée d'amour ? Aurais-je, de ce fait, raté un rendez-vous avec la vie ? Au fond, ma mère m'a transmis ses questions. À elle aussi, il a manqué des réponses. Qui était Constant, le guillotiné de Nancy ? Et la noyée de la Meurthe ? Des eaux troubles desquelles cette famille a tenté de s'extraire. »

C'est encore la guerre.

Alors ce matin, je vais aller voir Amélia, mon Amélia de toujours, la seule qui savait sécher mes larmes de petite fille. Et pourtant, mes parents l'ont obligée à intercepter les lettres de Maurice. Elle a préféré aller soigner les indigents, les oubliés de tous. Elle m'aimait trop pour continuer à faire cela. Elle n'a pas brûlé les courriers, comme ils le lui avaient ordonné. Elle les a gardés et a fini par me les donner. J'ai dû mal les cacher, ils ont disparu. Si j'avais pu les relire, ils m'auraient lavée des salissures de Germain. […]

Les Prussiens vont encore bombarder Nancy. Je vais chez Amélia. Si la guerre doit me prendre, qu'elle me prenne ! Ma disparition soulagera tout le monde. Et je ne verrai plus cette Clotilde qui me harcèle.

Cette fille m'ennuyait déjà à Sainte-Rose… Elle parlait dans mon dos. Elle disait pis que pendre ma mère artiste.

Puis elle a épousé le banquier de La Vigerie et tenté de ruiner papa. Une folle vengeance. […]

J'ai compris trop tard. Et j'ai été obligée de me marier avec Germain, ce vil bonhomme, pour qu'il injecte des sous dans les affaires de papa. Clotilde en a profité pour se répandre. Elle racontait n'importe quoi sur la famille de maman et sur maman dont un frère serait mort sur la guillotine pour avoir assassiné une jeune fille enceinte de ses œuvres. C'est Hortense qui m'a raconté. C'est une femme de qualité. Mais toutes ces révélations son intervenues après la souillure. [...]

J'aurais dû entrer au couvent, ne pas transmettre la vie. Ma petite Gabrielle va hériter d'une étrange histoire. Pourtant, elle n'y est pour rien. Et je n'ai pas la force de réparer.

Gabrielle ne pouvait continuer. L'émotion la privait d'air. Le voile obscur s'était déchiré. Et son père avait été arrêté. Pourrait-elle parler de cette tragédie avec lui ? Reviendrait-il de ce long voyage ? On disait que les conditions d'internement étaient inhumaines, horribles. Des lieux que seul le diable peut inspirer.

Hortense savait des choses, elle qui avait recueilli Charlotte après l'agression.

« Si je rentre de cette mission, songea Gabrielle, j'irai la trouver. Il faudra qu'elle parle. J'ai compris pourquoi je ne peux répondre à un jeune homme qui m'offre son amour. Pauvre Antoine, je ne lui ai laissé aucun espoir. C'est sans doute mieux pour lui. Il m'a écrit au début de sa détention. Je sais que, dans la ferme où il travaille, il n'est pas trop malheureux. La famille est bonne avec lui. "*Frau* Margrete Baumgotter est désespérée, comme tant d'autres. Cette guerre est folle parce que voulue par un fou." Et puis il n'a plus écrit. C'est aussi bien. Qu'espérait-il de moi ? Sa mère a des nouvelles, c'est donc qu'il vit toujours. Pourquoi est-ce que je n'éprouve rien ? Je suis déjà morte parce que née d'un drame, c'est ça ? C'est pire que cela. J'ai l'impression d'être née morte. Et Maurice, mon père, a tenté de me protéger. A-t-il bien fait ? Et lui, comme je le plains ! Il n'aura jamais été pleinement heureux. L'histoire d'amour de mes parents a peut-être été intense, mais elle a aussi été brève. La vigne a poussé en dehors du vignoble et les vendanges ont eu lieu avant maturité. Tous avaient soif de vie. Et c'est la mort qui est venue. »

Gabrielle sanglotait à présent. Elle contemplait les deux gamines. Annette, la plus jeune, souriait en dormant. Elle esquissa une caresse. Elles devaient vivre.

Vivre heureuses.

Il fallait les sauver.

Peut-être qu'en les sauvant, elle sauverait le meilleur d'elle-même.

Elle inspira profondément, cherchant quelque force, et se souvint de la promesse de Raymond de vider l'atelier et de mettre les œuvres de sa grand-mère en sécurité. Elle avait aperçu le bas-relief et un grand sac bien fermé.

Si Raymond pouvait tenir sa promesse sans risquer sa vie…

« Je viens de là, se répétait-elle dans le silence de son cœur. Je me comprendrais mieux… »

Elle ouvrit la plus petite enveloppe. Les photos glissèrent sur le drap. Elle vit une femme qui tenait un bébé.

« Sans doute ma mère, pensa-t-elle, ma mère et moi. »

La femme avait le regard tourné vers l'enfant. Gabrielle ne pouvait déchiffrer son expression, les cheveux cachaient les yeux. Qui avait pris la photo ?

Elle vit aussi ses grands-parents, Paul et Émilie. Émilie qui regardait le bébé avec tellement d'amour et Paul qui souriait.

Pourquoi Maurice lui avait-il soustrait ces photos ? Mais était-ce lui ou Charlotte qui avait décidé de faire le grand ménage ?

« Pourvu que mon père revienne, fit-elle en serrant les poings.

J'ai besoin de vérité.

Même d'une vérité douloureuse.

On ne grandit pas sur un mensonge.

Pas plus que sur trop de silence. »

7

Honfleur, Nancy, Varangéville, fin 1942

La situation s'était compliquée. Chez Jeanne-Marie, une autre femme devait prendre le relais et conduire les deux fillettes en zone libre. Sauf qu'on savait que les Allemands se déployaient dans tout l'Hexagone depuis l'annonce du débarquement des Anglo-Saxons en Afrique du Nord. La prudence était de mise et le contact ne se présenta pas.

– Il n'est pas question que tu repartes avec elles, dit Jeanne-Marie à Gabrielle, ce serait trop dangereux. Nous allons nous occuper d'elles. Reste avec nous quelques jours. Raymond t'a bien dit de te mettre au vert…

– On fera des promenades. Honfleur est un bel endroit, renchérit Claire. Les peintres s'imprègnent de sa lumière laiteuse pour rendre compte de sa beauté.

Gabrielle avait osé montrer les écrits de sa mère à sa cousine. Elle posa la question qui lui brûlait les lèvres :

– Tu connais l'histoire de la noyée de la Meurthe, une de nos parentes ?

– Tu parles de Françoise ? Émilienne, la deuxième femme d'Eugène, l'a élevée, mais elle ne faisait pas partie de notre famille de sang. Le tonton évêque que tu connais, le frère de mon père, d'Émilie, ta grand-mère, et de Constant, est au courant de tout. C'est lui qui a accompagné Constant jusqu'au moment ultime. Mes parents ne m'ont jamais rien caché. Mais Émilie avait son caractère, elle a préféré fuir la famille. Elle a même changé de nom. Cette histoire tragique a fait grand bruit à l'époque.

– C'est difficile à comprendre. Raconte-la-moi, s'il te plaît.

– Constant, le frère de mon père et donc de ta grand-mère, a tué sa sœur adoptive. Elle était un peu dérangée, mais très jolie. Il allait la chercher à l'hospice et la promenait…

– Pourquoi tuer cette jeune fille ?

– Il l'avait engrossée, lui, un architecte qui travaillait sur les grands chantiers de Nancy.

– Mais c'est honteux d'avoir profité de la faiblesse de cette jeune fille ! s'insurgea Gabrielle.

– Il a été guillotiné… Il s'est repenti et est mort en saint, selon ces imbéciles de journalistes. C'était il y a très longtemps. Mais sans doute est-ce l'une des raisons qui ont fait que ce Germain s'est senti offensé. Il s'est vengé sur ta mère. Mais souris, ma chère Gabrielle, souris pour chasser les fantômes du passé. On dit qu'ils détestent cela. Alors, souris et vis ! Vis dans la lumière. Les fantômes n'aiment que la nuit, comme chacun sait.

Jeanne-Marie avait su trouver les mots pour aider Gabrielle à affronter son passé. Le fardeau s'était allégé. Le poids sur ses épaules pesait moins.

Vinrent les adieux. Un intense moment d'émotion, autant pour Suzanne et Annette que pour Gabrielle.

– Tu viendras nous voir, n'est-ce pas ? dit Annette en s'accrochant à son cou.

Elles se blottissaient à tour de rôle contre elle et l'embrassaient.

– Dès que la guerre sera terminée. Et puis vous reviendrez à Saint-Nicolas-de-Port. Vous me promettez de ne pas oublier vos prières ? Si un jour les Allemands arrivaient pour vérifier que vous êtes chrétiennes, il faudra les réciter. Jésus et sa mère Marie sont premiers dans la chrétienté. N'employez jamais le mot de Yahvé, seulement Dieu…

– Ne t'en fais pas, on a compris. Tu as été très forte, surtout avec le bel Helmut à Paris. Il voulait savoir si tu étais vraiment notre mère.

– On n'avait rien à craindre de lui. Il nous a protégées. Comme quoi, il y a des Allemands plus intelligents que certains Français.

Elle se souvenait de ce jour. Le train avait été retardé à la gare Saint-Lazare et Helmut, après s'être renseigné, avait tenu à rester à ses côtés jusqu'au départ.

– Des opérations de police sont à l'origine de ce retard. Regardez ces hommes en manteaux de cuir. Quelqu'un leur a échappé… Si l'on vous cherche querelle, je parlerai pour vous. Quand je peux agir pour la bonne cause, je le fais avec bonheur. J'ai bien compris, madame, que vous conduisez ces enfants en lieu sûr. Elles ne sont pas vos filles. Sachez que j'admire votre courage.

Elle n'avait pas répondu, craignant une tentative de séduction pour la faire avouer.

– Si je peux vous aider…, ajouta-t-il.

– Peut-être… Mais j'ai peur d'en parler.

– Vous vous méfiez de moi ? Je peux le comprendre, mais je ne sais comment vous détromper.

Elle avait avalé sa salive avec difficulté.

– Ayez confiance, dit-il doucement.

– Juste avant ce voyage, mon père a été arrêté à Nancy, il a sans doute été envoyé plus à l'est…

– Ah… ce qui se passe est horrible… J'ai des cousins dans ces camps où l'on regroupe les opposants. Hitler déteste qu'on lui résiste.

– J'aimerais avoir des nouvelles de papa et, si on ne pouvait le libérer, lui laisser une chance de revenir vivant.

– Son nom ?

Elle hésitait.

– Il a été arrêté avec la tante de Pélagie, une femme droite, juste. Elle vous donnera les renseignements nécessaires.

– Mon Dieu, mais c'est grave ce que vous me dites.

– Si vous pouviez faire quelque chose… Peut-être vous faudra-t-il aussi protéger Pélagie.

– Je me renseigne, comptez sur moi. Pélagie vous donnera des nouvelles, si c'est possible !

– Merci…

– Il faut espérer. Vous avez compris que Pélagie et moi… J'aimerais tant que cette guerre se termine vite. Que la paix revienne et que je puisse épouser votre cousine. Quelle jolie fête nous ferions !

Le coup de sifflet annonçant l'imminence du départ venait de déchirer l'air. Helmut, qui était allé discuter avec d'autres Allemands dont les mines n'inspiraient rien de bon, était revenu auprès de Gabrielle et des deux gamines.

– Le train va partir. Vous ne serez pas inquiétée. Vous figuriez sur leur liste, mais sous votre nom d'emprunt. Bon voyage, Angèle, avait-il dit en souriant.

Elle avait hoché la tête. « Fasse le ciel qu'il puisse aider mon père ! » avait-elle pensé.

Sur le chemin du retour, elle pria pour que tout se déroulât bien. Elle ne s'arrêta pas à Paris et prit la première correspondance pour Saint-Nicolas-de-Port. Le train la déposerait à Nancy en début de soirée. Raymond l'attendrait-il à la gare ? Pourrait-elle rentrer rue des Hayes ? Elle avait essayé de le joindre par l'intermédiaire de l'ingénieur qui officiait à la saline tournant au ralenti par manque de combustible. Elle lui avait indiqué l'horaire de son arrivée. Elle connaissait les risques encourus à la gare de Nancy où on cueillait régulièrement les suspects à leur descente du train…

Sur le quai, elle remarqua des barrières installées pour orienter les voyageurs vers un unique point de passage. Il fallait dire d'où l'on venait, pourquoi on revenait à Nancy et montrer billets et pièces d'identité… Gabrielle avait compris et n'était pas décidée à se faire prendre. Il lui fallait s'échapper. Le train était arrivé sur la voie 1. Le plus naturellement du monde, elle recula sur le quai jusqu'à se retrouver en queue de train. Les voyageurs du dernier wagon n'avaient pu descendre normalement, puisque la porte de la voiture donnait sur la voie et non sur le quai. En longeant les rails à reculons, elle pouvait espérer atteindre une sortie réservée au personnel de la gare. Elle avait voyagé sans aucun bagage. Il pleuvait. La nuit était tombée. On ne la remarqua pas dans l'obscurité. Et elle rejoignit la rue Raymond-Poincaré qu'elle traversa et marcha un peu en direction du quai Claude-Le-Lorrain. Quand les contrôles seraient terminés, elle aviserait.

Elle n'eut pas longtemps à attendre à l'abri d'un porche. Un homme vint à elle. Elle frissonna. La peur lui vrillait le ventre jusqu'à la nausée.

– Vous me reconnaissez ? Je suis de la saline, je viens de la part de Raymond.

– Le mot ? murmura-t-elle.

– Le chien est crevé, lâcha-t-il en allumant sa cigarette.

– A-t-il été enterré ?

– On avait faim, on l'a bouffé…, rigola-t-il. Ça, c'est le surplus. Le vôtre ?

– Je lui avais acheté un collier.

– OK, suivez-moi. On ne peut pas rentrer ce soir à Saint-Nicolas-de-Port. Je vous conduis chez une amie. Demain, Raymond viendra vous chercher. Il aura des papiers pour vous. Vous ne retournerez pas rue des Hayes. Les Boches y sont. Donnez-moi le bras, voilà une patrouille. Ne craignez rien ! Ils m'ont contrôlé tout à l'heure, je suis en règle. Je leur ai dit que j'allais chercher ma femme à la gare qui revenait de chez sa mère. Jusque-là, vous avez été parfaite. Nous allons marcher jusqu'aux Trois-Maisons. Je vous quitterai là.

– A-t-on des nouvelles de ma cousine et de mon père ?

– De Sybille ?

– Oui… Ils l'ont relâchée ?

– On peut dire ça. Soyez courageuse… On l'a découverte trois jours après son arrestation. Elle a été déposée à la morgue, sans autre formalité. Les gens de la morgue ont dit n'avoir aucune explication à fournir. Elle était dans leurs services avec ses papiers et un permis d'inhumer, c'est tout. On a essayé de prévenir son mari, ce salaud. Il n'était pas chez lui.

– Et mon père ?

– Rien, Gabrielle, on ne sait rien. Ils ont dû l'envoyer à Charles-III ou à Écrouves… Si c'est Charles-III, il a une petite chance de s'en sortir. Si c'est Écrouves, c'est un lieu de stockage, comme ils disent, avant la Pologne…

– La Pologne ?

– Les camps de travail ou autre chose… Avec ces décérébrés… En ce moment, les Boches sont sur les dents. Ils fusillent après des procès sommaires. Des gars ont été arrêtés, vous le savez sans doute, c'était en avril 1942. Ils collaient des affiches. Pierre, Marcel et Jean[1] se sont fait pincer. Il faut tout réorganiser. D'autres sabotent les lignes de chemin de fer.

– Ah bon ?

1. Marcel Soudan, Pierre Lostetter et Jean Jezequel. Certains seront fusillés à La Malpierre, dans les bois de Champigneulles. Ce sera le cas de René Malglaive de Varangéville, fusillé le 22 octobre 1943, et de Joseph Wlodarczyk, employé à Solvay, le 21 septembre 1942.

– Oui, les communistes sont très patriotes. On déboulonne les voies pour faire dérailler les trains de munitions. Les gars chez nous, à la saline, sont sur leurs gardes. Les Boches voudraient y descendre pour vérifier qu'on ne cache personne. Moi, ce qui m'inquiète, c'est comment on va faire sans médecin.

– J'ai fait six ans de médecine, mais je ne suis pas chirurgienne. Je vous aiderai du mieux que je pourrai.

– Votre père va nous manquer, il nous manque déjà.

– Et à moi donc…

Raymond vint la chercher et tous deux, à moto, regagnèrent Saint-Nicolas-de-Port en empruntant des routes secondaires. Ils arrivèrent au centre de la localité.

– Je suis désolé, c'est moins confortable que chez toi, moins grand que chez moi, mais tu vas devoir t'adapter à la vie en cité. Toilette à l'évier et petite chambre. La mienne, en fait. Je vis ailleurs depuis un bout de temps. La maison de ton père a été réquisitionnée par la soldatesque boche, Néness a dû t'en parler hier soir. J'ai ouï dire qu'ils respectent les lieux. Ce n'est pas toujours le cas. Présente-toi comme une nièce de ma mère. Tu travailleras à la saline, du moins le temps qu'elle tournera. Celles et ceux qui t'ont connue auparavant ne diront rien. Ils sont au courant pour l'arrestation de ton père. Ici, on est branché sur Radio Londres. On sait que les troupes alliées avancent et que le Führer n'est plus en position de force. Tu me verras peu. Si tu as un souci ou un message à faire passer, va voir Legrand chez les boutefeux et dis-lui que le chat n'arrête pas de pisser. N'hésite pas non plus à t'adresser au café de Jacques Cardot[1]. Il est des nôtres et défend les mineurs de sel. Utilise le même mot de passe. Il saura quoi faire. Je passerai chez maman. Courage et merci pour tout ! Et quand quelqu'un viendra te voir, il devra dire : « Est-ce que tu as pensé à ton oncle ? » Les invitations et rendez-vous donnés sans cette phrase doivent être considérés comme des guet-apens. Évite de te déplacer seule. Il est possible qu'on ait encore besoin de toi pour planquer quelqu'un en Suisse.

Elle trouva le temps d'aller voir Juliette, toujours alerte. Elle n'avait pas de nouvelles de Maurice et répétait à l'infini pour se consoler :

– Les Boches sont venus ici, mais ils n'ont rien trouvé. Ils m'ont fait promettre de les informer des faits et gestes des amis de Maurice. J'ai promis tout ce qu'on veut, mais bien sûr, ma bouche restera close. J'ai bon espoir. Il sera relâché, c'est un homme juste. Tout le monde le sait. On ne tue pas un homme qui fait le bien.

Mieux valait laisser ses illusions à Juliette. Gabrielle s'installa chez Louisa, la mère de Raymond, qui était

1. Il sera blessé le jour de la mort de Georges Toussaint, le 4 septembre 1944, à Varangéville-Haute. Les FFI faisaient sauter les lignes ferroviaires et les points de raccordement à hauteur des usines Solvay entre Varangéville et Dombasle. Ils faisaient tout pour empêcher l'acheminement de renforts, de munitions et de vivres à destination des troupes allemandes qui résistaient encore et risquaient de bloquer l'avancée des troupes alliées. Jacques fut caché dans la mine de sel la Maugras qui communique avec celle de Varangéville.

heureuse d'avoir quelqu'un à qui parler. Elle aimait raconter son Italie. Elle était arrivée gamine en Lorraine et avait épousé un Français bien aimable de l'avoir trouvée belle. Elle ne savait que faire pour être agréable à Gabrielle.

– Notre Raymond est bel homme, vous ne trouvez pas ?

– Oui.

– Dame, vous avez presque le même âge. Après la guerre, il pourrait vous marier.

Gabrielle se mit à rire.

– C'est pas comme ça que se passe un mariage…

– Comment ça ?

– Il faut s'aimer très fort.

– Et alors, vous ne l'aimez pas, mon fils ?

– Et lui, croyez-vous qu'il éprouve quelque sentiment pour moi ?

– Je suis sûre que oui. Mais il y aurait un obstacle à votre union, m'a-t-il expliqué…

– ???

– C'est que vous n'êtes pas du même monde. Pas de la même classe sociale.

– Chère Louisa, s'esclaffa Gabrielle en l'embrassant, nous verrons cela après la guerre.

– Et si je meurs avant ? Je ne verrai jamais mon *bambino* marié, pleurnicha-t-elle.

– Vous n'êtes pas au seuil de la mort.

– Si vous le dites… Raymond m'assure que vous êtes presque docteur. Tenez, goûtez donc mon panettone[1].

1. Gâteau de Noël italien, brioche fourrée aux raisins secs.

C'est bientôt Noël, c'est la tradition chez nous, en Italie. C'est comme votre baba.

– C'est gentil, Louisa. Ce n'est pas si souvent qu'on peut manger des gâteaux en ces temps de restrictions. Vous me donnerez la recette.

– Si vous acceptez mon gamin, fit-elle, malicieuse. Vous savez, Raymond, il a étudié bien après le certificat d'études. Il a été au lycée Loritz à Nancy. C'est un jeune homme comme il faut, je l'ai bien élevé et il a de l'honneur, ajouta-t-elle en levant l'index.

– Je n'en doute pas, Louisa. Vous pouvez être fière de lui, répondit-elle en déposant un baiser sur son front.

Si elle se rendait régulièrement chez Juliette qui habitait à deux pas, il lui était plus difficile de passer chez Hortense et Nicolas. Elle y parvint un après-midi, alors que ceux-ci se disputaient à propos des enfants. Nicolas estimait que leurs engagements politiques comportaient des risques.

– Au fond, les Allemands n'ont pas tort sur tout. Si les Français étaient plus disciplinés, nous n'en serions pas là. Au nom de la liberté, on veut faire ce que bon nous semble et on fiche la pagaille. La règle, c'est la règle.

Hortense lui jetait des regards noirs. Son cœur penchait ailleurs. Elle se demandait où était André, le fils de Joséphine parti rejoindre le Général, comme Charles. « Le seul qui vaille », avait-il déclaré haut et fort, tandis que son grand-père l'observait avec défiance et que sa grand-mère riait sous cape, énervant un peu plus Nicolas, car elle venait de retourner le cadre posé sur le buffet, le portrait du maréchal Pétain en personne.

– Ma femme, tu es incorrecte, rouspéta Nicolas.

– Que non ! Cet homme est un fourbe, sans doute sénile. Il a vendu la France aux Boches… Mais regarde qui nous arrive, fit-elle en voyant passer une silhouette devant la fenêtre donnant sur la rue.

– Gabrielle ! As-tu des nouvelles de ton père ?

– Pas pour l'instant. Mais j'aimerais parler de maman. Je vous suis reconnaissante de l'avoir accueillie quand elle m'attendait. Vous lui avez sauvé la vie.

– C'était normal, fit Hortense. Elle était en détresse.

– Vous étiez au courant et vous avez tout gardé pour vous en me laissant dans l'ignorance de mon passé.

– Ben, ta grand-mère se posait en gardienne du temple des secrets.

– Oui, mais après… Elle n'était plus là.

– Une parole est une parole, j'avais promis, se défendit Hortense.

– Et si nous faisions le point ? Je suis tombée sur des écrits de maman…

– Si ta grand-mère n'avait pas caché l'histoire de Constant, Germain ne se serait peut-être jamais mis sur les rangs pour épouser Charlotte. Il aurait sans doute décliné la proposition du banquier de Paul. Germain était un homme du paraître, même s'il avait beaucoup à se reprocher. Quant à l'attitude d'Émilie et de Paul dans cette affaire, j'ai toujours clairement signifié mon désaccord.

– Ah, moi aussi, renchérit Nicolas. Sur ce point, nous sommes d'accord. L'argent n'excuse pas tout. Il ne faut pas cacher certaines choses. Hortense m'a encouragé à dire la vérité et elle avait raison. Mais aujourd'hui, ta tante, ma chère Gabrielle, m'emmerde un peu, je dis les choses comme elles sont. Tu vois, je ne dénoncerai jamais des gens qui ne partagent pas mes idées, mais j'admire Pétain. Il a peut-être évité un grand massacre.

– S'il n'en a pas provoqué d'autres que nous découvrirons plus tard, le coupa Hortense en lui adressant un regard suspicieux.

– Allez, reste manger avec nous ce soir, proposa Nicolas.

– Non, merci. C'est gentil, mais je dois rentrer avant le couvre-feu. Et je travaille demain matin.

– La prochaine fois, tu dors à la maison. On fait comme ça ?

– D'accord, mon oncle.

« Maintenant que je sais, pensa Gabrielle en rentrant chez Louisa, il faut que je me remette à écrire. L'enchaînement des événements devient de plus en plus clair. Reste que je n'ai pas été très courageuse. Je n'ai rien dit de la mort de Sybille ni de l'arrestation de papa. »

Le soir même, dans la petite chambre qui avait été celle de Raymond, elle ouvrit un cahier et s'épancha longuement. Il était près de deux heures du matin quand elle le referma en bâillant.

Elle se sentait mieux.

Pour la première fois depuis longtemps, elle s'endormit apaisée. Le poids qui oppressait si souvent sa poitrine s'était fait plus léger.

« Je sais d'où je viens, je sais qui je suis, enfin à peu près. Louisa n'a pas à se sentir inférieure. Ma classe sociale n'est guère différente de la sienne. Mais qu'est-ce que la classe sociale ? Nous sommes des êtres humains, c'est tout. Avec nos joies et nos peines, nos rêves et nos désirs. Nous devons seulement choisir le bon chemin, c'est de nos choix que naissent nos différences. »

8

Saint-Nicolas-de-Port, janvier 1944,
train pour Ravensbrück, 2 février 1944

On savait les Alliés victorieux sur de nombreux fronts. Le débarquement annoncé se produirait. La marche vers la Libération avait commencé. Plus rien ne pouvait l'arrêter. Cependant, il convenait d'agir avec intelligence et de garder la juste mesure. Les chefs de groupes de la Résistance insistaient sur ce point. Aucune force ne devait être gaspillée. La vigilance restait de mise.

Un soir, Gabrielle fut hélée à la sortie de la saline par deux jeunes gens qu'elle ne connaissait pas. Fatiguée, elle manqua de prudence.

– Nous avons des nouvelles de votre père.

Au lieu de ne pas répondre ou de dire : « Mais je n'ai plus de père ! », puisqu'elle devait se présenter comme une orpheline vivant chez sa tante, elle s'exclama :

– Dites-moi qu'il va bien !

– Il est de retour. Nous l'avons mis en lieu sûr, il vous attend… Il sera heureux de vous revoir.

– Venez, nous vous conduisons à lui.

L'autre homme l'avait saisie par un bras. Elle essaya de se dégager en apercevant une voiture tous feux allumés. Elle comprit immédiatement son erreur. Le piège grossier s'était ouvert et elle s'était fait prendre. « Je suis une bourrique », songea-t-elle.

Elle cria de toutes ses forces :

– Le chat n'arrête pas de pisser !

Une main fut plaquée sur sa bouche pour la faire taire. Elle se maudit intérieurement. C'était trop tard. Restait à être forte.

– Un jour ou l'autre, dit le chauffeur, on finit par retrouver ceux qu'on cherche. Vous nous aurez bien fait cavaler.

Elle ne répondit pas. Elle pensait avoir reconnu Étienne. Mais non, ce n'était pas lui. Elle se sentit en partie rassurée. Être interrogée par cet odieux personnage lui aurait été insupportable. Elle préférait que cette basse besogne fût exécutée par des inconnus. On l'emmenait à Nancy. Après avoir traversé Jarville, la voiture venait de passer devant l'église Bonsecours. Elle roulait à vive allure avenue de Strasbourg. Elle aperçut l'hôpital Central à droite, la place des Vosges et la porte Saint-Nicolas. Le véhicule emprunta un bout de la rue Saint-Dizier avant de tourner à gauche, bien avant le marché. Elle comprit qu'on la conduisait à Charles-III, au quartier allemand de la sinistre prison établie dans des bâtiments construits sous Léopold[1].

1. Sous Léopold, c'était une manufacture de tabac. La prison a été rasée, c'était l'une des plus vétustes de France. Le nouveau centre pénitentiaire est en proche banlieue de Nancy, à Maxéville.

Elle se jura de ne répondre à aucune question. Se préparer mentalement, disait toujours son père. Le même discours que celui de Raymond. Se forcer à ne rien entendre, chanter dans sa tête, se réciter des poèmes ou des prières, tout ce que l'on connaissait par cœur.

Elle se retrouva dans une immense pièce avec quatre Allemands : « deux gradés pour m'interroger et deux sous-fifres au cas où je tenterais de fuir », se dit-elle. Elle ne voyait pas comment ; les fenêtres étaient grillagées, la porte fermée à clef et elle était menottée.

– Enfin, nous l'avons attrapée, dit l'un des gradés.

– Oh, ce fut du gâteau. Une gamine qui se laisse prendre dès qu'on lui parle de son père.

– C'est avant que ça a été compliqué. En ce moment, elle se fait appeler Mlle Forestier. Nous avons réussi à soudoyer la voisine de la vieille femme qui la loge. Quelques tickets de ravitaillement supplémentaires et l'affaire était pliée. On vous laisse, dit l'un des hommes qui l'avait appréhendée à la sortie de la saline. Nous avons d'autres pistes à suivre.

– Merci, messieurs. Du bon travail, dit l'un des officiers aux jeunes gens que Gabrielle foudroya de son regard d'acier.

Elle se promit de ne jamais oublier ces visages ni celui de la mégère habitant à côté de chez Louisa. « Des petites frappes, songea-t-elle. De bons Français au service de l'immonde. À vomir ! »

– Vos nom et prénoms, date et lieu de naissance, les vrais. Votre profession aussi. Que faites-vous à la saline ?

Elle n'ouvrit pas la bouche.

– Nous avons affaire à une sourde ou à une demeurée, observa son assistant. Nous savons qui vous êtes, la fille de Maurice Carrier, médecin et chirurgien. Il a été arrêté avec Mme Sybille Kessler qui est décédée boulevard Albert-Ier au cours d'un interrogatoire. Elle n'a eu que ce qu'elle méritait ! Une femme qui fricote avec un autre alors qu'elle est mariée, une femme qui défie le Reich, l'ordre moral, ne mérite pas un autre sort. Certes, avant de mourir, elle a dénoncé son mari. Une belle prise…

Gabrielle gardait le silence. Sybille avait donc chargé Étienne… Une vengeance ? Que leur avait-elle raconté ? Que s'était-il réellement passé ? L'avait-elle fait tomber dans les griffes de ceux qu'il servait avec zèle ? Saurait-elle un jour la vérité ?

– Quant à votre père, dit l'autre, je vais vous dire ce qui lui est arrivé.

Un silence lourd venait de s'installer, plombant les lieux. Gabrielle chantait déjà dans sa tête :

Tout va très bien, madame la marquise,
Tout va très bien, tout va très bien,
Mais à part ça, il faut que je vous dise,
On déplore un tout petit rien…

« Garder un visage impassible, se répétait-elle. Ne rien montrer, que le chagrin n'inonde pas mon visage de larmes ! Un tout petit rien… Rien de rien. »

– Votre père a été envoyé à Auschwitz. Après son interrogatoire, il était quelque peu affaibli. Mais il n'est pas interdit d'espérer. Une nature robuste telle que la sienne peut lui permettre d'arriver à bon port.

– Nous vous demandons de nous parler de vos activités au sein du réseau dont vous faites partie.

– Une bonne coopération vous éviterait certains soucis. Vous vous doutez que nous savons faire parler les plus récalcitrants.

– Qui est la personne qui vous loge ?

– Elle a de la famille ?

– Qui vous protège ?

– Vous avez convoyé des personnes en dehors de la zone occupée. Qui étaient-elles ? Où sont-elles, chez qui ?

Les questions fusaient, posées tantôt par l'un, tantôt par l'autre. Un partage bien huilé. L'interrogatoire dura deux heures. Les mêmes phrases étaient répétées. Gabrielle avait réussi à élever un mur autour de son silence obstiné. Elle eut droit au projecteur braqué sur son visage. Elle ferma les yeux. Alors, on la releva de sa chaise pour la pousser et la faire entrer dans une autre pièce. On la ficela sur une chaise, seuls ses avant-bras étaient libres jusqu'au coude. Les cordes étaient si serrées qu'elle pensa mourir asphyxiée.

– Les choses sérieuses vont commencer pour vous. Mais il est encore temps de vous raviser, mademoiselle Carrier. Si vous parlez avec intelligence, tout peut s'achever. Une douche chaude, un bon repas et peut-être la liberté.

La même détermination. Pas un mot ne franchit la barrière de ses lèvres.

Sainte Marie, mère de Dieu, priez pour nous, pauvres pécheurs, maintenant et à l'heure de notre mort...

Les sévices commencèrent. Des gifles d'abord, administrées par un sous-fifre qui appréciait, semble-t-il, cette distraction, comme le constatèrent à voix haute les gradés. Une mise en bouche avant le plat de résistance… Et quel plat ! On s'en prit à ces mains.

Quand nous chanterons le temps des cerises…
Le merle moqueur…
Nous serons tous en fête…

– Jolies mains, elles devaient faire des merveilles sur un corps ou sur un piano, n'est-ce pas ? Allons-y, messieurs. Passons directement au forte…, dit-il en imitant l'accent italien, comme s'il lisait une partition.

Après un magistral coup de poing sous le menton, elle vit la tenaille s'avancer. Les ongles furent arrachés un à un. On n'entendit rien. Pas un cri. À peine son corps se raidissait-il sous la douleur.

Gabrielle priait de toutes ses forces. « Si je pouvais perdre connaissance…, se disait-elle. Je crains de crier et je ne veux pas leur faire ce plaisir. Mon Dieu, ne m'abandonnez pas… »

Le plus haut gradé fit un signe de tête pour indiquer une autre porte.

Il murmura :

– Au bain, aussi longtemps que nécessaire.

Elle eut droit à la baignoire. Une eau abjecte et nauséabonde qui avait dû servir pour de précédents interrogatoires. On avait dû vomir dans cette eau. Elle ferma les yeux, la bouche, bloqua sa respiration et appela la mort. C'était sans doute trop tôt.

De l'humour… Elle convoqua le registre des chansons à boire. Puis revint à Ray Ventura. Elle avait mal, si mal…

Ça vaut mieux que d'attraper la scarlatine,
Ça vaut mieux que d'avaler d'la mort aux rats,
Ça vaut mieux que de sucer d'la naphtaline,
Ça vaut mieux que de faire le zouave au pont de l'Alma !

– Quel dommage, se moquait l'un des bourreaux, oui, vraiment dommage qu'une si jolie femme soit obligée de subir un tel châtiment pour protéger des êtres qui ne le méritent pas !

Elle ne compta pas le nombre de fois où sa tête fut maintenue dans cette vase humaine. C'est dans une cellule qu'elle reprit ses esprits. Elle était sale. Elle tenta de s'essuyer la bouche. Ses vêtements étaient trempés. On la laissa ainsi de longues heures dans un froid glacial. Elle se mit à claquer des dents. La fièvre vint saisir son corps.

Le jour perçait, quand une femme entra pour lui jeter une serviette douteuse, un broc d'eau et un morceau de savon craquelé.

– Sur la chaise, j'ai mis des vêtements secs et, à côté, de quoi vous restaurer. Désolée pour le pain ! Il est dur, mais pas trop moisi, fit-elle, moqueuse, avant de claquer la porte.

Gabrielle fit du mieux qu'elle put sa toilette et se vêtit. Elle ne toucha ni au quignon de pain ni à l'infâme café qui devait être de l'orge grillé.

On vint la chercher, les mêmes hommes. Dans sa tête jouait *Kinderszenen*[1], alors que ses doigts la faisaient souffrir et que, dans sa poitrine, elle sentait poindre une bronchite.

– Toujours muette, mademoiselle ?

Elle ne le regarda même pas.

– Bien ! Une forte tête, comme votre père. Vous allez partir à Compiègne rejoindre d'autres femmes de votre genre, puis ce sera l'Allemagne, près de la Baltique. Vous découvrirez ces lieux magnifiques plantés de bouleaux qui résistent même aux tempêtes glacées. Je vous souhaite d'être aussi forte qu'eux.

Elle le dévisagea longuement. Elle eut envie de l'insulter, de lui prédire un avenir enténébré. « Un jour, tu crèveras comme tous les sbires de ton espèce, pauvre type ! Ah, comme j'aurais plaisir à te cracher à la face ! » On peut penser mille choses laides. C'était presque une revanche que d'imaginer le bourreau devenir victime pour expier les outrages qu'il avait infligés. « Finalement, c'est indigne, ce qui me passe par la tête. » Et ce fut le visage de son père qui s'imposa, sa voix déterminée qu'elle entendit : « Redresse la tête, ma fille ! Pense au meilleur et laisse ces cons dans leur merde. Seule la grandeur est une arme. Tu fais partie des fleurs d'espoir. C'est avec toi ou ton souvenir qu'on écrira des jours meilleurs. Car on les écrira, sois-en certaine, notre combat ne peut être vain. Je serai toujours avec toi. »

Les larmes lui vinrent.

---

1. *Scènes d'enfants* de Schumann.

Le plus douloureux n'était pas ce qu'elle ressentait dans son corps, mais de refouler son immense chagrin.

C'est dans un train de bois aux wagons cerclés de barbelés qu'on fit monter des centaines de femmes, ce 2 février 1944. Le voyage allait durer près de trois jours. De la paille avait été répandue à terre, une tinette au bout de la voiture. La place manquait pour s'asseoir. Quand elles avaient la chance d'être adossées à une paroi, elles pouvaient s'estimer heureuses. Les plus charitables organisaient des tours. Elles offraient leur place de privilégiées à une vieille femme ou à une femme enceinte. Si l'une d'elles, incommodée par le manque d'air, se mettait à vomir, d'autres l'insultaient. Gabrielle fut sidérée par le peu de générosité de ces femmes. La plupart des personnes se trouvant dans ce train y étaient à cause d'une action patriotique, héroïque. Fallait-il que l'arrestation eût été pénible, la détention douloureuse pour que le côté obscur que chacun porte en soi prenne ainsi le pas ? Il y eut cependant quelques voix pour s'élever et rappeler qu'elles étaient toutes dans la même situation.

– Nous avons été arrêtées sans doute au nom d'un engagement ou simplement dénoncées par des voisins jaloux. Est-il utile d'ajouter le mal au mal ? Ce voyage sera long, essayons d'être humaines, proposa l'une.

Des soupirs répondirent d'abord à cet appel.

– Elle a raison, fit une autre. N'est-ce pas préférable de bien s'entendre et de faire preuve d'un peu de tolérance à défaut d'être bienveillantes ?

– Bien sûr, déclara une vieille femme. Les Allemands seront surpris par notre comportement. Ce sera une façon de leur dire merde. Ne soyons pas aussi moches qu'eux, ne leur donnons pas ce plaisir.

À mesure que le train avançait vers l'Est, le froid se faisait plus intense, plus piquant. Cela se remarquait au cours des arrêts. Les Allemands ouvraient les portes en vociférant pour aérer les lieux. Toutes n'étaient pas suffisamment vêtues. C'était le cas de Gabrielle. Mais à quoi bon se plaindre ?

La faim et la soif commençaient à se faire sentir. Les lèvres étaient sèches jusqu'à gercer et laissaient suinter le sang. La plupart n'avaient pas de provisions avec elles. Gabrielle n'avait rien, hormis le petit paquetage que la Croix-Rouge avait réussi à lui faire passer avant le départ. Une infirmière avait pansé ses doigts et lui avait dit :

– Quand vous arriverez à destination, cachez vos doigts. On n'aime ni les blessés ni les malades. Ils sont exécutés.

L'air manquait. Certaines femmes criaient, appelaient à l'aide. L'une d'elles réussit à agrandir un petit trou en sciant patiemment le bois du wagon avec un bout de fil de fer qui dépassait.

Soudain, une femme enceinte glissa à terre en se tenant le ventre.

– J'ai mal, gémit-elle.

– Elle a pissé ! cria une autre. C'est dégueulasse.

– Non, la corrigea Gabrielle qui s'était approchée pour évaluer la situation, elle vient de perdre les eaux. Le bébé va naître. Qui n'a pas trop froid et pourrait lui prêter son manteau ? Mettez-vous à sa place, je vous en supplie.

Finalement, la solidarité s'organisa. Et on questionna Gabrielle. Était-elle sage-femme ?

– J'ai fait plusieurs années de médecine et j'ai beaucoup travaillé avec mon père dans un dispensaire.

Elle demanda son prénom à la jeune femme.

– Antoinette, madame. J'ai un peu de layette dans mon sac.

– Très bien. C'est votre premier enfant ?

– Le deuxième, madame. J'ai réussi à cacher l'aîné chez la voisine avant d'être arrêtée.

– Pensez à des choses qui vous font plaisir, pensez au bébé. Comme c'est une deuxième naissance, le travail sera plus rapide. Regardez-moi et respirez à mon rythme.

Une heure avait suffi pour que naquît une vigoureuse petite fille. Elle fut applaudie par tout le wagon. « Pourvu que les Allemands lui laissent son bébé, songea Gabrielle. Pourvu qu'ils ne le tuent pas ! »

– On l'appelle comment ? s'enquit une femme.

– Marie-Espérance ! s'exclama une autre.

Antoinette approuva et sourit. La petite s'était endormie à poings fermés.

Le train s'arrêta et on put lire « Trier » sur le quai de la gare.

– Nous sommes à Trèves, en Allemagne, dit Gabrielle.

Un Allemand ouvrit la porte en gueulant :

– *Deutschland, Trier. Deutsches Rotes Kreuz*[1].

---

1. Allemagne, Trèves. Croix-Rouge allemande.

– Qu'est-ce qu'il dit ? demanda Antoinette.

– Que nous sommes à Trèves et que la Croix-Rouge allemande va probablement monter à bord.

Des femmes se hissèrent dans le wagon avec des victuailles qu'elles distribuèrent. L'une d'entre elles vit le bébé. Gabrielle, qui avait appris la langue de Goethe, lui expliqua qu'il venait de naître. La femme secoua la tête et descendit sur le quai. Une autre annonça à Gabrielle qu'elles allaient essayer d'extraire du convoi Antoinette et son bébé, ce serait mieux que d'aller au terme du voyage.

Il fallut parlementer longtemps. Finalement, ces femmes de cœur obtinrent qu'Antoinette restât à Trèves avec son enfant. Les femmes de la Croix-Rouge avaient su convaincre les soldats. Furent-ils sensibles à la frimousse de la petite fille et à la pâleur de la maman ?

– Elle a de la chance, dit une jeune femme. Souhaitons-lui le meilleur.

Et toutes les femmes du wagon applaudirent lorsque Antoinette et son bébé descendirent du wagon. Déjà, une femme de la Croix-Rouge leur tendait une couverture.

La naissance de Marie-Espérance semblait avoir amélioré les relations des unes et des autres dans le compartiment. Dans les autres wagons, la souffrance, l'angoisse mangeaient chez la plupart tout sentiment de bienveillance et d'humanité.

Une vieille femme décéda pendant cette épopée dans l'indifférence.

La tinette pleine se renversa lorsque le train passa un aiguillage gelé. On crut même à un déraillement. Le dégoût se lisait sur tous les visages.

– Nous ne sommes que du bétail pour ces Boches sans cœur, gémit une jeune femme. Je jure, si je m'en sors, de m'acheter un flingue et de descendre tout ce qui sera boche.

Le train s'arrêta brièvement à Berlin et Gabrielle réalisa que la fin du voyage était imminente. Comme elle comprenait suffisamment l'allemand, on venait l'interroger sur les conversations happées sur les quais. Elle s'efforçait de traduire et de rassurer avec des paroles vraies, énoncées sur un ton calme. Gabrielle expliqua qu'en principe, le train allait encore rouler pendant quatre-vingts kilomètres. C'est ce qu'elle avait entendu. Mais qu'au nord, la tempête soufflait et qu'il fallait s'y préparer le mieux possible.

Et ce fut l'arrivée : les cris des Allemands, l'aboiement des chiens, les femmes conduites à la hâte dans d'immenses bâtiments. On les poussait, on les frappait à l'aide de bâtons. Des coups rythmés par des « *schnell, schnell !* » hurlés, aboyés. Le dos de ces femmes s'en souviendrait longtemps. Dans leurs têtes, la musique ne jouait plus, sauf celle, glaçante, des grolles cloutées et des coups de fouet claqués dans un petit matin battu par les vents du nord.

Elles étaient ravalées au rang de bêtes puantes, des bêtes qu'on allait parquer, dompter. Il fallait qu'elles se lavent. Dieu qu'elles puaient, disaient ces hommes. Ensuite, ce serait la quarantaine pour s'assurer qu'elles n'allaient pas apporter de nouvelles maladies. Et puis on les trierait… Les Boches étaient organisés. Ils possédaient la science de la classification, selon les âges, les espèces, les croyances.

Ils croyaient au dieu Führer. Ce qu'il faisait était bon pour eux, les vrais Allemands. La tâche était immense. Mais le courage ne leur manquait pas pour servir les forces du Mal auréolées de fausses lumières. On purgeait ce monde sale pour édifier le paradis aryen. Leur dieu le leur demandait. Leur dieu avait raison, forcément.

Les jeunes, les vieilles, les malades, les en bonne santé, on les classerait, les Polonaises à part. Il y en avait quelques-unes. On examinerait leur situation. Étaient-elles juives, résistantes, tziganes ? Enceintes ? On allait les marquer au fer rouge, comme les bêtes dans les fermes. Elles recevraient un numéro.

Gabrielle compta de nombreux bâtiments. À quoi servaient-ils ? Un frisson la parcourut. La nausée lui vint au bord des lèvres, si forte qu'elle oublia la douleur dans ses doigts.

Il fallait vivre.

Oser vivre.

« Mon Dieu, si vous existez, ayez pitié de nous ! »

9

Ravensbrück, 1944-1945

– Quand il faut sauver sa peau, on apprend vite, lui avait dit une Française, arrivée une bonne année avant Gabrielle.

Elle tenta de lui transmettre les codes de la vie, de la survie plutôt, dans ce camp qui devenait de plus en plus dur. Les rations diminuaient. Les chefs changeaient et, si les précédents avaient la réputation d'être féroces, ceux qui arrivaient l'étaient plus encore. Jusqu'où irait cette plongée dans l'horreur ?

– Regarde bien la couleur des triangles que nous portons sur nos vêtements. Tu vois, le rouge désigne les prisonnières politiques, le jaune, les juives. Elles sont nombreuses à échouer ici depuis la fin du ghetto de Varsovie et puis on a pas mal de juives hongroises. Le vert, c'est pour les criminelles de droit commun. Fais gaffe, ce sont des garces, ne les provoque jamais. Le triangle violet est réservé aux Témoins de Jéhovah. Quant au noir, c'est pour les prostituées et les tziganes.

Il s'était dit à mots couverts que Gabrielle soignait. Un bébé était né dans le convoi qui les amenait. Parfois, on essayait de l'approcher au moment de la toilette ou après l'appel. Comme elle parlait allemand, elle essayait d'aider quand c'était possible. Elle fut parfois conduite à la *Kinderzimmer*[1] qui comptait une cinquantaine d'enfants, alignés sur des châlits. Les détenues se débrouillaient pour trouver du lait pour les nourrir. Certaines avaient même confectionné avec des loques des espèces de couvertures pour les protéger du froid. Mais beaucoup d'enfants mouraient[2]. Il fallait se méfier de Fritz Suhren, le directeur. C'était un adepte de l'extermination. Les femmes âgées et trop faibles pour travailler partaient « pour se reposer ». Elles ne revenaient jamais. Leur voyage s'achevait à Fürstenberg où un grand four les attendait. Le problème du froid était vite réglé. Gabrielle avait fait la connaissance de Germaine et Geneviève[3]. Les femmes du camp représentaient de la main-d'œuvre à bon marché pour les

---

1. Chambre d'enfants. On y regroupait les nourrissons dont on ne s'occupait pas. La plupart mouraient de faim et de dysenterie en quelques semaines.

2. Sur cinq cents naissances, quarante enfants survivaient. Trois bébés français purent quitter le camp à la fin de la guerre.

3. Germaine Tillion et Geneviève de Gaulle, nièce du général, qui arriva à Ravensbrück dans le convoi du 2 février 1944. Au camp, Geneviève de Gaulle fit la connaissance de Germaine Tillion, de Jacqueline Péry d'Alincourt, de Suzanne Hiltermann et d'Anise Postel-Vinay. Elles devinrent amies. Geneviève de Gaulle, après la guerre, ne cessera de militer pour les droits de l'homme. Sa rencontre avec le père Joseph Wresinski, fondateur d'ATD Quart

Allemands, elles allaient travailler à la poudrerie la plus proche ou dans les scieries. Elles devaient être fortes pour supporter le froid.

– Au début, expliqua Germaine, nous ne manquions pas de vêtements. On se doutait qu'on ne le devait pas à la charité des Allemands qui veillaient sur nous. Ces vêtements provenaient d'autres camps. Des détenues qui avaient été exécutées.

– Rien ne se perd, tout se transforme, essaya de plaisanter une autre femme. Nous avons réussi à trouver un peu de bonheur en mettant ces nippes à notre taille. Mais nous avons vite appris à nous montrer vigilantes. Les femmes kapos, ces salopes, nous les fauchaient. Nous avons dégainé une arme terrible contre ces femelles. Il fallait bien. Notre plus beau sourire, celui qui sait si bien enrober les pensées les plus laides. Car nous n'en manquions pas. Comme quoi, les mochetés ne sont pas réservées aux viles personnes.

– Tu te méfieras de la blonde aux cheveux courts. De loin, on dirait un bonhomme, la prévint Marie. Elle vient chercher les plus jolies. Si tu aimes les filles, ça va, tu auras de quoi bouffer. Il suffira juste de la téter un peu partout. Faut s'y préparer et se dire : « Grâce à ça, j'ai mangé et, un jour, au moment opportun, j'aurai la force de les zigouiller. »

Gabrielle réprima une grimace. Elle remarqua qu'on construisait un nouveau bâtiment. Germaine soupira :

Monde, qu'elle présidera à sa suite, sera déterminante. Elle refusera toute sa vie que des êtres humains soient condamnés à la misère.

– Eh bien, on y arrive. On va l'avoir, notre chambre à gaz. Il sera inutile de nous emmener en voyage pour nous reposer. Le repos sera au bout du camp.

Certains jours, le lieu semblait moins surveillé. Du moins les détenues parvenaient-elles à organiser des soirées pour la tête et le cœur. Germaine veillait au grain avec d'autres. Pour rester debout, il fallait faire appel à la musique et à la poésie. Il fallait oser créer. Chacune devait remonter dans ses souvenirs et trouver un texte à réciter à ses compagnes de misère. On allait allumer un feu d'intelligence et de beauté au cœur de la crasse et des manques en tout genre.

Gabrielle raconta comment son père l'avait préparée à résister avec la poésie, la musique et la prière. Geneviève hocha la tête en signe d'approbation. Elle comprenait, elle qui allait prier en cachette derrière une baraque avec une religieuse orthodoxe russe. Elle qui était sûre de la présence de Dieu qu'elle voyait dans le beau visage de Germaine Tillion, tout comme dans celui de la vieille Maria, ou dans le regard de mère Élisabeth, rayonnant de lumière.

Geneviève de Gaulle essayait de suivre le sillage de ces femmes de Dieu. À aucun prix, elle n'aurait oublié dans ses prières les plus misérables. Y compris celles qui les volaient ou les battaient. Elle s'imposait de partager leur humiliation, comme la fraternité et le pain[1].

– Oui, quand on a la foi, les prières sont utiles… Il nous faut la vivre et la partager dans le secret des âmes.

---

1. *La Traversée de la nuit*, Seuil, 1998, p. 18-19.

Chez les Allemandes, les Hongroises, les Autrichiennes aussi, les œuvres de Goethe et de Schiller étaient mises à l'honneur.

On se promettait aussi de ne pas céder aux pulsions barbares par esprit de vengeance. On se jurait de s'entraider. Même la mort ne les séparerait pas.

Gabrielle se souvint de ce besoin d'écrire qu'elle avait mis entre parenthèses depuis qu'elle était entrée dans cet enfer froid des grisailles humaines. Comment le satisfaire en ces lieux ? Elle en parla avec Geneviève et Germaine. Germaine avait ce qu'il fallait. Elle put lui fournir papier et crayon. D'ailleurs, Germaine était en train d'écrire un spectacle musical[1]. Le rire comme ultime dignité, au nez et à la barbe des nazis. C'était pour elle une façon d'échapper au quotidien, une manière de consigner son terrible vécu en y mêlant des chansons du répertoire folklorique. Elle détournait de grands airs signés Offenbach, Bizet, Messiaen, Oscar Strauss, Henri Duparc, sans oublier la *Danse macabre* de Saint-Saëns. C'était un sursaut de vie que Germaine offrait à ses compagnes. Une sublimation abolissant les barrières qui leur permettait d'oublier la laideur.

Gabrielle appréciait la compagnie de ces femmes, leur amitié, leur intelligence. Elles savaient écouter avec

1. En octobre 1944, Germaine Tillion est en train d'écrire une opérette à laquelle elle pense depuis plusieurs semaines, *Le Verfügbar aux Enfers*. Hommage aux femmes du camp, cette comi-tragédie musicale sera mise en scène pour la première fois en 2007 au Châtelet et jouée à Ravensbrück en 2010 pour le 65e anniversaire de la libération du camp.

patience. Sans beauté, sans bataille à livrer pour la préserver ou la reconquérir, la vie ne signifiait pas grand-chose. Avec ces femmes, tout prenait sens.

Gabrielle se lia aussi avec Marcelle[1], venue de Bouxières-aux-Dames, arrêtée comme plusieurs de ses fils parce qu'elle abritait des évadés. Une femme toute simple qu'elle aurait aimé avoir pour mère. Elle percevait la tendresse de cette femme qui lisait en elle et la consolait quand elle n'avait pas réussi à sauver un bébé de la *Kinderzimmer*.

– C'était atroce, disait-elle à Marcelle, en retenant ses larmes, la vie était encore là, dans mes bras, je lui parlais à l'oreille, et soudain, le regard s'est éteint avec le souffle, le vide sidéral.

– Tout finira, tout passe, mais rien ne lasse, ma fille. Cet enfant est passé dans un monde que tu ne connais pas et moi non plus, mais il œuvrera pour les survivants. Tu vivras, aie confiance ! Les gestes accomplis ne le sont pas pour rien.

Les semaines et les mois passaient. Le camp se désemplissait de temps à autre de vingt, trente ou quarante femmes, parfois davantage. Le voyage réservé aux plus faibles qu'on repérait au petit matin… Dans les bousculades aux toilettes ou au lavabo – l'eau coulait pendant si peu de temps –, il arrivait qu'une femme épuisée chute et peine à se relever. On s'en saisissait, on la mettait à l'écart.

1. Cette femme a existé, une salle porte le nom de la famille à Bouxières-aux-Dames en Meurthe-et-Moselle.

Parfois, l'appel ne se déroulait pas dans les règles. Les files de détenues devaient être parfaites. Une tête qui sortait du rang, des sabots mal mis... et la punition tombait avec les coups de fouet derrière le bâtiment. Les kapos affichaient un sourire carnassier et se régalaient de la peur lue dans le regard des femmes tirées par les cheveux quand elles n'avaient pas été rasées. À l'arrière du bâtiment, les cris des bourreaux précédaient le sinistre coup de feu qui déchirait l'air... Et les corps, les uns sur les autres, pouvaient attendre quelques jours avant d'être emportés par les détenues pour être brûlés. Il fallait qu'ils soient vus par les autres filles. Qu'elles les regardent jusqu'à l'obscène cauchemar.

Gabrielle avait déjà été chargée de ce travail. Elle se reprochait d'être restée sans émotion. Quelques jours auparavant, elle avait applaudi Anna qui récitait La Fontaine, *Le Lion et le Rat*... Ce matin-là, il avait fallu dégager les abords du bâtiment 3. Les cheveux d'Anna, prisonniers du sang coagulé, souillés à jamais, la voix d'Anna et son sourire lumineux... disparus. Avait-elle eu peur ? Restaient les flammes qui allaient prendre ce corps humilié, supplicié. L'âme était ailleurs. Gabrielle s'était confiée à Marcelle, elle lui avait dit sa honte de ne plus rien éprouver que la lassitude.

– Les plus grandes douleurs sont muettes, lui avait-elle répondu. Si ton chagrin est sec, c'est que tu as épuisé tes larmes. Un jour, elles te reviendront avec le ruisseau de la vie.

Celles qui comprenaient l'allemand saisissaient parfois des bribes de conversation. Les Alliés progressaient. Les

Américains avaient mis le pied sur le sol français. Les Françaises espéraient... Cela signifiait-il que la fin de la guerre approchait ? Une Polonaise confirma la nouvelle à la mi-juin, mais elle avertit ses compagnes ; il ne fallait rien montrer pour ne pas exciter les chefs du camp qui risquaient de faire pleuvoir les représailles. Chaque jour, des exécutions avaient lieu au hasard. Germaine Tillion faillit être de celles qu'on emportait pour le grand voyage. Prévenue à temps, elle se réfugia à l'infirmerie et réussit à y demeurer. Le convoi partit sans elle. Sauvée ! Pour cette fois.

Les rations de nourriture diminuaient, les femmes s'affaiblissaient de jour en jour. Tout ce que les bourreaux détestaient. On n'essayait pas de soigner, on éliminait. Ces femmes s'interrogeaient. Si le débarquement avait eu lieu, combien de temps faudrait-il aux Alliés pour mettre Hitler à genoux ? Pouvait-on espérer un Noël de lumière ? Ou devraient-elles encore souffrir un hiver derrière ces murs ?

L'hiver vint, terrible, mordant... Les exécutions étaient de plus en plus nombreuses. On condamnait les femmes à des coups de bâton : vingt-cinq, cinquante ou soixante-quinze pour un vol ou un travail mal effectué. Si c'était soixante-quinze, la détenue mourait presque sur-le-champ. Les punitions allaient jusqu'à la pendaison. Le corps restait suspendu pendant un ou deux jours pour être vu de tous.

Trois cents Françaises avaient été libérées le 5 avril. Gabrielle ne fit pas partie de celles-ci. Les nazis vidaient le camp de ses archives, les ateliers de leurs machines. Et tomba cet ordre des « chefs de la mort », comme la plupart les appelaient : il fallait d'urgence quitter le camp et marcher vers le nord du Mecklembourg. Des milliers de prisonnières furent obligées de se mettre en rangs et de participer à cette « marche de la mort ». Trois mille femmes exténuées demeurèrent sur place. Gabrielle resta à leurs côtés pour les soigner. Elle-même n'était guère vaillante.

Et vint la Croix-Rouge suédoise qui réclama au commandant du camp les prisonnières encore présentes. Suhren déclara avec un toupet monstre qu'il n'y avait plus personne. Ces femmes n'avaient jamais existé. Et dans son esprit, c'était vrai, les cent trente-deux mille déportées du camp ne représentaient rien pour lui.

Gabrielle se dressa, un spectre face à la femme de la Croix-Rouge, prouvant que le camp comptait encore sa part de misère. Et derrière elle, d'autres femmes l'imitèrent. On eût dit une scène de théâtre. Un drame shakespearien. Elles sortaient des endroits les plus sombres pour entrer dans la pâleur d'un printemps qui se faufilait sur les ruines de la mort. Elles ne parlaient pas. Elles se tenaient debout, les bras le long de leur corps décharné. Les yeux hagards, dans une attente dont elles ne savaient si elle était faite d'espérance ou de résignation. Gabrielle lut de la sidération dans le regard des libérateurs. Était-il possible d'entreprendre le voyage, de traverser le fleuve de la nuit pour aborder la rive des vivants ?

Elle avait perdu de vue Geneviève de Gaulle que Himmler avait fait emprisonner ailleurs pour servir de monnaie d'échange. Il savait qu'elle était la nièce du chef de la France libre.

Gabrielle, fiévreuse, à bout de souffle, fut recueillie, vêtue, soignée. On veillait sur elle. Elle souriait. Elle venait de vivre l'enfer. Sans croire à l'éventualité du paradis ou de revoir un jour la France, elle apprécia ce temps d'attente, cette parenthèse, et se laissa aller.

La Croix-Rouge s'occupa d'elle. Il était important de trouver le bon rythme pour organiser le retour à la vie. Le corps devait réapprendre les gestes essentiels : se nourrir, dormir dans un lit pourvu de draps. Gabrielle était d'une maigreur effrayante. Vers la mi-mai, on lui expliqua qu'on allait la raccompagner dans son pays, la France.

– La France ? répéta-t-elle comme si la déraison l'avait gagnée.

– Qui devons-nous prévenir ? Nous avons reçu une demande. Raymond Berthier vous recherche. Vous vous souvenez de lui, mademoiselle Carrier ?

On venait de l'appeler Mlle Carrier. Elle n'avait pas vraiment réagi. Était-ce bien d'elle dont on parlait ou d'une autre femme ? Le brouillard mangeait encore bien souvent sa tête. La question fut répétée. La soignante prit sa main, la caressa.

– Vous m'entendez, Gabrielle ? Regardez-moi, mademoiselle Carrier. Un certain Raymond Berthier vous recherche, c'est un ami de votre père…

– Pardon, madame. Raymond ? Oui, bien sûr. Et les autres ?

– Quels autres ?

– Ma famille ?

– Chaque chose en son temps.

Elle pensa soudain à d'autres personnes qu'elle avait connues avant, avant la nuit. Jusqu'à présent, ces personnes hantaient sa tête, mais elle avait été incapable de s'inquiéter pour elles. Elles n'étaient que des images, des clichés qui défilaient dans sa tête quand le sommeil la désertait. Elle songea à Louisa, à Raymond. Et Maurice, son père, avait-il survécu ? Et Antoine, Charles et André ? Ses pensées se réordonnaient lentement. Et Juliette et Léonce, Hortense et Nicolas et leurs enfants ? Qu'était devenu ce monstre d'Étienne ? Lui, elle ne l'oublierait jamais. La femme de la Croix-Rouge ne pouvait lui apporter aucune réponse. Elle se contenta de sourire.

– Vous allez être accueillie à l'hôtel Lutetia à Paris.

– Je connaissais quelqu'un là-bas, Pélagie Kessler... Elle avait une maison de couture.

– Oui, M. Berthier nous en a parlé. Hélas, elle a quitté Paris peu après la Libération.

– Ah !

Elle descendit du bus, soutenue par deux infirmières, pour entrer au Lutetia. Une foule de gens martelaient le trottoir. Des photos étaient brandies, des pancartes avec des noms. Elle s'entendit appeler par son prénom. Un homme se fraya un chemin dans la foule pour arriver jusqu'à elle.

– Gabrielle, c'est moi, Raymond !

Elle le regardait comme si elle le rencontrait pour la première fois.

– Tu me reconnais ? Que je suis heureux de te retrouver !

Il ouvrit les bras, mais elle resta hébétée, pantelante, sans réaction. Alors que le mois de mai était si doux à Paris, le froid la saisissait. Où était-elle ? Elle ne savait plus.

– C'est bien ce monsieur que vous connaissiez ?

– Oui, pardonnez-moi. Je pensais tellement ne jamais revenir de ce monde où nous étions. Ce fut une si longue nuit, lâcha-t-elle, les larmes aux yeux.

Elle songea à Marcelle, dont elle avait été séparée. Le ruisseau de la vie… Il était là.

– Suivez-nous, monsieur. Elle a beaucoup souffert. Elle est encore très faible. Il lui faudra du repos et un suivi sérieux.

– Je vais veiller sur elle, madame, je vous le promets.

– Et papa, articula-t-elle, est-il de retour ?

Elle avait la voix sèche.

– Pas encore, Gabrielle, on fait des recherches.

– La guerre est vraiment finie ?

– Oui, nous sommes le 10 mai. Depuis le 8, en France et dans le monde, sauf au Japon, c'est terminé. Les nazis sont définitivement vaincus. Paris a été libéré en août et Nancy en septembre. On peut écrire le mot « liberté » en tout lieu, murmura-t-il en prenant sa main. Enfin, le soleil peut se lever sans que les nazis viennent l'obscurcir.

Si le tableau de la paix se mettait peu à peu en place, il n'empêchait pas la lancinante douleur due aux absents.

– Reste à laisser couler nos larmes, répondit-elle dans un souffle. C'est horrible à dire, Raymond. Aujourd'hui est jour de liberté et je suis lasse, si lasse. Pardonne-moi.

– Tu es là. Nous sommes réunis et nous prendrons le temps de célébrer la vie.

III

GABRIELLE ET MATHILDE

1

Saint-Nicolas-de-Port, 1945

Antoine n'était pas rentré d'Allemagne. Il allait se marier avec Eda, la fille de la ferme où il avait été placé en détention. C'était une bonne nouvelle.

Charles était vivant, mais son cœur était, disait-il, en lambeaux. Il avait appris l'arrestation de Sarah. Elle avait voulu rejoindre les siens à Montpellier et, malgré ses faux papiers, elle s'était fait pincer dans le train, en 1944, avant d'entrer dans l'ancienne zone libre. C'est à Dachau qu'elle avait été conduite et là qu'elle était morte gazée dès son arrivée.

Gabrielle avait dit « oui » à Raymond comme on dit « peut-être ».

Nicolas, son grand-oncle, la conduirait à l'autel. L'angoisse la saisissait à cette pensée. Agissait-elle au mieux ?

Elle avait mis en garde Raymond : elle n'était sûre de rien. Elle était comme une coquille vidée de l'essentiel, une poupée qu'on coiffe, qu'on habille, mais qui est incapable d'éprouver des sentiments.

– Je ne sais plus qui je suis ni si mon cœur bat. Est-ce que je peux encore aimer ? Je sais seulement qui je déteste.

– C'est déjà pas mal, avait répondu Raymond. Est-ce que tu me détestes ?

– Non, pas du tout, Raymond. Je te suis reconnaissante de tout ce que tu as fait pour moi. Tu es attentif et délicat. Je crains seulement de te blesser. Tu mérites une femme joyeuse et j'ai peur d'être ta nuit. Suis-je sortie de la mienne ? Je le veux, je l'espère, mais c'est si difficile.

– Mais c'est bien, c'est un grand pas vers la guérison. Ça bouge du côté des sentiments, puisque tu te poses des questions.

– Mais ce ne sont pas des sentiments. Je cherche les grands élans. Et quand je crois les avoir trouvés, je suis projetée contre un mur terrifiant d'interrogations pour lesquelles il n'existe pas de réponse. Je veux être honnête avec toi.

– N'est-ce pas de la littérature tout ça ?

– Il paraît que non ! Et toi, es-tu transporté quand tu penses à moi ?

– Ah, ça, c'est sûr, tu es mon inaccessible étoile, fit-il en posant une main sur sa taille.

Il se faisait protecteur et rassurant. Elle admirait la patience dont il avait fait preuve sans jamais se lasser. C'est lui qui l'avait recueillie après être allé la chercher au Lutetia. Louisa les attendait avec son beau sourire à Saint-Nicolas-de-Port.

– Le mal qu'on t'a fait, murmura-t-elle en la serrant dans ses bras. Mais tu es là. Je vais te soigner.

Gabrielle n'avait pas eu la force de répondre. Elle avait hoché la tête. Elle constatait la bonté autour d'elle. C'était un baume sur ses plaies que personne ne pourrait comprendre.

Raymond s'obstinait à la sortir, à la divertir. Il l'emmenait sur les berges du canal, dans la forêt toute proche, lui promettait de la faire danser quand elle aurait retrouvé toutes ses forces.

– On dansera sur les grands airs américains. Et puis nous valserons. C'est beau, la valse. J'apprends pour toi, pour te conduire et te retenir dans mes bras.

Il connaissait son amour pour la musique. Une tradition familiale dont Maurice lui avait souvent parlé. Un jour, Raymond revint avec un tourne-disque et des soixante-dix-huit tours.

– Mon petit doigt m'a chatouillé l'oreille jusqu'au cerveau cette nuit. Il m'a suggéré ces achats. Nous allons tous les deux apprécier la compagnie de Schumann, de Debussy et de Chopin.

– C'est tellement gentil, Raymond. Tu te donnes bien de la peine pour moi.

– Pour toi, que ne ferais-je pas ? La musique éveille les sentiments, m'a dit le vendeur. Pour moi, c'est fait, tu le sais. Je serais capable d'aimer pour deux, mais peut-être que toi, ça te fera sourire, et le sourire ouvre la porte de l'amour.

– J'espère ne jamais te causer de chagrin ni te décevoir.

– Tu es celle que je cherchais depuis longtemps. Déjà avant la guerre, quand je te croisais à Varangéville ou à Saint-Nicolas, rien qu'à te regarder, mon palpitant s'affolait. Ne te moque pas, c'est vrai. Je l'avais dit à ton père quand nous avons commencé à faire la nique aux occupants. Il avait souri. « Si Gabrielle est d'accord, je n'ai pas à m'y opposer. Je sais qu'avec toi elle ne sera pas malheureuse. » Peut-être qu'il se réjouit là où il est de nous voir préparer ce mariage.

– Mon pauvre papa, soupira-t-elle. J'aurais tellement aimé qu'il revienne d'Auschwitz.

– Moi aussi. Il me manque énormément. Il aura remplacé le père que j'ai si peu connu.

Gabrielle tentait de se persuader que ce mariage était une bonne idée, mais les remords l'assaillaient.

– Je voudrais être certaine que tu ne m'épouses pas par culpabilité, pour rattraper quelque chose.

– Comment cela ?

– Papa travaillait avec toi dans la Résistance. C'est toi qui es venu solliciter son aide lorsqu'un de tes gars a été laissé pour mort, blessé par un collabo. Pendant ma détention, j'ai pensé que ce pouvait être Étienne le coupable. Ton gars, Legrand, il connaissait Étienne. Il ne l'a pas vu, mais la voix qu'il a entendue ressemblait à la sienne.

– Hum…

– Papa l'a soigné et tu lui as parlé de ton engagement. Il t'a admiré, je le sais, et il a eu envie d'être utile à la France, c'est ça ?

– Presque, oui.

– Et cela a été déterminant pour mon père qui ne supportait pas que des Français se mettent du côté des Allemands. Et toi, tu as eu des remords, Louisa me l'a dit. Tu répétais en boucle : « Si je n'étais pas allé chez Maurice, il serait toujours en vie. »

– C'est normal de s'interroger…

– Et aujourd'hui, tu poursuis dans la même voie, celle de la reconnaissance. En échange d'une vie donnée, tu estimes devoir me protéger. Mais est-ce de l'amour ?

– Tu es bien compliquée. Je t'aimais avant tout ça… Et quand bien même, mes sentiments existent et je ne confonds rien du tout. Je crois surtout qu'on peut encore être heureux.

– Tu épouses une pauvresse… La maison de mon père n'est plus. Les Allemands y ont mis le feu avant de la quitter et je ne sais rien de ce que possédait papa. Les papiers étaient dans la maison, il n'en est rien resté ou presque. Le matériel, c'est peu de chose, il est vrai. Cependant, il y a deux choses auxquelles je tenais, dit-elle en montrant son cœur, et qui sont parties en fumée…

– De quoi parles-tu ?

– Du piano de maman et des sculptures de ma grand-mère.

– Il n'y a pas que des mauvaises nouvelles dans la vie, ma chérie. Pour le piano, j'avais fait le nécessaire. Quand j'ai su que tu avais été arrêtée, j'ai envoyé un ouvrier de la saline chez ton père. Il a affirmé que le piano appartenait à la saline, un coup de bluff ! Qu'est-ce qu'on risquait ? Et j'y suis retourné avec Legrand. On a raconté tout et n'importe quoi aux Allemands, que la saline voulait récupérer son bien. Ils n'ont pas été très emmerdants. Ils n'en avaient rien à faire, on pouvait venir le chercher. J'ajoute, et tu vas en être ravie, que les sculptures de ta grand-mère ont été sauvées de l'incendie. Le feu a pris dans l'autre aile, elles n'ont pas été trop endommagées. Elles ont été déposées dans la basilique Saint-Nicolas, tu les verras le jour de notre mariage, bien nettoyées. Ta grand-mère avait du talent.

– Le piano, il est où ?

– En résidence chez l'accordeur, à deux pas. Il travaille à sa restauration. C'est quasi fini. Je voulais te faire la surprise pour notre mariage. Il sera livré à ce moment-là.

– Tu es merveilleux.

– Ça m'arrive, plaisanta-t-il en déposant un baiser sur son front, mais c'est grâce à toi.

*

Louisa était heureuse de marier son fils. Elle était allée chez une couturière à Nancy pour se faire faire un ensemble « de qualité », affirmait-elle. Elle avait dû fournir viande et œufs pour le payer. Les tickets de rationnement étaient toujours en circulation et le système D restait très en vogue.

– Du sur-mesure, s'il vous plaît. Mon fils épouse une jeune fille de la meilleure société qui soit. Elle joue même du piano, racontait-elle à qui voulait bien l'écouter.

Louisa avait eu la vie sauve grâce au cri de Gabrielle – « Le chat n'arrête pas de pisser ! » – quand elle avait été arrêtée. Legrand, le boutefeu, l'avait entendue et avait couru prévenir Raymond. Il avait fallu mettre Louisa en sécurité. Elle n'était pas contente du tout de quitter sa petite cité.

Qu'est-ce qu'on avait à l'embêter avec des histoires de Boches ?

– Qu'ils viennent, tiens, un bon coup de poêle à frire ! Elle saurait se défendre.

– C'est ça, avait ricané Raymond, tu en assommeras peut-être un, mais n'oublie pas qu'ils ne viennent jamais seuls et qu'ils sont armés. Une balle dans la tête ou en plein cœur et pfff, plus de Louisa ! Et ton petiot, orphelin à jamais.

Elle s'était tue. Son fils avait sans doute raison. Il n'était point sot, ce gamin. Évidemment, elle n'avait pas de revolver. Elle avait bien songé à la carabine de son mari, remisée au fond de la cave, mais depuis toutes ces années, elle devait être rouillée. Et elle ne savait même pas s'il y avait encore une boîte de cartouches dans l'établi.

La bonne nouvelle, c'était ce mariage.

– Je lui avais bien dit, à Gabrielle, que mon petit gars ferait un bon mari. Une situation et un homme, un vrai, bien élevé.

Louisa avait fait de son mieux.

Hortense et Nicolas seraient là. Joséphine aussi, toujours seule mais pas au couvent. André, le fils, non. Sitôt Nancy libéré, il s'était envolé pour les États-Unis, c'est là qu'il s'établirait avec Jane, sa petite Anglaise, lui avait raconté Joséphine qui espérait de ce fait découvrir l'Amérique. « Un tel continent, ça fait rêver, surtout depuis la Libération. Quand on a vu les chars Patton, quand on a entendu le swing et le jazz, on a envie de voir les gratte-ciel. » Jeanne-Marie et Claire avaient été invitées, mais elles avaient décliné. Elles ne voulaient pas être l'offense vivante à la bonne morale de papa Nicolas. De Pélagie, on ne savait rien. La maison de couture était fermée. Gabrielle, sans doute la seule à savoir à qui Pélagie avait donné son cœur, se promit d'entreprendre des recherches après le mariage. Charles viendrait. Il avait tant d'amitié pour sa cousine. Lui aussi avait combattu. Elle ne l'avait pas revu, mais tous deux s'écrivaient ou même conversaient au téléphone. Il avait toujours apprécié Gabrielle et savait ce qui lui était arrivé. Un drame... Il ignorait tout des circonstances des arrestations de Sybille et Maurice et de Gabrielle, la revenante. Ainsi se définissait-elle parfois. Quand il lui posait des questions sur ses parents, elle restait évasive. Il était inutile de le blesser. Sarah lui manquait. Quant à Étienne, qu'était-il devenu ? Nul ne le savait. Avait-il été libéré par les Allemands ? Leur avait-il faussé compagnie ? S'il avait été exécuté, son corps aurait été découvert, comme celui de Sybille. Charles-III et le boulevard Albert-Ier ne s'encombraient pas inutilement. Étienne n'avait pas été recensé dans les convois à destination de l'Allemagne ou de la Pologne. Les Allemands étaient ordonnés, avaient de la méthode et remplissaient registres sur registres. Certes, ils avaient détruit des archives avant l'arrivée des Soviétiques et des Américains, mais en ce qui concernait les arrestations en Lorraine, les dossiers étaient bien là. Maurice avait été enregistré. Épuisé par les tortures subies, il tenait à peine debout quand il était parvenu à Auschwitz. L'un de ses compagnons d'infortune, qui lui était rentré de détention, se souvenait que Maurice délirait. Sitôt descendu du train de la mort, on l'avait directement envoyé à la chambre à gaz. Gabrielle espérait que la mort avait été rapide. Elle avait des nausées en imaginant l'horreur vécue au cours du voyage. Aucun doute sur ces faits ! Elle n'avait pas oublié ce que ses compagnes d'infortune et elle-même avaient éprouvé.

Or c'était mal d'en parler.

Les survivants étaient gentiment invités à se taire. Pas un mot de trop. Pas de mot du tout sur les conditions de détention ! Si on n'avait pas vécu ce genre de situation de l'intérieur, on ne pouvait comprendre. Comment en vouloir aux bien-portants dont le seul but était le manger et le boire et la jouissance de la liberté retrouvée ? Celle qui ouvre la porte aux grands projets.

Les Français n'aspiraient plus qu'à cela : étreindre la vie. Quitte à gommer ces années sombres et tristes, faire comme si elles n'avaient jamais existé. Les privations, les manques, les blessures, c'était du passé ! En parler devenait inconvenant, jusqu'à l'offense.

« Tu n'as plus qu'à oublier, lui répétait-on, maintenant que tu es là, parmi nous. »

Elle ne pouvait protester. Ses lèvres frémissaient. Les phrases toutes faites pleuvaient, interdisant toute parole, tout dialogue. On croyait bien faire. Les uns et les autres estimaient lui redonner l'espoir, lui indiquer la route à suivre pour que reviennent le rire et l'audace d'être.

« À présent, seul compte l'avenir ! Regarde devant toi ! C'est comme ça que tu retrouveras le goût de la vie, disait-on à celles et ceux qui avaient défié la mort. Tu es avec nous, à boire, à rire, à chanter et à aimer aussi. »

« Tourne la page, Gabrielle, et oublie ! » se répétait-elle, tel un leitmotiv.

Oublier ?

Mais oublier quoi ?

Que la mort, tant de fois, avait prévalu sur la vie ?

Que des hommes en avaient asservi d'autres ?

Qu'ils les avaient humiliés jusqu'au mépris, ravalés au rang d'immondices ?

Comment oublier cette nuit, porte du néant pour la plupart ?

Les souvenirs s'organisaient en danse macabre et aveuglaient ses yeux épuisés par trop de luttes. Ses paupières alourdies par les pleurs ne parvenaient plus à se fermer à l'heure où les étoiles riaient dans le ciel.

De cela, il n'était pas question de parler.

Trop dérangeant !

Il fallait célébrer la chance que l'on avait d'être de retour en vivant normalement.

Mais qu'est-ce que vivre normalement ?

2

Saint-Nicolas, le 8 décembre 1945

Le mariage de Gabrielle et de Raymond fut une jolie parenthèse pour tous. Au surlendemain de la fête de Saint-Nicolas, la basilique, encore joliment décorée et fleurie, accueillit le cortège. Le sourire était de mise. S'il y avait des absents, on voulait croire en leur présence, un œil derrière chaque pilier pour approuver cette fête qui devait ouvrir la porte d'un avenir presque radieux. Gabrielle, évidemment, songea à son père. Au tonton évêque décédé de mort naturelle, le jour de la capitulation de l'Allemagne, alors que toutes les cloches du territoire français se mettaient à sonner. La religieuse qui s'occupait de lui avait rapporté à Gabrielle ses dernières paroles : « J'attendrai les cloches de la victoire pour m'envoler là-haut. »

Ce fut le cas, après bien des services rendus. Un saint des temps modernes, avait-on rapporté ici et là en Franche-Comté. Il avait bien vécu pendant quatre-vingt-seize ans.

Legrand était là et bien d'autres qui avaient participé à la Libération de Saint-Nicolas à la mi-septembre 1944. Les bombardements des Américains leur avaient ouvert la route. La mine de sel avait été un précieux refuge pendant ces jours intenses, dangereux, bien sûr, mais qui déboucheraient sur une issue heureuse. Tout le monde avait voulu y croire.

Au pied de l'autel, près des jeunes mariés, se trouvaient quelques sculptures d'Émilie qui avait voulu célébrer ceux qu'elle aimait. Sur le bas-relief figuraient Hortense, Nicolas et leurs enfants, Maurice, le père de Gabrielle… Maurice enfant tenant la main de Charlotte… Ces deux-là étaient déjà unis par l'amour. Mais il y avait aussi un autre enfant, qui, lui, allait devenir un monstre. On ne pouvait pas le soustraire de la fresque. Il appartenait, songeait Gabrielle, à ceux qui se laissent emporter au sommet de la montagne et à qui le Mal montre le monde : « Si tu te prosternes devant moi[1]… »

Étienne, comme Constant autrefois, faisait partie de ceux qui jouent au fort pour mieux masquer leur faiblesse.

Elle frissonna dans sa longue robe blanche de tulle et de satin et chercha le réconfort auprès de Raymond. Il posa une main sur son avant-bras droit.

– Je suis là, ma Gabrielle. Personne ne pourra rien contre toi, contre nous deux.

Elle sourit, presque apaisée.

La sortie de la basilique, malgré la bise glacée de décembre, était attendue par tous. Une mariée vêtue de blanc jusqu'aux pieds, comme une princesse, dame, on n'avait pas vu cela depuis longtemps ! Le personnel de

1. Évangile de la Tentation de Jésus au désert, Matthieu IV, 1-11.

la saline s'était rassemblé. Il y avait celles et ceux qui avaient connu Maurice, le bon docteur, mais aussi les anciens qui avaient rencontré Charlotte, et les enfants qui espéraient des dragées. Tous faisaient la haie d'honneur. C'était beau de voir les saliniers en costume du dimanche, avec leurs pics, leurs pioches, brandissant des lampes à carbure décorées de fleurs. On ne lança pas de riz, dont on disait cependant qu'il portait bonheur… L'heure n'était pas au gaspillage. Mais pour être certain que le couple ne vivrait que dans la joie, à l'abri de toute médisance et loin des sorcières, on posa quelques grains de sel sur la tête du marié. Et toutes et tous d'applaudir. Le grand saint Nicolas, patron des lieux et de la Lorraine, ne pouvait que se réjouir, lui qui avait ressuscité les petits enfants découpés en morceaux et mis au saloir par l'horrible boucher. Et sainte Barbe ? On l'avait mise à l'honneur au pied de l'autel avec les sculptures d'Émilie. Elle n'allait pas rester insensible au bonheur de ce couple.

Les enfants lançaient des pétales.

Les fleurs avaient été séchées avant qu'on les rassemble dans des paniers joliment festonnés de dentelle. On aurait dit la Fête-Dieu. Une Fête-Dieu au cœur de l'hiver, pour défier les règles établies, pour installer d'autres gestes d'amour. C'était émouvant. Gabrielle appréciait. Elle songea à Sybille et lui adressa quelques mots : « Tu vois, ma cousine, c'est aussi le mariage de la beauté et de la bonté. »

Il avait fallu y penser longtemps à l'avance.

Et voici que, devant le cortège à peine sorti de la basilique, la fanfare du Clairon de Varangéville en costumes de fête entonna *La Marche lorraine* en l'honneur des mariés. On vit l'assistance marquer le pas et se balancer au rythme de la musique. *Auprès de ma blonde* et *Aux marches du palais* suivirent. Comment le chef de la clique avait-il su que cette chanson avait été celle de Maurice et Charlotte, les parents de Gabrielle ?

– Maurice m'avait raconté, chuchota Raymond dans le creux de l'oreille de la belle épousée.

Gabrielle se mordit les lèvres, essuya une larme…

– Ah, comme tout cela est réussi, ajouta Raymond. Rien n'a été négligé par les amis pour faire en sorte que prime la joie. Notre mariage s'annonce sous les meilleurs auspices. Nous avons bien fait de les convier dans la grande salle du foyer pour un goûter apéritif et plus s'ils en ont envie. Notre fête d'épousailles est peu conventionnelle, mais rien ne manquera au buffet, pour que le plus grand nombre puisse se restaurer et se réjouir. Ils l'ont tous mérité.

C'était la fête, on s'embrassait. Certains ne s'étaient pas vus depuis longtemps ou bien n'avaient pas eu l'occasion de discuter tant il y avait à faire. On réparait ici et là les outrages des années d'occupation, des bombardements qui avaient ouvert la route aux Alliés. Le mur d'enceinte de la saline portait encore des traces de lutte. On se racontait comment on avait réussi à mettre à l'abri les trois quarts des habitants de Varangéville.

– Ah, ça, on n'oubliera jamais cette descente par le puits Saint-Maximilien qui sert aujourd'hui d'aérage, près de la chaudronnerie et de l'atelier mécanique, expliqua

Gaston Laplanche. On a fait étape à quatre-vingts mètres, ce qui était considérable pour les gosses. Ils s'amusaient de tout et espéraient n'avoir jamais à y travailler.

– Ah, oui, ajouta le jeune Robert, même qu'on est descendu dans un tonneau de ferme accroché à une poulie…

– Ah bon, et comment cela ? interrogea la mariée.

Gaston répondit :

– Avec un treuil à manivelle, tout simplement. C'était pratique, comme système, ça permettait aussi de descendre le ravitaillement, le matériel, les bottes de paille, les couvertures…

– On était aux petits oignons. Les menuisiers avaient fait des tables, des bancs, des lits.

– On s'éclairait aux lampes à carbure, reprit Robert, ça faisait des ombres sur les murs. On aurait dit que les fantômes de la mine venaient nous chatouiller la nuit.

– On dormait tous ensemble et on rigolait bien, malgré les événements, dit Legrand. Fallait juste pas péter trop fort. Nous, quand ça nous arrivait, on disait : « C'est le sel qui travaille. » Ça pouvait même exploser, parole de boutefeu.

– Ah, oui, fit observer Robert, sauf que le sel, ça ne sent pas… et quand « le sel travaillait », toujours du côté des hommes, les femmes sont plus délicates, il flottait un parfum…

– C'était pour asphyxier les Boches qui auraient voulu nous déloger.

– Ça ne risquait pas, ils étaient en train de prendre leurs cliques et leurs claques pour s'ensauver de l'autre côté du Rhin, et nous, on était prêts à les arrêter. D'ailleurs, on a fait des prisonniers, il y en a encore pas loin d'ici[1]. Ils ne sont pas tous nazis. Il y a de bons gars aussi en Allemagne.

Et tous d'évoquer Reinhardt, le peintre qui n'était pas sûr de retourner en Allemagne. Il se trouvait bien en Lorraine, il fréquentait en tout bien tout honneur Gisèle de la Grand-Rue.

– C'est comme chez nous. Nous, on a eu des collabos parmi les Français, des gars aussi pourris que certains nazis, glissa Legrand.

Gabrielle savait. Il lui suffisait de se souvenir d'Étienne.

– Et pour les repas, demanda-t-elle, comment faisiez-vous dans la mine ?

– On cuisinait sur place, sans problème… La mine était à l'arrêt. On ne prenait aucun risque. De toute façon, on n'avait plus de charbon pour les poêles ou les machines à compression, et plus de courant non plus. On nous avait bien dit que c'était le dernier assaut. Il fallait seulement être patient. On savait Paris libéré. Les Ricains, avec Leclerc, allaient faire sa fête au Führer, un festival, un feu d'artifice qu'il n'oublierait pas. Normal après toutes ces années. Les femmes étaient courageuses.

1. Route d'Art-sur-Meurthe, entre les jardins et les logements des ouvriers, juste à côté des bâtiments de la saline, il y avait un parc entouré de barbelés où s'élevaient des bâtiments qui ont abrité des prisonniers allemands. Au moins deux cents hommes y furent détenus, pour certains jusqu'en 1947. Les conditions de vie étaient correctes. Les prisonniers travaillaient, se distrayaient aussi. Parmi eux, aux dires des anciens, était un artiste peintre du dimanche qui prenait plaisir à fixer sur la toile quelques moments heureux.

Parfois, elles remontaient vite fait bien fait entre deux alertes pour aller cueillir des légumes dans les jardins ou ramasser quelques œufs. On n'a manqué de rien pendant ces trois semaines. Et si vous voulez voir les vestiges de cette organisation souterraine, tout est encore en place[1].

– Ah, oui, c'est l'histoire, l'histoire des saliniers en temps de guerre, on y tient, dit un ingénieur venu saluer les mariés.

Il avait apporté des fleurs et un service de Lunéville venait d'être livré.

– Il y a eu une quête… Et voilà le fruit de la générosité de tous.

Le cadeau fut arrosé comme il se doit, et l'ingénieur en profita pour discuter avec la mariée.

– Je voulais vous dire toute l'admiration qui est la mienne. Un sentiment que nous partageons tous ici en ce jour. C'est vrai, nous sommes touchés. Vous êtes une jeune femme exceptionnelle. Nous n'oublierons jamais ce que vous avez fait. Vous êtes la digne héritière de votre cher papa, il nous manquera longtemps. Avez-vous pensé à votre avenir du point de vue professionnel ?

– Ma foi, pas vraiment…

– Ce qui serait bien, chère madame, c'est que nous puissions compter sur vous, comme autrefois… La jeunesse a besoin de vous autant au dispensaire que pour les récréations. Nous n'avons pas à vous obliger, mais de temps à autre… Naturellement, vous seriez rémunérée.

1. C'est toujours le cas aujourd'hui.

– J'en parlerai avec mon mari. Mais oui, pourquoi pas.
– J'espère de tout cœur que ce sera oui.

Le repas qui suivit et le bal de noces apportèrent une belle bouffée d'oxygène à tous les invités. On pouvait manger et boire à volonté. Pendant six ans, la vie avait été si difficile. Le troc et le marché noir avaient fonctionné à plein régime. À cela, s'était ajoutée la créativité de chacun. Pour s'habiller, on avait fouillé les greniers pour dégotter des tissus à retailler. Les vieux rideaux devenaient des dentelles posées sur des bustiers. Les anciens tricots faits main avaient été « détricotés ». La laine retendue, lavée, donnait un fil chiné acceptable. Il arrivait que ces épousailles de laine fassent leur effet.

« C'est ravissant ! entendait-on. Quelle bonne idée ! »

Pour les chaussures, cela avait été plus difficile et moins confortable. Les semelles de bois avaient eu la vie longue. Elles étaient lourdes à porter et les femmes qui voulaient arborer une démarche légère avaient toutes les peines du monde à y parvenir. Mais ce que femme veut… Pour pallier le manque de bas de soie, elles avaient leurs secrets. Les élégantes plongeaient leurs jambes dans des bains de chicorée pour les teinter et, avec un crayon noir ou l'arête d'un morceau de charbon, elles dessinaient le trait noir de la couture d'un bas. Un leurre efficace… La femme serait toujours la femme. Avec trois fois rien et deux chiffons, elle parvenait encore à faire rêver.

Et puis elles chantaient Ray Ventura, Trenet, et puis elles dansaient, quand bien même danser, organiser et participer à des festivités non déclarées était interdit.

Surtout si c'était interdit.

Elles avaient un prétexte infaillible.

– Je danse, oui, et alors ?

– C'est interdit…

– Mais voyons, je fais de la résistance. De Gaulle l'a dit : par tous les moyens, résistez à l'ennemi ! Arrachez les affiches, dessinez des croix de Lorraine, faites le contraire de ce que Vichy vous dit… Désobéissez pour le bien et la grandeur de la France. Ne voyez-vous pas que nous sommes admirables ?

Dieu que c'était bon de résister !

Surtout dans la joie !

Gabrielle n'en avait pas eu le temps. D'autres urgences commandaient et elle s'était fait prendre.

Un guet-apens.

Tout bête.

Mais cruel jusqu'à la douleur.

Une tragédie impossible à oublier.

Alors si elle en parlait, c'était dans ses *pages de nuit.*

Ou plutôt *mes pages arrachées à la nuit…*

Ce serait plus juste.

Pour l'instant, elle dansait dans les bras de Raymond.

D'autres attendaient leur tour.

« Faire danser la mariée porte bonheur ! » criaient les uns et les autres.

3

Saint-Nicolas – Varangéville, fin 1947

La vie s'était organisée autour de la saline. Raymond s'était vu proposer une maison, la même que celle offerte aux ingénieurs rue Berveiller. Il avait compris que c'était eu égard aux services rendus par le père de Gabrielle et aussi pour récompenser le travail fourni par celle-ci. Il refusa dans un premier temps, en parfait accord avec son épouse. Il n'était certes pas ouvrier, mais le passe-droit lui semblait une injure. Il ne voulait pas être acheté par la direction ni passer pour un « jaune ». Les syndicats étaient intraitables. Pas de demi-mesure.

Ce qu'il voulait, c'était construire leur maison, une belle et grande maison. Avec un espace réservé à Louisa qui vieillissait et ne pourrait plus rester seule quand l'âge lui imposerait d'être économe de ses pas. Il accepta un logement rue d'Alsace, en attendant. Il offrirait mieux à Gabrielle. Elle le méritait. Elle avait acquiescé et souri, n'osant lui livrer ses pensées. « Quand on a été détenu à Ravensbrück ou dans un autre camp de concentration, même une cité avec deux grandes chambres et une cuisine paraît un paradis. »

La rue d'Alsace, en comparaison, pouvait passer pour un hôtel trois étoiles. Gabrielle gardait le silence, tenant la promesse faite de ne jamais se plaindre et surtout de ne jamais rien raconter de cette traversée de la nuit. Les survivants en avaient fait l'expérience : le bonheur se partage, mais jamais la douleur.

Raymond passa très vite contremaître. Et la saline lui proposa, en plus de son travail, de s'occuper de la culture…

– La culture ?

– Ce qu'on peut offrir aux enfants pendant les jours de congé et les grandes vacances. Vous ne serez pas seul dans cette tâche. Vous pourrez travailler avec Pierre Maucourt et avec votre épouse, qui va devenir officiellement infirmière-assistante sociale, en attendant de terminer ses études de médecine. Elle n'était pas loin du but avant la guerre.

– Pour l'instant, Gabrielle prépare notre petiot. Il devrait voir le jour pour la Saint-Nicolas, plaisanta Raymond.

– Les choses se mettront en place après janvier.

Il devait faire attention et ne pas verser du côté de la direction au risque de voir les syndicats, qui se recomposaient, lui tomber sur le dos. Il serait à jamais du côté des travailleurs, des vrais. Il savait qu'il aurait, comme il l'expliquait à son épouse, souvent « le cul entre deux chaises » et que, malgré le désir de bien faire de la direction, le chemin vers la justice et plus d'équité serait encore long.

– La barrière entre le monde ouvrier et les nantis est trop haute. Ce n'est pas achetant les ouvriers avec un logement ou quelques récréations qu'on calmera les syndicats qui, contrairement à ce qu'on raconte, ne s'opposent pas à tout ce qu'on leur propose.

– Comment cela ?

– La direction s'y entend pour discréditer l'action des syndicats.

– Mais encore…

– Certes, il arrive que certaines primes soient distribuées… mais trouves-tu normal que, lorsqu'il n'y a pas suffisamment de travail à la saline, les ouvriers soient envoyés à la ferme pour s'occuper des animaux et réparer les intérieurs de ces grandes dames ?

– Pas vraiment, mais s'ils sont payés correctement…

– Sais-tu où va la production de la ferme ?

– J'ai dû le savoir, fit-elle en retenant un sourire.

– Et ce n'est pas tout. Il y a des ouvriers qui s'occupent de la vigne et des vergers. Eh bien, le vin et la gnole sont distribués aux ingénieurs, aux cadres, aux ETAM[1].

– Et que donne-t-on aux ouvriers ?

– Rien, pas même un bonbon.

– Les choses n'ont pas changé. C'était déjà ainsi au début du siècle.

– Voici le tarif, quatre litres pour les cadres, deux pour les ETAM et zéro pour les ouvriers.

---

1. Employés, techniciens, agents de maîtrise.

– Bah, fit-elle en se forçant à l'humour, on peut dire que la saline veille sur la santé des ouvriers dont on dit qu'ils picolent un peu trop.

– Des injustices, il y en a d'autres. Au repas des médaillés, on trie les invités. Ne s'assoit pas au banquet n'importe qui.

– C'est révoltant. La direction ne veut pas se mélanger avec ceux qui la font vivre et produisent la richesse. J'entendais semblables remarques quand j'étais enfant et mon père était ulcéré, lui qui venait d'un milieu modeste.

– Ils vont l'avoir, la grève, sous peu, je te dis, ma chère Gabrielle. La CGT se reforme, et ma foi, j'approuve.

– Bon, moi, je suis contente d'avoir obtenu, comme tu dis, quelques bonbons à distribuer aux mères de famille. À chaque consultation des bébés, une layette et deux pelotes de laine très douce seront données aux mamans pour qu'elles complètent le trousseau des petits. C'est peu, sans doute, mais une voie vient de s'ouvrir.

– Bravo…

– Ça me paraît normal. Je vais te faire une confidence, ce « cadeau » est déjà critiqué. Mais tu dois bien avoir entendu des remarques désobligeantes.

– Pourquoi ?

– On parle de collusion. Les patrons se font complices de l'État qui veut relancer la natalité. La guerre a fait bien des malheurs. « Quand on sait à quoi servent nos enfants… de la chair à canon, rien d'autre. » C'est ce que racontent les syndicats et les râleurs.

– Il y a du vrai…

– Oui, et alors ? Les pauvres enfants qui naissent dans des familles qui n'ont pas suffisamment de moyens, il ne faut rien faire pour les aider ?

– Il est bien difficile d'échapper à la critique. C'est la raison pour laquelle je suis heureux que nous ayons refusé la maison. Un jour, nous aurons la nôtre.

– Et ne t'inquiète pas si nous n'y parvenons pas.

– Tu es gentille et patiente, ma Gabrielle. Je t'admire. Mais, bientôt, nous irons voir les parcelles de terrain à construire dans le coin et nous pourrons mettre une option si les lieux nous plaisent. Et notre petiot ?

– J'ai moins de patience que pour la maison. J'aimerais déjà qu'il soit né.

– Moi aussi, je le bercerai, cet enfant. Il n'y a pas de raison qu'un papa néglige son petiot, non ?

Elle approuva d'un signe de tête. Mais secrètement, l'angoisse lui vrillait les tripes. Saurait-elle être une bonne mère ?

Elle revoyait les bébés de la *Kinderzimmer* de Ravensbrück, ces bébés qui manquaient de tout. Ils naissaient bien roses et bien portants et, en quelques semaines, tout espoir s'évanouissait dans les chairs rétrécies, desséchées sur les petits membres, les os qui saillaient et qui jamais ne grandiraient. Au cours des nuits trop longues, les regards vitreux de ces petits d'hommes la hantaient. Leur souffle, léger et ténu, s'évanouissait. Ils n'avaient plus la force de pleurer. Qui les aurait entendus ? Personne n'avait le pouvoir de les sauver.

Qui percevait, dans le camp et au-delà, le chant de ces morts silencieuses ?

Toutes ces choses, Gabrielle s'efforçait de les écrire. *Mes pages de nuit, mes pages arrachées à la nuit.* Le titre était approprié.

« On voudrait que j'oublie. Je fais semblant d'y parvenir, pour mieux vous noircir, mes pages en quête de lumière à venir. »

Gabrielle s'interrogeait sur l'enfant qu'elle portait. A-t-on le droit de donner la vie quand de tels souvenirs, ceux des camps, obscurcissent l'âme ? Elle les chassait, s'efforçait d'agir pour le bien de tous.

Ne pas se retourner. Toujours avancer, toujours espérer.

Elle écrivait cette sorte de devise qu'elle soulignait, en haut d'une page ou en bas, quand elle avait terminé d'explorer une idée. Parfois, elle repassait de la couleur sur les lettres. Reste que, parfois, cette exigeante devise était plus lourde à brandir que l'épée de la justice.

Une nuit, Gabrielle réveilla Raymond.

– Il va venir, ton petiot…

Elle ne disait pas « mon enfant » ou « notre enfant », mais « ton petiot ».

– Va chercher la sage-femme, j'ai attendu une grande partie de la nuit, mais les contractions sont régulières et de plus en plus rapprochées.

– Je vais prévenir mère-Louisa avant. Ainsi, tu ne seras pas seule. Elle va être folle de joie. Elle attend ce bébé avec autant d'impatience que nous.

Un beau garçon de quatre kilos, vigoureux et bien braillard, pointa le bout de son nez au petit matin.

– Ah, mon Dieu, s'écria Louisa, c'est tout le portrait de son papa ! Il était comme ça, mon petit Raymond, quand il est né. Bien rond, pas du tout chiffonné, pas rouge non plus. Un vrai petit rital avec ses cheveux sombres. C'est à peine croyable. Son père n'en avait pas autant. Peut-être tient-il de moi ? Ma mère ne m'a jamais rien dit. Ah, chère Gabrielle, vous me comblez !

– Gentille belle-maman, je n'ai pas été seule dans cette aventure. Votre fils a bien travaillé aussi.

– Taratata, ce n'est pas lui qui l'a mis au monde. Lui, il a eu le plaisir…

– Mais moi aussi, belle-maman.

– Chut, ça ne se dit pas, ces choses-là. Vous savez bien…

– Je ne m'encombre pas, je ne m'encombre plus de principes hypocrites. J'énonce les choses simplement. Et ce n'est pas plus mal, n'est-ce pas ? se força-t-elle à dire à Louisa, alors qu'elle n'en pensait pas un mot.

Cela faisait partie de sa ligne de conduite, jouer la comédie de la vie heureuse avec l'espoir insensé qu'à force de la jouer, elle finirait par y croire.

– Au fond, vous avez raison. Alors, il va s'appeler comment ?

– Ah… essayez de deviner.

– Mon mari s'appelait Valentin…

– Oui. Un point…

– Votre père s'appelait Maurice…

– Un autre…

– Et le dernier sera votre choix à tous les deux ?

– Certes.

– Je ne lis pas dans vos pensées, c'est votre jardin secret.

– Je vous aide, Louisa. On peut songer au parrain.

– Plusieurs sont sur les rangs…

– Cherchez parmi les amis de Raymond.

– Ah, je sais, Jérôme.

– Vous y êtes.

– Valentin, Maurice, Jérôme… Vous ne pouviez pas mieux trouver. Je suis drôlement contente que Raymond vous ait choisie. Tenez, je vous embrasse et le petiot aussi. Est-il beau, ce gamin !

– C'est le plus beau que la terre ait porté, n'est-ce pas ?

– Hum, je saurai à qui faire des gâteaux…

– Le panettone surtout.

– Et on le baptise quand, ce beau Valentin ?

– Dans un mois, chère Louisa. Vous pouvez préparer sa robe de baptême.

– Mais oui, et le coussin sur lequel il sera déposé pendant que le curé récitera les prières. Et vous savez, belle Gabrielle, je n'oublierai pas de glisser quelques grains de sel dans les coins…

– Et pourquoi ?

– Pour éloigner le Mal, pour que l'âme de Valentin soit lumineuse. Vous ne connaissiez pas cette tradition ?

– J'avoue que non. Ou bien, si je l'ai sue, j'ai oublié.

– Elle était très en vogue dans les pays de sel, remettons-la à l'honneur. Cela ne peut que faire du bien.

– Bien évidemment, on va donner toutes ses chances à Valentin…

– Alors, c'est d'accord, je m'y mets ?

– Je vous donne carte blanche, du moins carte de sel…

4

Varangéville, 1948-1949

Valentin faisait le bonheur de ses parents, mais surtout celui de sa grand-mère Louisa qui rendait chaque jour visite à Gabrielle. Gabrielle avait repris ses activités et elle appréciait que sa belle-mère fût aussi disponible. Quand elle revenait du dispensaire, la soupe était faite, souvent agrémentée de crêpes ou d'un plat de pâtes à l'italienne.

– Jamais, disait Gabrielle, je ne saurai cuisiner comme vous.

– Tant que je serai de ce monde, j'aurai plaisir à réjouir vos estomacs. J'ai l'impression d'être utile et ce petit Valentin fait la joie de mes vieux jours.

Gabrielle avait foncé tête baissée et dans la maternité et dans le travail. Elle mettait tout sur le même plan, ne savait pas ou ne savait plus hiérarchiser les urgences. Le travail, toujours le travail, pour ne pas penser, pour oublier les cauchemars qui revenaient la hanter au cours des nuits. La nuit l'emportait là-bas… Elle donnait le sein à un enfant et s'apercevait avec horreur qu'il était vide ou que le lait qui en sortait était noir. Alors elle criait, hurlait pour repousser la mort qu'elle ne voulait pas donner… Raymond s'efforçait de la calmer et elle se rendormait pelotonnée contre lui, telle une petite fille. Elle n'arrivait pas à lui décrire ses vilains rêves. Il caressait doucement ses cheveux. Se doutait-il ?

Au petit matin, avec le lever du jour, tout allait mieux. On n'en parlait pas. On avait presque oublié les monstres tapis, prêts à recommencer le sale boulot. Le Mal était-il terrassé ? Muselé pour un temps, guettant son heure pour se repaître de la terreur dans les yeux de ceux auxquels il s'attaque.

Bien sûr, elle aimait Valentin. Comment aurait-il pu en être autrement ? Sauf qu'il y avait quelque chose, un obstacle contre lequel elle butait. Elle ne se sentait pas à la hauteur de cette noble tâche. Elle effectuait les bons gestes. Il fallait embrasser, elle embrassait. Il fallait chanter, elle chantait. Mais tout cela sonnait faux, tellement faux. Elle ne ressentait pas cet immense plaisir dont la littérature féminine abreuvait les jeunes mères. Ce sentiment de plénitude, récompense suprême des peines dues à l'éducation. Avec qui partager ce manque ? Certainement pas son époux. Alors, elle prit l'habitude de s'en remettre à Louisa. Elle la laissa œuvrer. Au moins, sa belle-mère trouvait ainsi un sens à sa vie. Louisa ne s'était jamais remariée et n'avait pas élevé d'autres enfants ; elle était la femme d'un seul homme.

– Je n'aurais pas su imposer un autre homme au foyer. Je ne voulais pas trahir Valentin, mon mari, celui qui m'avait trouvée belle. Je voulais que Raymond cultive le souvenir de son cher papa. Un papa ou une maman absents ne se remplacent pas.

Valentin grandissait. Il courait toujours vers sa grand-mère. Gabrielle n'en était pas jalouse. Le voir heureux la rassurait.

– J'ai l'impression que tu me caches quelque chose, ma chère Gabrielle, susurra Louisa en pointant son index sur le ventre de sa belle-fille. Tu as passé commande, il semblerait ? Tu t'es bien arrondie, ma foi…

– Vous avez l'œil. Mais oui, c'est cela. Nous avons pensé Raymond et moi qu'il n'était pas bon que petit Valentin s'ennuie. Ils auront deux ans d'écart. Le bébé est prévu entre Saint-Nicolas et Noël.

– Tu entends, Valentin, tu vas avoir une petite sœur !

– Ou un petit frère.

– On parie ? Tu portes cet enfant bien en avant. Pour Valentin, on ne voyait rien.

– C'était une première grossesse. Tout peut changer.

– Est-ce que tu as des nausées ?

– Pas du tout.

– Tu en avais eu pour Valentin. Je t'ai vue courir vomir tes petits déjeuners.

– Ah, ça, c'est vrai. Le café que j'aimais tant ne passait pas.

– Tu vois, mon petit doigt suggère à mon cœur qu'une petite fille se prépare. Ce que je serais contente ! Moi qui n'ai eu que deux garçons, dont le premier n'a pas vécu plus de deux heures. Il avait la maladie bleue, a dit le médecin. La sage-femme avait vu que quelque chose ne tournait pas rond. Je n'ai guère eu le droit de pleurer ce petit ange, Matteo. On me disait que j'étais jeune, que j'aurais d'autres enfants. Mais ce cœur-à-cœur pendant neuf mois avec mon petit ange, moi seule l'avais vécu. Nous étions attachés l'un à l'autre bien avant sa venue au monde et il laissait un grand vide. Pour moi, c'était un horrible sentiment d'échec. C'est en moi qu'il avait grandi, avec mon souffle et mon sang. La vie me l'avait donné pour me le reprendre. J'en ai voulu au bon Dieu et à tous ses saints. On ne fait pas de telles rosseries à une mère. Et Raymond est arrivé. J'ai tellement tremblé ! Et tu vois, je te l'ai donné. Mais il est resté fils unique, vu que mon cher mari est mort dans un bombardement en 1916.

– Raymond ne m'a jamais vraiment parlé de la mort de son père.

– Il n'a pas voulu te causer de chagrin, sachant que ta maman était morte de la même façon à Nancy.

– Racontez-moi tout de même, que je sache.

– C'était le 20 mars. Un lundi, je m'en souviens comme si c'était hier. Un Taube est passé très bas et a largué des bombes sur Varangéville. L'usine Solvay a été touchée, comme notre cité de la Maugras. On a relevé cinq morts : mon mari, à la saline, et un autre homme, une femme et ses deux enfants dans la cité. Mais à la ferme aussi des bombes sont tombées et des vaches et des chevaux ont été réduits en bouillie. La solidarité a joué. On a réparé. En ce temps, mais peut-être que je n'ai gardé que les bons souvenirs, les patrons protégeaient leurs ouvriers. Malgré la mort de mon homme, j'ai pu continuer à occuper notre logement. C'est vrai que j'ai retroussé les manches. Je n'ai jamais été flemmarde. J'ai fait le ménage chez les cadres, les ingénieurs, pour élever Raymond. Il a été au lycée Loritz, tu le sais, pour passer un brevet professionnel d'ajusteur mécanicien. Les enfants de la cité n'ont pas eu sa chance. Il rêvait d'ouvrir un garage et d'être son propre patron. Il aurait pu, rien ne lui résiste. Il dépanne, démonte et remonte en un rien de temps les moteurs les plus amochés. Il sait même fabriquer les pièces abîmées. Il n'attend pas qu'un ingénieur la lui dessine. Son père était employé à la Maugras. Quand elle a fermé à la suite des fusions en 1942, Raymond s'est vu offrir une place à Varangéville, dans la mine Saint-Nicolas. On apprécie son savoir. Je crois qu'on le respecte.

– Mais oui, Louisa. Il est compétent, travailleur, et en plus, une fois par semaine, il forme des apprentis. Ça lui plaît beaucoup de transmettre son savoir et de s'occuper des loisirs des jeunes avec moi.

– Vous faites un beau couple. N'est-ce pas que j'avais raison quand je te disais…

– Mais oui, Louisa.

– Tu es heureuse ?

– Je fais tout pour l'être.

– Hou, ça cache des choses une réponse comme ça !

– Mais non, tout va bien. Vous êtes tellement gentille avec moi, lui dit-elle en l'embrassant, je serais bien ingrate de me plaindre. Merci pour tout, ma chère Louisa.

– Tu ne m'appelles pas « mère » ou « maman »… Au début, j'en étais chagrine, un petit pincement, là, au cœur.

J'apprends tous les jours à te connaître et je sais que, toutes les deux, nous nous aimons au-delà des mots et des convenances.

Si la guerre était terminée depuis plusieurs années, une autre se levait, celle du peuple des terres noires[1]. Il fallait produire, remettre la France à flot. Les mineurs de charbon s'y employaient, mais leur déception grandissait de jour en jour. On ne reconnaissait pas les efforts fournis. Que restait-il à ces hommes qui risquaient leur vie pour offrir le confort et la prospérité à la France ? Le droit de crever de faim ? Les syndicats, la CGT en tête, réclamaient justice. Et c'est là que le bât blessait. La CGT n'avait pas eu ces idées toute seule. Les ordres venaient d'au-delà des frontières. Le gouvernement français voyait les puissances étrangères à l'œuvre. On risquait le coup de Prague à Paris. Le bloc de l'Est avançait, les chars passeraient le Rhin. Il fallait se défendre.

Jules Moch, le ministre de l'Intérieur, n'hésita pas à faire appel aux forces de l'ordre, à l'armée et même aux réservistes pour venir à bout de ces gueulards noirs. La répression fut terrible, mais nécessaire, dirent les nantis. Enfin, on rétablissait l'ordre. On n'allait pas laisser s'installer une insurrection permanente. Cette France de jamais contents se devait de regarder l'avenir avec intelligence, non ?

Des Français tirèrent sur d'autres Français. Raymond lisait à haute voix :

---

1. Pays des mines de charbon.

– Écoute, ma chérie, voilà qui est réconfortant : le scientifique Frédéric Joliot-Curie a accueilli des enfants de mineurs. Les sportifs se mobilisent. Des matchs de gala sont organisés au profit des familles. Et on voit des évêques prendre la parole[1], des associations catholiques rejoignent des associations d'entraide communistes. Des curés de base dénoncent en chaire ces atteintes aux personnes. La fraternité existe encore. Il y a du bon, ne désespérons pas. Des catholiques donnant la main aux communistes, ça n'est pas si fréquent. On peut encore espérer un monde meilleur.

Et il fredonna *L'Internationale.*

– Le gouvernement le paiera un jour, répondit Gabrielle. À la place du président Auriol et de Moch, j'aurais salement honte.

– Le régime minier est un peu à part. On bénéficie de quelques petits avantages et les patrons ne le supportent pas. C'est une atteinte à leur toute-puissance. Il faut que cesse ce système. Les ouvriers sont leurs bêtes de somme. Ils ne doivent pas la ramener.

– Tu as raison. Ici, la pression est peut-être moins forte, mais elle existe aussi. Et ce que je constate, certes, je sors un peu du sujet, c'est qu'il existe pas mal d'injustices entre les hommes et les femmes employés à la saline.

– Oui, la plus grande étant que certaines femmes n'ont pas droit au régime de protection. Celles dont le travail est considéré comme moins pénible bénéficient du régime général qui est bien moins intéressant.

1. Metz, Nice, Saint-Étienne.

– Forcément, railla Gabrielle, pour ces messieurs, nous, les femmes, nous sommes des demi-portions…

*

Trois mille mineurs de charbon furent licenciés. Fichés, ils ne retrouvèrent pas de travail. Ils n'avaient plus droit aux logements sociaux et, si leurs enfants demandaient une bourse pour étudier, elle leur était refusée. Le gouvernement ne voulait céder sur aucun point.

Cette grève avait mobilisé trois cent quarante mille ouvriers. Il y avait eu officiellement cinq morts et trois mille arrestations. Le complot du Kominform était purement imaginaire, il n'existait que dans la tête du ministre de l'Intérieur. Et les soi-disant policiers de haut niveau qui informaient les autorités des agissements des communistes pouvaient revoir leurs copies. Ils étaient mal renseignés et se lançaient dans des délires orchestrés par une droite savamment organisée. Le gouvernement était décrié et condamné dans toute la France et hors des frontières. Que de moqueries sur l'incurie des politiques qui ne comprenaient rien… Était-ce le moment d'entrer dans une guerre sociale qui ajoutait la violence à la misère ? Était-on revenu à l'époque des seigneurs et du servage ?

– La France doit se relever affirma Raymond en repliant son journal. Elle ne le peut que dans la justice et le respect. Moch n'a pas été à la hauteur. Il est même allé jusqu'à réduire ou suspendre les allocations familiales des familles de grévistes. Il mérite la corde.

– On a justement pendu un pantin lui ressemblant au cours d'une manifestation, fit observer Gabrielle.

– Je viens de lire *L'Humanité* pour avoir une autre version que nos journaux locaux. Ah, les nuls ! Les étrangers qui allaient être naturalisés ne le seront pas. On va même interdire le vote aux fauteurs de troubles et prononcer des déchéances de nationalité pour les « fraîchement naturalisés ». Ça ne te rappelle pas une époque ?

– Serait-ce le retour du régime de Vichy ?

– Comme quoi, chassons les vieux démons, ils reviennent au galop.

Ce fut le jour de la Saint-Nicolas, avec un peu d'avance sur le terme prévu, que la famille de Raymond Berthier s'agrandit. Louisa était présente. Elle était restée pour le repas du soir après avoir gardé Valentin. Elle s'apprêtait à aller se coucher. Raymond lui avait demandé de dormir chez eux.

– Nous risquons d'avoir besoin de toi, ce sera plus simple que de courir te chercher en pleine nuit… Pour tout t'avouer, bien qu'elle ne se plaigne pas, je trouve Gabrielle un peu fatiguée.

– Je suis à votre service, jeunes gens, et encore bien vaillante. Le temps n'a pas de prise sur moi. C'est sans doute parce que je joue à la maman avec Valentin…

Valentin avait été conduit dans son petit lit. Raymond lui avait raconté pour la énième fois l'histoire des *Trois Petits Cochons* qu'il adorait. Quand son père imitait le loup, Valentin se cachait sous les couvertures en faisant semblant d'avoir peur. C'était devenu un jeu, un rituel même et, quand le loup tombait dans la marmite et pleurait : « J'ai mon petit cul tout chaud et tout brûlé, je m'ensauve et ne reviendrai jamais... », Valentin applaudissait et éclatait de rire.

– Votre fils a des talents de conteur extraordinaire, dit Gabrielle.

– Il tient de son père. Mon mari lui lisait des histoires et faisait toutes les voix. Souvent, Raymond demandait à la fin : « Et après ? » Les contes ne se terminaient jamais et je devais les gronder tous les deux pour qu'ils laissent les petits anges venir leur fermer les yeux. Malheureusement, ce temps a été trop court. Raymond avait trois ans à la mort de son père.

– Il sera l'animateur de la prochaine colonie de vacances aux vacances d'été... Vous viendrez avec nous ? Pour s'occuper des enfants, il faut du personnel... Oh, mon Dieu, que m'arrive-t-il ?

Elle dut s'allonger sur le petit canapé :

– Louisa, le bébé ! Le bébé vient, je le sens, gémit-elle. Il est déjà entre mes jambes.

– Pas de panique ! Raymond, va chercher des serviettes propres dans l'armoire. Allez, plus vite que ça ! Bouge-toi au lieu de rester pétrifié !

Raymond ne put que s'exécuter. Pourquoi tout allait si vite ? Elle parlait et, à la fin de sa phrase, l'enfant arrivait.

C'était une petite fille. Plus fluette que Valentin. Une petite nerveuse aux yeux en amande qui semblait vouloir tout saisir du monde extérieur.

– Mademoiselle est bien pressée et déjà curieuse, constata la sage-femme arrivée en hâte. Je n'ai plus rien à faire. Louisa a été épatante. Je lui fais confiance. Elle m'a déjà remplacée dans les cités quand j'étais de l'autre côté de la Meurthe et du canal. Alors, sait-on comment on va l'appeler, cette princesse ? Dieu qu'elle est jolie ! On tirera son chapeau au papa plus tard. Toute la jeunesse sera à ses basques.

La sage-femme, heureuse du bon déroulement de l'accouchement, n'arrêtait pas de jacasser.

– Vous ne m'avez pas donné ses prénoms, reprit-elle.

– C'est que vous ne nous avez pas laissé le temps de vous le dire, répondit Raymond.

– Ah bon ? fit-elle, faussement étonnée.

– Ce sera : Mathilde, Louise, Charlotte, déclara Raymond. Les grands-mères sont à l'honneur et la marraine aussi.

– Qui est la marraine ? demanda Louisa.

– Mathilde, voyons, la fille de ta petite-cousine qui habite Nancy !

– Mathilde ?

– Enfin, maman, elle est venue dimanche dernier prendre des nouvelles de son ou sa future filleule. Tu étais là. Elle espérait une fille. Tu as parié avec Gabrielle et moi que ce serait une fille…

– Je plaisantais, mon fils. Oui, bien sûr, Mathilde va être comblée.

– Ah, mais c'est très bien… Nous allons préparer le baptême, cela pourrait être à l'Épiphanie. On couronnera une reine, n'est-ce pas ?

– Et quelle reine, ma chère Gabrielle, ajouta Raymond.

– Je n'oublierai pas le coussin aux coins salés, promit Louisa. Mathilde y sera en majesté et promise à un destin exceptionnel. La robe de baptême est prête, une nouvelle. À chaque enfant la sienne, n'est-ce pas ? Et vous ne savez pas tout. J'ai un appareil photo. Il va servir… Oh lala, que de bonheur à venir !

5

Varangéville, 1950-1955

Gabrielle appréciait beaucoup l'aide de Louisa, qui veillait sur les enfants. Les mois de janvier et février avaient été fort occupés par les séances de vaccination du BCG devenu obligatoire. Il devait prévenir la tuberculose. Les enfants étaient en première ligne. Gabrielle s'énerva de la formulation qui précisait que le vaccin était obligatoire pour « les sujets à risques au sein des familles modestes ». Elle trouvait les termes humiliants. Quel besoin de stigmatiser les personnes ? Certes, elle était favorable à la prévention de cette maladie qui causait de grands ravages. Aussi eut-elle une idée pour rendre ces séances plus « festives ». Elle cherchait le mot juste. Elle imagina des goûters à partager tous ensemble après cette petite piqûre sur le bras. Ainsi, on discuterait, on rirait même. Les plus grands pourraient dessiner, chanter. Pour les petits, on sortirait le tapis à histoires et l'une ou l'autre maman douée pour cet exercice lirait une ou deux pages de rêve, de rire et d'émotion. Gabrielle se mettrait au piano, comme Charlotte autrefois, et le tour serait joué. Le vaccin ne laisserait que de bons souvenirs.

La France apprit la mort de Philippe Pétain à Port-Joinville, sur l'île d'Yeu, le 23 juillet 1951. Il avait été condamné à mort pour trahison et collusion avec l'ennemi. Puis, grand âge oblige et eu égard aux services rendus en 14-18, on l'avait gracié.

– On ne va pas le plaindre, soupira Raymond.

– Certes non, approuva Gabrielle, quand on sait le nombre de morts qu'il a sur la conscience. Il a léché les bottes des nazis, fait interner des milliers de personnes dans les camps au seul motif qu'ils étaient juifs.

En revanche, lorsque Paul Éluard mourut, lui qui avait chanté la liberté en tout lieu, en tout temps, dans le souffle du vent et entre les grains de sable, l'émotion fut là. Et quelques larmes roulèrent sur les joues rebondies comme sur celles que la douleur avait creusées.

Les cinémas français et italien rivalisaient. *Jeux interdits*[1] bouleversa la France. Quant au film *Le Petit Monde de Don Camillo*[2] dans lequel Fernandel, en curé, s'oppose à Peppone, un maire communiste interprété par Gino Cervi, alors qu'ils sont copains depuis l'enfance, il fit

---

1. Film français de René Clément, écrit par Pierre Bost et Jean Aurenche, sorti en 1952. Le film est tiré d'un roman de François Boyer intitulé *Les Jeux inconnus*. Les personnages d'enfants sont interprétés par Brigitte Fossey et Georges Poujouly. Les arrangements musicaux et interprétations à la guitare sont de Narciso Yepes.

2. Tiré du roman de Giovanni Guareschi.

beaucoup rire. Don Camillo était un prêtre peu ordinaire, il parlait à Jésus sur la croix dans son église et Jésus lui répondait. Parfois, il le rappelait à l'ordre. Tout cela était bon enfant, l'on retrouvait le goût de rire.

Gabrielle était médecin mais continuait de s'occuper des récréations du jeudi des enfants de la saline. Elle dirigeait la partie théâtre et la petite chorale qu'elle accompagnait au piano. On donnerait un spectacle à Noël, puisque la saline offrait friandises et joujoux aux enfants du personnel. On pensait aussi à la colonie des vacances d'été. Jusque-là, elle se déroulait à Cirey-sur-Vezouze. Mais les enfants étaient de plus en plus nombreux et le brave abbé Gücker, vicaire à Varangéville, soucieux d'offrir des vacances à tous, avait acheté sur ses deniers propres une vieille ferme à Champdray, dans les Vosges. Restait à la remettre en état, à l'aménager selon les normes en vigueur. Ce vaste chantier n'allait pas se faire en un jour, mais il avait le mérite de fédérer les bonnes volontés.

La direction de la saline avait trouvé le projet à son goût. Comme tous les corps de métiers étaient représentés au sein de l'entreprise, il fut aisé de mobiliser des maçons, des menuisiers, des plombiers, des peintres pendant les jours de congé. La saline mit à disposition le matériel et même le camion pour conduire tous ces courageux qui clamaient :

– On ne travaille pas, on s'amuse.

– On redevient enfant en respirant le bon air des Vosges.

– C'est que le charmant plateau de Champdray n'est pas très loin de Gérardmer, la perle des Vosges, à une jolie altitude, près de sept cents mètres. L'abbé a drôlement bien choisi le lieu.

– L'été, le grand vert…

– Et l'hiver, les plaisirs de la neige. Avec un peu de chance, on emmènera la marmaille de Varangéville tâter la poudreuse.

– Et l'amitié s'en trouvera encore renforcée.

Ces moments compensaient la grogne qui montait au sein de la saline. La mine de Varangéville était la plus importante ; elle se devait de rester compétitive face à ses concurrentes.

Gabrielle poursuivait son travail au dispensaire. Parfois, elle recueillait les confidences des femmes de saliniers. Dans les cités, malgré l'entraide, des femmes faisaient des histoires. « Des crêpages de chignon », affirmait Raymond qui conseillait à son épouse de ne pas trop s'en mêler. Gabrielle n'en tenait évidemment pas compte. Elle se rendait dans les cités pour essayer de calmer les tensions. Parfois, de petites jalousies donnaient lieu à des envolées terribles. Les familles vivaient les unes sur les autres et tout se savait. Les nuits pouvaient être agitées…

Les disputes étaient fréquentes et les rancunes tenaces entre les familles Brochat et Vouillé. Cela pouvait commencer par quelque chose d'anodin qui eût prêté à sourire si on avait vu ces scènes au théâtre ou au cinéma. Le chat de l'une avait engrossé la chatte de l'autre quand il ne venait pas retourner les semis. « Ah, c'est propre ! On tire sur la mauvaise herbe et on met les mains dans la m… de chat. Et votre chat, il pue. » Parfois, les enfants mettaient les pneus des vélos à plat en dévissant le bouton de la chambre à air. Quand l'homme l'enfourchait pour aller travailler, il râlait et promettait une raclée au malappris d'à côté qui se livrait à ces farces. Gabrielle avait dû intervenir avec son beau sourire, entendre les doléances des épouses. Elle était allée frapper à la porte de la famille Vouillé. Mme Vouillé était plus loquace que sa voisine, Mme Brochat, qui estimait qu'elle était capable de se débrouiller seule en toute chose. Une infirmière assistante sociale, devenue médecin, et quoi encore ? Elle n'était pas une demeurée. Elle savait torcher les mioches. Qu'on se le dise ! Elle faisait comme sa mère, qui avait fait comme la sienne. Le progrès, elle s'en moquait. Ce n'était que des trucs pour faire ouvrir le porte-monnaie et ça ne remplissait pas la marmite. Elle était bien gentille, Mme Vouillé, mais elle se prenait pour la reine d'Angleterre. Elle savait tout et voulait tout commander. Elle aurait dû épouser un gars de la haute et habiter avec les ingénieurs, elle aurait foutu la paix à tous… Mme Vouillé était heureuse d'être écoutée. Elle disait en avoir gros sur le cœur.

– Quand Riri Brochat, du logement d'à côté, tousse, on le sait. Mieux vaut lui tendre le tube de pommade Bronchodermine. Lui, il en serait heureux. C'est un brave homme, pas compliqué. Il est pour la bonne entente, mais sa femme, quelle tête de mule ! Elle fronce le nez. Elle ne veut pas de mes cataplasmes à la moutarde. Elle dit poser des ventouses sur le dos de son homme. Je la crois. Si vous entendiez les jérémiades du malade quand Mme Brochat pose les pots de verre avec le coton enflammé à l'intérieur pour décongestionner les poumons... Mon Dieu, pire que les soldats dans les tranchées avant de clamser. Faut reconnaître que Riri est douillet. Il braille comme un putois quand elle les lui retire. On doit l'entendre jurer contre le bon Dieu et ses saints jusque dans la mine. Ça réveille mon mari, qui râle. Ça ne peut plus durer. Je me suis permis, très délicatement, de proposer d'autres soins à ce pauvre homme qui doit souffrir le martyre. Mais Mme Brochat a mal pris ma remarque, elle m'a claqué la porte au nez en me répétant pour la énième fois que je n'avais qu'à mieux nourrir mon dernier, mettre de la farine dans son biberon du soir. « C'est quand il est réveillé qu'il tousse, mon pauvre homme. » Alors qu'est-ce que je fais dans pareil cas ? Je vais aller habiter où pour avoir la paix ? Maintenant, j'ai des idées noires plein la tête avec toutes ces histoires.

Et Mme Vouillé se mouchait de plus belle. Oui, elle avait du chagrin. Elle voulait aider, éduquer et tout tombait à l'eau.

Gabrielle consolait. Toutes les femmes des cités appréciaient ses visites. Elle avait le chic pour trouver des solutions. On racontait qu'elle savait mettre de l'huile dans les rouages humains pour que tout aille bien. Mme Berthier, c'était leur ange. La digne fille de Charlotte et Maurice.

– Madame Vouillé, je crois que j'aurais besoin de vous.

– De moi ? Et pourquoi ?

– Pour m'aider avec les enfants un ou deux soirs par semaine à la sortie de l'école, ou le jeudi après-midi.

– Vous croyez que j'y arriverai ?

– Bien sûr ! Je suis certaine que vous savez faire plein de choses : dentelle, tricot, couture… Les petites filles ne demandent pas mieux que d'apprendre.

– C'est vrai ? Vous voulez vraiment que je vous apporte mon aide ?

– Je vois comme c'est mignon ici. Vous avez des dons et, quand on a de tels dons, il faut les partager, donner le goût du beau à d'autres. Le beau rend meilleur…

Le soir, elle racontait ses journées à Raymond. S'il se réjouissait en constatant que Gabrielle manifestait beaucoup d'intérêt pour les activités dont elle avait la responsabilité, il restait soucieux. Gabrielle demeurait distante vis-à-vis de Valentin et de Mathilde. Louisa ne serait pas toujours là pour combler les manques affectifs. Les enfants ne semblaient pas en souffrir, pas encore. Mais Raymond les voyait grandir. Il savait qu'avec les années, les questions surgiraient. Gabrielle lui parlait de ce qu'elle faisait. Il était son confident pour les réalisations extérieures. Souvent, elle le sollicitait, lui demandait conseil, mais pour ce qui concernait leur vie de couple ou de famille, c'était autre chose. Gabrielle savait s'éclipser, se retirer dans un jardin secret auquel nul n'avait accès. Il voyait bien comment était Gabrielle, certains soirs, après le repas. La cuisine rangée, les enfants couchés, Louisa dans sa chambre, elle s'asseyait un petit moment dans un fauteuil et lisait avant d'aller au lit. Mais lisait-elle vraiment ou bien le livre était-il un écran pour le fuir ? Quand il la rejoignait, elle dormait. Du moins, elle donnait l'impression de dormir. Elle gardait les yeux clos.

Où donc son esprit s'aventurait-il ? Là-bas, dans ce pays de froidure et de mort dont elle ne parlait jamais ? Sa blessure se refermerait-elle un jour ?

Il arrivait que, le temps d'une promenade familiale, il tentât de lui en parler. Il commençait souvent par :

– Es-tu heureuse, ma Gabrielle ? Ne regrettes-tu pas de vivre à mes côtés ?

– Ai-je l'air malheureuse ?

– Je ne crois pas, mais je te sens parfois si lointaine…

– Ah… Pardonne-moi. Si c'est le cas, ce n'est pas volontaire du tout. C'est ma nature. Cependant, si tu te poses tant de questions à mon sujet, c'est que toi-même, tu n'es pas heureux, me trompé-je ?

– Ma Gabrielle… je voudrais seulement que tu me confies ce qui te plombe le cœur.

– Rien du tout, mon chéri. Je m'occupe pour tenir à distance cette nuit mangeuse de forces. Le plus difficile, c'est d'oublier.

Elle ne parvenait pas à s'exprimer davantage. Elle offrait son sourire, s'essayait à la conversation en le questionnant sur son travail. Alors, il meublait, se lançait dans l'évocation des grands projets de la mine. Il s'enthousiasmait pour la modernité qui y entrait. Il fallait s'en réjouir, le métier serait moins pénible. Les rouleurs et les pousseurs appréciaient que des trolleys tirent les skips[1]… L'électrification avait changé beaucoup de choses. À défaut de parler de soi, tous deux parlaient de la marche du monde.

1. Nom donné aux grandes bennes utilisées dans les mines.

Pierre Maucourt avait pris la direction de la saline Saint-Nicolas. Elle avait grossi depuis la fermeture de la Maugras pendant la guerre. Son ancien personnel avait rejoint celui de Varangéville…

Pierre allait d'une saline à l'autre, en France, certes, mais aussi en Europe. Et ce qu'il avait vu en Allemagne l'avait stupéfié. Cette nation vaincue, bombardée comme aucun pays ne l'avait été, se relevait à la vitesse grand V. Il avait découvert des méthodes de pointe qui simplifiaient les tâches et permettaient un bien meilleur rendement.

– C'est ça que nous devons faire, ne cessait-il de répéter au siège des salines dans le Sud et à Paris.

Serait-il entendu ?

Bien que le progrès s'installât, les syndicats revenaient sur le devant de la scène, CGT en tête, trop belliqueuse aux dires des cadres, mais à juste titre, car au nom de la justice, affirmaient les autres. Claude Baumann[1] espérait bien faire entendre sa voix pour le mieux-être de tous. « Rien n'est jamais acquis définitivement, répétait-il sans cesse à qui voulait l'entendre. La bataille n'est jamais terminée. Elle en est toujours à son commencement. On ne baisse pas les bras. On retrousse les manches. »

– Il a bien du mérite, constatait Raymond. Son père travaille à la mine. Il fait partie des anciens qui écoutent les chefs, les patrons. Des personnes qui connaissent leur place. « Oui, chef ! », le doigt sur la couture du pantalon. Son fiston le met dans l'embarras. Claude nous raconte les

1. Il sera maire de Varangéville pendant près de vingt ans.

prises de tête en famille : « Mais enfin, fils, c'est la mine qui nous nourrit. Reste dans le droit chemin, celui de l'honnêteté et de la reconnaissance. Ne sois pas ingrat. » C'est ce que lui serine son père à longueur de journée.

– Et alors ?

– Tu parles, il n'en a rien à faire. Il répète à son père que les patrons d'autrefois étaient sans doute des gens bien, ils étaient respectables parce que, eux, ils connaissaient le travail. Souvent, ils avaient les mains dans le cambouis. Mais ceux d'aujourd'hui, ils se promènent endimanchés, cravatés, une ou deux fois à fond et ne savent même pas faire la différence entre un skip et les wagonnets du passé… Pour Claude, une bonne contestation, voire une grève, c'est normal. On ne doit pas se laisser manger la laine sur le dos. Il suffit de regarder les socqueurs qui s'occupent des poêles au-dessus des fourneaux. Ces gars sont souvent au bord de l'évanouissement.

– Je sais, je les soigne.

– Oui, docteur, je suis très fier de ma femme qui, en toute discrétion, a soutenu sa thèse…

– Dans l'intérêt de la saline, c'est tout. Et quand je dis la saline, tu imagines bien que je pense aux défavorisés. Je ne pourrai jamais ouvrir un cabinet comme papa. Il faut une force morale que je n'ai pas ou que je n'ai plus. Mais je peux me rendre utile.

– Je sais, ma chérie, nous en avons parlé. Oh, écoute, je vais t'en raconter une bonne. On a eu des gars qui, en plein hiver, réparaient du matériel à l'extérieur. Or tu sais bien qu'on n'arrive pas à équiper tout le monde avec des vêtements de sécurité. Les gars, ils s'emballent les jambes et les pieds dans des chiffons. Avec le gel et la neige, les chiffons finissent par être mouillés. Alors ils viennent les mettre à sécher pas loin des poêles. Un jour, un nouvel ingénieur est arrivé. Il voulait des lieux de travail propres et il a ordonné d'enlever ce qu'il a appelé des « guirlandes de chiffonnerie ». On lui a expliqué qu'on ne pouvait pas faire autrement. M. le Prince des guibolles molles, comme on le surnomme, car il ne daigne pas toucher un volant ou un râble, ne voulait rien entendre. Alors les gars s'y sont mis à deux. Il est un peu freluquet, si tu vois ce que je veux dire. Ils l'ont accroché par le col à l'endroit où étaient pendues les « guirlandes de chiffonnerie ». L'ingénieur ne pouvait pas se libérer seul. Et sa fierté lui interdisait de demander de l'aide. Les ouvriers l'y ont laissé une heure, tout en continuant à travailler. Finalement, un socqueur a fait semblant de le découvrir et l'a décroché.

– Ils ont été mis à pied quelque temps, non ?

– Non, l'ingénieur les a couverts en déclarant s'être accroché tout seul en passant. « Je n'avais pas remarqué l'installation », a-t-il dit.

– La leçon a porté ?

– Oui, il n'est plus jamais venu les enquiquiner. On ne l'a jamais revu à fond non plus. Honnêtement, personne ne s'en plaint.

6

Varangéville, 1956-1958

Valentin avait neuf ans et Mathilde sept. Louisa s'occupait toujours d'eux avec amour. Raymond et Gabrielle voyaient les murs de leur maison sortir de terre. Ils proposèrent aux ouvriers de boire un bon coup après avoir planté le bouquet final[1].

Gabrielle avait applaudi. Longtemps, elle avait espéré que Raymond aurait le désir de relever les ruines de la maison de la rue des Hayes. Mais il avait refusé.

– Trop de souvenirs, trop de fantômes. Il nous faut un lieu vierge, rien qu'à nous, sinon nous n'avancerons pas.

Même s'il ne disait rien, même si le sujet n'était jamais abordé, il percevait le mal-être de son épouse. Pourtant, elle ne se plaignait pas quand les insomnies faisaient l'assaut. Elle s'y refusait.

1. La pose du bouquet final, en général un sapin, au sommet du conduit de cheminée est une tradition des corporations du bâtiment.

Jamais il ne l'entendait dire : « J'ai mal dormi. » Parfois, elle pleurait en dormant. Elle se blottissait contre lui, telle une petite fille en quête d'apaisement. Là était la souffrance et la peine qu'en mari aimant et protecteur il tentait d'éradiquer.

Pendant la journée, apparemment, tout se déroulait normalement. Les activités qui étaient les siennes lui convenaient. Les parents des enfants dont elle s'occupait étaient ravis. Les familles qu'elle suivait l'appréciaient.

Raymond nourrissait l'espoir de faire craquer le vernis d'une épouse qui se voulait parfaite, du moins espérait l'être. Si elle avait été maladroite en gestes ou en paroles, elle se confondait en excuses. « Je suis désolée… » ; « Pardonnez-moi, mon intention est de vous rendre heureux… ». Or Raymond ne pouvait rien lui reprocher. La maison était bien tenue. Elle semblait soucieuse du bien-être de tous, de leurs enfants, de sa belle-mère, de son mari. Elle s'abstenait de critiquer, trouvait des justifications aux manques de certains. Elle exécutait mille tâches, se donnait à fond aux bonnes œuvres, soignait, réparait les corps.

On l'admirait, on la célébrait pour tant de bonté, mais lui, Raymond, eût aimé une femme moins parfaite, capable d'imprévus et de rires surtout. Gabrielle faisait son devoir de mère et de femme. Mais où était l'amour dans tout cela ? Il se souvenait de la spontanéité de Louisa, de sa joie à le câliner. Et pourtant, Louisa était veuve. Le chagrin ne l'avait pas épargnée.

Certes, l'expérience des camps lui était étrangère. Qui pouvait vraiment comprendre un tel désastre et ses conséquences ? Une idéologie folle, ivre de pureté et de toute-puissance, acharnée à broyer des millions d'êtres humains pour les réduire en tas de chairs martyrisées, pour tuer jusqu'au souffle de l'âme.

Les confidences des enfants de Gabrielle et Raymond, c'était Louisa qui les recueillait. Les fous rires aussi. « Mémère géniale ! » s'écriait Valentin en plantant les dents dans les gâteaux qu'elle pâtissait. « Mémère magicienne », ajoutait Mathilde en enfilant les robes qu'elle avait passé des heures à coudre, piquant à la machine. Mathilde et Valentin ne semblaient pas souffrir de l'austérité de leur mère. Peut-être était-il vain de s'inquiéter.

L'on parla beaucoup de la sortie de *Nuit et Brouillard*, un documentaire réalisé par Alain Resnais. C'était la première fois que le sujet des camps de détention, de concentration et d'extermination pendant la guerre était abordé. Les derniers camps avaient été libérés par les Alliés dix ans plus tôt. Un premier pas pour que l'oubli ne vienne pas tout recouvrir. Les jeunes générations demanderaient sans doute un jour des comptes à leurs aînés. Mais le temps était-il venu d'ouvrir des dossiers qui risquaient de provoquer beaucoup de souffrance ? La France n'avait pas été que combattante ou résistante… Comment faire un film qui trouve le juste ton, reconnaisse la blessure, la dénonce sans faire trop de dégâts ?

Le réalisateur s'en tira avec les honneurs. On disait son film sobre, pudique et prenant à fois. Raymond voulut aller le voir à Nancy. Gabrielle refusa en disant :

– C'est bien que M. Resnais ait fait ce travail pour ceux qui ne savent pas.

– Tu n'as pas envie de le regarder ?

– Puisque je sais.

C'est tout ce que trouva à répondre Gabrielle.

Elle lut aussi que le documentaire avait survolé le sujet, ne parlant pas des juifs, sauf une fois. L'accent avait été mis sur la Résistance et sur ces Français qui avaient donné leur vie. Il fallait voir entre les images, entendre l'indicible pour avoir une idée précise de l'œuvre destructrice des nazis qui voulaient éradiquer de l'humanité tout sujet souillant la pureté du Reich. De même, quelques polémiques jaillirent. Il ne fallait pas montrer des policiers français au camp de Pithiviers. Pourtant, ils y étaient et surveillaient les prisonniers en partance pour l'Allemagne et la Pologne. La faute n'était donc pas uniquement imputable aux nazis puisque des Français y avaient participé. Éviter le désordre, éviter de diviser la France qui venait à peine de se réunifier. Ne pas retomber dans une chasse aux coupables qui avait conduit à des excès d'une laideur à vomir. Oui, M. Resnais avait réussi à marcher sur des œufs sans préparer une omelette empoisonnée. Car cela ferait désordre si l'on apercevait, même dans l'ombre d'une image, le couvre-chef d'un officier de police français. Alors, on avait « bidouillé » quelques images. Le documentaire avait mis l'accent sur les camps de détention et les déportés sans aborder vraiment la question des camps d'extermination. Pourquoi autant de précautions ? L'heure était-elle à la réconciliation, commerce oblige ? Seulement quelques vues lointaines de bâtiments avec des cheminées d'où s'échappaient d'étranges fumées. Comprenne qui pourra !

La souffrance des survivants demeurerait longtemps et se transmettrait insidieusement dans le silence honteusement gardé.

Elle serait la tache, la béance de la plus grande plaie dans l'histoire de l'humanité.

Gabrielle et Raymond avaient appris la venue en France d'Antoine et de sa femme Eda et de leurs deux enfants. Antoine savait-il ce que Gabrielle avait vécu ? Il l'avait sans doute appris de la bouche de ses propres parents. Mais quand il rendit visite à Raymond et Gabrielle, le temps de boire un café et de manger un gâteau confectionné par Louisa, on ne parla pas du passé. Les deux garçons d'Antoine et d'Eda, de cinq et quatre ans, parlaient français et purent jouer avec Mathilde. Valentin gardait quelque distance, observait les plus jeunes qui partageaient livres et jeux.

– C'est ainsi, dit Antoine, qu'on fera un monde nouveau d'où s'envoleront les colombes de la paix, n'est-ce pas ? Je me réjouis que nos enfants s'apprécient. Vous viendrez nous voir ? Nous serions heureux de vous accueillir. Nous avons beaucoup d'espace.

Gabrielle avait souri pour réprimer un frisson. Aucun son ne parvint à franchir la barrière de ses lèvres.

Raymond questionna :

– Le pays ne te manque pas ?

– Parfois, bien sûr. La terre natale marque à jamais. Mais comme le dit la Bible, l'homme quittera les siens et son pays pour suivre la femme qu'il aime. De toute façon, l'Allemagne n'est pas au bout du monde et nous pouvons voyager, la preuve, nous sommes ici pour les vacances.

Raymond observait son épouse. Après le sourire, elle sut s'intéresser à Eda en faisant appel à ses souvenirs de lycée puisqu'elle y avait appris l'allemand. Eda en fut charmée. Aux côtés d'Antoine, elle disait approfondir sa connaissance de la langue de Molière, une jolie langue. « Ah, les poètes et les humanistes de France ! » répétait-elle, admirative, comme pour séduire et faire oublier les horreurs d'une catastrophe encore proche qu'elle avait déplorée, comme toute sa famille. La pratique de la langue était difficile pour elle, mais pas pour les enfants. Hans comme Henrik passaient de l'allemand au français avec une aisance remarquable.

« Mon épouse est parfaite, songea Raymond. Si elle a de la rancune, elle ne la montre pas. Gabrielle est tout en retenue, aimable, mais sans se livrer. Avec moi, elle est ainsi et en tout domaine, y compris dans notre lit. » Pour survivre, la femme aimée avait endossé une sorte de scaphandre. Toute souffrance était muselée. Ainsi, elle pouvait aller de l'avant.

Les hommes échangèrent à propos des événements d'Algérie.

– La France se bat pour rien, finit par déclarer Antoine. Il faudra bien rendre ce territoire aux Algériens. C'est leur terre. Ce beau pays est pillé et le peuple d'origine n'a pas son mot à dire, c'est l'armée qui fait la loi.

– Nous sommes bien d'accord, admit Raymond. Il n'y a que les gros propriétaires qui ne l'entendent pas de cette oreille. Remarque, comment réagirais-je si j'étais né là-bas et que j'avais hérité de mes parents une propriété, en toute bonne foi ? J'aurais sans doute bien des réticences à tout abandonner. Cela ne doit guère être aisé.

Gabrielle et Eda discutaient dans la cuisine et il fut convenu que les Allemands, comme disaient Mathilde et Valentin, resteraient pour le dîner, ce serait plus rigolo. Chacun allait mettre la main à la pâte et aider à la préparation du repas.

On ne parla plus de guerre, mais d'économie, de cinéma. « De tout et de rien, mais de beaucoup tout de même », se dit Raymond.

Et pourtant, Antoine savait que Maurice et Sybille étaient morts. Ce fut comme si le conflit n'avait jamais existé. Il n'eut pas le loisir d'échanger avec Gabrielle qui avait été pendant de longs mois son soleil, celle qu'il avait espérée et qui avait fait battre son cœur de jeune homme avant la tragédie. Eda avait su le consoler. Généreuse et caressante, elle avait voulu sauver ce jeune Français des griffes de la barbarie en se donnant à lui avec audace. Mais ça… c'était leur histoire à tous les deux, une autre histoire qui n'avait pas totalement réussi à effacer les battements fous, les lueurs d'espoir et le baiser, le seul que lui eut accordé Gabrielle. Un baiser spontané et riche d'innocence. Longtemps, le goût de cette bouche sur la sienne l'avait aidé à s'endormir.

La France n'en finissait pas d'avoir mal à l'Algérie et envoyait des troupes supplémentaires. La durée du service militaire avait été allongée. On devait rétablir le calme sur ces terres gorgées de soleil. L'armée traquait les rebelles, il fallait les arrêter avant que des attentats ne soient commis. Alors, pour les faire avouer, on pratiquait la torture. C'était autorisé. L'armée avait le droit d'y recourir pour terrasser le FLN. Raymond referma le journal et resta sans voix. Gabrielle, qui avait lu la presse avant lui, avait quitté la pièce. À quoi songeait-elle ? À ce qu'elle avait vécu ? Ce que le journal révélait avait-il réveillé les souffrances qu'on lui avait infligées et qui lui provoquaient encore, certaines nuits, des élancements jusqu'à l'épaule ? Les douleurs fantômes, pensait-elle. Les membres pouvaient être guéris, la trace de la blessure demeurait inscrite dans tout le corps.

Elle s'était tue…

Elle était parvenue à s'imposer le silence au-delà de la souffrance éprouvée. Mais cela la révulsait que d'autres personnes usent et abusent de pratiques abjectes pour faire avouer.

Avouer quoi ?

Comment résister au mal ? Comment conserver la force d'âme permettant de rester digne ? Et toujours lui revenait ce constat : ce n'est pas en se laissant aller à de si viles pratiques qu'on prouve qu'on est humain et qu'on agit pour le bien des autres.

N'avait-on pas clamé dans l'euphorie de la victoire sur la barbarie : « Plus jamais ça » ?

Ce matin-là, Gabrielle conduisit son fils à la gare de Saint-Nicolas d'où il prendrait le train pour se rendre au lycée Poincaré à Nancy. Souvent, il s'y rendait seul à bicyclette. Elle n'aimait pas, trouvait ce moyen de locomotion dangereux.

– Valentin, lui dit-elle, tu es suffisamment grand pour que je te parle comme à un homme. Tu sais que la France traverse des événements graves en ce moment…

– Oui, maman, je vous entends en parler, papa et toi, les gouvernements tombent ou sont renversés. On ne va quand même pas avoir la révolution ?

– J'espère bien que non. Le général de Gaulle va devenir le chef du gouvernement, mais il rencontre des oppositions. Il y a forcément des gens qui sont contre lui.

– Alors… C'est grave ?

– Que de Gaulle dirige la France ? Non, pas du tout ! Il est sans doute le seul à pouvoir rétablir l'ordre, mais je te demande de faire silence sur ce sujet en classe ou dans le train. Abstiens-toi de donner ton avis. Préfère le silence, même si la langue te démange.

– Si les copains insistent…

– Réponds-leur que ce sont des affaires de grandes personnes et que tu n'y connais rien. Je te dis cela pour éviter les jugements des uns et des autres.

– C'est drôle que tu aimes de Gaulle. Papa et toi, vous êtes plutôt de gauche.

– Oui, mais le Général n'est ni d'un côté ni de l'autre. Il a la prestance, l'autorité. Et puis il a résisté aux nazis, à l'ennemi, quand la France avait perdu la guerre. Sans lui, que serait devenu le peuple de France ? Il lui a rendu honneur et dignité. C'est un grand homme dans la grande histoire.

– Ah, ça, oui, il paraît qu'il approche les deux mètres.

Elle sourit et ajouta :

– Je compte sur toi, Valentin ?

– Oui, maman, promis.

Valentin fut surpris de voir sa mère l'embrasser sur le front. Il faillit reculer. Gabrielle se rendit compte que ce geste normal mais si rare de sa part embarrassait le jeune adolescent.

– Excuse-moi, Valentin, personne n'a vu…

– Mais, maman, je suis content, se reprit-il. Belle journée !

Et c'est lui qui embrassa sa mère. Elle en fut chavirée.

Gabrielle avait soudain l'impression de se retrouver à une autre époque. Qu'est-ce qui lui arrivait ? Les troubles de la période présente lui rappelaient ceux vécus dans sa chair quelques années plus tôt.

Elle appréciait la gentillesse de son fils. Il était en cinquième et comprenait déjà tant de choses. Elle mesura sa chance. Mathilde était tout autre. Mathilde, déjà rebelle et bougonne, râlait quand ses parents ne pouvaient pas lui offrir ce qu'elle demandait. Au point que son père l'appelait Mlle Veut-tout-et-tout-de-suite.

– Ma copine Suzanne, elle a un électrophone. Pourquoi je n'en ai pas ?

– C'est un peu cher pour nous. Il faut attendre, lui répondait son père.

– Tu n'as qu'à vendre le piano…

– Sûrement pas ! C'était le piano de ta grand-mère. C'est la seule richesse que nous ayons. On le garde, ta mère aime en jouer.

– Tu parles, rien que de la musique pour vieux quand elle s'assoit devant son crincrin.

– Ta mère interprète de la musique classique.

– M'en fous, je n'aime pas.

– Quand tu gagneras ta vie, tu feras comme bon te semble. Pour l'instant, fais tes devoirs, sinon je vais me fâcher.

Mathilde revenait régulièrement à la charge, et quand ce n'était pas pour un électrophone, c'était pour des vêtements.

– Je préférerais avoir dix Valentin plutôt qu'une seule Mathilde, avait soupiré un jour Gabrielle au bord de l'exaspération.

Louisa avait souri et tenté de désamorcer la crise.

– Elle est entrée dans l'âge ingrat avec de l'avance. Ça s'arrangera. Elle redeviendra charmante. Elle a juste besoin de s'affirmer. Au fond, elle t'admire et ne sait pas te le dire.

Ce soir-là, comme Raymond avait une réunion syndicale et que les enfants étaient dans leur chambre, Gabrielle sortit ses pages arrachées à la nuit pour y écrire son ressenti. À ses cahiers, elle pouvait confier ce qu'elle n'osait révéler à personne. Elle ne vit pas la porte de la grande cuisine s'ouvrir doucement, une tête y passer pour observer, avant de s'esquiver en silence.

7

Nancy – Varangéville, 1959-1965

La situation s'améliorait en France avec l'arrivée du Général à l'Élysée. La France s'était dotée d'une nouvelle constitution. Elle osait regarder l'avenir. Un nouveau départ, un nouveau franc… Les industries tournaient bien.

En Algérie, la situation était toujours aussi délicate. Viendrait-on un jour à bout de ce problème qui n'en finissait pas de blesser les uns et les autres, tandis que les puissants et les ambitieux jetaient de l'huile sur le feu ? Après avoir crié : « Vive l'Algérie française[1] » et son « Je vous ai compris », de Gaulle avait promis de rendre le pays aux Algériens. Il avait compris que garder l'Algérie ne permettrait pas d'instaurer une paix durable dans l'honneur. Il fallait négocier… et s'occuper ensuite des ressortissants français qui viendraient s'installer en métropole. C'était bien délicat de faire entendre la voix de la sagesse.

---

1. Discours de Mostaganem du 6 juin 1958.

La saline se modernisait. Des ingénieurs suisses étaient venus à plusieurs reprises examiner les lieux et vanter une machine extraordinaire qui utilisait la force de la vapeur mise sous pression. D'un côté la saumure arriverait, de l'autre le sel tomberait dans les bacs. Il suffirait de régler la durée de chauffe et de préciser la granulométrie désirée. Des démonstrations eurent lieu.

Les anciens n'en revenaient pas. Alors, c'était vrai, on ne tirerait plus le sel ! Ça se ferait tout seul en réglant les manomètres et en appuyant sur des boutons…

– Oui, promettaient les ingénieurs suisses, la preuve. L'Escher Wyss travaillera pour vous toujours plus et toujours mieux.

– C'est ça, comme aux jeux Olympiques, rigola un socqueur.

– On va bosser en costard et cravate dans un fauteuil, fit un autre. Les syndicats n'auront plus rien à se mettre sous la dent.

– Que tu dis ! Et les salaires alors ? Tu crois que ce qu'on gagne va nous permettre d'acheter un château ?

– Ben, non ! D'ailleurs, Claude et les siens font de la retape. Ils distribuent des tracts. Une grande réunion d'information va avoir lieu. C'est marqué en gros : « Ne nous laissons pas faire par les patrons. Stop aux abus ! »

– Ah, ça bouge ici !

– Quel est son avis à propos des nouvelles machines ?

– On ne peut pas être contre.

– Surtout si ça facilite le travail.

– Mais à qui ça va profiter ?

– Aux patrons, bien sûr. Ils se frottent déjà les mains et jouissent par avance d'obtenir de meilleurs rendements avec moins de risques.

– Alors ?

– Ben, faudra bien que les patrons donnent une rallonge… Normal, c'est le partage des bénéfices. C'est tout. C'est quand même nous qui ferons tourner l'Escher Wyss.

Même les femmes vinrent admirer la bête… Celles qui étaient employées à l'ensachage et travaillaient encore à l'ancienne se demandaient si, un jour, il existerait une machine qui remplirait à leur place les petites salières qu'on utilisait dans les avions. La tâche était précise… Elles recevaient des cartons de mille salières de trois centimètres de hauteur et un centimètre et demi de diamètre au nom de la compagnie d'aviation.

– Ça fait rêver ! s'exclamaient-elles.

Elles s'imaginaient dans l'avion, prendre un repas et saler avec « leur » sel… Mais très vite, elles reprenaient contact avec la réalité. Ce genre de voyage n'était pas pour elles.

Il fallait finir la fabrication de la salière. D'abord, le fond de la petite boîte. Le corps était prêt. Tout était manuel. Ensuite, elles retournaient la salière et la remplissaient de sel fin. La dernière étape était d'enfoncer le couvercle comportant un petit bec verseur, le fermer, poser un film invisible. Puis elles remettaient les salières dans le carton. Ces femmes étaient payées à la pièce. À la fin de la journée, elles ne sentaient plus leurs doigts, souvent rongés par le sel. Les crevasses n'arrivaient pas à guérir malgré les pommades et autres bains d'huile. D'autres employées travaillaient aux boîtes rondes, plus grosses, pour les cuisines, ou conditionnaient des blocs de sel pour les animaux. Pour les gros blocs, il y avait une machine qui préparait les boîtes, selon le poids et le format. Les boîtes ou cornets étaient prédécoupés, les ouvrières n'avaient qu'à les plier et les coller avant de les remplir. On trouvait le sel La Baleine dans des boîtes bleues ou des flacons Socosel pour la cuisine. L'atelier d'ensachage était d'une propreté exemplaire. Les femmes portaient une blouse et un chapeau. Elles disaient en riant : « Socosel, c'est nous. Les baleines aussi, mais à taille fine. »

Malgré la pénibilité, elles chantaient. L'ambiance était sympathique. Les nouvelles qui arrivaient à l'atelier devaient faire leurs preuves avant d'être intégrées au groupe. Les plus jeunes râlaient face aux anciennes qui régnaient en maîtresses femmes. Elles attendaient leur heure. Un jour, elles seraient les anciennes. Agiraient-elles de la même façon ?

On respirait. Cette fois, il semblait que des solutions avaient été trouvées. Des événements d'Algérie, on parlerait bientôt au passé. Les accords d'Évian avaient été signés en 1962. Cela ne s'était pas fait sans mal. Il fallait maintenant accueillir les rapatriés et les Algériens qui avaient choisi la France, s'étaient battus pour elle. Les harkis ne pouvaient demeurer sur la terre de leurs ancêtres. Il fallait faire vite pour éviter des représailles sanglantes. La tâche était immense… Et la longue attente sur les quais près des bateaux était douloureuse pour les candidats à cet exil quasi forcé. Un arrachement au soleil qui laisserait des cicatrices.

Gabrielle avait décidé de se rendre à Nancy.

– Je ferai quelques courses de printemps, avait-elle précisé à Raymond qui avait compris qu'elle allait, comme beaucoup de femmes, faire les magasins.

Mais quelle ne fut pas la surprise de Gabrielle en entendant la demande de Mathilde :

– Je peux aller avec toi ?

Ce n'était pas si fréquent, Gabrielle s'en réjouit. Elle soupçonna sa fille de vouloir quémander quelque chose. Si c'était dans les possibilités de la famille, cela pourrait se faire. Une jupe, un pull, des chaussures... Qu'est-ce qui lui ferait plaisir ?

Mère et fille discutaient, presque complices, en descendant la rue Saint-Jean. Mathilde lui parlait de ses préférences parmi ses camarades. Elle évoquait même les garçons qu'elle croisait à la colo ou pendant les jours de neige à Champdray.

– Comment ça, tu vois des garçons ?

– Ils ont leur espace, bien sûr, leurs activités... Mais les veillées sont mixtes... On chante, on fait des surboums.

– Des quoi ?

– Ben, des surboums, des surprises parties, on danse sur les musiques à la mode. Eh, maman, faut te mettre à la page !

Gabrielle sourit. Mathilde n'avait pas tort, mais elle n'était pas aussi dépassée que sa fille pouvait le penser.

– Je suppose que vous écoutez ce jeune qui invite à danser le twist…

– Tu connais ? On adore Johnny Hallyday. Il est beau et bouge comme un dieu, c'est notre Elvis à nous.

– Et tu sais danser ce truc-là ?

– Ben oui, je te montrerai… Sauf que sans électrophone… pas de disques. Pas de disques, pas de twist.

– Évidemment. Je sens que tu as quelque chose à me demander. Tu n'en as pas parlé à ton père ?

– Vaguement, mais il m'a gentiment envoyée sur les roses : « Vois d'abord avec ta mère… » Une réponse d'homme, conviens-en.

Gabrielle se retint de sourire.

– Je t'écoute…

– Je voulais te demander… J'aimerais travailler à la saline cet été. Je passerais moins de temps à la colo et je pourrais gagner quelques sous. Mado, ma copine, l'a fait l'an passé. Elle met le sel dans les boîtes. Ce n'est pas difficile, c'est dans mes possibilités. Tu veux bien ?

– Et tu feras quoi avec l'argent ?

– Devine…

– Tu auras de quoi te payer un électrophone ?

– Pas tout à fait, mais presque… Mémère Louisa m'a promis qu'elle compléterait. Elle est moderne et entend aider la jeunesse à réaliser ses rêves. Reste à en parler à papa. Je compte sur toi pour le convaincre.

– Oui, parce que tout cela se décide ensemble. Mais à propos d'électrophone, j'ai le mien…

– Oh, non, maman, le tien est trop vieux. On ne peut faire tourner que des soixante-dix-huit tours. Aujourd'hui, les disques sont à microsillons. J'ai regardé. Faut le bazarder. Ton appareil est une pièce de musée.

– Alors on le garde, il va rapporter gros.

– Oh, bien sûr... Tu as toujours le mot pour rire, ma chère maman. Alors, tu serais d'accord pour que j'aille travailler au sel avec Mado ?

– Je n'y suis pas opposée.

Ravie, Mathilde se hissa sur la pointe des pieds pour embrasser sa mère. Gabrielle sourit. Sa fille savait y faire pour obtenir ce qu'elle désirait.

C'est au Point-Central, où se trouvait l'agent qui, sur son petit promontoire, réglait la circulation à coups de sifflet, qu'une femme aborda Gabrielle. Toutes deux attendaient pour traverser la rue.

– Gabrielle, c'est bien vous ? Ou toi, je ne sais plus... Il y a si longtemps. J'ai un peu grossi depuis l'époque. Faut dire que là-bas, on ne rencontrait pas de gens obèses.

– Marcelle, que je suis heureuse de vous revoir ! s'écria Gabrielle.

– C'est ta fille ?

– Oui, Mathilde. J'ai un fils aussi qui a deux ans de plus, un beau jeune homme, paraît-il. Et vous, interrogea Gabrielle, que faites-vous ? Racontez-moi.

– Je suis retournée à Bouxières, mais j'y vis seule ou presque. Mes fils qui sont revenus, deux sur quatre, ont fait leur vie. L'un s'est installé à Saint-Nicolas...

– À Saint-Nicolas ? Et vous ne vous êtes jamais manifestée ? Quel dommage !

– Toi aussi, tu es restée silencieuse depuis ton retour. C'est vrai que nous n'avions pas le cœur à ça… Tout au plus pouvions-nous nous écrire.

– C'est juste, Marcelle. Alors, ce fils installé à Saint-Nicolas ?

– Il travaille à l'atelier de menuiserie de la saline. Il a un fils de vingt-cinq ans, Jean, une tête, ce beau jeune homme qui s'est spécialisé dans les arts et techniques mécaniques. Jean est passé par l'école de Châlons-sur-Marne[1]. Il s'occupe toujours des jeunes de la colonie d'été. Autrefois, ce travail l'aidait à payer ses études.

– Et votre autre fils ? Marié, des enfants ? Comment va-t-il ?

– Oui, il est marié. Il a eu une fille qui doit avoir vingt ans. Ils sont partis s'installer au Canada, il y a plusieurs années. Il avait besoin d'oublier. Reste qu'il est très malade. Il a mal supporté cette vie… Tu sais comme moi combien c'était dur. Il a une maladie des nerfs, il tremble tout le temps. As-tu des nouvelles de Geneviève de Gaulle ? À moi, elle écrit parfois. J'avais eu le temps de lui donner mon adresse quand Himmler l'a mise à l'écart. Lorsque l'une de nous décède, si elle en est avertie, il lui arrive de venir aux funérailles. Une femme exceptionnelle…

– Oui.

– Je t'embête, n'est-ce pas ?

– Pas du tout, Marcelle, au contraire.

– Tu me rassures. Et aujourd'hui, tu fais quoi ?

1. Devenu Châlons-en-Champagne.

– Employée à la saline, comme ma mère… consultations au dispensaire, animation au foyer pour les enfants. Si ça se trouve, mon mari connaît votre fils. Quand vous lui rendez visite, passez donc chez nous. Demandez la famille Berthier, c'est mon nom d'épouse. Je serais heureuse et mon mari aussi. Alors, vous viendrez ?

– C'est plutôt mon fils qui me rend visite. De Bouxières, je vais à Nancy, c'est mon plus long voyage. J'aime encore le faire par une belle journée. Les magasins et un tour de Pépinière. J'en profite aussi pour brûler un cierge à Saint-Sébastien et prier la Vierge pour mes fils. Je lui dis merci de m'avoir laissée en vie et lui demande de m'aider quand viendra mon heure. Ça me fait du bien, je retrouve presque mes vingt ans et ma légèreté d'avant la guerre. Tu vas toujours à l'église ?

– Ça m'arrive, surtout à la Sainte-Barbe avec les mineurs… Une fête peu ordinaire, mais vous devez la connaître avec votre fils. Nos églises se vident. Les jeunes tourneront vite le dos à ces rituels qui ont rassemblé et uni.

– Autres temps, autres mœurs. Il faut s'y faire, mais nous devons témoigner, ma chère Gabrielle, du meilleur de l'être humain que chacun porte en lui.

– Bien sûr, c'est le meilleur moyen de faire reculer la barbarie.

– Et cette belle jeune fille ? questionna Marcelle.

– Elle avait envie de passer du temps avec sa mère. Nous faisons les magasins.

– Je vois, elle est encore très sage et ne se risque pas à porter de minijupe. Remarque, moi, je n'ai rien contre. C'est beau sur les jeunes, elles sont minces, qu'elles en profitent ! Allez, bon après-midi à toutes les deux et au plaisir.

Mathilde n'osa pas questionner sa mère sur cette grosse dame qui avait l'air de l'avoir bien connue quand elle était jeune, mais elle donna son avis.

– Elle est moderne, ton amie… Je n'aurais jamais osé te demander de m'acheter une jupe courte.

– Tu aimerais ça ?

– Ben… je ne détesterais pas.

– Je te vois faire quand tu pars au lycée. Pour tout dire, j'admire la vitesse à laquelle ta jupe remonte au-dessus de tes genoux, trois petits tours à la taille et c'est parti. Tu arrives à la gare très à la mode. Et quand tu es de retour, la jupe a retrouvé sa longueur d'origine.

– Ah, tu savais et tu ne m'as jamais fait la morale ?

– Ton père aussi est au courant. C'est Claude du syndicat qui a vendu la mèche, alors j'ai observé.

– Et il en pense quoi, papa ?

– Il a ri. Il s'est montré plutôt philosophe : « Ça lui passera, comme la mode. Les modes vont et viennent, elles ne durent jamais. »

– Ça commence seulement, maman. Regarde les jeunes filles, la plupart ont des jupes courtes. Est-ce que toi tu as porté des crinolines ou des robes à faux cul comme ta grand-mère ?

– J'ai compris, je t'en offre une. Allons aux Magasins Réunis.

– C'est presque le plus beau jour de ma vie ! s'écria Mathilde. Merci, maman.

Sur le chemin du retour, Gabrielle était songeuse. Mathilde s'en aperçut et l'interrogea :

– Ce n'est pas ma jupe courte qui te soucie. Ta rencontre avec Marcelle t'a bouleversée, je le vois.

– Tu as raison. Je suis un peu perturbée. Marcelle est une femme très gentille, elle a perdu son mari et deux fils à la guerre. C'étaient de vaillants combattants. Elle ne s'est jamais révoltée. Mais son chagrin, elle l'a enfoui et ça ne l'empêche pas de sourire.

– Comme toi. Tu gardes beaucoup de choses, c'est papa qui le constate.

– Ah oui ?

– Tu as sans doute de la peine, c'est ce qu'il nous dit pour t'excuser.

– M'excuser de quoi ?

– D'être un peu distante, de trop penser aux autres pour ne pas te regarder toi, de peur de perdre ta joie de vivre.

– Pardonne-moi, ma fille. Si c'est le cas, c'est tout à fait involontaire.

Gabrielle ne se livra pas davantage. Elle eût aimé, mais elle n'y parvint pas. La suite était pour elle. Elle la consignerait sans doute dans ses cahiers le moment venu, quand la main la démangerait au point de laisser courir le stylo sur le papier.

C'était son histoire, elle n'appartenait qu'à elle. Était-il utile d'encombrer ses proches avec des chagrins du passé ?

8

Varangéville, 1967

« Si ce jour pouvait ne jamais avoir existé », songea Gabrielle, les yeux mangés par le chagrin. Elle errait d'une pièce à l'autre.

Dans la salle à manger transformée en salon mortuaire, sur deux trépieds, était posé un cercueil et dans celui-ci reposait Valentin. Son Valentin qu'une voiture avait happé alors qu'il rentrait d'une réunion de la JEC[1] à bicyclette, un soir, entre Nancy et Saint-Nicolas.

D'un côté du cercueil se trouvait Hélène, la petite fiancée qui sanglotait et répétait :

– Je ne l'ai pas retenu. Il voulait rentrer pour annoncer quelque chose de très important à sa maman, quelque chose qui ne pouvait pas attendre.

De l'autre côté se tenait Louisa qui hochait la tête sans comprendre.

– Tu savais, Hélène, ce qu'il comptait dire à sa mère ?

1. Jeunesse étudiante chrétienne.

– Non, mais je me doutais. Il rencontrait de temps à autre quelqu'un qui affirmait, preuves à l'appui, être de la famille. Il ressentait le besoin de connaître les siens.

– Un homme ?

– Un jeune homme… Le fils d'un cousin que Gabrielle a très probablement connu.

Louisa cherchait, mais ne voyait pas. Le chagrin de Gabrielle était tel qu'elle n'osait lui en parler. Il valait mieux attendre un peu.

– Ce jeune homme venait d'Argentine, poursuivit Hélène, il devait avoir dans les vingt ans, je crois. Ses parents étaient séparés. Sa mère vivait en Argentine et lui recherchait son père… Quoi de plus naturel que de revenir sur sa terre d'origine, en l'occurrence, la Lorraine.

– Après les funérailles, tu parleras de ça à Raymond. Il pourra peut-être t'aider. Sois discrète avec Gabrielle, elle éprouve un immense chagrin. Elle a la peine d'une mère et toi celle d'une amoureuse.

Mathilde s'était approchée.

– Je sais des choses, glissa-t-elle doucement. J'ai aussi rencontré Juan. Il est venu me trouver à la sortie du lycée Frédéric Chopin, il y a deux ans déjà. Je l'avais renvoyé vers Valentin qui, selon moi, devait être mieux informé que je ne l'étais. Mais Juan m'a confié certains faits. Il serait le fils d'un petit-cousin de maman. Un certain Étienne qui habitait Pompey, le père de Charles dont on a des nouvelles de temps à autre.

– J'ai entendu parler de lui, dit Louisa, une crapule, selon ses parents Nicolas et Hortense, le verrier et l'institutrice aujourd'hui décédés. Étienne est le frère de

Joséphine et de Jeanne-Marie, les jumelles artistes, l'une dans le théâtre et l'autre en peinture. Sans oublier Pélagie, la couturière qui vient de rentrer des États-Unis et de rouvrir sa maison, mise en sommeil à la fin de la guerre.

– Tout ça, nous le savons, mémère Louisa, grâce à Charles. Cependant, Charles ignore ce qu'est devenu son père. Comme nous tous, il pensait qu'il était mort pendant la guerre. Il préfère, il a honte de son père.

– Charles aurait honte d'Étienne… Je n'y crois pas, s'exclama Louisa.

– Le mot n'est pas trop fort, mémère Louisa. Il estime que son père est responsable de la mort de sa mère. La femme d'Étienne est morte parce qu'elle était née juive. Sa conversion n'avait rien changé. Pour Étienne, une juive restait une juive. Plus grave, Étienne était un collabo qui a réussi à passer entre les mailles de la justice en se réfugiant en Argentine où il a rencontré Estella qu'il a épousée, mais évidemment sans rien lui révéler de son passé.

– Mon Dieu ! s'exclama Louisa. Étienne, responsable de la mort de sa première épouse ? C'est à peine croyable.

– Estella aurait appris l'histoire d'Étienne par des gens qui traquent les nazis en Argentine, au Venezuela ou encore en Colombie ou en Bolivie, poursuivit Mathilde. Quand elle a découvert cela, Estella a quitté Étienne et Buenos Aires avec Juan, mais sans lui confier l'histoire de son père. Il n'est plus seul à mener l'enquête depuis qu'il a rencontré un avocat, un ami des Klarsfeld. Étienne est en cavale. Juan est plutôt du genre obstiné.

– Oui, j'ai vu ça, ajouta Hélène. Il continuera d'enquêter jusqu'à sa mort. Il veut connaître la vérité.

– Charles est-il au courant qu'il a un demi-frère ? demanda Louisa.

– Juan doit avoir ses coordonnées, dit Mathilde. Valentin a dû les lui donner. Charles a promis à maman d'être là, après-demain, pour les funérailles.

– J'avais raison, reprit Louisa. C'est à Raymond qu'il faut parler. Mais que personne n'évoque cette histoire devant Gabrielle ! C'est une femme sensible.

– Bien sûr, mémère Louisa. Mais maman n'est peut-être pas si fragile. Elle a su faire face.

– Pour l'instant, elle pleure Valentin, soupira Louisa.

– La mort de son père l'a marquée, mais je ne l'ai jamais vue pleurer. Elle a toujours eu, comme tu dis, le chagrin sec.

– Pour en revenir à Juan, reprit Louisa, peut-être qu'Hortense et Nicolas, les parents d'Étienne, étaient au courant de quelque chose… Ils ne parleront plus. Ils reposent en paix au cimetière de Préville. Hortense a soigné Nicolas avec dévouement après la guerre et l'a suivi de peu, une chute malencontreuse dans la cave. Elle a été découverte par une voisine inquiète de ne pas voir les volets ouverts ce jour-là. Ce n'était pas dans les habitudes d'Hortense, toujours levée avant le jour.

– Et papa ? s'inquiéta Mathilde. Tu crois qu'il va digérer cette histoire ? On a beau dire que c'est l'homme de la famille…

– Raymond a connu cette crapule d'Étienne. Il aura la bonne attitude, répondit Louisa. En attendant, prions pour Valentin et pour Hélène et Gabrielle qui sont dans le chagrin.

– Parce que toi, mémère Louisa, papa et moi, nous n'avons pas de chagrin ?

– Je n'ai pas voulu dire ça, protesta Louisa en attirant Mathilde à elle. Je pleure moi aussi ce beau jeune homme qui était le portrait de son grand-père, mon cher mari, que la Grande Guerre a pris. Mais nous sommes forts. Nous devons prier pour ceux qui ne sont plus ou pour ceux qui ne sont forts qu'en apparence. Gabrielle fait partie de ceux-là.

« Est-ce pour cela que l'on met des enfants au monde ? » s'interrogeait Gabrielle. La guerre n'avait-elle pas déjà apporté son lot de morts et, parmi eux, des enfants, des jeunes dans la fleur de l'âge ?

Elle se saisit de son cahier.

Et elle écrivit, fébrile et exaltée.

« Demain, mon petit, la terre s'ouvrira pour t'absorber à jamais. »

La cérémonie s'achevait. La famille et les amis, après avoir prié à l'église, s'étaient rassemblés au cimetière. Charles arriva in extremis. Il était accompagné de deux hommes. Un jeune qui lui ressemblait et un autre âgé d'une cinquantaine d'années. Charles s'approcha de Raymond.

– Nous voudrions te parler, mon cher cousin. Voici Juan, mon demi-frère. C'est le fils d'Étienne qui n'est pas mort pendant la guerre mais qui vient enfin de rendre l'âme pour brûler jusqu'à la fin des temps en enfer.

La foule défilait devant la tombe ouverte et jetait de l'eau bénite, une dernière fleur sur le cercueil de Valentin, pendant que Raymond, légèrement à l'écart, recueillait les révélations d'un homme venu confirmer les soupçons remontant à la guerre.

– Et moi, je suis Yvan Waldberg, avocat et chasseur de nazis. J'ai retrouvé Étienne un peu trop tard. Il venait de tuer Estella, son épouse, pour la réduire au silence. Il aurait fait de même avec son fils si je n'avais pas tiré avant lui. Je suis toujours armé.

– Il aura donc tué ses deux femmes, lâcha Raymond. Sybille…

– Il l'a abattue. Le nazi qui a participé aux interrogatoires à Nancy me l'a confirmé. C'est aussi lui qui a fait déporter Maurice et sa fille, mais vous le saviez sans doute…

Raymond acquiesça.

– Que de laideurs, n'est-ce pas ? Je vous admire d'œuvrer ainsi pour la vérité.

– Même s'il nous faut remuer les boues nauséabondes du passé, les jeunes générations doivent connaître cette vérité. Mais sera-ce suffisant pour qu'ils se détournent de la bête immonde ?

Au soir des funérailles, après le buffet qui avait rassemblé les intimes et les amis, Juan conversa avec Charles et Yvan. Il s'était présenté comme un ami de Charles. Il avait un léger accent, allait de l'un à l'autre et, parfois, Hélène et Mathilde se trouvaient dans le cercle. Juan voulait tout connaître de la Lorraine. Il songeait à s'y installer. Sa mère n'était plus et reposait à Mendoza, au pied des Andes, là où elle avait grandi. Il avait veillé à tout. Il restait seul et n'avait nulle envie d'errer dans un pays où la dictature s'en revenait régulièrement. Il préférait trouver sa place en France ou dans un autre pays européen où la liberté pouvait s'écrire sans grand risque.

– Il y a l'Angleterre aussi, dit Charles. J'y vis et l'on peut s'y faire une place.

– Je vais y réfléchir. Je serais plus près de toi et pas tout à fait seul, n'est-ce pas ?

Gabrielle ouvrit le tiroir du petit meuble, dans le couloir, près de la cuisine. Elle prit ses pages arrachées à la nuit. Le temps était-il venu de clore à jamais une époque tissée de drames et de lamentations ? C'est la question qu'elle se posa.

« Je ne sais pas pourquoi j'écris encore et toujours. À qui léguerais-je cette douloureuse confession ? À toi, Valentin ? À toi, Mathilde ? Ou à votre père ? Maintenant, je sais que Valentin ne me lira jamais. Peut-être, là où il a trouvé refuge, peut-il lire un lieu de beauté, dans nos âmes en attente d'éternité ? Mes chers enfants, pourquoi vous ai-je si peu et si mal aimés ? Je n'ai pas su vous dire ces mots que tout enfant espère. Louisa m'a remplacée. En moi était cette plaie. Je n'étais qu'une morte-vivante ou une vivante arrachée aux griffes de l'immonde. Croyez bien que je le regrette. Mon âme est restée brisée à jamais, prisonnière d'une nuit froide et glauque. Je vous souhaite le bonheur. »

Comment oublier la descente du cercueil dans la fosse ? Un vertige terrifiant l'avait saisie en imaginant son enfant enfermé, enfoui. Il ne verrait jamais plus le soleil. L'imaginer dans son costume de bois, engoncé à jamais dans la morsure d'éternels hivers était impensable pour elle. Et toujours la même question revenait la hanter : pourquoi n'avait-elle pas réussi à lui dire combien elle l'aimait et qu'elle était fière de lui ? « Pardon, mon fils, j'aurai soigné, agi, mais la porte de l'amour est restée verrouillée. Est-ce que tu as lu en moi ? Est-ce que tu as su ? Ne suis-je pas la reine des nulles ? » Elle écrivait avec rage, portée par le chagrin qui lamine le cœur et le dissèque comme l'eussent fait des lames de rasoir. Elle biffait, raturait. Des montagnes de mots jetés comme s'ils étaient elle, la femme qu'on précipitait au tombeau avec la chair de ses entrailles.

Valentin rejoignait pour toujours le ventre de la terre qui maintenant l'aspirait.

« Que vienne ce jour ! Que la délivrance arrive, que les oiseaux portent et emportent mon souffle dans des cieux sereins où je retrouverai ceux que j'ai si mal aimés, si peu connus. Qu'ils m'ouvrent leurs bras, leur cœur et que nous puissions entamer un *Libera me* ample, jubilatoire et riche d'espérance pour les vivants de toute la terre ! »

Le cercueil effectuait son dernier voyage, une lente descente, le temps d'un Je vous salue Marie. L'image terrible et terrifiante resurgit du passé. Celle des corps tirés du baraquement 5 pour être chargés sur des charrettes qu'elles devaient pousser jusqu'au four crématoire alors qu'elles étaient sans force et souhaitaient mourir. Le fouet claquait, les chiens hurlaient, saisissaient les mollets des porteuses de cadavres pour qu'elles aillent plus vite.

Elle n'a pas poussé son fils. Elle a observé, impuissante, la boîte sculptée d'une croix dans laquelle reposait son cher Valentin, doué, artiste, généreux, qui lui avait promis une foule de petits-enfants avec sa belle Hélène. « Tous plus beaux les uns que les autres ! clamait-il. Nous voulons une famille nombreuse. Nous formerons le début d'un orchestre et nous jouerons sans cesse *La Mélodie du bonheur*[1]. Les enfants riront si fort que toute la région en sera secouée et le grand saint qui veille en sera heureux. »

Cela ne serait jamais. Ce beau jeune homme venait d'entrer dans la gerçure des froidures infinies.

Mathilde vit encore sa mère noircir des pages. Que cachait cette femme qu'elle sentait différente des autres ?

Elle savait depuis longtemps que son grand-père Maurice était médecin. Médecin et chirurgien. Pourquoi sa fille avait-elle épousé Raymond, un ouvrier ? Spécialisé, certes, et qui formait des apprentis, mais tout de même. Pourquoi sa mère médecin était-elle salariée de la saline ? Pourquoi n'avait-elle pas ouvert un cabinet ? Que s'était-il réellement passé pendant ces années de guerre ? Pourquoi le couple avait-il mis tellement de temps pour s'installer dans une maison plus confortable ? Mathilde n'avait pas oublié les cités ouvrières. Devait-elle confesser qu'elle

1. Film de 1965.

avait parfois eu honte ? C'eût été si appréciable d'être considérée, d'appartenir à un autre monde. Un monde respectable et respecté…

Ce que lui avait révélé Juan, ce cousin éloigné, avait quelque chose de gênant. Elle comprenait la blessure du jeune homme. Avoir eu un père qui s'était rangé du côté des nazis, quelle horreur ! Un père au passé trouble et troublant. Elle se rappelait qu'au début de leurs rencontres, elle eût préféré que Juan se taise. Mais il parlait, il racontait. Si elle avait pu demeurer dans l'ignorance, ne rien savoir pour n'avoir pas à recevoir d'éclaboussures de la honte, c'est la solution qu'elle aurait choisie. Étienne était un parent de la famille. Et ses mauvais choix étaient une ombre au tableau familial. Une tache qu'aucun produit ne ferait disparaître. Solvay n'avait pas la formule pour laver blanc jusqu'à l'origine.

Au lycée Frédéric Chopin, elle s'était sentie à l'écart de la bonne société nancéienne. Dans sa classe, les élèves étaient filles de dentiste, de notaire, d'avocat, petites-filles de conservateur de musée ou d'enseignant à l'université.

Jamais Mathilde n'avait accepté les invitations de telles camarades de classe. Il eût fallu la rendre et elle ne voulait pas qu'on sache où elle habitait.

Son avenir ? À cette époque, elle n'en avait aucune idée. Elle y songerait quand elle quitterait le lycée et la Lorraine pour étudier ailleurs. Elle en était certaine. Fuir, fuir un monde qu'elle trouvait absurde, sans autre horizon que celui des chevalements. Gravir des montagnes couvertes de neige immaculée ou se lancer dans un tour du monde à la voile, respirer les embruns, voilà qui avait de l'allure et faisait du bien à son âme.

« J'ai rêvé, j'ai trop rêvé... J'ai été sotte. Valentin n'est plus. Hélène est dans le chagrin et mon père joue à l'homme fort qui continue de veiller sur tous. Louisa est une excellente grand-mère. Est-ce le Sud qui vit en elle ? Elle apporte le soleil à qui l'approche. Et ses bras ne sont que tendresse. »

Que cachait donc cette mère qui muselait ses sentiments ? Mathilde pressentait sa souffrance, mais ne comprenait pas que cette femme admirée et sans doute admirable garde pour elle les élans de son âme. Mathilde se demandait si elle oserait lire ce cahier que Gabrielle dissimulait avec autant de soins.

Le dégoût lui vint.

Écouter aux portes ne se faisait pas.

Voler dans le porte-monnaie des parents, non plus.

Mathilde avait été bien élevée...

Serait-elle raisonnable ?

Et jusqu'à quand ?

Cette année-là, Mathilde ne travailla pas à la saline pendant les vacances mais à la colonie. Elle remplacerait sa mère à Champdray. Gabrielle peinait à surmonter son chagrin. Elle cherchait Valentin, courait au cimetière et gémissait sur sa tombe. « Pourquoi, pourquoi ? » répétait-elle en frappant de sa paume le granit bleuté du caveau où était gravé : « Valentin Berthier, 1946-1967 ».

Raymond estima que le moment était venu de prendre quelques jours de vacances avec son épouse. Elle serait avec lui et lui avec elle. Il fallait voir autre chose que la mine. Jusque-là, Gabrielle avait beaucoup donné. Le personnel s'interrogeait sur son devenir – les différentes mines se regroupaient, passaient peu à peu sous le contrôle de grands groupes –, mais le travail ne manquait pas. La mine Saint-Nicolas de Varangéville subsistait, tout comme les établissements Solvay à Dombasle. La blanche chimie, propre et utile.

Il y avait le chagrin de Gabrielle que la bonne humeur et la gaieté de Louisa ne parvenaient pas à chasser.

– Allez, emmène ta femme visiter les châteaux de la Loire, ça te changera d'ici... Montre-lui d'autres paysages. On va faire pour le mieux. Occupe-toi de ta femme. Perdre un gamin de vingt ans, ce n'est pas rien.

Louisa veillerait sur la maison. Mathilde serait à Champdray.

Avant de partir, Mathilde se résolut à ouvrir le tiroir des secrets, comme elle l'appelait. Il y avait quatre cahiers. Elle ne put en saisir qu'un. Les pas de son père se rapprochaient. Elle le glissa sous son pull et se sauva. Elle le cacha dans sa valise pour la colonie.

Dans le bus qui conduisait la jeunesse dans les Vosges, elle feuilleta attentivement le cahier. Ce n'était pas l'écriture de sa mère. Elle comprit. C'était celui de Charlotte, cette grand-mère dont on ne lui avait pratiquement jamais parlé. Elle savait seulement qu'elle était morte sous les bombes d'un Taube pendant la guerre de 14-18. Ce qu'avait vécu Charlotte était dramatique.

Cet horrible Germain…

Mais elle avait retenu une chose : le père de Charlotte s'appelait Paul Renaudot de La Feucherolle. Il avait donné son unique fille en mariage à Germain de La Fallière. On était chez les nobles…

Pourquoi donc Gabrielle avait-elle déchu à ce point ? Elle devinait en filigrane l'histoire d'amour de Maurice et de Charlotte… C'était une grande histoire, digne d'un roman, voire d'un film. Mais des éléments lui manquaient pour comprendre le mariage de Gabrielle et de Raymond.

Louisa était-elle au courant du passé de Gabrielle ? Et ce Constant, mon Dieu, un assassin… Étienne aussi était un assassin. Germain, bien que simple pièce rapportée, avait tué lui aussi. « Je suis née dans un curieux berceau », frissonna-t-elle.

Mathilde espéra de tout son cœur que la liste des crimes était close, que la page était tournée. Il fallait en finir et oser fouler des terres apaisées où le soleil se lèverait dans un ciel clair et caresserait mers et montagnes.

À Champdray, elle fit la connaissance de Jean, le petit-fils de Marcelle. Cet été-là, il dirigeait la colonie des garçons. Pierre Maucourt, auprès de qui il avait travaillé comme assistant, lui avait transmis le virus.

Mathilde n'avait pas oublié Marcelle, rencontrée rue Saint-Jean, un jour de juin, à Nancy. D'autant que Marcelle avait fait halte à Varangéville quelque temps plus tard. Gabrielle et Raymond l'avaient accueillie avec amitié.

– Nos familles se connaissent, déclara Jean, et je suis heureux de vous rencontrer. Nous préparerons les veillées tous deux.

– Et les surboums. Les jeunes aiment bien.

– Les moins jeunes les apprécient tout autant. J'aurai plaisir à danser avec vous. Mais sans doute estimez-vous que je suis un peu vieux pour vous ? Je me contenterai d'inviter la patronne des filles. Pour le coup, je ne serai pas gâté, elle a plus de quarante ans.

Mathilde rougit avant d'éclater de rire.

C'est en allant faire le marché avec Alix-Claire, la grande patronne, qu'elle croisa un jeune homme qui ne la quitta pas des yeux, la suivit…

La scène se répéta une, deux fois… Il vint à la colonie et finit par se présenter. Il s'appelait Baptiste de La Noguerra, il était parisien. Il passait ses vacances dans les Vosges et logeait à Gérardmer, une terre qu'il aimait depuis qu'il avait découvert le corso fleuri de la fête des Jonquilles. Cela faisait trois fois qu'il y revenait sans se lasser. Il aimait rencontrer des vrais gens, marcher sur d'autres chemins que ceux de son milieu. Ses parents laissaient faire. Ils voulaient le bonheur de leur fils.

Il invita Mathilde au bord du lac, au jour qui lui conviendrait. Elle en parla à Jean avant de demander la permission à la chef.

– Vous avez droit à un après-midi par semaine. Il faut bien se changer les idées. Je note que ce jeune homme vous impressionne. Il fait partie de la meilleure société qui soit, n'est-ce pas ? En fait, je le connais un peu. Il est plus jeune que moi, mais nous avons fréquenté la même école d'ingénieurs à Châlons-sur-Marne. Nous, les aînés, avions pour mission d'accueillir la classe biberon. Moi, j'étais déjà à la fin de mes études et j'étais surveillant dans l'établissement.

Baptiste était gentil, bien élevé. Mathilde appréciait son raffinement. Avant la fin de l'été, au bord du lac de Gérardmer, il risqua un baiser qu'elle lui rendit. Ils marchèrent le long du lac sans cesser de s'embrasser. Il voulut la caresser. Elle résista. C'était la première fois. Il ne fallait pas aller trop vite. Elle pensa aux recommandations de Louisa : se méfier des amours de vacances, souvent sans lendemain. Le ventre des filles faciles gonflait. Cela arrivait souvent, hélas.

– Je vais rentrer à Paris pour parler de toi à mes parents. À Noël, ils viendront te demander en mariage. Ils ne s'y opposeront pas. Ils m'aiment trop pour faire mon malheur en me refusant quelque chose.

Elle n'avait que dix-neuf ans. Que dirait la famille de Baptiste en découvrant Varangéville ? Elle se confia à Jean qui se moqua d'elle.

– Sans doute est-il sérieux. Ne vous inquiétez pas, belle Mathilde. Mais l'aimez-vous ?

– Je suis contente qu'il m'ait remarquée, mais je ne suis sûre de rien.

– Laissez du temps au temps. Il va rentrer et vous écrire. Peut-être que la séparation clarifiera vos sentiments. Demain soir, c'est la fête de la fin de la colo. Je réserve tous les twists et tous les rocks avec vous… Et un ou deux slows. J'ai vu comment vous dansiez. Nous devrions bien nous entendre, belle Mathilde.

Jean l'appelait souvent ainsi. Et elle en riait. Il était un grand frère pour elle. Elle se sentait bien auprès de lui et lui confiait ses tracas. Il avait réponse à tout. Les autres monos la taquinaient et lui disaient :

– Alors, tu chasses chez les vieux ?

– Les vieux ?

– Jean n'a plus vingt ans.

– Ah bon, quel âge a-t-il ?

– Pas loin de trente.

– Déjà ! Il ne les fait pas, il est très jeune de caractère.

– Elle est amoureuse !

– Mais non, mon amoureux est parisien.

– Vrai ?

– Oui.

– Raconte !

– C'est mon secret. Mais à Noël, peut-être vous en dirai-je plus, glissa-t-elle d'un air mystérieux.

9

Varangéville, septembre 1967 – septembre 1969

Baptiste avait tenu sa promesse. Il avait d'abord écrit à Mathilde sur du joli papier. Il recopiait des poèmes : Musset souvent, Baudelaire et quelques sonnets de sa composition. Elle était très fière d'avoir de ses nouvelles et avait dû s'en expliquer à ses parents qui estimaient simplement que leur fille grandissait. Il fallut bien annoncer la visite promise. Raymond avait fait installer le téléphone dans la maison. Et depuis, Mathilde s'en donnait à cœur joie. Elle attrapait le combiné et se glissait dans le jardin pour téléphoner devant la maison à ses copines ou à Baptiste loin des oreilles indiscrètes.

Ce jour-là, elle prévint ses parents qu'on allait les appeler ou leur écrire pour une demande particulière.

Raymond et Gabrielle reçurent d'abord une fort jolie lettre. Ils étaient invités à partager un repas à la brasserie de l'Excelsior. M. et Mme de La Noguerra disaient être de passage à Nancy pour les fêtes de fin d'année et qu'ils seraient ravis de faire leur connaissance puisque les enfants s'appréciaient.

– Tu choisis ton monde, soupira Raymond. Tu ne te mouches pas du coude, ma fille. La famille de La Noguerra habite le VIIIe arrondissement à Paris.

– Je ne l'ai pas fait exprès. Ce n'était pas écrit sur son visage.

– Il te plaît tant que ça ?

– Il ne me déplaît pas, mon cher papa. Il est doux et gentil et, avec lui, je crois que les fins de mois ne seront pas difficiles, c'est énorme, non ?

– Tes arguments surtout sont énormes. Où est l'amour dans tout ça ?

– En germe, papa. Il grandit tous les jours.

– Quelle fille ai-je fait ? Mon Dieu, éclairez-la, elle est un peu zinzin, notre Mathilde, soupira Raymond.

– Zinzin, moi ? Mais non, je suis une femme libre. Si cela se fait avec lui, je retrouverai ma place dans la bonne société. Le grand-père Maurice avait bien épousé une Charlotte Renaudot de La Feucherolle qui, elle, avait été donnée à un Germain de La Fallière. Donc, si je deviens Mme de La Noguerra, ce ne sera pas un drame et je ne viendrai pas vous taper pour arrondir les fins de mois.

– C'est donc la particule qui te manque à ce point ?

– Non pas. Mais si elle est là, ce n'est pas plus mal. C'est chic, mes copines vont en crever de jalousie.

– Tu veux seulement épater la galerie, constata son père. Méfie-toi, fillette, agir ainsi, c'est casse-gueule. Tu veux grimper sur les sommets… Soit, mais fais attention où tu poses les pieds. Dévisser, c'est risqué. Y penses-tu quelquefois ?

Gabrielle et Louisa avaient écouté, mais s'étaient abstenues de tout commentaire. Elles trouvaient que Mathilde ne manquait pas de toupet. Elles avaient l'impression d'un jeu. C'était trop soudain. Et s'il s'agissait d'un piège ?

Noël vint et les deux familles firent connaissance. Baptiste et ses parents étaient effectivement de passage. Les rencontrer n'engageait à rien. On promit de se voir à Pâques. Si toutefois les parents de Mathilde étaient d'accord. Que pouvaient-ils répondre ? La famille de La Noguerra avait tout de même été surprise. Ainsi, Raymond militait à la CGT.

– Je vous arrête tout de suite, avait précisé Raymond, je défends les petits. Il faut savoir que, contrairement à ce qu'on dit, nous n'obligeons pas nos adhérents à être membres du parti communiste. Je n'y ai pas ma carte. Je vote toujours pour de Gaulle, c'est lui qui a sauvé la France.

– Cher monsieur, s'exclama Mme de La Noguerra, vous me rassurez ! Je ne vous voyais pas parmi ces gens du peuple. Ils sont si souvent…

– Chère madame, je fais partie des gens du peuple. Je ne les renie pas. Simplement, j'ai quelques capacités qu'ils n'ont pas. Alors, je les aide à se défendre face au patronat qui les exploite. Pardonnez-moi d'être aussi direct, mais c'est le devoir de tout être humain que d'aider.

– C'est tout à votre honneur.

– D'ailleurs, nous préparons une grève. Il faudra que les patrons cèdent, sinon le sel de déneigement ne sortira pas de la saline et les hivers sont rudes ici.

Baptiste et Mathilde se regardèrent : « Cela va mal finir… »

Eh bien, ce fut le contraire. M. et Mme de La Noguerra semblaient apprécier la droiture de Raymond et la discrétion de Gabrielle. Ils étaient éduqués, ils savaient se tenir à table, essuyer leur bouche avec délicatesse. Ils ne buvaient qu'une petite gorgée à la fois. Ils ne dépareraient pas dans les réceptions. Et Mathilde était si jolie…

Une telle union leur assurerait une belle lignée. Il était bon de pêcher dans d'autres étangs si l'on voulait éviter tout risque de consanguinité.

Et vint la grève dont avait parlé Raymond. La mobilisation fut une réussite. Les ouvriers montraient une belle détermination. Des piquets avaient été installés pour dissuader les non-grévistes d'aller travailler. Mais très peu eurent envie de descendre ou de se rendre dans les ateliers. Tous s'amusaient de voir les camions arriver. On expliquait aux chauffeurs que le sel ne sortirait pas tant que les patrons ne consentiraient pas à accorder ce qui était demandé : une revalorisation de tous les salaires, une prime pour les trois-huit, sans oublier le treizième mois en fin d'année. Les femmes devraient enfin bénéficier du régime minier, comme les hommes.

– Une longue liste, disaient les patrons.

– Ah, si nous avions été écoutés précédemment, nous n'en serions pas là.

– Allons, nous prenons soin de vous. Il y a la coopérative…

– Elle va bientôt fermer.

– Les colonies pour les enfants…

– Certes, mais grâce à la paroisse et aux bénévoles, vous le savez bien.

– Vos enfants ont du travail, nous les aidons pour leurs études.

– Parce que c'est tout bénéfice pour vous.

– Nous prenons en charge le logement et une partie du chauffage.

– Sauf que les logements qui nous sont attribués sont riquiqui.

– Il ne faut pas faire autant d'enfants.

Les grévistes étaient consciencieux. Ils n'hésitaient pas à descendre à fond pour faire tourner les machines et éviter ainsi les pannes dues à la rouille.

– Enfin, s'indigna l'un des négociateurs, nous avons beaucoup investi ! J'en veux pour preuve cette nouvelle haveuse qui taille dans la roche et peut se diriger presque seule au front de taille. Et le jumbo, ce gros crabe qui ramasse le sel avec ses multiples bras pour le transporter dans les skips ? Combien de coups de pelle en moins ? Et les machines Joy qui forent la roche pour qu'on y glisse les explosifs et les gossettes ? Maintenant, il y a des tractopelles dans toutes les galeries. Vous savez aussi que nous avons repris les employés des salines qui ont fermé. Les Escher Wyss donnent toute satisfaction. On ne tire plus le sel.

– Certes, mais le salaire que chacun reçoit, lui, il est tiré vers le bas. Il ne correspond pas à la tâche effectuée. Vous travailleriez, vous, pour huit cents francs par mois ? C'est bien beau la modernité, mais toutes ces machines, comment sont-elles descendues à fond ? On va vous le dire… Il a fallu tout démonter, couper, scier pour que ça entre dans la cage. Et tout remonter, tout souder à fond. Ça vous épate ça, n'est-ce pas ? On n'a pas compté nos heures. Nous étions heureux de cette réalisation. Nous l'aurions été davantage, si nous avions pu voir, sur notre fiche de paie, un petit quelque chose. Ou même un pot.

– Pas possible, renchérit un délégué, la mirabelle ou le pinard, c'est pour les cadres et un peu pour les ETAM, mais pour les gars comme nous, c'est toujours zéro. Nous sommes les esclaves du patronat.

Le patron tourna les talons, mais le lendemain, il signa un papier : il octroyait une prime exceptionnelle à chacun pour la reprise du travail.

La grève dura presque six jours. Les chauffeurs routiers grognaient. La direction avait cédé sur l'essentiel. C'était presque trop beau.

– On aurait dû réclamer davantage ! s'exclama l'un des grévistes à l'adresse de Claude.

– Il faut être raisonnable, répondit celui-ci. On remettra ça l'an prochain. Sans nous, les patrons sont foutus.

– Et sans eux, nous le sommes aussi, lâcha le petit Bébert.

– Ah, tu la ramènes, le petit « jaune » ! Tu n'es jamais pour la grève mais tu profites des avantages qu'on va chercher en chatouillant un peu le patronat.

Mai 68 s'éloignait. La place Stanislas où l'on se rassemblait pour grogner ou applaudir retrouvait son calme. La France avait fait plus qu'éternuer. La société avait retrouvé le chemin des usines, des bureaux. La fête était finie.

Mathilde cultivait la nostalgie de ces grands moments de fraternité auxquels elle avait participé. Ouvriers et étudiants mélangés. Elle avait écrit partout avec ses copines « Interdit d'interdire », « La liberté pour tous » ou encore « Nos corps nous appartiennent ». Elle avait choqué son père en lui racontant l'euphorie qui les animait. Il s'en était agacé et, un jour qu'elle avait clamé que le temps de la morale bourgeoise avait vécu, qu'elle coucherait quand bon lui semblerait, c'est-à-dire peut-être avant le mariage, elle avait reçu une gifle. C'était la première. Jamais son père n'avait levé la main sur elle. Il fut horrifié par son geste.

– Bravo, y aurait-il en toi de la graine de SS ? gronda-t-elle. Comme ces flics qui nous collent au cul ?

– Mathilde, du respect, s'il te plaît ! s'exclama Gabrielle. Fronder pour le plaisir est stupide et pas constructif du tout.

– Je m'en vais, je quitte mes géniteurs, lança Mathilde. Ce ne sont que des bourreaux.

Le soir même, elle était de retour, la tête basse. À Nancy, les flics avaient coffré des copains pour les relâcher à quelques mètres de la place Stanislas. Ah, cette place, scène de théâtre à nulle autre pareille, sous le regard de Stanislas dont l'index pointait le palais du Gouvernement.

La leçon avait porté. Mathilde avait promis de s'assagir.

Ce fut pendant les fêtes pascales de 1969 qu'eurent lieu les fiançailles de Mathilde et de Baptiste. Le mariage était prévu pour septembre, juste après la colonie de Champdray que Mathilde tenait à faire au mois d'août.

Ce serait la dernière. L'adieu à la jeunesse, à la Lorraine, aux Vosges parfumées de senteurs de conifères et de mystère. Gérardmer et ses hauteurs lui manqueraient, tout comme les moments passés à rêver à la roche du Diable qui surplombait les lacs. Un point de vue vertigineux !

Elle devrait suivre son mari en région parisienne, avant, sans doute, de se rendre en Suède avec lui. Baptiste prévint sa bien-aimée : il ne viendrait pas dans les Vosges cet été-là. Il aurait beaucoup à faire, il devait veiller au bon déroulement des travaux dans l'appartement que leur offrait sa famille. Sans compter quelques déplacements en Suède, mais pas seulement.

– Les enfants de la saline pourront encore compter sur toi, mais ce sera ton dernier été avec eux, la prévint-il.

– Trop bon, Baptiste, merci pour eux.

Au cours de cet été, Mathilde et Jean échangèrent beaucoup. Il lui expliqua avoir trouvé du travail entre Gérardmer et La Bresse. Le massif vosgien s'équipait en remontées mécaniques. Le tourisme prenait son essor. Ses compétences en dessin industriel étaient requises. Il aimait son travail, mais il ne voulait pas abandonner la colonie. Sans doute espérait-il passer encore un peu de temps avec la belle Mathilde. Les monitrices ne manquaient pas de taquiner la jeune fille.

– On ne dirait pas que tu vas en épouser un autre. On pourrait penser que c'est Jean qui a ta préférence. « Entre les deux, mon cœur balance, je ne sais pas lequel aimer… », lui serinaient-elles.

Elle haussait les épaules.

Un soir, alors que les enfants étaient couchés, Mathilde sortit et marcha jusqu'aux premiers sapins. Elle avait besoin de prendre l'air, de faire le point. Elle s'appuya contre un arbre et se mit à chanter doucement :

À la claire fontaine,
M'en allant promener,
J'ai trouvé l'eau si claire
Que je m'y suis baignée…

Elle entendit marcher derrière elle. Elle ne sursauta pas en entendant :

Il y a longtemps que je t'aime,
Jamais je ne t'oublierai.

– N'aie pas peur, belle Mathilde, ce n'est que moi.

Elle le tutoya très naturellement, alors que jusque-là, elle avait, comme lui, toujours employé le « vous ».

– Tu penses à ton mariage ?

– On ne peut rien te cacher.

– Tu en es heureuse ?

– Devine.

– Je crois que non.

Et elle murmura doucement :

Chante rossignol, chante,
Toi qui as le cœur gai.
Tu as le cœur à rire,
Moi je l'ai à pleurer…

Et il poursuivit en lui prenant la main :

Il y a longtemps que je t'aime,
Jamais je ne t'oublierai...

– Alors, pourquoi ce mariage ? interrogea-t-il.

– Je voulais partir loin de chez moi... Mes parents sont compliqués. Maman surtout. C'est une femme de devoir. On pourrait croire qu'elle est sans sentiment. Sauf que, depuis la mort de Valentin, la fissure apparaît dans la cuirasse.

– Écoute-moi bien, belle Mathilde, je crois qu'il est temps que tu saches...

– ???

– Sais-tu qui a été Gabrielle ?

– Un peu... Elle a perdu sa mère très jeune, elle n'avait pas deux ans. Puis son père n'est pas revenu de la guerre.

– Mais ensuite...

Elle haussa les épaules. C'est vrai, elle ne savait pas.

– Marcelle m'a raconté. Ta mère est une héroïne, comme ma grand-mère, comme tout un groupe de femmes que je connais et qui sont passées par Ravensbrück...

– Ravens... quoi ?

– Ravensbrück, c'était un camp de femmes. Un camp pour déportées, mais dans ce camp, on a aussi exterminé. Je ne dis pas ça pour te faire de la peine, mais pour que tu comprennes qui est ta maman. Les nazis ont arrêté Maurice, ton grand-père, et Sybille, la femme d'Étienne. Étienne collaborait avec la Gestapo. Étienne a tué sa première femme parce qu'elle était juive et s'est enfui en

Argentine quand le vent a tourné, comme beaucoup de nazis du reste.

– Comment sais-tu tout cela ?

– Aux funérailles de ton frère, Juan m'a questionné à propos d'Étienne, son père, qu'il avait retrouvé à la frontière bolivienne. Étienne avait réussi à y entraîner Estella. Elle était son otage. Juan voulait savoir ce qu'avait été Ravensbrück. Pour lui, son père était un monstre, un assassin. Ravensbrück, je connaissais, j'y suis allé. J'avais besoin de comprendre et, comme ma grand-mère y a été détenue en même temps que ta maman, j'ai pu lui en parler. Ta maman a été admirable…

– Je n'imaginais pas tout cela. J'ai seulement compris que l'arrestation d'Étienne avait été mouvementée et qu'il avait tué Estella, la mère de Juan, sauvé lui-même in extremis.

– Étienne a été tué. Mais auparavant, c'est vrai, il a abattu Estella. Juan ne doit d'avoir eu la vie sauve qu'au chasseur de nazis qui l'accompagnait.

– Je n'ai pas tout suivi au cimetière, mais ça, je l'ai entendu.

– Étienne avait été pris par les Allemands après l'exécution de sa femme. Mais il avait réussi à regagner la confiance de la Gestapo en donnant un nombre incalculable de gens. Il a même, un temps, été affecté à la surveillance du camp de Beaune-la-Rolande, un vrai salaud. À la fin de la guerre, quand il a compris que la victoire allait échapper à l'Allemagne, il a fui en Argentine où il s'est inventé une autre vie. À Estella, il n'a pas confié son passé, évidemment.

– Et la première femme d'Étienne, la mère de Charles, j'insiste, Jean, il l'a vraiment tuée ?

– Il l'a lui-même abattue, car elle était juive. Ton grand-père avait été arrêté en même temps qu'elle. Après avoir été torturé, il a été envoyé à Auschwitz. Tu ne le savais pas ?

– Non, fit-elle en se mouchant. Chez nous, c'est la loi du silence.

– Ta maman a été arrêtée ici, en Lorraine, après ton grand-père. Elle est tombée dans un piège. Elle est d'abord passée par Charles-III, où on l'a torturée, comme tant d'autres. On lui a arraché les ongles. Elle était dans le même convoi que celui de la nièce du général de Gaulle. Elles ont rejoint ma grand-mère à Ravensbrück, au nord de Berlin, en février 1944. Ta mère a été d'une dignité exemplaire, elle n'a dénoncé personne. Au camp, elle s'occupait des bébés à la *Kinderzimmer*, mais on lui donnait aussi le sale boulot.

– ???

– Ramasser les femmes exécutées pour les conduire au four crématoire. On les battait, on les humiliait, on les privait de nourriture.

– Tais-toi, Jean, tais-toi… Je t'en prie.

Mathilde sanglotait en imaginant sa mère dans cet enfer… Elle avait honte de l'avoir si mal jugée, si vite, sans chercher à comprendre.

– Jamais ta maman ne s'est plainte. Elle a tout gardé pour elle. Ne sois pas sévère à son égard. Elle mérite au contraire ton admiration. Je ne suis pas certain qu'elle ait tout dit à ton père. Elle a épousé un homme merveilleux qui travaillait dans la Résistance avec ton grand-père. Raymond l'a recueillie. S'il n'avait pas été là avec Louisa, ta maman n'aurait jamais pu s'en remettre.

– C'est horrible ce que tu me dis.

– Et je ne sais sans doute pas tout. J'ai réussi à faire parler ma grand-mère. Elle voyait ta mère œuvrer auprès des enfants et elle en était bouleversée.

– Et vingt ans plus tard, c'est Valentin qui est mort, écrasé par un chauffard…

– Tu comprends mieux ?

– Je ne sais pas si je comprends, mais je n'aurai pas assez de larmes pour exprimer mon chagrin et que ma honte soit lavée.

Il passa un bras sur ses épaules et l'attira à lui en caressant ses cheveux.

– J'aimerais tellement t'aider, t'aimer peut-être, belle Mathilde. Mais plus rien n'est possible entre nous, tu vas épouser ton beau monsieur.

– Oh, Jean, je suis la reine des gourdes, murmura-t-elle en posant son front contre son torse.

Il ne tenta rien, mais la garda contre lui.

*

Elle se mariait. Le cortège avançait lentement vers la basilique de Saint-Nicolas-de-Port. Les badauds regardaient ce grand mariage. À la fin du cortège, la mariée tenait le bras de son père, très fier de la conduire à l'autel où l'attendait Baptiste de La Noguerra. Une voilette blanche ombrait le regard de Mathilde. Qui voyait que les larmes coulaient sur son visage ? On pouvait penser que c'était l'émotion. À la porte de la basilique, elle regarda sur le côté gauche.

Elle LE vit, agita son bouquet dans sa direction. Qu'il comprenne qu'elle l'avait aperçu. Qu'il comprenne et qu'il l'attende !

Elle songea à cette nuit sous les étoiles, près du sapin. Ce n'était pas par hasard qu'ils s'étaient retrouvés au bord de la petite chute d'eau. Ils se disaient adieu alors que tout les attachait l'un à l'autre. Ils avaient eu si peu de temps.

De grands bacs flanquaient l'entrée principale de la basilique, des bacs plantés d'arbustes. Les parents de Baptiste trouvaient que, malgré la beauté du lieu, les fleurs manquaient pour ce jour mémorable.

Il était toujours là, à demi dissimulé par la verdure. Il n'avait pas bougé.

– Je reviens, papa, c'est urgent. Attends-moi. Si je suis trop longue, va rejoindre maman. Je ne peux pas faire autrement. Ne m'en veux pas !

Raymond voulut protester. Elle posa un index sur ses lèvres.

– Va, papa… Crois en moi !

Elle poussa les petites demoiselles d'honneur vers l'intérieur de l'édifice.

– Allez jusqu'au chœur, placez-vous de chaque côté du marié.

Puis, seule devant le grand portail, elle chercha du regard celui qu'elle avait aperçu. Mon Dieu, il était parti !

Elle le vit enfin, adossé au mur. Il s'était presque fondu dans la muraille. Elle le héla :

– Jean, ne te sauve pas ! Je t'espérais. S'il te plaît, emmène-moi !

Il vint vers elle. Elle ouvrit les bras et répéta :

– Jean, emmène-moi !

– Ce n'est pas possible, belle Mathilde, répondit-il en prenant son menton.

– Derrière la basilique, on ne nous verra pas. Comme au dernier soir des vacances à Champdray quand tu m'as aimée après avoir dansé un slow. Embrasse-moi, je t'en prie.

Il se pencha vers elle, souleva la voilette.

– Tu pleures, belle Mathilde.

– Je pleure parce que ce n'est pas vers toi que mon père me conduit. Cela fait quinze jours que je leur répète que je ne veux pas épouser Baptiste. J'ai téléphoné à Baptiste, je lui ai tout dit et…

– Je t'écoute, belle Mathilde.

– Il n'a rien voulu entendre… et…

– Et quoi, belle Mathilde ?

– Il sait tout mais il pense qu'on ne peut plus reculer, qu'on doit se marier quand même et que chacun mènera la vie qu'il veut ensuite.

– Pauvre Mathilde !

– Jean, je n'ai pas oublié ce que tu m'as dit près du sapin. « Je voudrais t'aider, je voudrais t'aimer… » Le veux-tu encore ?

– Comme si tu ne le savais pas après cette nuit au bord de la cascade…

– Embrasse-moi.

Il l'embrassa et elle tressaillit. Alors, il posa ses mains sur ses épaules, releva complètement sa voilette, ferma les yeux, respira profondément :

– Tu es prête à tout avec moi ?

– Oui, Jean.

– Alors, viens…

Il prit son bras et la conduisit jusqu'à la porte de la basilique. Il passa un doigt sur sa joue.

– Tu es d'accord ?

– Oui, Jean.

– Tu me suis ?

– Je te suivrai partout.

– Jusqu'au bout du monde ?

– Jusqu'au bout du monde, Jean.

– Tant pis pour le scandale ?

– Le scandale, ce serait d'épouser Baptiste qui, je crois, ne m'aime pas plus que moi.

– Alors, marchons jusqu'à l'autel. Processionnons vers la vérité, tu vas voir.

La noce se retourna en les entendant arriver.

Baptiste se tenait debout face à l'autel, les mains posées sur le prie-Dieu recouvert de velours rouge.

Mathilde avait le cœur qui battait à cent à l'heure. Elle glissa un mot à l'oreille de Baptiste qui sursauta et sourit à la fois. Jean monta sur les trois marches de l'autel, se retourna et fit face à l'assemblée, au côté du prêtre :

– Voilà, expliqua-t-il, bonjour à tous… Tout le monde s'est trompé. Il y a bien un mariage à célébrer, monsieur le curé, si vous en êtes d'accord, celui de Mathilde Berthier, ici présente, mais ce sera avec moi… Nous nous aimons. Je précise, monsieur le curé, que je ne suis ni marié ni divorcé. Je suis catholique, j'ai été baptisé et j'ai fait ma communion et ma confirmation.

Mathilde prit la parole :

– Pardon, Baptiste, pardon à vous tous. Pardon, madame et monsieur de La Noguerra, je ne veux blesser personne, pardon à mes chers parents, mais c'est Jean que j'aime de tout mon cœur. Embrasse-moi, Jean !

Il la prit contre lui.

Et passé l'instant de stupéfaction, tandis que le prêtre se retenait de rire, on vit Baptiste saluer Mathilde et Jean et les féliciter avant de déclarer face à tous :

– Me voici délivré, j'avais parlé un peu vite à Mathilde. Je me disais que c'était bien qu'un aristo épouse une fille d'ouvrier. 1968 fut une jolie révolution, n'est-ce pas ? Mais le cœur se moque des modes… Soyez heureux tous les deux ! Une jolie Anne-Claire m'attend dans le quartier de La Madeleine à Paris. Nous vous inviterons. Je fais quand même ma révolution, Anne-Claire n'est pas noble. Sa noblesse est celle des fleurs. Elle tient un magasin. Je l'avais rencontrée à la fête des Jonquilles à Gérardmer, j'étais très jeune alors. Le hasard a fait que nous nous sommes revus mais j'avais déjà donné ma parole à Mathilde. Je suis un homme du monde, je ne pouvais pas m'y soustraire. Mais vous m'aidez tous les deux. Merci et sans rancune.

Les invités vinrent les féliciter. Le prêtre accepta de les bénir sous condition de régularisation. Tout le monde pourrait faire la fête. Le Clairon de Varangéville les attendrait à la sortie. Les mineurs feraient la haie d'honneur et les grains de sel seraient déposés sur la tête du marié.

Saint Nicolas en sa basilique pouvait se réjouir. Ces amoureux-là allaient faire beaucoup d'enfants qu'il viendrait récompenser chaque année début décembre après la fête de Sainte-Barbe.

Élise Fischer
Fontenoy-la-Joûte,
du 30 janvier 2018 au 18 juin 2018

Lexique

Bassoir : cuve en bois de chêne pour stocker les eaux salées.
Benner : charger le sel dans les bennes.
Boutefeu : artificier qui prépare les tirs pour récolter le sel. Chaque tir permet d'abattre 500 à 600 tonnes de sel. La préfecture, autrefois, devait donner un permis à l'homme qui était boutefeu.
Cabrouet : petite charrette, à deux roues, tractée par un animal.
Cage : ascenseur pour descendre à la mine.
Chevalement : édifice de bois, métallique ou de maçonnerie (béton, pierre ou brique) construit sur l'ouverture du puits de mine. C'est un des éléments indispensables au bon fonctionnement du système d'extraction de la mine, lien stratégique de communication entre le fond et le jour. On englobe sous ce terme les édifices avec machine au sol mais aussi les tours d'extraction appelées chevalements avec machine en tête, comme dans les mines de sel où l'on pompait l'eau que l'on avait envoyée pour faire fondre le sel.
Cornet : sachet.
Fardeau : paquet de dix sachets de sel de 1 kilo.
Fermiers généraux : dans l'Ancien Régime, employés au service du roi qui surveillent ce que produit la terre et qui

appartient au roi de France. Le royaume de France est la ferme du roi.

Foncer : creuser un puits.

Fond : l'ensemble des installations situées au fond de la mine.

Foration : percement des trous à l'aide de jumbos qui seront remplis de l'explosif servant à abattre le sel.

Front de taille : lieu de l'abattage du sel ou du charbon.

Gabelou : gendarme chargé du sel, il est celui qui punit les voleurs de sel.

Gossettes : quand l'artificier prépare l'explosion en sous-sol pour extraire le sel, il cale les explosifs avec des sachets de terre ou autre. Ce sont les gossettes.

Granulométrie : grosseur des trémies de sel (grains) en fonction du temps de séchage. Plus le temps est long, plus les grains sont gros.

Haveuse : tronçonneuse pour scier la couche de sel avant l'abattage.

Joy : machine pour percer les trous de mine et pour boulonner.

Jumbo : véhicule pour charger le sel avec des bras qui agissent comme un crabe.

Musette : sac dont se servent les ouvriers pour transporter leur casse-croûte.

Porion : contremaître.

Puits à furça : puits à balancier comme en Égypte ancienne jusqu'au XVe siècle.

Râble : pelle à l'envers et trouée avec un grand manche pour tirer le sel dans la poêle.

Raclotte : raclette en patois lorrain.

Recette : intersection de galeries et du puits.

Rouleur : celui qui transporte le sel dans les wagonnets ou skips.

Salinier : ouvrier qui travaille aux salines, préposé à l'extraction du sel ou qui récolte le sel après évaporation de l'eau des poêles. Le salinier est la personne employée dans les mines de sel, ou au puits permettant d'extraire le sel à partir de la saumure. Donc à l'intérieur des terres. Le saunier est un employé du sel de mer, sel de Guérande ou du sud de la France.

Salorges : magasins à sel.

Saumure : eau salée, remontée du forage. On envoie de l'eau douce qui fait fondre le sel et on pompe cette eau salée, la saumure. Après évaporation, restera le sel dans les poêles.

Sel gemme : sel dur extrait en sous-sol, se trouvant à soixante-cinq mètres de profondeur.

Skips : grosses bennes servant à transporter le sel concassé ou grené. Chaque skip peut contenir 20 tonnes.

Socqueur : ouvrier qui surveille les poêles posées au-dessus des fourneaux pour en extraire le sel.

Travailler à fond : travailler au fond de la mine de sel.

Volants : outils de bois pour racler le sel dans les poêles.

Voutin : ouvrage de maçonnerie cintré servant à couvrir un espace en s'appuyant sur des murs, des piliers, des colonnes.

Pour en savoir plus

Le musée départemental du sel de Marsal
(proche de Dieuze) en Moselle
Porte de France
57630 Marsal
03 87 78 05 30

La Maison du sel
Musée à Haraucourt
Rue des Écoles
54110 Haraucourt
03 83 30 15 15

Le coin des Becs-Salés de Varangéville
saline-varan.blogspot.com

Bibliographie (non exhaustive)

Témoins du sel, association Mémoire de Varangéville, préface de Michel Rémillon, président du musée de Sel de Marsal, 2014

Laneuveville et La Madeleine, terres de sel. Concessions et salines, Michel Dequéant, Société d'histoire de Laneuveville et La Madeleine, 2008

La Mémoire du sel au pays du Sânon, par Les Foyers Ruraux, avec Pierre Marchal, René Oger, Colette Plaid, Madette Romac et Alain Wéber, Nancy, Presses du lycée Paul-Louis Cyfflé, 1994

Solvay, l'invention, l'homme, l'entreprise industrielle (1863-1963), Jacques Bolle, Bruxelles, Weissenbruch, 1963

Contes vosgiens. Le récit du père Jérôme, Erckmann-Chatrian, Paris, J. Hetzel et Cie Éditeurs, 1877

Mémoire de Varangéville, de la Meurthe au Rambétant. La ville par ses noms de rues, Madette Romac, Claude Toussaint, Yvette Moro, Michel Grange, Étienne Rémy, préface de Jean Lanher, Nancy, Apache Color, 2008

Varangéville sous l'occupation allemande, pendant la guerre de 39-45. Résistance et répression, préface de Claude Baumann, d'après les travaux de René Bourgeois et Roger Pétry, ouvrage réalisé pour le financement d'actions pour la paix, imprimerie Idoux de Saint-Nicolas-de-Port, 1986

La Guerre de 1870, François Roth, Paris, Fayard, coll. « Pluriel », 2011

La Débâcle, Émile Zola, 1892

Boule de suif, Maupassant, 1880

L'Avènement de M. Thiers, suivi de *Réflexions sur la Commune*, Henri Guillemin, Paris, Gallimard, 1971

Gambetta. La patrie et la république, Jean-Marie Mayeur, Paris, Fayard, 2008

Jules Ferry. Sa vie, son œuvre, sa famille, Les Guides du musée de Saint-Dié, Imprimerie municipale, 1981

Jules Ferry, fondateur de la République, sous la direction de François Furet, Paris, EHESS, 1985

Jules Ferry, une volonté pour la République, Pierre Barral, Nancy, Éditions Serpenoises, 1985

Jules Ferry. La liberté et la tradition, Mona Ozouf, Paris, Gallimard, 2014

Jules Ferry, un amoureux de la République, Vianney Huguenot, Strasbourg, Vent d'Est, 2014

L'Affaire, Jean-Denis Bredin, Paris, Fayard/Julliard, 1993

Dreyfus, un innocent, Jean-Denis Bredin, Paris, Fayard, 2006

Plus noir dans la nuit. La grande grève des mineurs de 1948, Dominique Simonnot, Paris, Calmann-Lévy, 2014

Émile Friant, le dernier naturaliste, ville de Nancy et Somogy Éditions, 2016

Une femme. Camille Claudel, Anne Delbée, Paris, Fayard, 1997

Le Piège des loups. Les 175 maisons de la Gestapo en France, Dominique Sigaud, Paris, Stock, 2012

Kinderzimmer, Valentine Goby, Arles, Actes Sud, 2013

La Traversée de la nuit, Geneviève de Gaulle-Anthonioz, Paris, Seuil, 1998

Le Secret de l'espérance, Geneviève de Gaulle, Paris, Fayard/Quart Monde, 2001

Geneviève de Gaulle-Anthonioz, Frédérique Neau-Dufour, Paris, Éditions du Cerf, 2004

Remerciements

Merci à Mireille Klein et à son mari Robert qui m'ont ouvert leurs portes, fourni les documents nécessaires, accordé leur temps. Mireille est la cheville ouvrière de l'association Mémoire de Varangéville, Témoins du sel. Sans une rencontre il y a déjà quelques années lors d'un Salon du livre à Saint-Nicolas-de-Port, ce livre n'aurait sans doute jamais vu le jour.

Mireille et Robert, nous avons aussi par la suite partagé la galette de l'amitié chez vous à Haraucourt. Un plaisir…

Merci à Noëlle Rémy qui fouille pour moi les rayons de sa librairie de livres anciens mais uniques, rue Stanislas, à chaque fois que je remonte le temps.

Merci aux libraires du Hall du Livre qui m'approvisionnent, Corinne, Brigitte, Isabelle et toute l'équipe sous la houlette d'Astrid Canada.

Merci aussi à Philippe Robinet, Jeannine Balland, à Vincent Brochard, à l'écoute, à Cécile Rivière pour sa relecture bienveillante. Écrire une telle saga nécessite d'être entourée, écoutée, entendue. Le doute est si souvent présent.

Du même auteur (suite)

Les Noces de Marie-Victoire, Calmann-Lévy, 2010
Le Rêve de la grenouille, Presses de la Cité, 2011
Les Amours de la grenouille, Presses de la Cité, 2012
Au péril de la vérité, Presses de la Cité, 2013
Je jouerai encore pour nous, Calmann-Lévy, 2013 (prix Marguerite Bahuet, lycée du même nom à Brive-la-Gaillarde)
La Tante de Russie, Presses de la Cité, 2014
La Lorraine au cœur, Omnibus, 2014
Villa Sourire, Calmann-Lévy, 2014
L'Étrange Destin de Marie, Calmann-Lévy, 2015
Le Jardin de Pétronille, Calmann-Lévy, 2016
Sur le fil, Presses de la Cité, 2016
Aux Deux Hirondelles, Calmann-Lévy, 2017
Les Femmes des terres salées, Calmann-Lévy, 2018

RECUEILS DE NOUVELLES

Quand je serai grand, Fayard, 2009 (prix Prouvé, décerné par les élèves du lycée Prouvé de Nancy)
Sous les mirabelliers, Presses de la Cité, 2010

POUR LA JEUNESSE

Meurtre au village du livre, Oxalide
Madeleine et le dessert du roi, illustrations d'Amélie Dufour, Feuilles de Menthe/Le thé aux histoires, 2012
Si la bergamote m'était contée. Le bonbon soleil, illustrations de Jude Leppo, Le Verger des Hespérides, 2013

En collaboration :

Pour les enfants du monde, sous la direction du professeur Alexandre Minkowski, Éditions n° 1/l'Unicef/MPLEM, 1991

L'Appel de Lunéville. Pour la résurrection du Versailles lorrain, sous la direction de François Moulin et de Michel Vagner, L'Est-La Nuée Bleue, 2003

Paroles d'auteurs. La Lorraine, photographies de Pascal Bodez, avec le soutien du conseil régional de Lorraine, Serge Domini, 2007

Les Plus Belles Saint-Nicolas en Lorraine, sous la direction de Marie-Hélène Colin, Place Stanislas, 2009

Les Plus Beaux Noëls d'Alsace, sous la direction de Michel Loetscher, Place Stanislas, 2009

Si Champigneulles m'était conté, sous la direction d'Élise Fischer, avec les élèves des écoles maternelles, primaires et du collège de Champigneulles, illustrations de Philippe Bajolet, Le Verger des Hespérides

Collection
FRANCE DE TOUJOURS ET D'AUJOURD'HUI

Jean Anglade
Une vie en rouge et bleu
Le Dernier de la paroisse
Le Choix d'Auguste
Le Sculpteur de nuages
Les Cousins Belloc
Le Grand Dérangement

Sylvie Anne
Le Gantier de Jourgnac
La Maison du feuillardier

Sylvie Baron
Un été à Rochegonde
Les Ruchers de la colère
L'Auberge du pont de Tréboul
L'Héritière des Fajoux
Rendez-vous à Belinay

Jean-François Bazin
Les Raisins bleus
Le Clos des Monts-Luisants
Le Vin de Bonne-Espérance
Les Compagnons du grand flot
Le Maître de la lumière

Henriette Bernier
Le Baron des champs

Jean-Baptiste Bester
L'Homme de la Clarée
Plus près des anges
Les Amants de Sainte-Catherine

Françoise Bourdon
Le Moulin des Sources
Le Mas des Tilleuls
La Grange de Rochebrune
Retour au pays bleu
Le Fils maudit
Les Sentiers de l'exil
Les roses sont éternelles
Le Maître du Castellar

Édouard Brasey
Les Lavandières de Brocéliande
Les Pardons de Locronan
La Sirène d'Ouessant
Le Domaine des oliviers

Patrick Breuzé
Les Remèdes de nos campagnes
La Valse des nuages
L'Étoile immobile
Mon fils va venir me chercher
La Montagne pour refuge

Michel Caffier
Corne de brume
La Paille et l'Osier
Les Étincelles de l'espoir

Anne Courtillé
La Tentation d'Isabeau
Le Gaucher du diable
Les Damoiselles de Clermont

Annie Degroote
Les Racines du temps
D'infinies promesses

Jérôme Deliry
Une rivière trop tranquille
L'Héritage de Terrefondrée
La Maraude

Raphaël Delpard
L'Enfant sans étoile
Pour l'amour de ma terre
L'enfant qui parlait avec les nuages
Le Courage de Louise

Alain Dubos
La Mémoire du vent

La Corne de Dieu
Le Dernier Combat du Dr Cassagne

Marie-Bernadette DUPUY
Les Fiancés du Rhin
ANGÉLINA
Angélina. Les mains de la vie
Le Temps des délivrances
La Force de l'aurore

Élise FISCHER
Les Noces de Marie-Victoire
Je jouerai encore pour nous
Villa Sourire
L'Étrange Destin de Marie
Le Jardin de Pétronille
Aux Deux Hirondelles
Les Femmes des terres salées

Emmanuelle FRIEDMANN
Le Rêveur des Halles
La Dynastie des Chevallier
L'Orphelinat
La Faute des autres

Alain GANDY
Les Cousins de Saintonge

Gérard GEORGES
Une terre pour demain
Le Destin des Renardias
Le Bal des conscrits
Mademoiselle Clarisse
Anatole, fils de personne
La Mésangère

Georges-Patrick GLEIZE
La Fille de la fabrique
Pas plus tard que l'aurore
Le Serment des oliviers
Le Vent de la jeunesse
Quelques pas dans la neige
Les Noisetiers du bout du monde

Yves JACOB
Sous l'ombre des pommiers

Hélène LEGRAIS
L'Ermitage du soleil
Les Héros perdus de Gabrielle
Les Ailes de la tramontane
La Guerre des cousins Buscail
Les montagnes chantaient la liberté
Ceux du Château, ceux du Moulin
Trois gouttes de sang grenat
Les Anges de Beau-Rivage
Le Bal des poupées

Philippe LEMAIRE
Rue de la Côte-Chaude
L'Enfant des silences
L'Oiseau de passage
La Mélancolie du renard

Éric Le NABOUR
Retour à Tinténiac
La Louve de Lorient
À l'ombre de nos larmes
La Frondeuse

Jean-Paul MALAVAL
L'Or des Borderies
Soleil d'octobre
Les Noces de soie
La Villa des térébinthes
Rendez-vous à Fontbelair
La Folie des Bassompierre
Chronique des Strenquel
La Bastide aux chagrins
Les Sœurs Querelle
Les Larmes de la pinède
La Belle Étrangère
Adélaïde au bord de la falaise
Les Gens de Combeval
La Souveraine en son domaine

Antonin MALROUX
La Promesse des lilas
La Cascade des loups
La Pierre marquée
L'Homme aux ciseaux d'argent

Les prés refleuriront
Fenêtre sur village
Marie des Adrets
L'Espoir de belles aurores
Le Pain de paille

Jean-Luc MOUSSET
L'Enfant des labours
Le Secret de Neige

Nicole PROVENCE
Le Secret d'Aiglantine

Joël RAGUÉNÈS
La Maîtresse de Ker-Huella
La Dame de Roz Avel
La Sirène du port
Les Trois Saisons de la vie
L'Or du lin
Les Vies de Jeanne

Florence ROCHE
La Terre des Falgères
L'École du lac
La Réfugiée du domaine

Geneviève SENGER
La Maison Vogel
L'Enfant de la Cerisaie
La Dynastie des Weber
Les Jumeaux du val d'amour
La Promesse de Rose
Les Bellanger

Jean SICCARDI
La Source de saint Germain
Le Maître du diamant noir
L'Ivresse des anges
L'Auberge du gué

Bernard SIMONAY
L'Or du Solognot

Jean-Michel THIBAUX
L'Olivier du Diable
Le Maître des Bastides
Le Rappel du tambour

Katia VALÈRE
Après la nuit vient l'aube

Brigitte VAREL
Le Secret des pierres

Louis-Olivier VITTÉ
La Guérisseuse de Peyreforte
Là où coule une rivière
Le Secret de Tire-Lune
La Statue engloutie
La Dame des vignes hautes
La femme qui voulait voir la mer

Colette VLÉRICK
L'Enfant sur le pont
Un air de liberté
La Nacre des abers

Collection
FRANCE DE TOUJOURS ET D'AUJOURD'HUI
POLICIERS

Jean-Baptiste BESTER
Meurtre au pont du Diable

Édouard BRASEY
L'Affaire Cabre d'or

Alfred LENGLET
Du poison dans les veines
Jeux mortels en hiver
Temps de haine
Cœurs de glace

Bernard SIMONAY
Le Marais des ombres
Meurtres d'outre-tombe

Collection
ROMAN D'AILLEURS

Jean-Jacques ANTIER
La Fiancée du kamikaze

Jean BERTOLINO
Pour qu'il ne meure jamais

Jean-Baptiste BESTER
Les Neiges de Toula

Alain DUBOS
La Ferme de Bonne-Espérance

Marie-Bernadette DUPUY
VAL-JALBERT
I. *L'Orpheline des neiges*
II. *Le Rossignol de Val-Jalbert*
III. *Les Soupirs du vent*
IV. *Les Marionnettes du destin*
V. *Les Portes du passé*
VI. *L'Ange du lac*
LAC SAINT-JEAN
I. *Le Scandale des eaux folles*
II. *Les Sortilèges du lac*

Éric LE NABOUR
La Dame de Kyoto

Michel PEYRAMAURE
Les Villes du silence
Tempête sur le Mexique
Mourir pour Saragosse

Bernard SIMONAY
La Fille de l'île Longue
L'Amazone de Californie

ROMANS HORS COLLECTION

Jean-Jacques ANTIER
Blanche du Lac
Le Convoi de l'espoir

Jean BERTOLINO
Et je te donnerai les trésors des ténèbres

Jean-Baptiste BESTER
Le Cocher du Pont-Neuf

Èdouard BRASEY
Le Fils du patriarche

Nathalie de BROC
La Vallée des ambitions
La Robe pourpre

Lucien DE PENA
L'Argent des autres

Marie-Bernadette DUPUY
Le Val de l'espoir
Les Amants du presbytère
La Galerie des jalousies (3 vol.)
Amélia, un cœur en exil
Abigaël, messagère des anges (6 vol.)

Éric LE NABOUR
Retour à Glenmoran

Michel PEYRAMAURE
Les Folies de la duchesse d'Abrantès
L'Orpheline de la forêt Barade
La Maison des tourbières
Le Sourire du prince Eugène
Les Tentes noires

Joël RAGUÉNÈS
L'Instinct du prédateur

Bernard SIMONAY
Le Lys et les Ombres

Jean-Michel THIBAUX
Le Maître des pyramides

DOCUMENTS

Jérôme Deliry
Sept Enfants autour du monde

Charles Guilhamon
Sur les traces des chrétiens oubliés

Frédéric Pons
Algérie. Le vrai état des lieux

Poutine
Le Martyre des chrétiens d'Orient

Georges Vieilledent
Médecin de campagne, une vie

France de toujours et d'aujourd'hui

Jeannine Balland présente

Pour être régulièrement informé de nos parutions,

REJOIGNEZ

Le Club des lecteurs

de FRANCE DE TOUJOURS ET D'AUJOURD'HUI

CLUB des lecteurs

de FRANCE DE TOUJOURS ET D'AUJOURD'HUI

Nom .... Prénom ....

Date de naissance .../.../... Profession ....

Adresse ....

Code postal .... Ville ....

E-mail ....

Dernier livre de la collection que vous avez lu

....

Régions qui vous intéressent ....

....

☐ Je souhaite m'inscrire au club des lecteurs et recevoir des informations de la part des éditions Calmann-Lévy.

Coupon à retourner à :

Calmann-Lévy
France de toujours et d'aujourd'hui
21, rue du Montparnasse
CS 10636 - 75298 Paris cedex 06

Conformément à la loi Informatique et Libertés du 6 janvier 1978 modifiée en 2004, vous bénéficiez d'un droit d'accès et de rectification aux informations qui vous concernent, que vous pouvez exercer en vous adressant aux éditions Calmann-Lévy, 21, rue du Montparnasse CS 10636 - 75298 Paris cedex 06.

Photocomposition Nord Compo
Achevé d'imprimer en octobre 2018
par CPI
pour le compte des éditions Calmann-Lévy
21, rue du Montparnasse 75006 Paris

CALMANN LEVY s'engage pour l'environnement en réduisant l'empreinte carbone de ses livres. Celle de cet exemplaire est de :
400 g éq. CO_2
Rendez-vous sur www.calmann-levy-durable.fr

PAPIER À BASE DE FIBRES CERTIFIÉES

N° d'éditeur : 5624656
N° d'imprimeur : 2040359
Dépôt légal : novembre 2018
Imprimé en France.